BASTEI LÜBBE
TASCHENBUCH

Weitere Titel der Autorin:

Weihnachten mit Bolle
Und immer war's die Frau fürs Leben
Heute ist für immer

Titel in der Regel auch als E-Book lieferbar

Als E-Book lieferbare Titel:

Taktgefühle
Die schönen Mütter anderer Töchter
Emmas Story
Jetzt zu dritt
Ada sucht Eva
Das Gegenteil von Schokolade

Über die Autorin:

Mirjam Müntefering, geboren 1969 im Sauerland, studierte Theater- und Filmwissenschaften sowie Germanistik und arbeitete als Fernsehredakteurin. Seit dem Jahr 2000 schreibt sie Jugendbücher und Romane für Erwachsene. Nachdem sie mehrere Jahre lang eine eigene Hundeschule betrieb, konzentriert sie sich inzwischen ganz aufs Schreiben. Sie lebt mit ihrer Partnerin und ihren Hunden im Ruhrgebiet.

Mirjam Müntefering

VOM GLÜCK DER PFERDE

Roman

BASTEI LÜBBE TASCHENBUCH

BASTEI LÜBBE TASCHENBUCH
Band 17 241

Dieser Titel ist auch als E-Book erschienen

MIX
Papier aus verantwortungsvollen Quellen
FSC® C014496
www.fsc.org

Originalausgabe

Lektorat: Daniela Jarzynka
Textredaktion: Ulrike Strerath-Bolz, Friedberg
Titelillustration: © shutterstock/Valeriy Lebedev; shutterstock /Aleksandar Mijatovic; shutterstock/Peteri; shutterstock/Banana Republic images
Umschlaggestaltung: Christina Seitz, Berkheim
Satz: Urban SatzKonzept, Düsseldorf
Gesetzt aus der Garamond
Druck und Verarbeitung: GGP Media GmbH, Pößneck
Printed in Germany
ISBN 978-3-404-17241-2

5 4 3 2 1

Für Ben, Indi, Maja, Nick, William und eure Freunde.
Auf euer Glück kommt es an.

Ich kenne mich aus mit Worten.

Es gibt unter ihnen ein paar wirklich große.

Tod. Liebe. Und Erlösung. Wir hören sie Hunderte Male und begreifen sie doch nicht. Bis wir sie selbst erleben auf der langen, ruhigen Reise unseres Lebens. Manchmal führt uns der Weg durch ein dunkles Tal, aus dem es kein Entrinnen zu geben scheint. Und doch: Es gibt sie, diese wirklich großen Worte und das, was sie bedeuten.

Es regnete in Strömen, als wir aus der Einfahrt der kleinen Finca auf die Straße bogen.

»Was sollte dieser ganze Urlaub eigentlich?«, fragte Clara und glättete bereits die Kopfhörerkabel, die zu ihrem MP3-Player führten. Eine Geste, die mich mittlerweile nervös machte. Sie ging oft voraus, wenn meine dreizehnjährige Tochter im Begriff war, sich die Stöpsel in die Ohren zu stecken und einmal mehr unerreichbar zu werden – jedenfalls für mich.

»Was ein Urlaub soll?«, gab ich betont munter zurück. »Na, einfach mal weg sein. Tapetenwechsel. Was anderes sehen. Und natürlich auch ein bisschen Entspannung. Die Seele baumeln lassen. In der Sonne liegen, lesen und einfach nichts tun.«

Der Scheibenwischer schaltete eine Stufe höher, als wäre ihm die Ironie bewusst.

»Das mit der Sonne hat ja super geklappt«, sagte Clara prompt und betrachtete die Regenschlieren am Seitenfenster.

»So was lässt sich leider nicht planen«, erwiderte ich. »Das Einzige, was ich tun konnte, war, dir anzubieten, dass wir wieder nach Hause fahren. Da kannst du dich vielleicht besser beschäftigen als hier, oder?«

Sie zuckte mit den schmalen Schultern, hob die Hände und hantierte mit den Ohrstöpseln.

Kurze Zeit später war sie verschwunden. In irgendeinem

Hörbuch, das sie mit sich fortnahm in andere, fantastische Welten. Zu Abenteuern und großen Lieben, was wusste ich schon, sie erzählte nie davon.

Ich musste zugeben, dass die Realität auch nicht besonders verlockend wirkte. Da draußen, vor der Frontscheibe meines Geländewagens, sah es nach allem anderen aus als nach einem spanischen Sommer.

Ich konzentrierte mich auf die Anweisungen der weiblichen Stimme aus dem Navi und hoffte, dass wir bald die Autobahn erreichen würden. Nicht nur Clara hatte das Bedürfnis, sich möglichst rasch von diesem Ort zu entfernen, der so gar nicht hielt, was ich uns davon versprochen hatte.

Wenn ich jetzt darüber nachdachte, war es wohl wirklich eine dumme Idee gewesen, hierherzukommen. Aber ich hatte so sehr gehofft, dass ein gemeinsamer Urlaub, Sonne, Strand und neue Bekanntschaften ihr helfen würden. Uns helfen würden.

Wenn ich mir auch nicht ganz im Klaren darüber war, wobei.

Hoffte ich allen Ernstes auf so etwas wie Vergessen? Dass Clara in einer anderen Umgebung einfach nicht mehr daran denken würde, was sie vor zwei Jahren erlebt hatte?

Oder hoffte ich auf ein plötzliches, vom grellblauen spanischen Himmel fallendes Begreifen? Auf die Chance, mit einem Schlag zu wissen, warum das geschehen war?

Vielleicht hoffte ich auch auf Trost. Dieses sonderbare Gefühl, das ich mir so sehnlich für uns beide wünschte.

Doch nichts davon war eingetroffen. Es hatte nichts geholfen, Clara wegen ihres akuten Tiefs zwei Wochen vor den regulären Sommerferien aus der Schule zu nehmen.

Ich hatte mich ebenso verzweifelt und erfolglos abgemüht wie in den vergangenen zwei Jahren zu Hause. Sie waren sich nicht einen Schritt nähergekommen: die kleine, verstörte Fremde an meiner Seite und die Wissenschaftlerin in meiner Haut, die nicht begreifen konnte, dass manche Dinge sich nicht mit forschem Elan und Durchsetzungskraft lösen lassen. Wir nehmen uns immer mit, egal, an welchen Ort wir auch reisen.

Und nun war die Heimfahrt auch noch so eine Strapaze.

Ich wünschte, wir wären den größten Teil der Strecke geflogen und hätten uns dann am Flughafen einen Mietwagen genommen. Aber in irgendeinem der Psychologiebücher, die Dr. Teichmann, Claras Therapeutin, mir empfohlen hatte, hatte ich gelesen, dass Reisen etwas Heilendes haben können – sofern wir den Wandel der Landschaft mitverfolgen und uns auf diese Weise seelisch auf das neue Land einstellen dürfen. Ich atmete auf, als wir die Autobahn erreichten und ich Gas geben konnte.

Es war Freitagvormittag. Eigentlich hätten wir noch eine ganze Woche auf der Finca gehabt. Doch da die Wetteraussichten keine Besserung versprachen, hatten wir entschieden, die Heimfahrt anzutreten. Leider hatte ich dabei nicht bedacht, dass es auch in Spanien Wochenendverkehr gab. Schneller als hundertzwanzig war kaum zu fahren. Vielleicht war das auch ganz gut so. Denn immer noch schüttete es wie aus Kübeln. Und auch neue Reifen waren keine Garantie gegen Aquaplaning.

Über die Freisprechanlage rief ich Beatrice in meinem Büro in der Universität an.

»Hallo Professor«, meldete sie sich in ihrer üblichen aufgeräumten Art. »Ist alles in Ordnung bei euch?« Sie war seit vier Jahren mein Fels in der Brandung. Wenn es für mich als Leiterin des Fachgebiets Germanistik/Neuere Deutsche Literaturwissenschaft an der Uni mal wieder hoch herging, behielt meine Sekretärin stets einen kühlen Kopf. Eine Assistentin wie sie war Gold wert. Sie kannte meinen Kalender besser als ich, auch die Termine von Familientreffen, Zahnarztkontrollen oder Elternsprechtagen. Und nicht nur das. Wir lagen auch menschlich auf einer Wellenlänge. In der entsetzlichen Zeit vor zwei Jahren war sie mir eine große Stütze gewesen. Ich spürte, wie ich mich ein wenig entspannte – allein beim Klang ihrer Stimme.

»Ja, sicher. Ich wollte nur Bescheid geben, dass wir bereits auf der Rückreise sind. Es regnet seit zwei Tagen und soll nicht besser werden.«

»Ich dachte, ihr wärt nach Spanien gefahren und nicht nach Irland«, kommentierte sie trocken. »Okay. Lieb, dass du Bescheid sagst. Und bevor du fragst: Nein, hier brennt gerade nichts. Alle Doktoranden sind im Freibad oder auf Heimaturlaub. Prof. Huber hält auch die Beine still und hatte schon seit zwei Wochen keinen brandneuen Einfall zur nächsten interdisziplinären Kooperation, bei der er dich unbedingt im Boot haben will. Anscheinend ist inzwischen auch zu ihm vorgedrungen, dass du nach dem Sommer ein Forschungssemester einschiebst. Du kannst dich also auf Wochen seligen Urlaubs freuen.«

Ich musste lächeln. Sie kannte mich so gut, dass sie genau wusste, wie unruhig ich wurde, wenn ich nicht auf dem Laufenden gehalten wurde.

»Das mache ich.«

»Ach, und noch was …«, sagte sie. Ich konnte ihrer Stimme ein verschmitztes Grinsen anhören. »Hier scheint die Sonne.«

Wir legten auf, und ich bedauerte sofort, sie nicht noch ein wenig in ein Gespräch verwickelt zu haben. Bei Fragen nach ihrer großen Familie, ihren Schwestern und Brüdern, den

Nichten und Neffen gab es immer etwas Lustiges zu berichten.

Ich überlegte kurz, ob ich meine Mutter anrufen sollte. Doch als ich vor drei Wochen zuletzt mit ihr telefoniert hatte, hatten sie und mein Vater gerade wieder einmal eine »sensible Phase«, wie sie es gerne nannte. Falls die noch nicht vorüber war, konnte so ein Telefonat leicht ausarten, und dazu fühlte ich mich gerade nicht in der Lage.

Also blieb ich wieder allein in meinem Kopf.

Nach anderthalb Stunden seufzte Clara neben mir plötzlich tief auf und zog an den Strippen, die ihr aus den Ohren hingen.

»Schon zu Ende?«, fragte ich und versuchte, meine Stimme nicht zu hoffnungsvoll klingen zu lassen.

»Nö«, sagte sie. »Ich muss mal.«

»Was hältst du davon, wenn wir an der nächsten Raststätte eine kleine Pause machen und was Leckeres essen?«, fragte ich und warf ihr einen kurzen Blick zu.

Sie sah blass aus. Blasser noch als bei unserer Hinfahrt vor einer Woche.

Ich hatte so gehofft, sie möge auf dem Heimweg sonnengebräunt und mit leuchtendem Haar neben mir sitzen, angefüllt mit jeder Menge schöner Erlebnisse. Stattdessen sah sie trauriger aus denn je. Obwohl es nicht kalt war, hatte sie sich über ihr T-Shirt die viel zu große Sweatshirtjacke gezogen, die früher Steffen gehört hatte und in der sie auch zu Hause oft herumlief. Sie sah darin furchtbar verloren aus; ihr Anblick schnitt mir ins Herz.

»Clara, ich weiß, du willst das wahrscheinlich nicht hören«, begann ich und sah, wie ihre Augenbrauen sich zusammenzogen. Sie blickte mich misstrauisch an. Also fuhr ich rasch fort: »Trotzdem will ich dir unbedingt sagen, dass ...«

Doch in diesem Augenblick, als sie unwillig nach vorn sah, weiteten sich mit einem Schlag ihre Augen.

»Mama!«, schrie sie.

Ich wandte den Kopf und sah vor uns im Vorhang des niederprasselnden Regens ein Meer aus roten Lichtern. Bremslichter.

Ohne zu überlegen, trat ich auf die Bremse. Wir wurden nach vorn geschleudert und hin und her geworfen, als das ABS griff. Clara kreischte und versuchte, sich am Armaturenbrett festzuhalten.

Ich löste mehrmals kurz meinen Fuß vom Pedal, umklammerte das Lenkrad, und wir rasten auf den Standstreifen, wo wir uns ein-, zwei-, dreimal um unsere Achse drehten, bevor wir mit einem Aufheulen des Motors holpernd zum Stehen kamen. Mit der Front entgegengesetzt zur Fahrtrichtung. Und so mussten wir mitansehen, wie immer mehr Autos mit quietschenden Bremsen und dem ohrenbetäubenden Krachen von Metall auf Metall in das Stauende rasten.

Einer der Wagen versuchte ein ähnliches Ausweichmanöver, wie es mir gelungen war, doch er schlug offenbar zu stark ein, knallte scheppernd gegen die Leitplanke und schlidderte unkontrolliert weiter. Er rutschte auf dem nassen Asphalt geradewegs auf uns zu. Nur wenige Zentimeter vor unserer Kühlerhaube kam er zum Stehen. Hinter der gesplitterten Windschutzscheibe hing ein Körper schlaff über dem Lenkrad.

Clara schrie auf.

Da erst kam wieder Leben in mich. Ich stieß meine Tür auf, löste sowohl meinen als auch Claras Sicherheitsgurt, packte meine Tochter fest am Arm und zog sie mit mir über den Fahrersitz hinaus.

»Mama!«, quietschte sie.

»Komm, raus hier!«, rief ich.

Draußen schlug uns sofort der Regen ins Gesicht und durchweichte mein T-Shirt in Sekundenschnelle.

Ich versuchte, schützend einen Arm um Clara zu legen und sie gleichzeitig vorwärtszuschieben. Weg von der Straße. Weg von der Gefahr, der wir nur so knapp entronnen waren.

Ein Unfall. Eine Massenkarambolage.

Als wir über die Leitplanke geklettert waren, fanden wir uns neben dem Betonpfeiler einer großen Werbetafel wieder. Ich fasste Clara fest an beiden Schultern und sah sie genau an. »Hast du dich verletzt?«, fragte ich sie eindringlich. »Tut dir irgendetwas weh?«

Sie starrte mich aus riesigen Augen an und schüttelte stumm den Kopf.

»Du hast dir nicht den Kopf gestoßen oder sonst irgendwas?«, hakte ich nach.

»Nein.«

»Gott sei Dank!« Ich umarmte sie kurz und spürte, dass wir beide am ganzen Körper zitterten, obwohl es nicht besonders kalt war. »Hör zu, ich möchte, dass du hierbleibst. Genau hier, hörst du? Lauf auf keinen Fall zwischen die Autos, verstehst du?! Geh bitte, bitte nicht weg! Aber ich muss sehen, ob ich helfen kann. Schaffst du das, mein Schatz?«

Meine tapfere Tochter presste die Lippen aufeinander und nickte.

Ich trat wieder auf die Straße und sah mich um. Überall stiegen Menschen aus ihren Autos, standen verstört herum oder riefen sich etwas zu. Manche Wagen waren nur noch Wracks, eingekeilt zwischen anderen. Schreie waren zu hören. Die Alarmanlage eines Wagens hatte ausgelöst. Und irgendwo glaubte ich sogar das hysterische Wiehern eines Pferdes zu hören.

Ich vergewisserte mich, dass Clara immer noch neben dem Betonpfeiler stand. Die Arme um ihren dünnen Körper in der Sweatshirtjacke geschlungen, betrachtete sie fassungslos das Chaos.

Dann lief ich rasch zu unserem Wagen hinüber, riss meine Jacke vom Rücksitz und warf sie mir über. Noch während ich mit den Händen die Ärmellöcher suchte, war ich schon an der Fahrertür des gegenüberstehenden Autos angekommen. Mir graute vor dem, was ich zu sehen bekommen würde. Aber ich hatte keine Wahl. Ich wusste, was ich tun musste.

Die Fahrertür des Wagens klemmte, also öffnete ich die Beifahrertür und kniete mich auf den Sitz. Es war ein Mann in Anzughose und Hemd. Und zu meiner grenzenlosen Erleichterung atmete er schwer.

»Señor?«, sprach ich ihn auf Spanisch an und berührte sanft seine Schulter. »Können Sie mich hören?«

Er stöhnte und versuchte, die Augen zu öffnen. Langsam hob er eine Hand vom Armaturenbrett, das mit Glassplittern übersät war, und streckte sie mir entgegen.

»Am besten, Sie legen sich hier hin. Ja, kommen Sie, vorsichtig, einfach auf die Seite legen.«

Ich half ihm, sich über die breiten Sitze zu legen, und sprach beruhigend mit ihm. Ein paarmal versuchte er, mir etwas zu sagen, doch ich konnte ihn nicht verstehen, und er schloss entkräftet wieder die Augen. Auf der Rückbank fand ich eine Jacke, auf die ich seinen Kopf bettete. Ich legte eine Hand auf seine Schulter und sprach mit ihm. Sagte ihm, dass bestimmt sehr bald Hilfe kommen würde. Dass er sich nicht zu fürchten brauchte und dass ich bei ihm bleiben würde. Manchmal stöhnte er auf. Die Zeit verstrich zäh wie Brei. Immer wieder blickte ich durch die gesplitterte Frontscheibe hinüber zu dem Betonpfeiler, neben dem ich Claras schmale Gestalt im grauen

Sweatshirt erkennen konnte. Ich hatte den Eindruck, schon stundenlang bei dem verletzten Mann auszuharren, als ich durch das Chaos da draußen die Sirene eines Einsatzfahrzeuges hörte. Gott sei Dank!

»Bleiben Sie ganz ruhig liegen«, sagte ich mit der Stimme, mit der ich für gewöhnlich aufgeregte Studierende in Prüfungspanik beruhigte. Die Stimme, die sagte, dass wir alles im Griff hatten und es nur eine Frage der richtigen Herangehensweise war, um alles wieder auf einen guten Kurs zu bringen. »Hören Sie die Rettungswagen? Jetzt kommt Hilfe! Bleiben Sie liegen! Ich bringe jemanden her, ja?«

Es war nicht zu erkennen, ob er mich gehört hatte. Vielleicht hatte er das Bewusstsein verloren. Ich schloss behutsam die Beifahrertür und sah mich um. Clara stand immer noch dort, wo ich sie zurückgelassen hatte.

»Mama?«, rief sie mit dünner Stimme durch den Regen und den Lärm.

Ich winkte ihr zu. »Keine Angst, mein Schatz. Er ist okay. Aber ich muss Hilfe holen. Bleib einfach da, in Ordnung?«

Sie hob ebenfalls die Hand und nickte.

Die rotierenden Lichter der Einsatzwagen hatten sich am hinteren Stauende gesammelt. Ich rannte im Zickzackkurs zwischen den Unfallwagen und den herumlaufenden Menschen auf sie zu. So viele Menschen!

Einige hielten sich den Arm oder pressten die Hände auf Platzwunden am Kopf. Andere wurden von helfenden Mitreisenden gestützt. Dazwischen wimmelte es bereits von Sanitätern und uniformierten Polizisten.

»Entschuldigung«, sprach ich einen der Sanitäter an, der gerade dabei war, in einen der Einsatzwagen zu steigen.

»Zuerst die Schwerverletzten, Señora«, erwiderte er mit einem kurzen Blick auf mich.

»Da ist ein Schwerverletzter. Ich glaube, er ist bewusstlos.« Ich deutete in die Richtung, in der der Wagen stand. Der Sanitäter hob kurz die Hand, bellte etwas in ein Funkgerät und wandte sich dann an einen Kollegen, der gerade eine Spritze aufzog. »Lass das Juan machen. Da drüben ist ein Bewusstloser.« Er wies erst auf mich und dann in die von mir gerade angegebene Richtung.

Der junge Mann reichte die Spritze an einen anderen weiter, schnappte sich einen bereitstehenden Koffer und nickte mir zu. Ich beeilte mich, ihn zwischen den Autos hindurchzuschleusen, bis wir am Wagen meines Schützlings ankamen.

Der Sanitäter öffnete vorsichtig die Tür und war sofort ganz im Profi-Modus, überprüfte die Vitalfunktionen und sprach den Mann laut und vernehmlich an. Ein Stöhnen war die Antwort.

Gott sei Dank. Er lebte. Und nun würde ihm geholfen werden. Ich konnte endlich … Als ich mich umwandte, erstarrte ich.

Der Platz neben dem Betonpfeiler war leer.

Clara war fort.

Mir schossen Gedanken durch den Kopf, die ich nicht bändigen konnte. Sie hatte unter Schock gestanden, und ich hatte es nicht erkannt. Sie war traumatisiert und verwirrt einfach losgegangen, die Straße entlang, im Regen. Doch in welche Richtung? Sie war doch verletzt gewesen und während des Wartens zusammengebrochen. Jemand hatte sie zu den Sanitätern gebracht. Doch in welchen Wagen?

Während ich dort wie versteinert stand und eine Panikwelle meinen Brustkorb zusammenpresste, hörte ich wieder dieses Geräusch, das ich vorhin schon wahrzunehmen geglaubt hatte. Wie das Wiehern eines Pferdes.

Und dann hörte ich noch etwas. Einen Knall, der alle anderen Töne für eine Sekunde zerriss.

Ich warf den Kopf herum und hetzte in die Richtung, aus der das Geräusch gekommen war.

Etwa hundert Meter die Straße hinunter fand ich, was ich vermutet hatte. Dort lag ein großer Pferdetransporter auf der Seite. Allein der Anblick ließ mich aufstöhnen. Die Vorstellung, wie es darin zugegangen sein musste, war grauenerregend.

Im Innenraum konnte ich zwei oder sogar drei große Leiber erkennen. Beine und Hufe, die scheinbar kreuz und quer übereinanderlagen.

Am Straßenrand lag ein weiteres Pferd, an dessen Bauch die Haut in Fetzen hing, in einer großen Blutlache. Es war tot.

Neben ihm ein uniformierter Polizist, die Dienstwaffe noch in der Hand. Und nur wenige Meter entfernt stand meine Tochter und starrte mit glasigem Blick auf die Szenerie.

»Oh Gott!«, entfuhr es mir. Ich rannte zu ihr hinüber und berührte ihre Schulter. Sie wandte sich zu mir um, und in ihren Augen stand unsagbares Entsetzen.

»Komm, mein Schatz«, sagte ich und zog sie in meinen Arm. »Komm, wir gehen zurück.«

Sie wehrte sich nicht gegen meine Berührung. Doch es schien ihr schwerzufallen, ihre Füße zu bewegen. Nur langsam, Schritt für Schritt, konnte ich sie von diesem grauenhaften Anblick fortführen.

Und so hörten wir mit an, was ganz in der Nähe gesprochen wurde. Ein älterer Mann in grünem Overall hielt mit schmerzverzerrtem Gesicht seinen linken Arm an den Körper gepresst und diskutierte mit zwei Polizisten.

»Ich sag doch, es hat keinen Sinn. Wo soll ich denn hin mit dem? Mein Arm ist gebrochen, verdammte Scheiße noch mal. Der Wagen ist Schrott. Wollen Sie sich etwa drum kümmern und das Pferd mit nach Hause aufs Sofa nehmen?«, ereiferte er sich gerade. »Wozu zahle ich eigentlich Steuern, wenn man sich in so einer Lage nicht auf euch verlassen kann?«

Die Polizisten murmelten kurz miteinander, dann nickten sie und entließen den grünen Overall mit einer Geste in Richtung Rettungswagen.

Einer der Polizisten brüllte: »Carlos? Carlos, los komm hier rüber mit dem Tier!«

Vom Seitenstreifen hinter dem umgestürzten Hänger kam ein junger Uniformierter mit einem weiteren Pferd an einem Strick. Das Tier sah nicht verletzt aus, zitterte jedoch am ganzen Körper und blickte mit rollenden Augen um sich.

»Am besten da drüben, neben das andere«, dirigierte der ältere Polizist.

Ich hielt den Atem an. Clara, die vorher den Kopf an meine Brust gedrückt hatte, wand sich in meiner Umarmung und versuchte hinzusehen.

»Komm, mein Schatz. Na, komm«, versuchte ich sie mit möglichst ruhiger Stimme zum Weitergehen zu ermuntern.

Doch in dem Moment, als der junge Uniformierte mit dem Pferd zu dem am Boden liegenden trat, schien das Tier regelrecht zu explodieren. Es riss den Kopf hoch, zerrte an dem Strick und bäumte sich auf, sodass der junge Mann einen Augenblick vom Boden abhob und sich mit aller Gewalt in das Seil hängen musste. Ein Kollege kam ihm zur Hilfe, und gemeinsam klammerten sie sich an den Strick. Doch das Pferd schlug mit allen Hufen gleichzeitig aus, rutschte auf dem nassen Asphalt aus, stolperte wirr herum und gab so schrille Töne von sich, dass man sie nicht als Wiehern hätte bezeichnen können.

Es schrie.

Es schrie aus Leibeskräften vor Angst und vielleicht auch aus Trauer um seine toten Artgenossen. Und wie es schien, schrie es auch aus Furcht vor dem, was ihm nun bevorstand.

In dem Moment, als der Polizist die Waffe hob, riss Clara sich aus meinen Armen los. Mit einem Schrei, der furchtbarer war als alles, was ich heute gehört und gesehen hatte, rannte sie hinüber zu dem Randstreifen, auf dem die Männer mit dem wild gewordenen Pferd kämpften.

Für einen winzigen Augenblick blieb mir das Herz stehen. Die Waffe. Clara. Die wirbelnden Hufe. Doch dann stürzte ich ihr nach.

»Nein! No! No! No!«, gellten Claras Schreie durch den Regen.

Ich konnte nur sie sehen, die wehenden Säume der durchnässten Sweatshirtjacke, ihre blassen Hände, die wild gestikulierten. Ich wollte sie fassen, greifen, nicht mehr loslassen. Doch sie gebärdete sich ähnlich wie das Pferd und wollte allen Ernstes auf den Polizisten mit der Waffe losgehen.

Der war so verblüfft, dass er nur versuchen konnte, sie sich irgendwie vom Leib zu halten, während seine beiden Kollegen nach wie vor den Strick des durchdrehenden Tieres umklammerten und sich mit ihrem ganzen Gewicht daran hängten.

Weil sie ihm die Waffe nicht entreißen konnte, verlegte Clara sich auf eine andere Taktik und klammerte sich derart fest an den uniformierten Mann, dass ich befürchtete, sie wolle ihn erdrosseln.

»Hola, Señorita, ho ho, ist ja gut, ist ja gut«, stammelte der Mann auf Spanisch.

»No! No!«, wiederholte Clara schluchzend und löste kurz

eine Hand von seinem Hals, um damit zu dem Pferd hinüber zu deuten.

Dann war ich bei ihr. »Clara«, sagte ich, so sanft ich es mit pumpendem Atem und rasendem Herzen konnte. »Clara, es ist alles in Ordnung. Beruhige dich, mein Schatz.« Ich nahm ihre Hand und wollte sie in meine Arme ziehen, doch sie sträubte sich.

»Nicht schießen, Señor!«, schluchzte sie. »Nicht schießen!«

Das Blut gefror mir in den Adern. »Señor«, wandte ich mich rasch an ihn. »Bitte!«

In diesem Moment gab das Pferd ein letztes verzweifeltes Wiehern von sich und stand dann zitternd still.

Clara, halb in meinem Arm, halb an den Uniformierten geklammert, weinte so heftig, dass ihr schmaler Körper nur so geschüttelt wurde.

»Señora, was soll ich tun?«, sagte der Polizist und hob entschuldigend die Hände. »Das Tier ist verletzt.«

»Aber doch offenbar nicht schlimm«, erwiderte ich rasch. »Wenn es so schwer verletzt wäre, könnte es doch nicht so …«

Wir sahen beide hinüber zu dem Tier, das dort im Regen am ganzen Körper bebte. Doch offenbar hatte es all seine Energie in diesen letzten Ausbruch gesteckt. Es hatte den Kopf gesenkt und rührte sich nicht mehr.

»Aber was soll ich denn machen, Señora?« Der Polizist, durch die schluchzende Clara behindert, steckte umständlich die Waffe zurück in sein Holster und tätschelte dann mit einer Hand etwas unbeholfen Claras Schulter. »Der Besitzer sagt, ich soll es erschießen. Der Transporter ist hin. Mit dem kann er das Tier nicht von hier wegbringen. Und er selbst wird gleich ins Krankenhaus gebracht, sobald alle Schwerverletzten geborgen sind. Die Pferde waren auf dem Weg zum Schlachter. Wer soll sich denn darum kümmern?« Ernst sah er mich an.

»Wissen Sie, wir ... ich ... meine Tochter hatte eine sehr schwere Zeit. Sie würde es nicht verkraften, wenn ...«

»Bitte ... nicht schießen!«, flüsterte Clara und vergrub ihr Gesicht an meinem Hals. »Bitte nicht ... schießen.«

Eine eiskalte Hand griff geradewegs in meine Brust hinein und drohte, mein Herz zu zerquetschen. Ich konnte es ihm unmöglich sagen.

»Wir warten einen Augenblick«, sagte er leise zu mir. »Bringen Sie Ihre Tochter zurück zu Ihrem Wagen. Da kann sie sich beruhigen. Ich warte, bis Sie weg sind.«

Natürlich hatte er an meinem Akzent gehört, dass wir Deutsche waren. Und wahrscheinlich ging er davon aus, dass mein Spanisch weit besser sei als Claras. Er konnte ja nicht wissen, dass sie seit jeher das Sprachtalent in unserer Familie war und daher jedes Wort verstehen konnte.

»Nein«, sagte Clara an meinem Hals, löste endlich ihre Hand vom Revers des Polizisten und sah zu dem Pferd hinüber. Dann hob sie das Gesicht zu mir. »Mama, hast du denn nicht gesehen ...?« Ihre Augen schwammen immer noch in Tränen. Ich wollte sie so gerne trösten, sie beschützen, alles Böse von ihr fernhalten. In diesem Moment fühlte ich mich so hilflos und schwach wie noch nie. »Hast du denn nicht gesehen, wie sehr er leben will?«

Die letzten Worte waren nicht mehr als ein Hauch. Doch sie durchfluteten mich wie heiße Wellen, leckten mit Feuerzungen an Stellen, die ich doch so gut verborgen geglaubt hatte.

Nun sah auch ich hinüber. Sah das regennasse, stumpfe Fell, die Muskeln, die darunter zuckten, die nach hinten gelegten Ohren, die weit geblähten Nüstern, die unergründlichen dunklen Augen, in denen sich Hoffnungslosigkeit widerspiegelte. Mit Entsetzen musste ich feststellen, dass der

Ausdruck in ihnen mich an eben jenen Ausdruck erinnerte, den ich in den letzten beiden Jahren viel zu häufig in den Augen meines eigenen Kindes gesehen hatte.

»Señora?«, fragte der Polizist.

»Einen Moment«, sagte ich. »Würden Sie bitte kurz auf meine Tochter achten? Ich bin sofort zurück.«

Er war zu überrascht, um abzulehnen, und ich konnte seinen und Claras Blick in meinem Rücken spüren, als ich mich zwischen den Autowracks zu den beiden großen Sanitätswagen hindurchschob, die es bis hierher ins Auge des Sturms geschafft hatten.

Der Mann in dem grünen Overall saß dort auf einer Liege, neben etlichen anderen Verletzten, die sich Arme oder Platzwunden am Kopf hielten und darauf warteten, dass sie versorgt wurden.

»Señor?«, sprach ich ihn an. Er hob den Kopf und sah mich mit blutunterlaufenen Augen an. Noch immer presste er mit schmerzverzerrtem Gesicht sein linkes Handgelenk an den Körper. »Ihnen gehört das Pferd da drüben, richtig?«, fragte ich ihn.

»Verflucht«, raunzte er und spuckte aus. »Ich hab's denen doch schon gesagt. Weg damit! Wie soll ich das Vieh denn hier vom Fleck bekommen mit 'ner gebrochenen Hand und ohne Hänger? Die Ladung ist sowieso hin. Wahrscheinlich muss ich jetzt auch noch den Abdecker bezahlen. Verdammt noch mal!« Er fluchte weiter leise vor sich hin.

»Wie viel hätte der Schlachthof Ihnen für das Tier gezahlt?«, fragte ich.

Sofort verstummte er und sah mich genauer an. »Wie meinen Sie das?«

Ich griff in die Innentasche meiner Jacke, um mein Scheckbuch herauszuholen.

»Der Preis, den der Schlachter Ihnen für dieses Pferd gezahlt hätte«, wiederholte ich, als sei es nicht seine Hand, sondern sein Kopf, der etwas abbekommen hatte. »Wie viel?«

In seinen Augen glomm etwas auf, das ich schon oft gesehen hatte. Jemand, der sich gerade noch am Rande einer kleinen Katastrophe gewähnt hatte, witterte ein Geschäft.

»Ich warne Sie«, setzte ich hinzu. »Es ist sehr viel Polizei hier vor Ort. Ich meine den Preis für dieses *eine* Pferd, nicht für alle fünf.«

»Na ja«, sagte der Mann. »Er hat gut angesetzt. Kam nach seiner Mutter.« Er deutete mit dem Kopf zu der Pferdeleiche hinüber, die dort am Straßenrand lag. Ich schauderte. Dort lag die Mutter des Pferdes? »Würd mal sagen, achthundert.«

Ich stellte den Scheck aus, ohne ein weiteres Wort zu verlieren.

Der Mann griff mit der unverletzten Hand in die Brusttasche seines Overalls und zog einige zu einem harten Bündel zusammengerollte Papiere hervor. Mühsam durchblätterte er sie und hielt mir schließlich einige davon entgegen.

»Die anderen sind hin«, sagte er mürrisch. »Wenn ich daran denke, dass ich sie letzte Woche alle an diese neue Ponyfarm hätte verkaufen können ... Verdammt! Hätt' ich das mal gemacht. Dann hätte ich das Geld jetzt in der Tasche und mein Arm und mein Transporter wären noch heil.«

Ich hatte noch nie so etwas Unbarmherziges gehört.

Als ich mich bereits zum Gehen wandte, hatte der Mann die Dreistigkeit, mit dem Scheck zu wedeln und zu fragen: »Woher weiß ich, ob der gedeckt ist?« Ich sah mich nicht mehr um. Für heute hatte ich genug Elend erlebt.

Clara und der Polizist blickten mir entgegen, als ich zu ihnen zurückkehrte.

»Es ist alles geklärt«, berichtete ich ihnen. »Ich hab das Tier gekauft.«

»Mama!«, rief Clara, diesmal mit einer so fassungslosen Mischung aus Unglauben und Begeisterung in der Stimme, dass ich trotz der Situation kurz lächeln musste.

»Sie haben dieses Pferd gekauft?«, wiederholte der Polizist und sah mich an, als überprüfe er mich heimlich auf eventuelle Kopfverletzungen.

»Richtig«, sagte ich und hielt ihm die Papiere hin. Er studierte sie kurz und sah mich wieder ungläubig an.

»Das muss ich natürlich nachprüfen«, erwiderte er vorsichtig.

Ich machte eine Geste, die besagte, er solle sich beim grünen Overall ruhig erkundigen. Während er hinüberging und ein kurzes Gespräch mit dem ehemaligen Besitzer unseres Pferdes führte, bei dem beide mehrmals den Kopf schüttelten und verstohlen herüberschauten, ging Clara langsam auf den Randstreifen zu, und ich folgte ihr.

Nachdem das Tier sich nicht mehr so wild gebärdete, hielt nur noch ein Uniformierter den Strick. Der Polizist war deutlich jünger als der, den Clara zu erdrosseln versucht hatte, vielleicht war er noch nicht lange im Dienst. Er sah ein wenig blass aus und schien eher froh, sich hier aufhalten zu dürfen, statt zwischen all den Verletzten herumlaufen zu müssen. Mit ruhiger Stimme sprach er auf das Pferd ein und streichelte immer wieder seinen regen- und schweißnassen Hals.

Clara trat etwas verlegen zu ihm, hielt aber gebührenden Abstand zu dem Tier. Sie war nie eines dieser pferdeversessenen Mädchen gewesen, die mit naturgegebener Selbstverständlichkeit mit diesen großen Tieren umgehen, schon mit fünf Jahren fest im Sattel sitzen und mit zehn ihr erstes

Springturnier gewinnen. Natürlich mochte sie Tiere, fragte hin und wieder nach einem Hund oder einer Katze, aber nie mit solcher Inbrunst, dass ich dem hätte nachgeben wollen. Nach den furchtbaren Erlebnissen vor zwei Jahren hatte ich hin und wieder darüber nachgedacht, ob ein Haustier ihr vielleicht helfen würde. Helfen, über den Schmerz hinwegzukommen. Doch als ich sie einmal vorsichtig danach fragte, sah sie mich nur sehr ernst mit ihren dunklen Augen an und schüttelte dann langsam den Kopf. Sie war untröstlich, wie hätte da ein Hund helfen können.

Und nun stand sie hier, und ihre vom Weinen geröteten Augen glänzten, während sie dieses Pferd betrachtete, das in seiner niedergerungenen Panik mit den geweiteten Nüstern und rollenden Augen wenig anziehend auf mich wirkte.

Ich legte den Arm um sie, und sie schmiegte sich hinein.

»Es scheint sich beruhigt zu haben, oder?«, sagte ich zu dem jungen Polizisten, der uns fragende Blicke zuwarf.

»Irgendwann geben sie auf«, erwiderte er und streichelte erneut den Hals des Tieres.

»Sie kennen sich aus mit Pferden?«, fragte ich.

»Früher bin ich geritten«, sagte er. »Als Kind. Mein Onkel hat hier ganz in der Nähe eine Rinderzucht, gleich da drüben, sehen Sie? Für uns Kinder gab es zwei, drei Ponys. Da bekommt man ein bisschen was mit, wie die so ticken.«

Sein älterer Kollege kam zurück, sie wechselten kurz ein paar leise Worte, er nickte mir zu und verschwand wieder.

»Da hat er ja Glück gehabt«, sagte der junge Polizist und lächelte mich scheu an. »Sonst läge er jetzt auch da drüben bei den anderen.«

Bei seiner Mutter, dachte ich und spürte, wie ein kalter Schauder mir den Rücken hinunterjagte.

Doch seine Stimme riss mich wieder aus den Gedanken:

»Aber wenn Sie erlauben, Señora ... was wollen Sie denn jetzt mit ihm machen?«

Rasch warf ich Clara einen Blick zu. Doch sie war vollkommen damit beschäftigt, das Pferd zu betrachten, und hatte sich in ihre eigene, stille Welt zurückgezogen, in der ich sie in den vergangenen zwei Jahren so oft hatte verschwinden sehen – unerreichbar für mich.

»Ich habe nicht die geringste Ahnung«, seufzte ich.

* * *

Als die Autobahn nach etlichen Stunden endlich geräumt werden konnte, saßen auch Clara und ich wieder im Wagen und reihten uns in die Schlange der Fahrzeuge ein, die noch fahrtüchtig waren. Wir nahmen die nächste Ausfahrt und folgten der Beschreibung des jungen Polizisten.

Clara zappelte auf dem Sitz neben mir herum und sprach davon, dass das Schicksal auf alle Fälle seine Finger im Spiel gehabt hatte und uns ausgerechnet diesen jungen Mann geschickt hatte. Denn er hatte vorgeschlagen, seinen Onkel auf der nahe gelegenen Rinderfarm anzurufen und nachzufragen, ob er bereit wäre, das Pferd für ein oder zwei Nächte zu beherbergen. Der Polizist war sehr nett und freundlich zu uns gewesen. Doch auch er war ein Stück zur Seite getreten und hatte leise und rasch ein paar Sätze in sein Handy gemurmelt, in denen es wahrscheinlich um eine irre Deutsche und deren durchgedrehte Tochter ging.

Der Polizist hatte von seinem Vorgesetzten die Erlaubnis erhalten, das Pferd über die angrenzenden Äcker zu der riesigen Farm hinüberzuführen, die seinem Onkel gehörte. Das Pferd war ihm gefolgt, anfangs ein wenig störrisch, dann langsam und resigniert.

Als Clara und ich auf dem Hof eintrafen, war das seltsame Paar bereits angekommen. Es herrschte hektische Betriebsamkeit, da eine der ehemaligen Ponyboxen, die nun offenbar als Lager für irgendetwas dienten, leer geräumt und für das Pferd hergerichtet werden musste. Männer liefen hin und her, schoben Schubkarren und riefen sich etwas zu.

Dann führte der junge Polizist das Pferd, das die ganze Zeit mit aufgerissenen Augen und gesenktem Kopf auf dem Hof gestanden hatte, in den Stall.

An der Boxentür gab es noch einen kritischen Moment, denn das Tier erschrak vor dem kleinen Raum und wollte auf keinen Fall hinein. Doch einer der herumstehenden Arbeiter gab ihm mit einer langen Stange einen Schlag aufs Hinterteil. Daraufhin machte das Pferd einen Satz und stand mitten in der Box zitternd still.

Die Tante des Polizisten, eine kleine, untersetzte Spanierin in einem ärmelfreien Kittel und Gummistiefeln, führt uns ins Haus, wo sie uns in der geräumigen Küche mit abgenutztem Holzboden starken Kaffee und eisgekühlte Limonade anbot.

Ununterbrochen sprach sie entweder von dem Unfall, in den offenbar über sechzig Fahrzeuge verwickelt gewesen waren, oder von ihrem Neffen, der ihr ganzer Stolz zu sein schien, da sie selbst nur drei erwachsene Töchter habe, wie sie sagte.

Ich warf Clara einen Blick zu. Meine Tochter. Nicht nur mein ganzer Stolz, sondern auch mein ganzer Kummer. Meine ganze Sorge. Und all meine Hoffnung.

Clara schien zu unruhig, um lange still zu sitzen. Und so bat ich die Señora, uns das Zimmer zu zeigen, das sie uns freundlicherweise für die kurze Zeit unseres Aufenthaltes zur Verfügung stellen wollte. Es war das ehemalige Kinderzimmer zweier ihrer Mädchen, deren Anwesenheit noch im Raum waberte wie ein schwacher Parfümduft. An den Wänden hingen Poster von Rockstars neben Heiligenbildchen.

Clara ließ sich auf eines der bunt bezogenen Betten fallen.

»Die sind nett«, sagte sie. »Ich meine, die helfen uns einfach so. Die helfen uns, ihm zu helfen. Oder?«

Ich sah aus dem Fenster. Der Regen hatte nachgelassen.

»Ja, das ist sehr freundlich, nicht? Sie scheinen sich mit Pferden auszukennen«, wagte ich einen behutsamen Vorstoß. Als wir auf der Farm angekommen waren, hatte sich nämlich in meinem Kopf eine Idee gebildet.

»Hm«, machte Clara.

»Ich meine, sie hatten früher Ponys. Und Pedro hat doch erzählt, dass er und die Kinder aus der Nachbarschaft oft auf ihnen geritten sind.« Pedro war der junge Polizist, der sich verabschiedet hatte, nachdem das Pferd in der Box sicher untergebracht war.

Jetzt sah Clara mich misstrauisch an.

»Bestimmt würde unser kleiner Glückspilz da unten sich hier wohlfühlen. Was meinst du?«, setzte ich hinzu und lächelte sie an.

»Du willst ihn hierlassen?«, fragte meine Tochter mich empört.

Ich seufzte. »Clara, schau mal, wie sollen wir ihn denn nach Deutschland bekommen? Wir bräuchten einen richtigen Anhänger. Und Papiere für den Zoll. Man kann Pferde bestimmt nicht einfach so quer durch Europa karren.«

»Das haben wir ja auch gar nicht vor!« Ihre braunen Augen funkelten mich wütend an. »Wir wollen ihn nur nach Hause bringen. Damit ihm nichts passieren kann.«

»Natürlich soll ihm nichts passieren«, sagte ich und wollte ihr beruhigend übers Haar streichen, doch sie wischte meine Hand fort.

»Wenn es an der Uni irgendwelche Schwierigkeiten gäbe, würdest du dich nicht aufhalten lassen!«, fauchte sie.

Einen winzigen Moment lang sah ich Steffen in ihr und musste blinzeln.

»Pass auf, wir schlafen erst mal eine Nacht darüber«, lenkte ich ein. Das war schon immer bei wichtigen Entscheidungen mein Grundsatz gewesen. »Nach so einem anstrengenden Tag kann man meistens nicht mehr klar denken. Okay?«

Clara musterte mich kurz, als wollte sie abwägen, ob sich ein offener Streit lohnen würde. Doch dann nickte sie. Wir waren beide müde.

»Darf ich noch mal zu ihm gehen? Vielleicht fühlt er sich besser, wenn jemand bei ihm ist und er nicht ganz allein in dem Stall steht«, sagte sie mit leiser Stimme.

»Sicher. Aber öffne auf keinen Fall die Boxentür, hörst du?! Und denk dran, dass Señora Rodriguez gesagt hat, sie bereitet das Abendessen vor. Wäre nicht nett, sie warten zu lassen.«

»Hm.«

Sie stand auf, zog einen warmen Pulli aus ihrem Koffer und verschwand zur Tür hinaus, ohne mich noch einmal anzusehen.

Ich starrte noch eine ganze Weile auf die geschlossene Tür und ließ mich dann selbst auf das andere Bett sinken.

Was hatte ich nur angerichtet?

* * *

Obwohl Claras Spanisch besser war als meins, sprach sie beim Abendessen kaum ein Wort und aß nur gerade so viel, wie es die Höflichkeit gebot. Mir fiel auf, dass sie kaum noch die Augen offen halten konnte, obwohl es erst kurz vor acht und noch taghell war.

Ich schickte sie ins Bett und war froh über die Gelegenheit, mit Señor Rodriguez über meine Idee zu sprechen, das Pferd in seiner Obhut zu lassen. Wie ich vermutet hatte, war es – wie so vieles im Leben – lediglich eine Frage des Geldes. Wir handelten einen Preis aus, zu dem der Wallach hier auf dem Hof würde versorgt werden können, und ich versprach, es mir bis zum nächsten Morgen zu überlegen. Als ich schließlich nach oben kam, fand ich Clara, noch angezogen und nur halb zugedeckt, auf dem einen Bett tief und fest schlafend.

Ich stand eine ganze Weile vor ihr und betrachtete sie.

Während sie tagsüber jetzt schon oft älter und reifer wirkte, als man es bei ihren dreizehn Jahren erwarten würde, schien sie im Schlaf wieder zu dem kleinen Mädchen zu werden, das ich so gut kannte und so sehr liebte.

Ich deckte sie richtig zu und strich ihr eine Haarsträhne aus dem weichen Gesicht. Sie murmelte etwas im Schlaf, und ich wünschte ihr von Herzen einen wunderschönen Traum.

Dann zog ich mich aus und schlüpfte unter die leichte Decke des anderen Bettes.

Ich lag wach, bis es draußen stockdunkel war. Schließlich drang aus dem Haus kein Geräusch mehr herauf. Nur das Rauschen des Verkehrs auf der Autobahn war zu hören und ab und zu das Muhen eines Rindes.

Ich dachte an das Pferd, das im Stall stand.

Ein Tier, dessen Lebensumstände sich in den letzten vierundzwanzig Stunden wirklich gravierend geändert hatten. Es hatte eine entsetzliche Katastrophe überlebt, hatte seine Artgenossen, seine Mutter sterben sehen. Und nun stand es allein dort unten und war wahrscheinlich vor Angst halb wahnsinnig.

Als ich mir den Wallach in seiner Box vorzustellen versuchte, wurde mir klar, dass ich gar nicht richtig wusste, wie er aussah. Natürlich, er war dunkelbraun. Mähne und Schweif waren schwarz, und da war viel Weiß in seinem Gesicht. Irgendwo am Körper hatte er eine größere weiße Stelle. Doch aus diesen Details konnte ich in meinem Kopf kein Gesamtbild herstellen.

Unser Pferd.

Ich hatte nie eins haben wollen. Als Kind nicht. Und als Uni-Professorin sowieso nicht. Pferde machten jede Menge Arbeit und verschlangen Unsummen an Geld. Sie waren etwas für Leute, die entweder nicht wussten, wohin mit ihren Euros, oder die, aus welchen Gründen auch immer, eine für mich unerklärliche Begeisterung für diese kraftvollen, großen Lebewesen mit diesem unberechenbaren Verhalten hegten.

Die Erfüllung eines lange gehegten Wunsches war also nicht der Grund, warum ich mich schließlich gegen das Angebot von Señor Rodriguez entschied. Es hatte eher etwas mit der Frage zu tun, was mit dem Tier wohl geschehen würde, wenn wir es hierließen.

Der Bauer machte einen netten Eindruck. Aber schon der eine Abend hatte ausgereicht, um zu erkennen, dass er nicht aus übergroßer Liebe zur Natur Landwirt geworden war. Er war Geschäftsmann. Und als solcher betrachtete er seine Geschäftseinlagen, die Rinder. Was sollte er mit einem Pferd anfangen? Wie sollte ich von Deutschland aus kontrollieren, ob es dem Tier wirklich gut ging? Es ist eine vertrackte Sache, wenn du ein Leben rettest. Denn von Stund an wirst du dich für dieses Leben verantwortlich fühlen.

Das war der Grund, warum ich nach einer unruhigen Nacht am nächsten Morgen Señor Rodriguez bat, mir bei der Suche nach einem gebrauchten Pferdehänger behilflich zu sein.

Claras Reaktion zeigte mir, dass ich damit recht hatte. Sie fiel mir um den Hals und lief sofort in den Stall.

Meine Frage nach dem zu kaufenden Hänger löste im Haus einige Aufregung aus. Es stellte sich heraus, dass in irgendeiner Scheune noch ein alter, aber fahrtüchtiger Hänger herumstand, den zu verkaufen man nur zu gern bereit war.

Mittags kam Pedro erneut auf den Hof, nahm alle meine Daten auf und erledigte beim Straßenverkehrsamt für mich die Anmeldung des Hängers. Außerdem hatte er einen Freund beim Zoll, der wertvolle Tipps und Hinweise für die Überführung des Tieres gab und, jedenfalls glaubte ich, es so zu verstehen, auch das Überspringen einiger zeitraubender Vorgänge möglich machte. Es galt, diverse Formulare auszufüllen, ein Tierarzt musste sich das Pferd anschauen und das nötige Gesundheitszeugnis ausstellen. An all dem wäre ich kläglich gescheitert, hätten Pedro und seine Tante dabei nicht geholfen.

Der Tag verging rasend schnell. Ein Hilfsarbeiter der Farm, der sich mit Pferden auskannte, zeigte uns, wie wir unseren Schützling während der Fahrt versorgen mussten. Clara stellte sich dabei geschickter an als ich und feixte, wenn ich zurückzuckte, nur weil das Pferd einmal schnaubte. Ich ließ sie spotten und gönnte ihr den kleinen Triumph. Mir war alles recht, was sie aufmunterte.

Als der nächste Tag anbrach, waren wir beide bereits bei Sonnenaufgang wach. Wir nahmen ein kleines Frühstück zu uns, ich regelte mit Señor Rodriguez das Finanzielle in Bezug auf den Hänger und das Futter, das wir für die Reise benötigten. Für unsere Unterkunft und das Essen wollte Señora Rodriguez kein Geld und drohte ihrem Mann mit dem Kochlöffel, falls er es wagen sollte, etwas anzunehmen.

Ich dankte den beiden überschwänglich und versprach, mich zu melden, wenn wir heil zu Hause angekommen waren.

»Jetzt müssen wir ihn nur noch verladen, und dann können Sie aufbrechen«, sagte Señor Rodriguez.

Doch genau das stellte sich als gewaltiges Hindernis heraus.

Ein Bursche kam mit dem Pferd am Führstrick aus dem Stall. Der Wallach folgte ihm mit hängendem Kopf. Doch sobald er begriff, dass man ihn auf den schmalen Pferdehänger führen wollte, kam Leben in ihn. Er legte einfach den Rückwärtsgang ein, scheute und wieherte schrill.

»Das war ja klar«, stellte Clara fest, dreizehn Jahre alt und in diesem Moment die Klügste von uns allen.

Wir alle hatten nicht daran gedacht, dass die letzte Begegnung mit einem Pferdetransporter für das Tier in einer entsetzlichen Katastrophe geendet hatte. Clara zog eine Möhre aus ihrer Umhängetasche und näherte sich damit vorsichtig dem Pferd, das etwa zehn Meter vor dem Hänger zum Stehen gekommen war. Sie hielt ihm die Möhre hin. Der Wallach warf den Kopf herum und legte die Ohren an.

Ich sah die Männer ratlos an. Sie berieten sich kurz. Dann holte einer von ihnen einen langen Stock. Während zwei von ihnen das Pferd nach vorn zogen, teilte einer von hinten Klapse mit dem Stock aus. Der Wallach riss die Augen auf, sprang nach links und rechts und näherte sich schließlich mit hochgerissenem Kopf und rollenden Augen dem Hänger.

Doch als sein erster Huf die Rampe berührte, war es endgültig mit seiner Fassung vorbei. Er scheute erneut zurück, stemmte regelrecht die Hufe in den Boden und ließ sich die nächsten zehn Minuten nicht einen Zentimeter weiter an den Hänger heranbringen.

Wieder wurde beraten und diskutiert. Ein langes Seil wurde herangeholt und vorsichtig um das Hinterteil des Wallachs gelegt. Dann versuchten fünf Männer gemeinsam, ihn in den Hänger zu bringen. Dieses Tauziehen hätte komisch aussehen können. Doch niemand lachte. Am allerwenigsten

Clara, die sich an meine Seite presste und den Geschehnissen mit besorgter Miene und rasch gehendem Atem folgte.

Tatsächlich sah es so aus, als sollten die Männer mit dieser Taktik Erfolg haben. Doch erneut stellte sich der erste Schritt auf die Rampe als das größte Hindernis heraus.

Der Ton, der entstand, als der Wallach mit dem Huf das Metall berührte, erschreckte ihn dermaßen, dass er regelrecht explodierte. Er machte einen gewaltigen Satz, seine Hufe wirbelten herum, die Männer wurden umgerissen und fielen alle fünf in den Matsch.

Als das Pferd wieder still stand, befand es sich weiter vom Hänger entfernt als zuvor.

* * *

Ich sah zum hundertsten Mal an diesem Morgen auf die Uhr. Seit mehr als zwei Stunden bemühten wir uns nun hier und machten nur minimale Fortschritte.

Inzwischen war jemand auf die Idee gekommen, die Rampe des Hängers mit einer dicken Gummimatte zu polstern. Doch das nützte nicht viel, denn der Wallach war gar nicht mehr in ihre Nähe zu bringen.

Zu allem Unglück hatte der Regen wieder eingesetzt. Clara und ich drängten uns unter einem Schirm, doch alle anderen wurden nass bis auf die Haut. Señor Rodriguez betrachtete mit grimmiger Miene die Versuche seiner Arbeiter, das widerspenstige Pferd zu verladen. Als der Wallach wieder einmal einige Schritte nach vorn und dann wieder genauso viele nach hinten gemacht hatte, schüttelte der Farminhaber den Kopf.

»Das bringt doch alles nichts«, sagte er und warf mir einen bedauernden Blick zu, der mich beunruhigte. Mit den Worten: »Ich habe etwas, das bei den Rindern immer hilft«, ging er an uns vorbei in einen der Ställe. Als er wieder herauskam, hielt er in der Hand einen etwa armlangen schwarzen Stock. Ich wollte ihn fragen, was das sei, doch sein Blick, der dann rasch zu Clara glitt, warnte mich davor.

Also sagte ich nichts. Und so waren meine Tochter und ich überhaupt nicht vorbereitet.

Señor Rodriguez nickte den Männern, die das Seil hielten, zu. Sie stemmten sich in den matschigen Boden. Dann näherte der Bauer sich von hinten dem schnaubenden Pferd und berührte es leicht mit dem einen Ende des Stocks.

Es gab ein kurzes, zischendes Geräusch, der Wallach bäumte sich wiehernd auf und wurde von den Männern weiter voran gezogen. Bevor er Gelegenheit hatte, seine Kräfte wieder zu sammeln, tippte Rodriguez ihn erneut mit dem Stock an. Und diesmal sprang der Wallach nach vorn auf die Männer zu. Die hatten alle Hände voll damit zu tun, ihn daran zu hindern, einfach an der Hängeröffnung vorbeizustürmen. Doch es gelang ihnen. Und wieder berührte das Stockende das nasse Fell.

Clara warf den Kopf herum und verbarg das Gesicht an meinem Hals. Sie wimmerte. Ich selbst konnte auch nicht mehr hinsehen, umfasste fest ihre Schulter und küsste beruhigend ihr Haar.

Noch drei Mal hörten wir das zischende Geräusch durch das Wiehern und Schnauben des Pferdes hindurch, dann ein Rumpeln und das erleichterte Aufatmen der Männer.

Ich sah wieder hin.

Einer befestigte gerade eine Eisenstange hinter dem bebenden Hinterteil des Wallachs, zwei andere wuchteten die Rampe hinauf und schlugen die Klappe hinter dem Pferd zu. Señor Rodriguez verriegelte fest die Einstiegstür.

Sobald die Tür verschlossen war, ließ das Stampfen nach, und der Hänger stand still. Durch den Regen war immer noch das laute Schnauben des rasch gehenden Pferdeatems zu hören.

Clara weinte leise.

Ich wusste nicht, was ich sagen sollte.

Ein »Danke« schien mir zu viel und zu wenig zugleich.

Die Männer hatten sich zwei Stunden lang abgemüht, sich blaue Flecken und Prellungen geholt, waren nass und verschlammt bis auf die Haut. Und sie hatten es letztendlich geschafft.

Aber wie? Auf welche Weise hatten sie es geschafft?

»Am besten, Sie fahren sofort los«, sagte Señor Rodriguez zu mir. »Aus einem fahrenden Hänger versuchen sie nicht wieder auszusteigen.«

Vielleicht sollte das ein Scherz sein. Doch ich nahm es als Anlass, mich tatsächlich schnell zu verabschieden und Clara auf den Beifahrersitz zu manövrieren. Dann setzte ich mich hinter das Steuer, hob die Hand und fuhr los.

***

Ich fuhr und fuhr. Parkte auf einem Rastplatz, schlief eine Stunde und fuhr wieder weiter. Die Landschaft da draußen veränderte sich. Die im Regen trostlos wirkende Weite mit Äckern und Feldern wurde durch eine hügelige Landschaft mit kleinen Wäldchen abgelöst.

Die Grenze nach Frankreich brachten wir problemlos hinter uns. Der Zollbeamte warf nur einen Blick auf die Papiere und in den Hänger und winkte uns weiter. Das Wetter besserte sich, die Sonne kam heraus. Clara schlief ein. Wachte auf. Hatte Hunger. Musste zur Toilette. Versorgte auf dem Rastplatz durch die Klappe am Kopfende des Hängers das Pferd mit Wasser, Heu und einer Art Müsli. Schlief wieder ein. Ich fuhr. Wir ließen Marseille rechts liegen und fuhren nordwärts Richtung Lyon.

In einer unserer Pausen rief ich in der Uni an und erwischte Beatrice kurz vor der Mittagspause.

»Emilie?«, sagte sie, und ihre Stimme hätte nicht verwunderter klingen können. »Wo steckst du? Seid ihr noch nicht zu Hause?«

»Es kam etwas dazwischen«, sagte ich und berichtete ihr kurz, was geschehen war.

Sie hörte konzentriert zu, und als ich geendet hatte, war sie gleich wieder ganz die Beste aller Sekretärinnen. »Überlass das mir«, sagte sie geschäftig.

Keine zwei Stunden später hatte sie bereits gute Nachrichten für uns: Ein großer Stall am Stadtrand war bereit, unser Pferd gegen eine von Beatrice ordentlich ausgehandelte monatliche Summe einzustellen und zu versorgen. So langsam, wie wir vorankamen, und wenn ich zur reinen Fahrtzeit von etwa vierundzwanzig Stunden noch Pausen und zwei Übernachtungen addierte, würden wir dort am Dienstagmittag ankommen.

Clara war vollkommen aus dem Häuschen. Seit jenen furchtbaren Geschehnissen vor zwei Jahren hatte ich sie nicht mehr so aufgekratzt und lebendig erlebt. Die Erlebnisse des Unfalls, die verletzten, um Hilfe rufenden Menschen, die Schüsse und auch die letzten unschönen Ereignisse auf dem Rodriguez-Hof schien sie in irgendeinen Winkel ihres Unterbewusstseins geschoben zu haben. Sie sprach ausschließlich davon, wie sie täglich direkt von der Schule aus zum Stall fahren würde, um »ihr Pferd« zu versorgen. Wie sie reiten lernen würde und dass Pferde auch jede Menge Kunststücke lernen konnten – was ihrer Meinung nach den Hund komplett ersetzen würde. Sie steckte sich nicht ein einziges Mal die

Stöpsel in die Ohren, da sie dann ja eventuelle Geräusche aus dem Hänger nicht mitbekommen würde. Ja, einmal sagte sie sogar, fast wie nebenbei, dieser Spanienurlaub habe also doch seinen Sinn gehabt.

Das Vorhaben, über dem ich in den langen Stunden der Autofahrt brütete, wenn sie schlief – dass wir in Deutschland irgendjemanden finden würden, der uns dieses Pferd mit Kusshand abnehmen und ihm ein gutes Leben ermöglichen würde –, löste sich immer mehr in Dunst auf.

Mit jedem Kilometer, den wir zurücklegten, wurde mir bewusster, dass Clara, meine süße kleine Tochter, die seit zwei Jahren kaum noch Kontakte hatte und sich vollkommen in sich zurückgezogen hatte, eine innige Beziehung eingegangen war. Die war zwar momentan noch recht einseitig, aber trotzdem war mir klar, dass ich sie auf keinen Fall willkürlich wieder würde auflösen können.

* * *

Der Reitstall, den Beatrice für uns ausfindig gemacht hatte, war leicht zu finden. Endlich würden wir aus der Enge meines Autos entfliehen können.

Als wir auf den Hof fuhren, war in meinem Kopf jedoch eine Frage angeschwollen, die alle anderen Gedanken verdrängte wie ein gewaltiger Ballon, der da drinnen keinen Platz für etwas anderes ließ: Wie um Himmels willen sollten wir das Pferd gefahrlos aus dem Hänger bekommen?

In den vergangenen zwei Tagen hatte das Tier, das sich auf der spanischen Rinderfarm so wild gebärdet hatte, beengt zwischen den metallenen Wänden gestanden. Es hatte kaum gefressen, und jedes Mal, wenn Clara und ich die vordere Klappe öffneten, mit dem Kopf geschlagen und mit den Augen gerollt. Bestimmt würde es wie eine Granate herausgeschossen kommen, wenn wir die hintere Klappe herunterließen. Wer sollte es dann bändigen? Sicher nicht ich.

Ich parkte den Wagen so, dass er nicht im Weg stand, aber dennoch hinter dem Hänger ausreichend Platz blieb. Schon bei dieser Aktion erregten wir Aufsehen. Ein paar junge Mädchen in Polohemden und Reithosen saßen auf einem der Zäune und steckten die Köpfe zusammen. Clara hatte sie wahrscheinlich auch gesehen, schaute aber betont nicht in ihre Richtung. Weiter hinten auf dem Hof waren drei Frauen dabei, ihre Pferde zu striegeln, und blickten ebenfalls neugierig zu uns herüber.

Als ich den Motor abstellte, kamen aus dem größten der Ställe ein Mann und eine Frau in strahlend weißen Reithosen, um uns zu begrüßen.

Sie stellten sich als Frau und Herr Schellinger vor, die Besitzer der Reitanlage. Natürlich hatte Beatrice mich bei ihnen als Professorin angekündigt, und nun tauschten sie einen vielsagenden Blick. Wahrscheinlich hörten sie schon die Kasse klingeln.

Frau Schellinger sagte: »Tina wird auch gleich hier sein.«

Ich sah sie fragend an.

»Tina ist unsere Pferdeflüsterin hier auf dem Hof«, erklärte mir Herr Schellinger mit einem jovialen Lächeln.

»Pferdewirtin und Reitlehrerin«, erklärte seine Frau mit unbewegter Miene, als habe er gar nichts gesagt. »Sie ist immer dabei, wenn neue Pferde ankommen.«

Wie aufs Stichwort bog eine Frau Mitte dreißig um die Ecke und hielt, in der einen Hand ein aufgewickeltes Seil, auf uns Kurs. Ihr Reitdress bestand aus einer strapaziert wirkenden schlichten Reithose und einem verwaschenen T-Shirt mit dem Aufdruck »Welcome to Heaven«. Sie trug ihr kastanienbraunes Haar jungenhaft kurz, und ihr Händedruck war fest wie von einem Mann. Sie war mir sofort sympathisch.

»Wen haben wir denn da?«, fragte sie und nickte zum Hänger hinüber.

»Wir haben alle drei eine ziemliche Strapaze hinter uns«, antwortete ich. »Eigentlich sollte es ein Urlaub in Spanien werden, aber dann haben wir auf dem Heimweg mal eben ein Pferd vor dem Schlachter gerettet.«

»Da war ein Riesenunfall und wir mitten drin«, erklang plötzlich Claras helle Stimme neben mir. Die anderen Erwachsenen wandten sich ihr mit aller Selbstverständlichkeit zu. Doch ich war verblüfft. Es war lange her, dass Clara von sich aus vor Fremden den Mund aufgemacht hatte. »Die anderen Pferde sind alle erschossen worden, weil ihre Beine gebrochen waren. Aber er hatte einfach Glück, war gar nicht verletzt. Das wäre ja Mord gewesen. Also haben wir ihn mitgenommen.«

»Fantastisch«, sagte Tina und strahlte Clara an.

»Sie haben doch Pferdeerfahrung?«, fragte Frau Schellinger.

»Kaum«, antwortete ich lächelnd.

»Dann übernimmt Tina am besten das Kommando«, schlug Herr Schellinger vor. »Die Box ist doch vorbereitet, nicht wahr?«

Tina nickte, sagte jedoch: »Ich dachte, es wäre bei dem schönen Wetter besser, wenn unser Neuankömmling erst mal auf den Paddock drüben kommt und sich ein bisschen bewegen kann, wenn er möchte.« Sie nickte quer über den Hof zu einem offen stehenden Gattertor hinüber, das auf einen eingezäunten Sandplatz führte. »Sobald er sich beruhigt hat, kann Cilli ihm Gesellschaft leisten. Das ist eine alte Norwegerponystute aus dem Schulbetrieb. Seit vielen Jahren unser Verlasspferd für totale Anfänger. Sie kommt mit jedem gut klar«, setzte sie an Clara und mich gerichtet mit einem Lächeln hinzu.

Clara lächelte zurück.

»Na, dann wollen wir ihn mal rausholen, wie?«, meinte Tina.

»Ich hoffe, er macht keine Schwierigkeiten«, wagte ich anzudeuten, während wir zum Hänger hinübergingen. »Er hat sich ziemlich wild angestellt, als wir ihn reinführen wollten.«

»Ist doch klar«, brummte Clara und warf mir einen bitterbösen Blick zu, als hätte ich durch meine Worte einen unverzeihlichen Verrat begangen. »Er hatte bei dem Unfall echt nicht so viel Glück wie wir, oder?«

Tina ließ sich nicht aus der Ruhe bringen. Sie bot mir an, meinen Wagen zu fahren und auf diese Weise den Hänger so vor den Auslauf zu bringen, dass das Pferd direkt dort hineinspringen konnte. Als der Hänger entsprechend positioniert war, öffnete sie die Frontklappe und sah vorsichtig hinein. So viel ich erkennen konnte, stand das Pferd mit gesenktem Kopf still.

»Hallo«, sagte Tina zu ihm und hielt eine Hand hinein.

Doch es reagierte nicht.

Tina wandte den Kopf zu uns. »Wie heißt er denn?«

»Free Fellow«, antwortete Clara mit jener Selbstverständlichkeit, zu der nur Teenagermädchen in der Lage sind, wenn es darum geht, Pferden ihre Namen zu geben. »Aber wir werden ihn wohl nur Fellow rufen.«

Dann sah sie mich mit schief gelegtem Kopf an. »Das ist doch okay, Mama, oder?«

»Natürlich«, sagte ich rasch.

»Tja, dann, Fellow«, sagte Tina. Sie öffnete auch die vordere Klappe auf der anderen Hängerseite, wo jetzt natürlich kein Pferd stand, und stieg geschickt hinein.

Wir hörten sie drinnen beruhigend mit dem Tier sprechen. Dann erschien ihr Kopf in der Öffnung. »Kann jemand bitte die Klappe runterlassen? Ich hab den Strick am Halfter.«

Herr Schellinger verstand den Wink und löste am hinteren Ende des Hängers den ersten Verschluss. Ich warf einen raschen Blick hinüber zu den Mädchen, die auf dem Zaun saßen. Waren die auch weit genug weg? Konnte es eventuell gefährlich werden, wenn Herr Schellinger die Hängertür öffnete?

»Clara«, sagte ich und ergriff ihren Arm.

Doch meine Tochter sträubte sich. Sie hockte sich neben die vordere Klappe und murmelte beruhigend. Ich konnte nicht alles verstehen, nur so viel, dass er ein wunderschönes Pferd sei und dass er jetzt ein neues Zuhause bekäme, in dem es ihm nie wieder schlecht gehen würde. Und immer wieder sagte sie seinen Namen. Fellow.

Meine Sorge, das Pferd könne womöglich aus dem Hänger herausexplodieren, stellte sich als unbegründet heraus. Als die Klappe heruntergelassen wurde, wandte es zwar den Kopf und sah mit geweiteten Augen hinaus, doch ansonsten bewegte es sich nicht. Herr Schellinger löste die Eisenstange hinter dem Pferd. Und nun versuchte Tina, Fellow mit sanftem Zureden dazu zu bringen, dass er ein paar Schritte rückwärts ging.

Eine Weile sah es kritisch aus, denn Fellow versuchte zunächst tatsächlich, sich in dem engen Hänger umzudrehen. Ich hielt die Luft an und bewunderte Tina für ihre stoische Ruhe und das energische Durchhalten. Sicher hätte ich selbst dabei vollkommen die Nerven verloren.

Erst nach etlichen Minuten machte Fellow vorsichtig einen, zwei zaghafte Schritte rückwärts. Als er spürte, dass es hinter ihm bergab ging, wollte er gleich wieder hinein, doch

Tina wedelte vor ihm mit dem Strickende herum, und so ging er Stück für Stück die Rampe hinunter.

Clara, die rasch an meine Seite gekommen war, um besser sehen zu können, presste sich an mich, und ich hielt ihre Schulter fest umklammert. Beide starrten wir auf das am ganzen Körper bebende Tier, das da nun mitten auf dem Sandplatz stand.

Das war also Free Fellow? Unser Pferd?

Für mein umnebeltes Hirn, das viel zu viele Stunden Autofahrt hinter sich hatte, schien der dunkelbraune Wallach plötzlich viel größer, geradezu gewaltig, und viel realer als in Spanien. Sein Fell war stumpf und seine Mähne ungepflegt zottelig. Die breite weiße Blesse und der helle Bauch wirkten in diesem ungepflegten Zustand beinahe merkwürdig.

Tina, die sich, den langen Strick in der Hand, an die Seite des Hängers gestellt hatte, blieb gelassen stehen und beobachtete unser spanisches Mitbringsel, wie es mit hoch erhobenem Kopf, breitbeinig und vor Anspannung zitternd, dort stand.

Langsam ging sie ein paar Schritte vom Hänger und somit auch vom Gatter fort.

»Fellow«, sagte sie leise, aber mit fester Stimme. »Hey, Kleiner, keine Angst. Keiner will dir was tun. Komm einfach her zu mir, ja?«

Sorgsam, Stückchen für Stückchen holte sie den Strick ein, bis sie Kontakt zu ihm bekam. Fellow riss den Kopf hoch.

Clara atmete tief ein.

Ich drückte ihre Schulter.

Tina, von Fellow noch gut fünf Meter entfernt, wandte sich langsam zur Seite und ging einen Schritt rückwärts.

Einen Augenblick lang spannte sich das Seil, und ich dachte schon, dass er nun ausrasten würde, so wie er es am Straßenrand in Spanien getan hatte. Doch dann senkte er den

Kopf ein wenig, schnaubte und trat ebenfalls einen Schritt vor. Sofort ließ Tina den Strick locker und machte noch einen Schritt nach hinten.

Wieder folgte Fellow nach kurzem Zögern. Dann wandte Tina sich um und ging langsam los. Der Wallach folgte ihr mit Abstand bei durchhängendem Seil. Immer wieder blieb er stehen, sah sich mit weit aufgerissenen, starren Augen und geblähten Nüstern um. Tina ging bis ans hintere Ende des Sandplatzes, sodass Fellow mitten darauf stand, als sie sich vorsichtig zur Seite drehte und in einem großen Bogen um ihn herum zurück zum Gatter ging, um es zu schließen. Dann zog sie eine Art Galgen zu sich herein, an dem ein prall gefülltes Netz mit Heu hing.

Fellow folgte ihr noch ein paar Schritte und stand dann einfach da. Ohne Widerstand ließ er es geschehen, dass Tina sich ihm langsam näherte und das Seil vom Halfter löste.

»Das hat ja wunderbar geklappt«, sagte Frau Schellinger und wandte sich an mich. »Wollen wir dann das Formale regeln?«

»Natürlich«, sagte ich, leicht zögernd, weil ich hören wollte, ob Tina Fellows Einstieg auf dem Hof ähnlich lässig beurteilen würde.

Als sie zu uns herüberkam, konnte ich schon auf die Entfernung den ernsten Ausdruck in ihrem Gesicht erkennen.

Bei uns angekommen, sah sie mich einen Moment lang an, bevor sie Clara zulächelte. In ihrem Blick lag etwas, das mich beunruhigte.

»Er sieht aus, als sei er geschockt oder so was«, sagte Clara, während sie zu Fellow hinübersah.

»Ich fürchte, da hast du wohl recht«, erwiderte Tina.

Fellow hatte sich keinen Zentimeter bewegt, seit Tina ihn verlassen hatte.

»Vielleicht hat er das Heu noch gar nicht gesehen?«, fragte meine Tochter zaghaft.

Tina lächelte sie freundlich an, doch ich sah in ihrem Gesicht auch den Zweifel.

»Ich glaube, daran liegt es nicht«, sagte sie. »Und ehrlich gesagt denke ich, dass wir bei ihm Hilfe brauchen werden.«

* * *

Ich hatte mir nie darüber Gedanken gemacht, aber offenbar gab es jede Menge Coaches, die ihren Lebensunterhalt damit verdienten, indem sie Menschen halfen, mit ihren problematischen Pferden umzugehen.

Frau und Herr Schellinger priesen einen gewissen Thomas Wetter an, der über viele Jahre auf ihrem Hof den kompletten Reitunterricht in Dressur und Springen geleitet hatte, nun aber im Ruhestand war.

Und siehe da, der hatte gleich am frühen Abend des kommenden Tages Zeit, um sich Fellow anzusehen.

Das passte hervorragend, denn vormittags hatte ich für Clara einen zusätzlichen Termin bei Dr. Teichmann vereinbart. Sie war seit zwei Jahren Claras Psychotherapeutin. Meine Mutter hatte mich auf die Idee zu einer Sitzung außer der Reihe gebracht, denn als ich ihr von unseren Erlebnissen in Spanien und auf der Heimreise berichtete, fragte sie, was denn Claras Therapeutin davon halten würde, dass eine Dreizehnjährige »einen auf Pferderetterin« machte.

Clara ging gern zu Dr. Teichmann und freute sich nun offensichtlich darauf, ihr haarklein die Geschichte von Fellows Rettung zu erzählen. Dazu hatte sie sonst kaum Gelegenheit. Ich hatte sie zwar ermuntert, die eine oder andere

Klassenkameradin anzurufen, die nicht gerade verreist war, doch Clara hatte nur den Kopf geschüttelt und ihr Gesicht in gewohnter Weise verschlossen.

Im Alltag ging Clara nach der Schule selbstständig zu ihren Therapiesitzungen und fuhr anschließend mit dem Bus nach Hause. Doch diesmal brachte ich sie hin und setzte mich mit meinen mitgebrachten Arbeitsunterlagen in das kleine Wartezimmer, während Clara hinüber in den Behandlungsraum ging, der eher wie ein sonnenlichtdurchfluteter Wintergarten wirkte.

Es fühlte sich sonderbar an. Normalerweise tat ich zu den Zeiten, zu denen meine Tochter sich einem anderen Menschen öffnete, irgendetwas komplett anderes, ohne einen Gedanken daran zu verschwenden, was gerade in einem anderen Teil der Stadt vor sich ging.

Doch nun, da ich hier saß, meine Papiere auf dem Schoß, kamen mir zum ersten Mal verwirrende Gedanken.

Die Wände in Dr. Teichmanns Praxis waren nicht sehr dick. Natürlich konnte ich kein Wort von dem verstehen, was nebenan gesprochen wurde. Doch ich hörte ab und zu die anschwellende Stimme meiner Tochter, einen hohen Singsang, der hin und wieder sogar von einem Lachen begleitet wurde, in das auch Dr. Teichmann einstimmte.

Es war ungewohnt, hier draußen zu sitzen und nicht zu wissen, was da drinnen vor sich ging. Eine merkwürdige Vorstellung, dass Clara eine Vertraute hatte, der sie wahrscheinlich sehr viel mehr von sich preisgab als mir. Dieser Gedanke beschäftigte mich so sehr, dass ich den Inhalt der mitgebrachten Unterlagen kaum wahrnahm.

Als sich nach einer Dreiviertelstunde die Tür zum Behandlungsraum öffnete und Clara herauskam, konnte ich ein erleichtertes Aufatmen kaum unterdrücken.

Clara wirkte aufgekratzt, beinahe fröhlich, und gab Dr. Teichmann zum Abschied die Hand.

»Frau Prof. Michaelis, ich weiß, dass Sie das wahrscheinlich nicht eingeplant hatten, aber haben Sie noch einen Augenblick Zeit? Ich würde gern kurz mit Ihnen sprechen«, sagte Dr. Teichmann.

Ich sah Clara an.

»Ich wollte sowieso noch rüber in die Bücherei und gucken, was die da an Pferdebüchern haben. Da langweilst du dich doch bloß«, sagte meine Tochter. »Ich komm dann später mit dem Bus nach Hause.«

Also nickte ich Dr. Teichmann zu, und Clara verschwand zur Tür hinaus.

»Da langweilst du dich doch bloß?«, wiederholte ich und warf Dr. Teichmann einen amüsierten Blick zu.

Sie lächelte, ging aber auf meine Einladung, gemeinsam über das altkluge Gehabe meiner Tochter zu lachen, nicht ein.

Wir nahmen Platz auf den gemütlichen Korbmöbeln. »Wie geht es Ihnen nach diesen einschneidenden Erlebnissen, Frau Prof. Michaelis?«, fragte Dr. Teichmann.

»Bitte nur Frau Michaelis«, sagte ich schnell. Ich fühlte mich in diesem Raum so sonderbar ratlos, dass mir die offizielle Ansprache fehl am Platz erschien. »Mir geht es gut. Wir haben ja den Unfall Gott sei Dank gut überstanden.«

»Ja, was für ein Glück«, sagte sie und warf einen Blick in einen Ordner, der auf dem Tischchen neben ihr lag. »Wir haben uns eine ganze Weile nicht gesehen. Ich hoffe, Sie hatten eine gute Zeit und konnten auch für sich selbst etwas erreichen?« Natürlich sprach sie nicht von den unzähligen Gremien, in denen ich mich durchgesetzt hatte, oder von der erst kürzlich erkämpften Bewilligung gewisser Forschungsgelder. Sie sprach von dem, was ich in meinem Alltag eher auszublenden versuchte.

»Wie gesagt, es geht mir gut«, wiederholte ich.

»Haben Sie sich Hilfe gesucht, wie wir beim letzten Mal angedacht hatten?«

»Nein. Noch nicht. Es war irgendwie immer zu wenig Zeit.«

Sie nickte. »Clara erzählt, dass Sie nur selten einmal Besuch zu Hause haben. Ich hoffe, Sie haben trotzdem ein paar hilfreiche Außenkontakte? Freunde? Oder Familienmitglieder, mit denen Sie reden können?«

Ich räusperte mich. Eigentlich hatte ich gedacht, sie wolle mir etwas über Clara mitteilen. Nun hatte ich eher den Eindruck, dass ich mich hier auf dem Prüfstand befand.

Natürlich wusste ich, dass ich Clara mit meinem Verhalten ein Beispiel gab. Wir hatten bei unserem letzten Treffen darüber gesprochen, dass Claras Rückzug und ihr Zurückschrecken vor dem Eingehen neuer Freundschaften auch ein Spiegel der familiären Verhältnisse waren. Da ich selbst über keinen Freundeskreis verfügte, konnte meine Tochter sich an mir schwerlich orientieren.

»Meine Arbeit nimmt sehr viel Zeit in Anspruch, Frau Dr. Teichmann«, sagte ich. »Man kann sagen, dass ich rund um die Uhr gefordert bin. Und wann immer ich es schaffe, mir freie Zeit zu erobern, verbringe ich sie mit Clara. Das ist mir wichtiger, als neue Bekanntschaften zu schließen oder auf Partys zu gehen.«

Ich konnte selbst hören, dass meine Stimme ein wenig zu streng klang.

Dr. Teichmann zog die Brauen hoch und schien zu überlegen, ob sie nachhaken sollte. Doch noch ehe ich einlenken konnte, sagte sie: »Natürlich geht es auch hier in erster Linie um Clara. Sie wollten doch gern meine Meinung dazu hören, wie ich den momentanen Einfluss von Fellow auf Claras weitere Entwicklung und auf die Traumabewältigung einschätze.«

Fellows Name kam ihr so selbstverständlich über die Lippen, als wäre sie mit ihm persönlich bekannt.

»Sie hat Ihnen wahrscheinlich ununterbrochen von dem Pferd erzählt?«

»Die ganze Geschichte«, bestätigte sie. »Aber nicht nur, was geschehen ist, sondern auch – und das ist das Ausschlaggebende – was sie sich für die Zukunft davon erhofft.«

Ich sah Dr. Teichmann erwartungsvoll an, doch das war alles, was sie mir preisgab. Claras Vertrauen in sie war vor allem deshalb so unerschütterlich, weil meine Tochter wusste, dass nichts von dem, was sie in diesem Raum von sich gab, an mich weitergetragen wurde.

»Was halten Sie davon, dass Clara sich so auf das Pferd fixiert?«, wollte ich wissen.

»Ich war erst ein wenig skeptisch, muss ich gestehen«, sagte Dr. Teichmann. »Es gibt bei traumatisierten Kindern hin und wieder eine eher ungute Übertragung auf Tiere, manchmal auch auf leblose Dinge, die einen noch stärkeren Rückzug mit sich bringt. Doch in diesem Fall liegen die Dinge wohl anders. Ich habe den Eindruck, dass sie sich stabilisiert und wieder etwas öffnet. Der Umgang mit dem Pferd scheint ihr gutzutun.«

»Das glaube ich auch«, stimmte ich ihr erleichtert zu. Es war wirklich eine demütigende Einsicht, die ich gerade gewann – doch ich spürte deutlich, wie wichtig es mir war, dass sie Claras Entwicklung der letzten Tage ähnlich beurteilte wie ich. Es ist ein Ammenmärchen, dass Mütter immer am besten über ihre Kinder Bescheid wissen. Mütter wissen manchmal weit weniger als andere Menschen, die mit ihrem Kind umgehen: Lehrer, Nachbarn oder Psychotherapeuten.

»Schon allein der Name, den sie für das Pferd ausgesucht hat, sagt so viel«, fuhr sie fort.

»Free Fellow?«, sagte ich, ein wenig verwundert. Ich erinnerte mich gut an die Überraschung, die ich empfunden hatte, als diese beiden Worte aus Clara herauspurzelten. »Keine Ahnung, wie sie darauf gekommen ist. Sie müssten ihn sehen … wie er den Kopf hängen lässt und von kaum etwas Notiz nimmt. Er hat wirklich nicht viel an sich, das einen an einen ›freien Kumpel‹ denken lässt.«

Frau Dr. Teichmann senkte den Blick und betrachtete ihre Hände. »Clara ist ja wirklich ein kleines Sprachgenie. Sie bewegt sich in der englischen Sprache sehr gewandt«, sagte sie vorsichtig. »Sie erfasst Begriffe oft einfach intuitiv. Natürlich ist Fellow auch mit ›Kumpel‹ zu übersetzen. So wie in diesem Lied, ›For he's a jolly good fellow‹. Aber nach dem, was sie erlebt hat, ist Clara kein Mädchen, das davon träumt, einen lustigen Kumpan an ihrer Seite zu haben. Und vielleicht ist Ihnen noch nicht aufgefallen, dass ›free‹ auch anders verstanden werden kann? Eher im Sinne von ›befreiend‹. Sie könnte ihr Pferd also als einen ›befreienden‹, oder vielleicht noch besser ausgedrückt ›erlösenden Gefährten‹ sehen.«

Ich starrte sie an.

»Mama«, hörte ich die helle Stimme wieder schluchzen. »Mama, hast du denn nicht gesehen, wie sehr er leben will?«

* * *

Nachdem wir uns verabschiedet hatten, fuhr ich quer durch die Stadt zum Reitstall, parkte meinen Wagen und ging hinüber zum Paddock, auf dem Fellow in einer Ecke stand.

Die alte Norwegerponystute Cilli, die Tina ihm zur Gesellschaft gegeben hatte, bedachte mich mit einem kurzen, prüfenden Blick, dann zupfte sie weiter Heu aus der Raufe.

Ich ging an dem Holzzaun entlang und näherte mich vorsichtig Fellow, der dort mit gesenktem Kopf in einer Ecke stand. Seit wir in Spanien versucht hatten, ihn in den Hänger zu bringen, war er stets sanft und ruhig gewesen. Doch die Erinnerung an seine wirbelnden Hufe war in mir noch sehr lebendig.

Ich trat vorsichtig näher an ihn heran und schaute mich um. Es war niemand zu sehen.

»Hallo Fellow«, sagte ich leise zu ihm.

Es war das erste Mal, dass ich mit ihm sprach. Es kam mir sonderbar vor. Doch als er beim Klang meiner Stimme den Kopf hob, fühlte ich mich nicht mehr ganz so seltsam.

Er beäugte mich, und ich hielt ihm über den Holzzaun hinweg meine geöffnete Hand hin. Die feinen Haare an seinen Nüstern kitzelten mich, und er schnaubte in meinen Handteller. Zart strich ich mit den Fingerspitzen an seinem Maul hinab. Es fühlte sich so weich an und ... ja, so verletzlich.

Der Blick aus seinen großen braunen Augen berührte mich. Es dauerte eine Weile, bis ich merkte, woran das lag: Da war mein Spiegelbild in ihnen. Ich erkannte mich selbst darin.

Meine Kehle war plötzlich sehr trocken, und ich musste schlucken.

»Fellow«, flüsterte ich ihm zu. »Wenn du Clara tatsächlich erlösen kannst von ihrem furchtbaren Kummer, dann tue ich alles für dich, damit es dir wieder besser geht. Das versprech ich dir.«

Für einen Moment sahen wir uns an. Ein Pferd und ein Mensch. Und obwohl ich genau weiß, wie absurd das klingt, war mir in diesem Augenblick klar: Fellow hatte schon sehr viel von dem getan, was für seinen Teil unserer Vereinbarung nötig war. Nun war es an mir, meinen Teil einzuhalten.

* * *

Thomas Wetter war etwa Mitte sechzig und kaufte seine Reitkleidung offenbar beim gleichen Ausstatter wie das Ehepaar Schellinger. Er betrachtete Fellow ein paar Minuten und ließ sich dann von Clara ein Halfter und einen Führstrick bringen.

»Wie lange ist er denn schon nicht mehr richtig bewegt worden?«

»Ich habe keine Ahnung. Wir wissen ja nicht, wie er vorher gehalten wurde und was mit ihm gemacht wurde«, sagte ich.

»Mit dem Pferd muss gearbeitet werden!«, entschied Herr Wetter. »Durch die Arbeit wird er wieder Vertrauen fassen. Er braucht eine Aufgabe, verstehen Sie?«

Ich erinnerte mich, dass Señor Rodriguez so etwas Ähnliches gesagt hatte, und nickte. Clara blickte skeptisch.

Thomas Wetter führte Fellow mit strammem Schritt über den Hof in die Reithalle und tauschte den Führstrick gegen eine Longe, die er sich dort schon zurechtgelegt hatte.

»Woher wusste er denn, dass wir die brauchen?«, wisperte Clara mir zu.

»Ich nehme an, es gibt einfach ein paar Sachen, die man üblicherweise mit so einem Pferd macht«, flüsterte ich zurück. Doch diese Erklärung war halbherzig. Auch ich fand es seltsam, dass Herr Wetter so rasch ein Programm für Fellow zur Hand hatte. Longieren, das wusste ich mittlerweile auch, konnte Tina ebenfalls problemlos. Aber sie hatte gesagt, dass wir bei Fellow Hilfe brauchen würden. Bestimmt hatte sie dabei an etwas anderes gedacht.

Clara und ich stellten uns in der Halle hinter die Bande. Neben uns war ein blumig bemaltes Holzschild an der Wand angebracht. *Das Glück der Erde liegt auf dem Rücken der Pferde* stand dort. Ich sah, wie Claras Lippen sich stumm bewegten, als sie die Worte mit gerunzelter Stirn las. Auf ihrem Gesicht lag ein ernster, beinahe besorgter Ausdruck.

Dann sahen wir beide zu, wie Herr Wetter mit Fellow das tat, was er »arbeiten« genannt hatte.

Er hob mit der linken Hand das Ende der Longe, mit der rechten die lange Peitsche, die neben ihm auf dem Boden gelegen hatte.

Ich hörte Clara neben mir scharf einatmen.

Auch Fellow schien das Instrument Angst zu machen. Obwohl Herr Wetter ihn damit nicht berührte, sondern es nur langsam hinter ihm auf und ab schwang, wollte der Wallach ausbrechen.

Er riss den Kopf herum und rannte wirr in die andere Richtung davon, zog den Trainer ein paar Meter über den staubenden Hallenboden. Doch Herr Wetter ließ sich nicht so leicht abschütteln. Er ließ ein paar Mal heftig die Peitsche knallen, wieder ohne das Pferd damit zu berühren. Nach weniger als einer Minute erlahmte Fellows Gegenwehr. Als er merkte, dass er auf diese Weise nicht entkommen konnte, blieb er stehen und senkte den Kopf. Auch auf die Entfernung, die nun zwischen uns lag, konnte ich sehen, dass ein Zittern über seinen Körper lief.

Thomas Wetter zog ihn erneut in die Mitte der Halle, hob abermals das Longenende und die Peitsche. Diesmal ging Fellow in die gewünschte Richtung.

Nach ein paar langsamen Runden, bei denen er stumpf vor sich hin ging, ließ Herr Wetter abermals die Peitsche schwingen und Fellow fiel in Trab.

Thomas Wetter warf uns einen beifallheischenden Blick zu, auf den aber weder Clara noch ich reagierten. Ich konnte Claras Misstrauen spüren, das sie in einer großen Wolke umwaberte. Und auch ich selbst fühlte mich nicht wohl bei dem Anblick, der sich uns da bot.

Ja, Fellow bewegte sich nach einer Weile geradezu brav im Schritt, im Trab, im Galopp. Ja, er gehorchte sogar den Aufforderungen zum Richtungswechsel. Ja, Thomas Wetter verfügte über jahrzehntelange Erfahrung in der Ausbildung von Pferden. Und trotzdem. Irgendwie konnte ich mir nicht vorstellen, dass einer traumatisierten Seele mit willkürlichem Herumgelaufe geholfen werden konnte.

Nach einer halben Stunde Im-Kreis-Laufen – Fellows gesamter Körper war inzwischen mit Schweiß bedeckt – ließ Herr Wetter die Peitsche sinken. Doch Fellow trabte weiter. Und weiter. Runde um Runde zog er um den Mann, der ihn an der Leine hielt.

»Der Junge will sich bewegen!«, rief Herr Wetter lachend zu uns herüber.

Doch ich erwiderte sein Lächeln nicht.

Irgendetwas lief hier schief, das spürte ich deutlich. Aber ich hätte nicht sagen können, was.

Erst nach ein paar Minuten wurde Fellow langsamer, ging Schritt und stand schließlich mit gesenktem Kopf still.

»Den kriegen wir schon wieder hin!«, versprach Herr Wetter, während er zu uns herüberkam und Fellow einfach dort stehen blieb, wo er gerade stand. »Kein Problem für Sie. Dazu brauchen Sie mich auch gar nicht. Der Kerl muss nur ein bisschen in Bewegung kommen, gefordert werden. Sie haben ja gesehen, dass er am Ende gar nicht genug davon bekommen konnte. Und so ein bisschen Longenarbeit, das kann Ihnen die Pferdewirtin hier – wie heißt sie jetzt gleich? Tina? –, die kann Ihnen das zeigen. Das wirst du auch ganz fix lernen, junge Dame. Und dann machst du bestimmt nicht mehr so ein finsteres Gesicht.« Letzteres war natürlich an Clara gerichtet. Und mir war klar, dass Thomas Wetter spätestens jetzt bei ihr unten durch war.

Er brachte Fellow, der ihm langsam folgte, zurück auf den Paddock. Der Wallach ging direkt hinüber zu Cilli, und es kam mir so vor, als wollte er sich regelrecht hinter der viel kleineren Ponystute verstecken.

Ich bedankte mich bei Thomas Wetter, bezahlte ihn, und wir sahen ihm nach, wie er hinüber zum Hauptstall ging. Wahrscheinlich, um den Schellingers von seinem Erfolg zu berichten.

»Hoffentlich sehen wir den nie wieder!«, raunte Clara mir zu.

»Weißt du was?«, erwiderte ich leise. »Genau das habe ich auch gerade gedacht.«

Wir wandten uns beide um und sahen Fellow zu, der dicht bei Cilli stand und mit ihr gemeinsam ein bisschen Heu aus der Raufe rupfte. Es hatte etwas Tröstliches zu sehen, wie er sich langsam entspannte, während er an ihrer Seite sein durfte.

Sonderbar. Obwohl Thomas Wetters vorgeführtes Training mich unangenehm berührt hatte und ich nicht glauben konnte, dass es Fellow auf Dauer hilfreich sein würde, fühlte ich mich plötzlich erleichtert und sogar zuversichtlich.

Wie Clara und ich so nebeneinander standen und schweigend den Pferden beim Fressen zusahen, wurde mir klar, woran das lag: In den vergangenen zwei Jahren hatte es solche Augenblicke kaum gegeben. Momente, in denen zwischen uns einvernehmliches, harmonisches Schweigen herrschte, weil wir uns in einer wichtigen Sache so ganz und gar einig waren.

Vielleicht, kam mir plötzlich der Gedanke, vielleicht hatte ich mit meinem unüberlegten Handeln ja noch viel mehr gerettet als dieses Pferd.

* * *

Ich brauchte Tina nichts zu erklären. Ein einfaches: »Ich denke, das war für uns nicht der richtige Trainer«, hatte ihr ausgereicht.

Fellows Anblick allein erklärte, dass Thomas Wetters Arbeit ihm nicht geholfen, sondern seinen Zustand eher noch verschlimmert hatte. Der Wallach stand die meiste Zeit mit gesenktem Kopf auf dem Paddock oder in seiner Box neben der von Cilli. Zu der kleinen hellbraunen Stute mit der abstehenden Mähne schien er bereits in der kurzen Zeit eine intensive Bindung aufgebaut zu haben. Wenn sie zu einer der Anfängerstunden für Kinder gebraucht wurde, zu denen sie noch eingesetzt wurde, trabte er zunächst unentwegt hin und her, warf den Kopf herum und rief sie wiehernd. Blieb sie länger fort, stand er nach einer Weile nur noch lethargisch herum. Dann wollte er nicht fressen und ließ auch Claras freundliche Kontaktaufnahmen, die er in Anwesenheit von Cilli mittlerweile durch Beschnuppern und nach vorn gerichtete Ohren durchaus freundlich erwiderte, nur apathisch über sich ergehen.

Die Tage vergingen.

Claras Begeisterung für das Pferd und ihre Freude auf gemeinsames Lernen, gemeinsame Unternehmungen mit ihm wichen einer erzwungenen Durchhaltementalität. Eisern hielt sie daran fest, ihn mehrmals täglich ausgiebig zu striegeln, seine Mähne und seinen Schweif zu bürsten und seine Hufe zu reinigen. All das ließ er mit sich geschehen. Doch als Tina ihn einmal an der Longe in die Reithalle führen wollte, scheute er so heftig, dass sie den Versuch abbrach. Es war, als wohnten zwei Seelen in ihm. Und um ehrlich zu sein: Keine von beiden war mir besonders sympathisch.

»Er braucht Hilfe«, sagte Tina eindringlich zu mir, nachdem wir uns das Drama den Rest der Woche angesehen hatten. »Er frisst zu wenig. Ich wette, er hat schon abgenommen. Durch die fehlende Bewegung bauen sich seine Muskeln ab, und es entsteht Kolikgefahr. Wenn er das einzige Pferd hier auf dem Hof wäre, um das ich mich kümmern müsste, wäre es kein Problem. Aber ich schaffe meine Arbeit so schon kaum. Mir fehlt einfach die Zeit für so eine intensive Beschäftigung mit einem der Tiere.«

»Was raten Sie mir?«, fragte ich. »Ich würde wirklich viel darum geben, wenn wir das in den Griff kriegen könnten.«

»Das ist es ja«, erwiderte sie. »Es geht nicht darum, etwas in den Griff zu kriegen, ihm eine dumme Unart auszutreiben, die manche Pferde sich aus Langeweile angewöhnen. Es geht darum, dass er sich aufgibt. Das kann durchaus passieren, wissen Sie. Sie hören auf zu fressen, sie hören auf zu laufen. Und dann ... irgendwann ...«

Als ich mir vorstellte, was in Clara vorgehen würde, wenn das Pferd, das sie gerettet hatte, sich buchstäblich vor ihren Augen zu Tode hungerte, wurde mir schwindelig.

»Aber irgendwie müssen wir ihm doch helfen können.« Ich hörte meiner Stimme die Verzweiflung an.

Wir standen in der Stallgasse. Tina sah sich nach allen Seiten um. Dann sagte sie: »Es gibt seit etlichen Jahren eine Bewegung, die sich für den natürlichen Umgang mit Pferden einsetzt. Sie baut auf Respekt und Kommunikation. Man versucht, sich in das Pferd hineinzuversetzen, und agiert mit vielen Belohnungspausen, immer Schrittchen für Schrittchen.

Ich hab vor Jahren mal bei einem wirklich tollen Horseman ein paar Seminare belegt und würde am liebsten selbst auch nur so arbeiten. Aber das wird hier nicht so gern gesehen.« Sie unterbrach sich schnell. »Das bleibt doch unter uns?«

Ich nickte.

»Es laufen wirklich jede Menge Idioten herum, wissen Sie. Leute, die denken, sie hätten unheimlich viel Ahnung von Pferden. Aber es gibt nicht viele, die wirklich ein Händchen für so ein Pferd wie Fellow haben. Ich hab drei oder vier Seminare bei diesem Daniel Richter gemacht. Versuchen Sie es mit ihm!«

»Wo finde ich ihn?«, seufzte ich.

»Hm, hab gehört, dass er sich vor ein paar Jahren aus dem Geschäft zurückgezogen hat, um mehr für den Tierschutz zu machen. Ich glaube, er führt eine Art Gnadenhof. Genau weiß ich es aber nicht. Ist schlagartig still geworden um ihn. Auf alle Fälle bin ich sicher: Wenn jemand Fellow helfen kann, dann er.«

Ich griff nach dem Strohhalm und zog mich ins Auto zurück, um übers Smartphone die Nummer dieses Daniel Richter ausfindig zu machen. Sein Allerweltsname erschwerte die Suche. Meine kleine Recherche ergab nichts und bestätigte mich mal wieder in der Erkenntnis, dass ich für jeglichen Umgang mit den sogenannten neuen Medien hoffnungslos unbegabt war.

»Was kann ich für dich tun, Emilie?«, meldete sich Beatrice.

»Ich brauche eine Kontaktnummer, die ich selbst auf die Schnelle nicht herausbekomme. Angeblich gibt es irgendeinen, inzwischen wohl berenteten Pferdeversteher, der uns vielleicht helfen kann.«

»Du willst also noch einen ausprobieren?«

»Was soll ich sonst tun? Das Problem ist nur: Der Typ heißt Daniel Richter, und es gibt alle möglichen Männer mit diesem Namen. Bei einem bekannten Maler angefangen, über einen Schriftsteller bis hin zu hochkarätigen Richtern, die zufällig Daniel heißen. Oder Daniels, die Springturniere für Pferde ausrichten ...«

»Das übernehm ich!«, unterbrach Beatrice mich. »Gib mir eine halbe Stunde Zeit.«

Es dauerte länger als eine halbe Stunde, und sogar die sehr versierte Beatrice stöhnte: »Ein harter Brocken! Aber ich hab die Nummer. Er lebt in einem winzigen Kaff, irgendwo vor Kassel. War wirklich nicht einfach rauszukriegen. Man könnte meinen, dass er auf keinen Fall gefunden werden will.«

Dieser Verdacht bestätigte sich, als ich unter der so mühsam erjagten Nummer etwa zwanzig Mal anrief, es endlos klingeln ließ und nicht einmal ein Anrufbeantworter ansprang. Also begann ich, es zu unhöflichen Zeiten zu versuchen. Und schließlich erwischte ich ihn. Am Dienstag. Kurz nach halb sechs am Morgen.

»Ich finde auch, dass Schlaf überschätzt wird«, meldete sich eine angenehm warme, männliche Stimme, und ich erschrak ein wenig, weil ich schon gar nicht mehr damit gerechnet hatte, dass jemand abnehmen würde. »Es geht doch nichts über ein schönes Telefonat am frühen Morgen.«

»Hallo«, erwiderte ich rasch. »Bitte entschuldigen Sie diese unhöflich frühe Störung. Aber ich hab es tagsüber und auch abends schon so oft versucht und hatte nie Glück. Ich bin Emilie Michaelis. Spreche ich mit Daniel Richter?«

»Haben Sie seine Nummer gewählt?«

»Ich vermute schon.« Schien ja ein echter Witzbold zu sein. »Was wollen Sie denn von ihm?«

Ich beschloss, seine heitere Laune zu ignorieren und einfach loszuwerden, was wichtig war. »Ich rufe Sie an, weil … nun, ich fürchte, ich habe eine Dummheit gemacht. Ich habe in Spanien ziemlich unüberlegt ein Pferd gekauft, das auf dem Weg zum Schlachter war. Jetzt steht es hier in der Nähe in einem Reitstall, am Rand des Ruhrgebiets. Aber niemand kann so recht mit ihm umgehen. Wir wissen nicht einmal, ob es reitbar ist. Es sieht jedenfalls nicht so aus, als könnte man irgendetwas mit ihm machen. Und da erzählte jemand von Ihnen. Sie haben doch diesen Gnadenhof?«

»Wie alt ist das Pferd?«, fragte er. Seine Stimme hatte den scherzhaften Unterton verloren und klang tatsächlich interessiert. Und das um halb sechs am Morgen.

»Wenn die Papiere stimmen, die ich mit ihm zusammen bekommen habe, wird er demnächst vier Jahre alt.«

»Vier erst? Dann kann es sein, dass er noch gar nicht richtig eingeritten ist. Ein Wallach?«

»Ja. Ein Mix, vielleicht ist Lusitano oder Andalusier drin. Er ist braun mit schwarzer Mähne und weißen Abzeichen. Sein Bauch ist weiß. Wahrscheinlich vom Händler selbst gezogen. Wir vermuten, das Tier war eigentlich als Freizeitpferd gedacht, und dann ist er es nicht losgeworden.« Ich war froh, dass ich durch die Gespräche mit Tina wenigstens über ein wenig Fachvokabular verfügte. Aus irgendeinem Grund flößte mir die Stimme am anderen Ende der Leitung Respekt ein. Das passierte mir nicht häufig. Ich selbst war meist diejenige, die vom Gegenüber respektvoll, manchmal sogar ehrfürchtig behandelt wurde. Immerhin war ich damals eine der jüngsten Lehrbefähigten, die einen Ruf an unsere angesehene Universität erhalten hatten. Und seitdem war ich für mein kluges wie ebenso strenges Regiment auch über mein Fachgebiet hinaus an der ganzen Uni bekannt.

Im Umgang mit all den anderen Professoren in den Gremien, den wissenschaftlichen Mitarbeiterinnen und Lehrkräften, die mir unterstanden, bis hin zu den Tutoren und sonstigen Hilfskräften hatte ich ein untrügliches Gespür dafür entwickelt, wer sich in seinem Metier wirklich gut auskannte und wer nur bluffte.

»Da haben Sie eine gute Tat getan«, sagte er, und an seiner Freundlichkeit erkannte ich, dass er längst jenseits dieser gewissen Grenze war, vor der Menschen sich und anderen ständig etwas beweisen müssen.

Ich spürte, wie sich in meiner Brust etwas löste. Hier war der Mensch, der uns helfen konnte. Der Fellow helfen konnte. Und Clara.

»Tut gut, dass Sie das sagen«, antwortete ich. »Die meisten meiner Bekannten halten mich seitdem für vollkommen verrückt.«

»Das ist wohl deren Problem«, erwiderte er gelassen. »Wie verhält Ihr Wallach sich mit Artgenossen?«

»Bisher hat er nur mit einer alten Ponystute aus dem Schulbetrieb zusammen auf dem Paddock gestanden. Das ist komplikationslos. Er hängt sehr an ihr, obwohl er erst seit knapp einer Woche hier ist. Aber mehr kann ich Ihnen dazu leider auch nicht sagen. Ach ja, und weil er die letzten Tage nicht fressen wollte, steht abends eine Ziege bei ihm in der Box. Heidi. Mit der versteht er sich auch.«

Es war ein seltsames Geräusch zu hören, das ich nicht einordnen konnte. Vielleicht ein leises Räuspern. Oder ein Schmunzeln.

»In Ordnung«, sagte er dann schnörkellos. »Ich schau ihn mir an, und wenn es passt, kann er bleiben.«

»Bleiben?«, wiederholte ich. »Oh, nein, ich rufe nicht an, um ihn loszuwerden. Ich suche jemanden, der ihm helfen kann. Das habe ich …« Ich brach abrupt ab. Einen Augenblick lauschte ich meinen eigenen Worten nach. Hätte ich gerade fast: »Das habe ich ihm versprochen«, sagen wollen?

Daniel Richter wartete einen Moment, ob ich weitersprechen wollte. Doch als ich verwirrt schwieg, sagte er: »Umso besser. Ich gucke, was ich machen kann. Bringen Sie ihn einfach her.«

»Genau da liegt das Problem«, sagte ich. »Er geht nicht einmal mehr in die Nähe eines Pferdehängers. Er war mit ein paar anderen Tieren zusammen in einen Verkehrsunfall verwickelt.«

»Ein Unfall?«, wiederholte er mit plötzlich kratziger Stimme.

»Ja, eine Massenkarambolage. Auf der Autobahn. Die anderen Pferde haben alle nicht überlebt«, hörte ich mich sagen und fragte mich, wieso ich das unbedingt erzählen wollte.

Er antwortete nicht. Mir wurde schlagartig unbehaglich.

»Ich hatte gehofft, Sie könnten herkommen und ihn therapieren«, fuhr ich fort. »Es sind nur knapp zweihundert Kilometer. Natürlich zahle ich Ihren Stundensatz, die Anfahrt und Übernachtungen. Sie müssten sich um nichts kümmern – außer um das Pferd natürlich.«

Es war so lange still in der Leitung, dass ich schon dachte, die Verbindung sei unterbrochen.

Doch dann räusperte er sich und sagte: »Es tut mir leid, Frau Michaelis. Wenn Sie Ihr Pferd nicht hierherbringen können, kann ich Ihnen nicht helfen.«

Seine Worte hatten die Wirkung eines armdicken Knüppels, der mir vor den Kopf geknallt wurde.

»Aber …«, sagte ich. Meine Stimme hallte schrill und fassungslos in meinen eigenen Ohren.

»Es tut mir wirklich leid«, wiederholte er langsam. »Tut mir sehr leid.«

Das Verrückte war, ich glaubte es ihm. Es war keine Phrase, um eine penetrante, durchgedrehte Pferderetterin loszuwerden. Es tat ihm wirklich leid. Ich konnte sein Bedauern deutlich spüren.

Aber noch verrückter als das war: Dann legte er einfach auf.

* * *

Im ersten Moment war ich natürlich völlig perplex gewesen.

Doch ich wäre nicht ich, wäre nicht Prof. Dr. Emilie Michaelis, hoch angesehen in meinem eigenen Fachgebiet und gefürchtet in allen anderen, wenn ich jetzt aufgegeben hätte. Meine Einstellung zu Schwierigkeiten war: Hindernisse sind dazu da, um herauszufinden, ob du etwas wirklich willst.

Steffen hatte mich oft damit aufgezogen, an seinen guten Tagen. An seinen schlechten Tagen hatte er mich manchmal angesehen, wie wir eine Dampfwalze betrachten, die auf uns zugerollt kommt und von der wir wissen, dass nichts sie wirklich aufhalten kann – mit einer Mischung aus Bewunderung und Furcht.

Den ganzen Tag lang ging mir das Gespräch mit Daniel Richter nicht aus dem Kopf. Ich fuhr zum Reitstall hinüber. Clara, die sich jeden Morgen direkt nach dem Frühstück auf ihr Fahrrad schwang und dorthin radelte, winkte mir nur kurz zu und lief dann davon, um dabei zu helfen, die Boxen auszumisten und neu einzustreuen. Mit ihrer offenen Bereitschaft, auch bei diesen »niederen« Arbeiten zu helfen, kam sie bei Tina und den beiden Stallburschen gut an. Zu den anderen Mädchen, die hier täglich herumschwirrten, mit ihren eigenen Pferden wie selbstverständlich umgingen und Reithalle und Reitplatz mit ihnen belagerten, hielt sie jedoch nach wie vor Abstand.

»Sieh ihn dir an, Mama«, rief sie noch über die Schulter. »Ich hab ihn gerade auf Hochglanz poliert.«

Also ging ich hinüber zum Paddock, auf dem Fellow neben Cilli in einer Ecke stand und den Kopf hängen ließ. Er sah, wie immer in den letzten Tagen, makellos sauber aus. Seine dunkle Mähne fiel seidig gekämmt über seinen Hals, und der Schopf hing über seine Augen in die strahlend weiße, breite Blesse, die sich bis hinunter über sein Maul zog und seine Nüstern rosa schimmern ließ. Wenn er ein Mensch gewesen wäre, hätte ich vermutet, er hinge schweren Gedanken nach.

Warum nur?, fragte ich mich. Warum nur wollte Daniel Richter uns nicht helfen?

Zuerst war er doch so interessiert und aufgeschlossen gewesen. Ich war sicher, dass ich mit ihm die Lösung gefunden hatte. Doch dann hatte irgendetwas ihn verschreckt. Ja, anders konnte ich es nicht nennen. Der Mann, der mir vorher so souverän und entgegenkommend erschienen war, war zurückgezuckt, als hätte er eine heiße Herdplatte berührt.

Nachdem ich die folgende Nacht kaum ein Auge zugetan hatte, sagte ich Clara morgens beim Frühstück, dass ich den Vormittag über im Büro in der Uni arbeiten müsse.

»Wie wäre es, wenn du dir einfach einen Apfel mit zum Hof nimmst? Ich hol dich am frühen Nachmittag ab, und wir genehmigen uns eine Pizza bei Mimo?«

»Cool«, nickte Clara, ohne von ihrem Pferdesachbuch aufzusehen, das sie neben ihrem Platz auf dem Tisch liegen hatte.

Ich sah sie einen Moment lang an.

Ihre zarte Gestalt mit den hängenden Schultern, die langen dunklen Haare, die ihr glatt ins Gesicht fielen. Ihre blasse Haut und die rehbraunen Augen, die unverwandt auf ein paar Fotos und deren Bildunterschriften im Buch gerichtet waren, als wollte sie die dort aufgeführte Anleitung auswendig lernen.

Sie bemerkte meinen Blick und schaute kurz auf. »Is was?«, fragte sie.

»Nichts«, sagte ich schnell. Wie oft hatte ich sie in den vergangenen zwei Jahren prüfend oder besorgt betrachtet und sie war meinem Blick ausgewichen, hatte ablehnend oder gar verärgert reagiert. Doch jetzt lächelte sie mich kurz an und vertiefte sich dann wieder in das Buch.

»Pizza wär' cool«, murmelte sie noch einmal, als wäre sie nicht sicher, ob sie beim ersten Mal tatsächlich geantwortet hatte.

Ich war froh, dass sie mich nicht mehr ansah. Denn sonst hätte sie in meinem Gesicht lesen können: dass ich überwältigt war von ihrem Lächeln, von dieser einen, kleinen, leisen Reaktion. Sie hätte wahrscheinlich in meinem Gesicht erkennen können, dass ich überflutet wurde von der riesengroßen Liebe zu meiner Tochter. Und dass ich alles tun würde, um sie wieder, immer wieder lächeln zu sehen.

* * *

Nachdem Clara in abgewetzten Jeans das Haus verlassen hatte, nahm ich ein paar der Fotos, die nun überall bei uns herumlagen, und fuhr los.

Mein Navi leitete mich zweihundert Kilometer sicher über die Autobahn und dann über Landstraßen. Doch dann schien seine Allwissenheit, mit der ich seit Jahren felsenfest rechnete, plötzlich am Ende zu sein. Es markierte mein Ziel auf zweifelhaft selbstsichere Weise mitten im Nirgendwo und ließ mich dann allein. Weit und breit keine befestigte Straße, von einem Gebäude ganz zu schweigen.

Fast hätte ich schon aufgegeben, doch dann fand ich eher durch einen Zufall die winzige Einfahrt und fuhr den holprigen Weg entlang, in der bangen Hoffnung, er möge sich nicht als Irrweg erweisen und plötzlich auf einem Feld enden, sodass ich mein großes Schiff rückwärts zurückmanövrieren müsste.

Doch dann grenzten an den Weg mit einem Mal rechts und links eingezäunte Koppeln an. Auf einer standen zwei sehr alt wirkende Pferde, ein weißes und ein schwarzes, jeweils mit dem Kopf am Hinterteil des anderen, und wedelten sich gegenseitig die Fliegen fort. Ich fuhr durch ein kleines Waldstück, und als sich die Bäume wieder lichteten, erschien vor mir ein großes Hofgelände mit etlichen Stallungen, Scheunen, Schuppen und einem großen Wohnhaus.

Über der Einfahrt zum Hof war ein grobes Holzschild angebracht, das quer über den gesamten Weg reichte, wie auf einer texanischen Ranch. *LOTTEN-HOF* war mit weißer Farbe darauf gemalt.

Ich parkte vor dem Haus, stieg aus und streckte meine Beine.

Als ich mich umsah, kam von der Vordertreppe des Hauses ein großer Hund geschlurft. Er war früher wohl mal schwarz gewesen, doch nun waren sein Gesicht und weite Teile seines Körpers silbergrau. Sogar an seiner Schwanzspitze, die nun sanft hin und her schwang, sprossen ein paar schlohweiße Haare. Der Hund bellte nicht, sondern begrüßte mich in aller Stille, als ob er wüsste, was sich gehörte, und drehte dann ab, um sich wieder die drei Stufen zur Eingangstür hinaufzuschleppen. Es war insgesamt recht still auf diesem Hof. Eine Katze überquerte träge den Weg, sah mich, erschrak und rannte davon. Irgendwo hörte ich ein paar Hühner gackern. Auf einer nahen Weide am Waldrand grasten ein Dutzend Großpferde, und auf dem an den größten Stall angrenzenden Paddock trabten vier Shetlandponys munter umher.

Ich folgte dem großen Hund zur Vordertür des Wohnhauses und suchte vergeblich nach einem Namensschild. Auch die Klingel fehlte. Was hatte ich erwartet bei einem Mann, der nicht einmal einen Anrufbeantworter hatte?

Ich nahm den Strick der kleinen Eisenglocke, die dort hing, und zupfte daran. Doch auf dieses »Pling, Pling« hin tat sich auch nichts.

Wie ich so dort stand und wartete, fiel mein Blick auf ein paar Worte, die in weißer Farbe auf ein grünes Schild graviert waren und durch das Weinlaub schimmerten, das fast die gesamte Front des Hauses bedeckte. Worte hatten schon seit jeher meine Neugier geweckt. Ich sah mich kurz um und schob dann die Blätter zur Seite.

Leis steht das Haus vor seinem letzten Sterne,
den die vergangne Nacht hinunterzieht.
Doch seine Fenster sind schon voller Ferne,
voll eines Morgens, welcher groß geschieht.

Zukünftiges und Weites im Gesicht –
so steht das Haus im noch nicht wachen Garten, –
und seine Stufen, die auf Wunder warten, –
täuschen sich nicht …

Ich musste schlucken. Ein Gedicht von Rilke. Eines, das mir selbst schon immer viel bedeutet hatte. Es klang, wie ein Gedicht klingen sollte, das ein wahres Zuhause beschrieb. Einen Ort, an dem man ankommen und von dem man immer wieder aufbrechen könnte. Eben ein Ort, an dem die kleinen und großen Wunder des Lebens geschehen konnten.

Wohnte hier jemand, der Worte ebenso liebte wie ich?

Wieder sah ich mich vorsichtig nach allen Seiten um, konnte aber niemanden entdecken. War ich vorher schon nervös gewesen – allein wegen meines Anliegens –, so konnte ich nun in meiner Körpermitte ein Beben spüren.

Ich fühlte mich willkommen geheißen durch die vertrauten Zeilen. Meine Gewissheit, hier zu finden, was ich suchte, hatte sich nur noch gefestigt. Doch plötzlich hatte ich Angst, diese Chance durch irgendetwas zu vergeben.

Unruhig schlenderte ich hinüber zu dem Paddock, wo die Ponys sofort ans Gatter kamen und mich bestaunten. Sie waren wirklich niedlich, und ich bedauerte kurz, dass Clara nicht dabei war. Doch ich hatte ihr absichtlich nichts von meinem Ausflug erzählt, weil ich ihr eine mögliche Enttäuschung ersparen wollte. Schließlich hatte ich ihr wohlweislich auch nicht von dem erfolglosen Telefonat berichtet.

Gerade streckte ich eine Hand durch das Gatter, um eines der Ponys zwischen den Ohren zu kraulen, als hinter mir eine muntere Stimme rief: »Geben Sie denen bloß nichts! Die fressen Sie sonst mit Haut und Haaren auf!«

Eine Frau kam über den Hof heran, in derben Schuhen, Reithosen und weitem Hemd mit kurzen Ärmeln. Ihr Lachen war so strahlend, als handele es sich bei mir um einen lang erwarteten, lieben Besuch. Sie ging elastisch, und ihr Pferdeschwanz wippte bei jedem Schritt. Ihr ganzer Körper strahlte Vitalität und Bewegungsfreude aus. Erst als sie näher kam, erkannte ich, dass sie wahrscheinlich in meinem Alter war. Von Weitem hatte ich sie für viel jünger gehalten.

»Hello«, sagte sie, als sie bei mir angekommen war, und streckte mir ihre Hand entgegen. »Ich bin Samantha Randle.«

Ich nahm ihre Hand und spürte in ihrem Händedruck die unbändige Lebensfreude, die sie auch sonst ausstrahlte.

»Mein Name ist Emilie Michaelis. Ich hoffe, ich störe nicht?«

»Nicht die Bohne«, antwortete sie leichthin mit reizendem britischem Akzent. »Ich war gerade beim Misten. Musste mir erst die Hände waschen, deshalb hat es etwas gedauert. Aber wenn hier so ein dicker Wagen vorfährt, muss man doch nachschauen gehen.« Sie nickte mit verschmitztem Lächeln zu meinem Geländewagen hinüber. »Manchmal verirren sich wohltätige Leute hierher und wollen unbedingt jede Menge Geld für die Gnadenhofpferde spenden.« Sie musterte mich einen Moment lang abschätzend, doch dann schüttelte sie den Kopf. »Ach, verflixt! Nein, ich denke, deswegen sind Sie nicht hier. Oder?« Sie klang nicht enttäuscht, sondern noch genauso vergnügt wie anfangs.

»Nun, um ehrlich zu sein ...«, begann ich.

»Wollen Sie Daniel sprechen«, vollendete sie meinen Satz, klopfte sich Dreck von der Hose und hüllte uns beide damit in eine kleine Staubwolke. »Na, dann kommen Sie mal mit. Ich glaub, er ist gerade mit Lavinia in der Halle.«

Sie führte mich über den Hof, nicht ohne mich alle paar Schritte aufmunternd anzulächeln.

Wir gingen in einen Stall, durch die Gasse, wo ein kleiner weißer Terriermischling knurrend damit beschäftigt war, einen Gummistiefel zu bekämpfen, und auf eine große Flügeltür zu, wie ich sie auch aus dem Schellinger-Stall von der Reithalle kannte.

»So, da wären wir«, sagte Samantha leise und spähte über die Bande. »Er ist noch beschäftigt, aber ich glaube, es dauert nicht mehr lange.« Die letzten Worte flüsterte sie.

Ich trat neben sie und sah über die schulterhohe Absperrung hinweg.

Keine Ahnung, was ich erwartet hatte. Vielleicht einen strengen alten Kerl im Reitlehrerdress, der ein Pferd longierte, ein Abziehbild von diesem Thomas Wetter? Oder eine Art ledergesichtigen Cowboy samt Hut und Lederhose, der auf einem Mustang ritt?

Auf jeden Fall hatte ich nicht erwartet, in der Mitte der Halle ein Pferd am Boden liegen zu sehen. Der schlanke Fuchs hatte die Beine eingeknickt wie ein Hund. Neben seinem Kopf kniete ein blonder Mann, der mit beiden Händen die Stirn des Tieres massierte.

Ich warf Samantha einen kurzen, fragenden Blick zu. Aber sie bemerkte das gar nicht, sondern sah unverwandt zu dem seltsamen Paar dort am Boden. Nach wenigen Minuten beendete Daniel Richter diese verblüffende Trainingseinheit. Er erhob sich langsam, trat einen Schritt zurück und drehte seinen Körper sehr deutlich in die andere Richtung. Offenbar fühlte das Tier sich dadurch aufgefordert, sich ebenfalls zu erheben.

Anschließend klopfte er ein paar Sägespäne von der rotgoldglänzenden Pferdeflanke und kam zu uns herüber. Das Pferd folgte ihm mit einem Meter Abstand, als würde es an einem Strick geführt.

Als Daniel Richter näher kam, sah ich, dass ich mich auch bezüglich seines Alters geirrt hatte. Weil es hieß, er habe sich vor ein paar Jahren aus dem Geschäft zurückgezogen, war ich davon ausgegangen, dass er, wie Herr Wetter, im Rentenalter war. Doch nun sah ich, dass er kaum älter als ich selbst sein konnte. Und zudem sah er gut aus. Schlank und beweglich. Mit leicht zerzausten dunkelblonden Haaren und sympathischen Augen, die von ein paar kleinen Fältchen umrahmt waren.

»Heute haben wir viel erreicht. Sie traut sich endlich wieder mehr zu«, sagte er zu Samantha, die die Bande für die beiden öffnete.

Dann sah er mich. Und der Moment, in dem sein Blick über mein Gesicht huschte, war wirklich sonderbar. Es fühlte sich wie eine Berührung an. Leicht und forschend. Tatsächlich begann mein Herz, rascher zu schlagen.

Schnell sagte ich: »Guten Tag, Herr Richter. Ich bin Emilie Michaelis. Ich hoffe, es kommt Ihnen nicht seltsam vor, dass ich hier einfach so auftauche?«

»Fragen Sie mich das gleich noch mal, wenn ich erfahren habe, was Sie möchten«, erwiderte er mit einem verschmitzten Lächeln, das sich jedoch im Wesentlichen auf seine Augen zu beschränken schien.

»Emilie Michaelis«, wiederholte ich. »Wir haben gestern Morgen miteinander telefoniert. Erinnern Sie sich? Ich habe in Spanien ein Pferd vor dem … ich habe es gerettet und mit nach Deutschland gebracht. Es steht momentan in unserem Wohnort im Ruhrgebiet. Sie sagten, Sie könnten sich vorstellen, Fellow hier aufzunehmen.«

Das verschmitzte Lächeln verschwand. Stattdessen nahm sein Gesicht einen ernsten Ausdruck an. »Sam, würdest du …?«, wandte er sich an Samantha. Sie griff vorsichtig nach dem seltsam dünnen, geknoteten Halfter des Pferdes, das kaum mehr als ein zarter Faden zu sein schien, befestigte am unteren Ende einen Führstrick und ging mit der nervös tänzelnden Stute die Stallgasse entlang hinaus. Ihre leise, beruhigende Stimme begleitete die beiden.

»Frau Michaelis«, begann Daniel Richter dann und fuhr mit beiden Händen in die Taschen seiner Jeans. Eine Geste, die verwirrend jungenhaft wirkte. »Ich habe Ihnen schon am Telefon gesagt: Wenn Sie ihn nicht hierherbringen können, kann ich Ihrem Wallach leider nicht helfen.«

Ich holte tief Luft. »Wissen Sie, ich habe keine Ahnung von Pferden. Ich habe nie reiten gelernt oder mich für die Tiere interessiert. Clara, meine Tochter, hat auch keinerlei Vorkenntnisse. Sie ist erst dreizehn, noch ein echter Kindskopf, aber sie hat auf irgendeine Weise die Verantwortung übernommen für dieses Tier. Ich muss jetzt einfach dafür sorgen, dass es ihm gut geht. Nur können wir selbst es nicht. Dafür wissen wir einfach zu wenig.«

»Es gibt viele Trainer«, sagte er. Seine Stimme klang nach wie vor freundlich, aber bedauernd.

»Das haben wir versucht. Aber wir brauchen jemand Besonderen. Jemanden, der ihn nicht nach Schema F behandelt, sondern einen echten Zugang zu ihm findet. Meine Güte, klingt das albern. Es ist doch nur ein Pferd«, setzte ich hastig hinzu.

Woraufhin er mich erneut lange und ernst musterte und dann sagte: »Denken Sie das wirklich?«

Ich erwiderte seinen Blick irritiert. Er sah nicht fort, sondern hob nur ein wenig die Brauen. Seine Augen waren von einem hellen Grün, das mich für eine Sekunde an den Ausdruck »Spiegel der Seele« denken ließ. Rasch wandte ich den Blick ab.

»Das Pferd bedeutet meiner Tochter sehr viel«, sagte ich und hörte selbst, dass meine Stimme unsicher, beinahe zittrig klang. Wo war verflixt noch mal meine gewohnte Selbstsicherheit, die ich an der Uni schon seit Jahrzehnten täglich vor mir hertrug? »Sie hatte in den letzten zwei Jahren eine schwere Zeit. Ihr Vater ... ist nicht mehr bei uns. Clara hat sich sehr in sich zurückgezogen. Sie hat keine Freundinnen, geht nie aus oder tut sonst etwas, was dreizehnjährige Mädchen normalerweise tun. Aber seit sie Fellow hat, hat sie sich sehr verändert. Sie spricht wieder mehr, ist aufgeweckter und lebendiger. Sie lächelt.«

Ich sah ihn wieder an, und immer noch waren da seine Augen, ernst und mitfühlend. Ich blickte die Stallgasse entlang. Die meisten der großen Boxen waren leer. Nur ganz hinten streckte ein Rappe seinen Kopf heraus und zupfte Heu aus einem Ballen, der an der Tür hing.

»Er ist nicht einfach nur ein Pferd für sie, so wie viele Teenager sich ein Pony wünschen. Wenn es so wäre, wäre alles einfacher. Ich könnte Fellow in professionelle Hände geben und würde Clara ein nettes, kleines, pflegeleichtes Reitpony kaufen. Aber sie will kein anderes Pferd. Sie sagt, sie hat Fellow gerettet, und deshalb muss sie sich jetzt darum kümmern, dass es ihm gut geht. Sie will es selbst erreichen. Den Dickkopf hat sie wohl von mir.« Ich versuchte ein Lächeln, doch es geriet etwas schief.

Deutlich konnte ich das Mitgefühl meines Gegenübers fühlen. Doch ebenso klar war zu spüren, dass nichts, was ich sagte, seine bisherige Antwort ändern würde.

Da fiel mir etwas ein. »Hier«, sagte ich, kramte kurz in meiner Handtasche und hielt ihm die Fotos hin, die ich mitgenommen hatte. »Das ist er. Fellow. Mit Clara. Wenn sie nicht gewesen wäre, würde er jetzt nicht mehr leben.«

Er nahm die Bilder, und mir fielen seine sonnengebräunten Hände auf, die schlank und geschickt wirkten. Sie sahen nicht aus wie die Hände von jemandem, der täglich zehn Stunden harte körperliche Arbeit verrichtet.

Das allein hätte mich schon verwundert. Doch dann tat er

noch etwas sehr Merkwürdiges: Nachdem er das Foto eine Weile ernst betrachtet hatte, strich er mit einem Finger behutsam darüber.

Er begann bei Fellows Nüstern, wanderte langsam seine breite Blesse hinauf, über den Mähnenpony, die Ohren, den Hals hinunter und dann ... ja, dann glitt seine Fingerkuppe hinüber zu Claras dunklem Schopf, an dem er sacht hinunterstrich.

Ich sah ihm zu und spürte regelrecht, wie ich die Fassung verlor. Die feinen Härchen an meinen Armen richteten sich auf.

Es war diese Geste, die sanft und beinahe liebevoll meine Tochter und dieses verstörte Tier wie ein einziges Lebewesen zusammenfasste.

***

Ich ging über den Hof zu meinem Wagen hinüber und wollte gerade einsteigen, als ich Samantha sah, die mit dem Führstrick und dem dünnen Halfter in der Hand von der nahe gelegenen Koppel kam. Hinter ihr trabte die goldrote Stute, die ich in der Halle gesehen hatte, am Zaun entlang, warf den Kopf hoch und wieherte schrill. Samantha blieb noch einmal stehen, trat an den Zaun, sprach mit dem Pferd und berührte es sanft am Hals.

Als sei dies genau das gewesen, was es brauchte, drehte das Tier sich um und galoppierte mit wehendem Schweif und alle paar Meter übermütig buckelnd zur Herde am Waldrand hinüber. Samantha kam auf mich zu.

»Und?«, fragte sie heiter. »Kann er Ihnen helfen?«

»Woher wissen Sie, dass ich ihn um Hilfe gebeten habe?«

»Dafür muss man kein ... wie sagt man ..., Hellseher sein.«

Ich seufzte leise. Da hatte sie wahrscheinlich recht.

Dann schüttelte ich den Kopf. »Nein, leider sieht es so aus, als könnte er uns nicht helfen.«

»Das tut mir leid.«

»Ja, das sagt er auch.«

Ich sah wieder zu der grasenden Herde am Waldrand hinüber.

»Die Stute mag sie wohl sehr gern.«

Samantha blickte auch hinüber und grinste. »Lavinia? Und wie! Aber das beruht auf Gegenseitigkeit. Sie ist mein Lehrmeister und mein Kind zugleich.« Derart liebevoll hatte ich noch nie eine erwachsene Frau über ein Tier reden hören.

»Sie sieht noch gar nicht so alt aus«, sagte ich.

»Oh, das ist sie auch nicht. Sie ist erst sieben.«

»Warum ist sie dann hier? Ich dachte, der Hof hier sei für Pferde, die nicht mehr reitbar sind?«

»Das gilt nicht nur für alte Pferde«, sagte Samantha und sah zum ersten Mal ernst aus. »Lavinia hat sehr viel Schlimmes erdulden müssen. Sie ist schon von Natur aus sehr ängstlich und misstrauisch. Und dann wurde sie auch noch geprügelt, gebarrt und mit harten Gebissen geritten. Sie hat von frühester Jugend an von Menschen jede Menge Schlechtes erlebt und hat es lange Zeit geduldig ertragen.«

»Und wie ist sie zu Ihnen gekommen?«

Sie sah mich an, gerade, offen. Und gnadenlos. »Vor einem halben Jahr konnte sie es wohl nicht mehr aushalten. Sie hat ihren Reiter getötet.«

* * *

Die Heimfahrt war sonderbar.

Ich war nur so kurze Zeit auf dem Lotten-Hof gewesen, und dennoch begleiteten mich die Eindrücke sehr intensiv.

Der Anblick des Mannes, der gemeinsam mit dem Pferd in den Sägespänen kniete. Der Ausdruck seiner meergrünen Augen, als er mich ernst musterte und fragte: »Denken Sie das wirklich?«

Es hatte sich angefühlt, als könnte er ohne Probleme hinter meine Fassade schauen. Jedoch ohne die Herablassung, die mit so einer Entlarvung häufig verbunden ist. Eher mit einer leisen Verwunderung. Als halte er es für unter meiner Würde, so zu tun, als lägen mir Fellow und sein Wohlergehen nicht tatsächlich sehr am Herzen.

Zum Abschied hatte er mir die Hand gereicht. Da war ein kurzes Zögern gewesen. Eine Sekunde lang hatte ich geglaubt, er würde es sich doch anders überlegen. Oder würde mir zumindest erklären, wieso er nicht bereit war, uns zu helfen. Doch dann hatte er nur genickt, sich umgewandt und war durch eine Seitentür verschwunden.

Ich fühlte mich, als hätte ich so etwas wie einen Schock.

Die Hilfe war zum Greifen nah gewesen, das wusste ich. Doch nun stand ich wieder genau da, wo ich schon vor ein paar Tagen gestanden hatte – ohne die geringste Aussicht, mein Versprechen gegenüber Fellow einlösen zu können.

Ich schüttelte den Kopf, um diesen Gedanken zu vertreiben.

Ja, sicher, es hatte diesen berührenden Moment gegeben, in dem dieses Pferd und ich uns angesehen hatten. Aber ich durfte nicht zulassen, dass es für mich zu einer fixen Idee wurde.

Tatsache war jedoch, dass Claras Schicksal, ihre sich langsam stabilisierende Psyche wahrscheinlich in Zusammenhang stand mit den Fortschritten, die Fellow eigentlich nun machen sollte, aber allein nicht erreichen konnte. Nein, allein würde er es nicht schaffen. Allein würde er weiterhin nur herumstehen, sich jeden Tag ein bisschen mehr aufgeben. Das musste ich unbedingt verhindern!

Kilometer für Kilometer auf der Autobahn versuchte ich, in meine Professorinnenhaut zu schlüpfen. Stellte mir vor, ich ginge in der Uni den gewohnten Gang im Institut für Germanistik entlang. Meine Bürotür. Das Schild daneben: Prof. Dr. Emilie Michaelis, Neuere Deutsche Literaturwissenschaft. An der Tür der Zettel mit meinen Sprechzeiten.

Wenn ich nur aus meinen berufsbedingt analytisch geschulten Augen auf dieses Problem würde schauen können, würde ich vielleicht eine Lösung finden, dachte ich. Irgendetwas hatte ich übersehen. Irgendwo lag vielleicht noch eine kleine Chance, die ich einfach nicht erkannte.

Es gab bestimmt eine. Doch besetzt von meiner Furcht vor erneuten Rückschritten bei Clara konnte ich sie nicht sehen. Ich konnte einfach nicht klar genug denken.

Als ich nach zwei Stunden in die Straße zu unserem Haus einbog, war mir immer noch keine Idee gekommen, wie es weitergehen sollte.

Claras Fahrrad stand in der Einfahrt. Es war drei Uhr. Sicher hing ihr der Magen in den Kniekehlen, und sie lechzte nach der versprochenen Pizza. Als ich die Haustür hinter mir ins Schloss fallen ließ, erschien sie barfuß auf der Treppe ins obere Stockwerk und sah mich vorwurfsvoll an.

»Wo warst du?«, fragte meine dreizehnjährige Tochter. Sie klang mindestens so alt wie ich und eher wie die Mutter als wie die Tochter.

Ich bemühte mich um ein Lächeln. »Ich hab dir doch gesagt. Da war eine wichtige Anfrage von einem Doktoranden. Ich musste zur Uni und ein paar Sachen persönlich regeln.«

Clara zog die Brauen hoch und ließ sich mitten auf der Treppe auf einer Stufe nieder.

»Beatrice hat angerufen«, sagte sie so lässig, wie sie früher beim Kartenspiel gern ein Ass ausgespielt hatte. »Sie wollte dich irgendwas fragen und konnte dich nicht erreichen, weil du dein Handy wohl ausgeschaltet hattest.«

Verflixt. Ich seufzte. »Damit wäre ich wohl aufgeflogen, oder?«

»So was von«, erwiderte Clara und musterte mich.

Es hatte ja doch keinen Sinn. Lange könnte ich es ihr sowieso nicht verschweigen.

»Also gut. Ich war auf dem Gnadenhof in der Nähe von Kassel und habe mit Daniel Richter gesprochen. Du weißt schon, das ist der Pferdetrainer, auf den Tina so große Stücke hält.«

Ihr Gesicht verdunkelte sich. »Du hast ihn gefragt, ob er Fellow zu sich nimmt, oder?«, fragte sie zaghaft. Ich konnte an ihrer Stimme nicht erkennen, ob die mitschwingende Furcht eher einem Ja oder einem Nein auf diese Frage galt.

»Aber nein. Wie kommst du denn darauf?«

»Mama, ich bin doch nicht blöd«, sagte sie. »Es geht ihm grottig. Jeden Tag wird's schlimmer. Vielleicht kann dieser Herr Richter ihm helfen.«

Vorsichtig schüttelte ich den Kopf. »Nein, ich fürchte nicht.«

»Und wieso nicht?«, fragte Clara. »Ich dachte, dieser Typ kümmert sich um genau solche Pferde wie Fellow. Bestimmt hätte er es da gut.« Die letzten Worte sprach sie leise und beschwörend, als müsse sie sich selbst gut zureden.

Ich sah sie lange an, und beinahe erkannte ich meine kleine Tochter nicht mehr in ihr. Sie war so erwachsen geworden in den letzten zwei Jahren. Und nun lud sie sich, ohne mit der Wimper zu zucken, die Verantwortung für ein großes, anspruchsvolles Lebewesen auf ihre schmalen Schultern.

»Na ja, zuerst sagte er, dass er ihn sich ansehen würde. Ihn therapieren. Bis es ihm wieder besser geht. Aber als ich dann von Fellows größtem Problem erzählt habe, dass er nicht mehr auf den Hänger geht, hat er einen Rückzieher gemacht. Er war einfach nicht bereit, herzukommen und ihn sich anzusehen.« So, wie ich es darstellte, klang es tatsächlich so, als hätte ich händeringend mit diesem Mann diskutiert.

Sein Bild tauchte kurz und intensiv vor mir auf. Die zerzauste Frisur und sein Finger, der sanft über das Fotopapier strich. Ich blinzelte.

»Ich glaube nicht, dass der Hänger Fellows größtes Problem ist«, sagte Clara. Dann erhob sie sich langsam, drehte sich um und verschwand die Treppe hinauf in ihr Zimmer.

* * *

Ein scheußlicher Tag war das.

Wir waren dann doch noch zu Mimo gefahren. Aber erst, nachdem ich mit Engelszungen auf Clara eingeredet hatte. Mit dem Erfolg, dass sie nach der Hälfte ihrer Lieblingspizza einfach schlapp machte und mich bat, sie nach Hause zu fahren. Dort verschwand sie in ihrem Zimmer, aus dem bis zum Abend die laute Musik ihrer Lieblingsband drang.

Ich saß allein vor dem Fernseher und versuchte, die Handlung eines Krimis zu begreifen. Schließlich gab ich auf und ging ins Bett.

Sobald ich die Augen schloss, stürmten die Ereignisse des Tages wieder auf mich ein. Ich sah die Landschaft im Auto an mir vorbeirauschen. Den Hof im Sonnenlicht. Lavinia, die rotgoldglänzende Stute, die ihren Besitzer abgeworfen und dann zu Tode getrampelt hatte. Ich sah Daniel Richter mit diesem Pferd auf dem Boden knien und seine Hände, die es überall berührten. Wieso hatte ich nur allein beim Klang seiner Stimme geglaubt, dass ich den Richtigen gefunden hatte? Den, der uns helfen könnte?

Ich dachte an Clara, die mit ihrer Pizza kämpfte, blass und bemüht. An ihren tieftraurigen Gesichtsausdruck, als sie sagte: »Ich glaube nicht, dass der Hänger Fellows größtes Problem ist.«

Und da durchfuhr mich plötzlich ein Gedanke mit der Wucht eines Stromschlags. Abrupt setzte ich mich im Bett auf.

Clara hatte recht! Der Hänger war wirklich nicht Fellows größtes Problem. Denn ein Pferdeleben ohne weiteren Transport in einem Anhänger war durchaus möglich. Aber ein Pferdeleben ohne Lebensfreude, ohne den Wunsch, sich zu bewegen und über eine Wiese zu toben, das war undenkbar.

»In Ordnung, ich schau ihn mir an!«, hatte Daniel Richter gesagt. Er hatte erst abgelehnt, als ich ihn fragte, ob er herkommen könnte, um Fellow zu trainieren.

Rasch griff ich mein Smartphone vom Nachttisch und gab sowohl unsere als auch die Adresse des Gnadenhofes ein. Per Auto waren es knappe zwei Stunden gewesen, kein Problem. Aber wie lange würde man wohl brauchen, um diese Strecke zu Fuß zurückzulegen? Zu Fuß mit einem Pferd?

* * *

»Zu Fuß?«, wiederholte Tina ungläubig staunend mit großen Augen.

»Ja, wir gehen durch Wälder und an Feldern lang, höchstens mal eine kleine Straße, auf der nicht viele Autos unterwegs sind!«, sprudelte Clara hervor.

Sie war vollkommen begeistert gewesen, als ich ihr beim

Frühstück von meiner Idee erzählte. Wer meine Tochter in den letzten zwei Jahren erlebt hatte, hätte sie jetzt nicht wiedererkannt.

Tina starrte uns weiterhin an, als würde sie nun endgültig am Verstand der Michaelis-Frauen zweifeln. Ich bemühte mich, nicht ganz so euphorisch wie meine Tochter zu klingen, um sie davon zu überzeugen, dass dies wirklich mein Ernst und fester Wille war: »Ich habe es mir genau angesehen und die halbe Nacht lang eine Route ausgearbeitet, bei der wir keine Hauptverkehrsadern tangieren. Wenn Sie mir sagen, wie viele Kilometer wir Fellow täglich zumuten können, werde ich ein Tagespensum ausarbeiten und entlang der Strecke Übernachtungsmöglichkeiten für uns suchen, bei denen wir auch Fellow unterstellen und versorgen können. Und wenn wir erst da sind …«

Ihr Gesichtsausdruck brachte mich zum Verstummen.

»Finden Sie den Plan nicht gut?«, fragte ich. »Ich weiß, er ist simpel. Aber das sind häufig die besten Ideen.«

Tina schnalzte mit der Zunge. »Der Plan ist gut, keine Frage. Das Problem ist nur: Er wird nicht funktionieren.«

»Wieso nicht?«, wollte ich ein wenig störrisch wissen.

»Na, ganz klar: Fellow wird nicht mit Ihnen gehen.«

»Aber …« Ich sah zu Clara und konnte in ihren Augen erkennen, dass sie Tinas Worte schneller aufgefasst hatte als ich. Dass sie begriff, dass die Reitlehrerin recht hatte. Doch die frisch gefasste Hoffnung steckte meiner Tochter so in den Knochen, dass sie fieberhaft nachdachte. Das spürte ich. »Sie meinen, er würde sich sträuben, mit uns den Hof zu verlassen?«, hakte ich nach.

»Ja, das meine ich«, erwiderte Tina niedergeschlagen. »Er hat hier einen Platz, an dem er die Abläufe kennt, ein wenig Sicherheit gefunden hat und Pferdefreunde. Selbst ein erfahrener Pferdemensch hätte große Schwierigkeiten, ihn vom Gelände zu führen, da bin ich ganz sicher. Ganz zu schweigen von so einer gewaltigen Strecke und tagelangen Märschen. Das wäre nicht nur viel zu gefährlich, es wäre einfach unmöglich.«

Ich schwieg.

Wenn ich ehrlich war, wusste ich nur zu gut, dass sie recht hatte. Clara war sich dessen wohl auch bewusst. Sie starrte mit abwesendem Blick vor sich hin. Eine Weile sagte keine von uns etwas.

Als ich mich gerade erheben und Tina für ihre Zeit und Meinung zu unserer verrückten Idee danken wollte, sagte Clara: »Gestern noch hat Peter gesagt, dass Frau Schellinger ständig darüber meckert, dass die alten Schulpferde kaum noch ihr Futter und den Hufschmied verdienen, weil sie nicht mehr so viele Stunden im Unterricht gehen können.«

Tina und ich schauten sie beide verwundert an. Peter war einer der Stallburschen. Aber was hatte das mit unserem Gespräch zu tun?

Clara hob den Kopf und sah zwischen uns hin und her. »Ich dachte gerade, wie sie es wohl fände, wenn wir mal eine Weile für Cillis Futter sorgen würden und vielleicht noch ein bisschen was dafür bezahlen, wenn wir sie mitnehmen.«

Ich warf Tina einen fragenden Blick zu. Die sah nachdenklich aus.

»Könnte das funktionieren?«, fragte ich. »Würde er womöglich mitgehen, wenn Cilli dabei wäre?«

Tina wiegte den Kopf, aber schließlich breitete sich ein Lächeln auf ihrem Gesicht aus. »Ich würde sagen, wir probieren es aus!«

* * *

Und es klappte tatsächlich!

Wir nutzten Tinas Mittagspause, um einen ersten Versuch zu starten. Sie ließ Clara mit Cilli zusammen vorgehen und folgte den beiden mit Fellow am Führstrick. Ich bildete die Nachhut und hatte daher Gelegenheit zu beobachten, wie Fellow beim Verlassen des Hofgeländes zwar unruhiger wurde, doch vertrauensvoll weiterhin seiner Ponyfreundin folgte.

Cilli schien der Spaziergang zu gefallen. Sie sah sich aufmerksam um und schritt zügig aus, wirkte unternehmungslustig.

»Sie hat es früher geliebt, in den Stunden ins Gelände zu gehen«, erzählte Tina. »Aber seit sie nur noch für die kompletten Anfänger da ist, fällt das natürlich weg.«

Claras Gesicht glühte vor Eifer, und sie stolperte anfangs ein paar Mal über eine Wurzel oder einen Stein, weil sie sich immer wieder vergewissern musste, dass Fellow ihnen immer noch bereitwillig folgte.

Als wir nach unserem einstündigen Spaziergang wieder am Hof ankamen, war sie vor Stolz regelrecht ein paar Zentimeter gewachsen, denn Tina und ich wurden nicht müde, ihre grandiose Idee über den grünen Klee zu loben.

»Lassen Sie zuerst mich mit Frau Schellinger sprechen«, schlug Tina vor, als Fellow und Cilli wieder auf dem Paddock standen und sich gemeinsam über die Heuration hermachten.

Ich trat ihr dieses Gespräch nur zu gern ab und wappnete mich innerlich schon mal, falls es zu Widerstand kommen sollte. Als Tina mich schließlich ins Stallbüro rief, sah Frau Schellinger tatsächlich recht skeptisch drein. Doch wir kamen relativ schnell auf den Tagessatz zu sprechen, den ich für Cillis »Entführung« zu zahlen bereit war. Da seufzte sie dramatisch und gab sich geschlagen.

»Denken Sie aber daran, das mit Ihrer Versicherung abzuklären«, riet sie mir noch, und ich konnte sehen, wie sie den Kopf schüttelte, als wir hinausgingen. Doch das war mir gleichgültig. Ich sah nur Claras Gesicht vor mir, wie sie neben Cilli durch den Wald ging. Für solch ein hoffnungsvolles Leuchten setzte ich mich gern der Kritik einer weißbehosten Reitstallbesitzerin aus.

***

Beatrice lief zu Höchstform auf. Das Ganze war eine Aufgabe nach ihrem Geschmack, Organisationstalent, das sie war.

Nachdem ich die Strecke ausgearbeitet hatte, machte sie sich an die Arbeit und recherchierte Übernachtungsmöglichkeiten. Wären Clara und ich allein unterwegs gewesen, wäre es kein Problem gewesen. Doch schließlich führten wir zwei Handpferde mit uns. Und für die fand man nicht überall so leicht Orte zum Unterstellen und Versorgen.

Tina hatte gemeint, Fellow und auch die vierundzwanzigjährige Cilli könnten problemlos zwanzig Kilometer am Tag schaffen. Rücksicht sei eher auf Clara zu nehmen, der sie nicht mehr als fünfzehn Kilometer am Tag zumuten würde.

Also legte Beatrice mir schließlich eine Liste von sechsundzwanzig Bauern- und Reiterhöfen, Pensionen, Privatställen und einem Campingplatz vor, wo wir unterkommen könnten.

Sie hatte mit allen telefoniert, hatte Preise, genaue Adressen und besondere Hinweise notiert. Clara und ich hatten zum ersten Mal seit undenkbar langer Zeit einen Mutter-Tochter-Shopping-Tag durch sämtliche Outdoor-Läden der Stadt unternommen. Nichts war vor uns sicher gewesen. Die besten Wanderschuhe, Regencapes, ultraleichte Rucksäcke, Schlafsäcke, Isomatten, Trinkflaschen schleppten wir nach Hause.

Im Pferdebedarf kauften wir überteuerte Satteltaschen, die wir Cilli überlegen konnten, um Proviant und Kleidung nicht selbst tragen zu müssen. Zwanzig oder dreißig Kilo waren für die muntere Ponystute ein Klacks, für uns jedoch ein erhebliches Gewicht. Trotzdem überlegten wir genau, ob wir dieses oder jenes Kleidungsstück tatsächlich einpacken sollten. Schließlich mussten wir auch für die Pferde immer ein, zwei Tagesrationen Körnerfutter mit uns nehmen.

Tina hatte uns angeboten, uns am ersten Tag unserer wahrscheinlich dreiwöchigen Wanderung zu begleiten, um sicherzugehen, dass wir tatsächlich mit den Pferden gut klarkamen. Zwar hatten Clara und ich mit Fellow und Cilli täglich unseren Spaziergang rund um das Hofgelände absolviert, zwei Mal bereits ohne Tina. Aber die Reitlehrerin wollte sichergehen, dass es auch reibungslos lief, wenn wir das für Cilli gewohnte Gelände verließen und neues Terrain eroberten.

Schließlich, nach drei Tagen aufreibender Vorbereitungen, an denen ich keine Minute still gesessen hatte, waren wir aufbruchbereit. Unsere Rucksäcke waren mit dem Nötigsten gepackt. Sogar das Wetter spielte mit und ließ die Sonne ab und zu verheißungsvoll durch den morgendlichen Dunstschleier spähen. Es war ein Sonntag, Tinas einziger freier Tag in der Woche. Doch sie wollte von meinen ausschweifenden Dankesbekundungen nichts wissen.

»Wenn wir Fellow dadurch retten können, würde ich liebend gern auf noch mehr freie Tage verzichten«, sagte sie.

Ich dachte an Samantha und ihren Liebling Lavinia, und mir kam der Verdacht, dass echte Pferdemenschen wirklich zu jeder Menge unglaublichster Dinge bereit waren.

* * *

Diesmal ließ Tina zunächst mich Fellow führen, während Clara mit Cilli vorwegging. Später ließ sie uns tauschen. Sie erklärte uns, was wir zu tun hätten, wenn die Pferde stehen blieben, um in den Wald hineinzulauschen oder (das traf eher auf Cilli zu) einfach ein bisschen zu grasen, wenn sie vor einem auffliegenden Vogel oder einer am Wegesrand stehenden Mülltonne erschraken.

Als wir das gewohnte Gelände um den Hof verließen, wurde auch Cilli aufmerksamer. Doch sie blieb in allen Situationen ruhig und verlässlich. Selbst ein rasch um die Ecke biegender Mountainbiker ließ sie nur kurz mit dem Kopf schlagen und schnauben, während Fellow heftig erschrak, rückwärtsging und sich mit hochgerecktem Kopf alarmiert umschaute.

Ich fand es schwierig, gerade dann nicht den Strick fester zu greifen, nicht gegen seinen Widerstand zu ziehen, sondern ihm im Gegenteil die Chance zu geben, sich an Cilli zu orientieren und sein Gleichgewicht wiederzufinden. In so einer Situation war es extrem wichtig, schnell zu reagieren. Ihm vehement und souverän klarzumachen, dass es weder ein Rechts- noch Linksvorbei und schon gar kein Zurück gab, sondern dass er sich die vermeintliche Gefahrenquelle anschauen konnte. Er sollte erkennen, dass sie gar nicht so entsetzlich war, und daraus lernen.

Zum ersten Mal begriff ich wirklich, was es bedeutete, dass Pferde Fluchttiere sind. Alles Ungewohnte konnte ein Angreifer sein. Alles Beängstigende musste zunächst genau betrachtet und erst dann für ungefährlich erachtet werden.

Clara fiel es leichter, diese Grundhaltung der Tiere zu akzeptieren. Ohnehin brachte sie unendliche Geduld auf, was Fellow anging. Egal, was er tat, ob er einmal scheute oder einfach am ganzen Körper einfror, um eine Situation einzuschätzen – sie ließ ihm die Zeit, die er brauchte, und erfasste jedes Mal intuitiv die Ursache seiner Angst. Geradezu spielerisch bot sie ihm die Möglichkeit, sich kurz gedanklich mit den Dingen zu befassen, um dann selbstsicher das Weitergehen zu verlangen. Nie ließ sie sich von Fellows Erschrecken anstecken. Sie behandelte dieses kraftvolle Tier wie ein kleines Kind, dem sie zugestehen wollte, die Welt zu entdecken.

Ich staunte über meine Tochter, die in Anwesenheit Fremder kaum den Mund aufbekam und nun plötzlich so selbstbewusst und energisch sein konnte. Und in mir regte sich ein tiefer, liebevoller Stolz auf sie. Mir war sonnenklar, dass sie gerade etwas Tolles leistete.

»Ich glaube, es wäre am besten, wenn du mit Cilli vorweggehst, Emilie, während du mit Fellow folgst, Clara«, entschied Tina in unserer ersten Pause. Inzwischen waren wir beim Du angekommen.

Nach drei Stunden Wanderung saßen wir auf einem Baumstamm am Wegesrand und machten uns über unsere Lunchpakete her: Butterbrote, hart gekochte Eier, Apfelschnitze und Möhren. Von Letzteren bekamen einen Großteil die Pferde zugesteckt.

Clara saß sehr aufrecht und nickte. Sie wusste nur zu gut, dass Fellow das anspruchsvollere Pferd war, was das Handling anging. Doch der Blick, den sie ihm nun zuwarf, sprach nicht von Zweifeln oder Ängstlichkeit, sondern ausschließlich von Zuneigung.

Als Tina kurz im Wald verschwand, um den Ort »für kleine Reitlehrerinnen« aufzusuchen, wie sie sagte, lächelte ich Clara zu. »Du machst das wirklich super mit ihm! Zum Bewundern, weißt du das? Ich kann mich noch so gut daran erinnern, wie das war, als du klein warst. Du hattest vor so vielen Dingen Angst. Dunkelheit. Spinnen. Fremden Menschen. Und jetzt gehst du hier lang, als seist du eine Art Trapper oder so was.«

Sie grinste kurz ein wenig verlegen und zupfte einen Grashalm ab. Der stille, in sich gekehrte Teenager, der stundenlang nur vor sich hin starrte, ohne seine Umwelt wahrzunehmen, war mir an diesem Tag noch nicht ein einziges Mal begegnet.

»Ich glaub, das kommt nur daher, weil er vor noch viel mehr Dingen Angst hat als ich«, sagte meine Tochter leise. »Wenn da jemand ist, den man beschützen muss, hat man gar keine Zeit, selbst Angst zu haben.«

Ich musste schlucken. *Fellow hatte vor noch mehr Dingen Angst als sie.*

Doch ich kam nicht mehr dazu zu antworten, da Tina wieder aus dem Wald auf den Weg sprang.

»Wollen wir weiter?«, fragte sie und sah auf die Uhr. »Wir sind gut in der Zeit. Wäre doch schön, wenn wir am frühen Nachmittag schon da wären.«

Unser erster Halt war ein Reiterhof, dessen Besitzer Tina kannte. So wurden wir freundlich empfangen und mussten nicht allzu viel erklären.

Clara wollte sich zuerst davon überzeugen, dass Fellow und Cilli gut untergebracht waren, bevor sie ins Gästezimmer ging, um sich die Wanderschuhe von den schmerzenden Füßen zu reißen.

»Ich behalte mein Handy ständig auf Empfang. Auch im Unterricht«, versprach Tina mir bei der Verabschiedung. »Falls irgendetwas passieren sollte, ruf mich an! Ich hab ja eure Route und kann notfalls irgendwie Hilfe organisieren.«

»Danke!«, sagte ich und erwiderte ihre Umarmung.

Als sie zusammen mit ihrer Bekannten in deren Auto vom Hof fuhr, winkte ich ihr nach und kam mir plötzlich sehr allein vor. Allein mit der Verantwortung für ein junges Mädchen und zwei Pferde.

* * *

Es entscheidet sich leicht, eine zweihundert Kilometer lange Wanderung anzugehen. Doch dann Tag für Tag unterwegs zu sein, nicht nur beschäftigt mit den eigenen schmerzenden Füßen und müden Beinen, sondern auch mit den Bedürfnissen und Befindlichkeiten zweier Pferde, war schon eine gewaltige Aufgabe.

Clara hielt sich tapfer, doch ich konnte ihr ansehen, wie viel Kraft sie unsere täglichen Gewaltmärsche und die permanente Konzentration kosteten.

Als wir nach unserem fünften Tag abends auf dem Bauernhof angekommen waren, der für die Nacht unsere Bleibe sein sollte, machte ich daher den Vorschlag, ob wir uns nicht einen Tag Ruhe gönnen wollten. Unsere Gastgeber hatten bereits signalisiert, dass wir gerne eine weitere Nacht bei ihnen Quartier beziehen könnten. Clara nahm meinen Vorschlag dankbar an. Zumal sie die bäuerliche Großfamilie offenbar mochte. Zwei der erwachsenen Söhne der alten Hofbesitzer lebten mit ihren Familien hier und bewirtschafteten den Hof gemeinsam. Ihre Kinder waren springlebendig und so fröhlich, dass selbst Clara sich ihrem Charme nicht entziehen konnte. Doch einen besonderen Draht schien sie zu dem jüngsten Bauernsohn, Chris, zu haben. Der Endzwanziger war mit seinen karottenroten Haaren, den vielen Sommersprossen und dem offenen Lächeln auch wirklich sympathisch. Er war Journalist, wie er auf meine Frage hin erzählte.

»Tja, als dritter Sohn blieb für mich hier am Hof nichts

mehr übrig«, sagte Chris verschmitzt. »Da bin ich eben so ein irrer Pressefritze geworden.«

»Onkel Chris ist extra wegen euch hier!«, krähte ein kleines Mädchen und wollte sich wichtig machen.

Ich hob verwundert die Brauen.

»Unser Jüngster hat sich schon immer für alles interessiert, was ein bisschen ungewöhnlich ist. War doch so, Hans?«, wandte sich die Bäuerin an ihren Mann, der zustimmend nickte.

»Und uns fanden Sie interessant?«, fragte ich erstaunt.

»Na klar!«, sagte Chris. »Ich meine, so eine Wanderung machen bestimmt nicht viele Familien in den Sommerferien. Ist doch mal was anderes.«

»Wir machen das ja nicht zum Vergnügen«, schaltete Clara sich ein. Und ehe ich einschreiten konnte, hatte sie die Geschichte von dem Unfall auf der spanischen Autobahn, unserer Heimfahrt und Fellows sich verschlimmerndem Zustand erzählt.

Alle am Tisch bekamen große Augen.

»Und was sagt der Besitzer von dem Gnadenhof dazu, dass ihr jetzt einfach per pedes zu ihm kommt?«, wollte Chris schließlich wissen, als Clara geendet hatte.

»Er weiß es noch gar nicht. Aber als ich mit ihm telefonierte, hat er seine Bereitschaft signalisiert, Fellow aufzunehmen«, sagte ich und warf Clara einen warnenden Blick zu. Mehr musste er ja nicht wissen. Clara bemerkte meinen Blick jedoch nicht. Sie wirkte ob ihrer eigenen Courage, derart gesprächig geworden zu sein, selbst etwas verdutzt und starrte auf die Reste ihres Käsebrotes.

Die Kinder waren alle schwer beeindruckt und plapperten durcheinander, wie wahnsinnig toll es sei, ein Pferd zu retten und dann mit ihm zu einem Altenheim für Tiere zu wandern.

Das Thema führte uns zu allen möglichen wilden Geschichten über Tiere, lange Wanderungen und Rettungsaktionen, sodass Fellow schon bald nicht mehr im Mittelpunkt stand.

Dass er jedoch nicht vergessen war, sollte ich am nächsten Tag merken.

Zur Nachmittagszeit saß ich allein in der großen Küche und las die Zeitung, während Clara bei den Pferden auf der Weide war. Da sah ich sie, zusammen mit Chris, über den Hof auf die Eingangstür zukommen. Zwei Paar Schritte polterten über den Flur. Clara lachte, und ich horchte beim Klang dieses immer noch ungewohnten süßen Geräusches fasziniert auf. Dann wurde die Tür aufgestoßen, und meine Tochter stürmte herein, um sich auf den Stuhl mir gegenüber fallen zu lassen. Ihr Gesicht glühte vor Aufregung.

»Mama, stell dir vor, Chris sagt, er würde in seiner Zeitung gern über Fellow und mich schreiben. Vielleicht sogar mit einem richtig großen Bild, wie wir zusammen durch die Landschaft wandern!«

Ich sah ihn überrascht an.

Er nickte lächelnd. »Wäre bestimmt eine nette Story. So was interessiert die Leute. Ein engagiertes Mädchen, das ein Pferd vor dem Schlachthof gerettet hat und es nun zum Gnadenhof bringt. Das läuft bestimmt.«

Claras Augen leuchteten vor Begeisterung. Umso schwerer fiel es mir, die einzig korrekte Antwort darauf zu geben: »Das ist sehr freundlich von Ihnen, Chris. Aber ich fürchte, wir müssen ablehnen. Es wäre …«

»Mama!«, fiel Clara mir empört ins Wort.

»Es wäre ein bisschen zu viel Wind um unsere Wanderung«, fuhr ich fort.

Einen Moment lang starrte Clara mich wutentbrannt an. Dann brach es aus ihr heraus: »War ja mal wieder klar, dass du dagegen bist! Wenn du selbst in der Zeitung was Schlaues von dir geben kannst, machst du das immer. Aber wenn sich mal jemand für mich interessiert, dann ist das gleich *zu viel Wind.*«

»Clara«, sagte ich, fassungslos über ihren Vorwurf. »Ich möchte dabei wirklich nur das Beste für uns alle, am meisten aber für dich und Fellow. Wenn ein Artikel in der Zeitung stände, würden viele Leute auf uns aufmerksam. Es gäbe andere Journalisten, die eine weitere Story wollen. Und plötzlich wären wir belagert. Überleg doch, wie das für Fellow wäre. Er hat doch so schon vor allem Fremden Angst.«

»Du bist nur dagegen, weil es dabei nicht um dich geht!«, rief sie und wollte offenbar noch einiges mehr sagen. Doch die Tränen stiegen ihr in die Augen. Sie sprang vom Stuhl auf und rannte hinaus. Wir hörten ihre hastigen Schritte auf der Treppe. Einen Augenblick war es still in der Küche.

Chris räusperte sich verlegen. »Tut mir leid. Das wollte ich wirklich nicht«, sagte er.

Ich seufzte. »Ist nicht Ihre Schuld. Obwohl es natürlich besser gewesen wäre, erst mit mir über diese Idee zu sprechen. Entschuldigen Sie mich bitte, ich schau mal nach ihr.«

Ich klopfte an die Zimmertür. Da keine Antwort kam, trat ich ein und ging zu ihrem Bett hinüber. Sie hatte sich in den Kissen vergraben.

»Clara«, sagte ich.

»Geh weg!«, schniefte sie.

Waren es die Anstrengungen der letzten Tage? War es die Erkenntnis, dass sie durchaus vernünftig sein konnte, wenn es um Fellow ging? Jedenfalls reagierte ich nicht wie so oft in den letzten zwei Jahren. Ich ließ sie nicht allein, wie sie es forderte. Und noch mehr als das, ich wurde sauer.

»Das werde ich verdammt noch mal nicht tun!«, entfuhr es

mir. »Und ich werde mir auch deine absurden Vorwürfe nicht anhören. Von wegen, dass ich nicht will, dass du im Mittelpunkt stehst. Das ist nämlich albern und kindisch, und das weißt du auch!«

»Ich bin kein Kind mehr!«, erklang es dumpf aus den Kissen. Und obwohl ihre Stimme trotzig klang, wusste ich, dass sie zu einem gewissen Grad damit tatsächlich recht hatte.

»Dann benimm dich auch nicht so«, erwiderte ich. »Wenn du wie eine Erwachsene behandelt werden willst, darfst du nicht wegrennen, wenn du nicht weiterweißt. Du musst dich Situationen stellen, die unangenehm sind oder die vielleicht auch einen für dich nicht so schönen Ausgang nehmen könnten. Steh auf und komm mit runter. Wir können das Ganze mit Chris besprechen und zusammen entscheiden, was das Beste ist.«

Clara hörte auf zu schniefen. Dann war sie einen Moment lang ganz still, wandte schließlich den Kopf auf dem Kissen und sah zu mir hoch, als könne sie diesen Vorschlag nicht recht glauben. Es war das erste Mal, dass ich sie an einer womöglich weitreichenden Entscheidung teilhaben ließ.

»Echt jetzt?«, nuschelte Clara.

»Echt«, sagte ich und streckte ihr die Hand hin.

Sie nahm sie nicht, rappelte sich aber auf und kramte nach einem Taschentuch.

»Aber ganz ohne Verarsche, versprochen?«, sagte sie dann und sah mir fest ins Gesicht.

»Versprochen. Wenn ihr zwei mich überzeugen könnt, sage ich Ja. Das kommt ganz auf eure Argumente an.«

* * *

Die da waren: Chris würde nicht unsere vollen Namen erwähnen. Er würde weder den Ort, an dem wir gestartet waren, noch unser Ziel nennen. Die Route, die er per Karte darstellen wollte, sollte nur grob skizziert werden – sodass niemand würde nachvollziehen können, auf welchen kleinen Wegen wir uns tatsächlich bewegten. Und Daniel Richter würde mit keinem Wort erwähnt werden. Letzteres war die von mir gestellte Bedingung.

»Ich möchte nicht, dass der Besitzer des Gnadenhofes auf diese Weise davon erfährt, dass wir auf dem Weg zu ihm sind«, sagte ich, und Chris nickte, ohne noch weiter zu widersprechen.

Er hatte schon das Argument, dass es sich bei seiner Zeitung doch nur um ein Lokalblatt handele, in die Waagschale geworfen. Doch das hatte mir nicht gereicht. Es gab immer seltsame Zufälle. Und ich wollte nicht, dass Daniel Richter mit Anrufen belästigt wurde oder gar eine Flut von »geretteten Pferden« zu bewältigen haben würde. Daher war ich zufrieden, ihn nicht ein einziges Mal namentlich erwähnt zu haben. Zwar vertraute ich Chris als Person. Doch der Umgang mit der Presse hatte mich schon so manches Mal gelehrt, vorsichtig zu sein.

Clara schien es beinahe nicht glauben zu können, dass ich mich tatsächlich auf eine sachliche Diskussion eingelassen und sie den Sieg davongetragen hatte. Sie schwankte pausenlos zwischen übermütigem Triumph und zärtlicher Anhänglichkeit. Beides genoss ich in vollen Zügen.

Am nächsten Tag hatten wir alle drei Spaß daran, gemeinsam mit den Pferden loszulaufen, während Chris samt Diktafon ein richtiges »Interview« mit Clara führte und immer mal wieder das eine oder andere Foto von ihr und Fellow schoss.

Die Pferde störte es nicht, dass noch jemand zu unserer

Gruppe gestoßen war. Doch sie schienen Chris auch nicht zu vermissen, als er sich nach der ersten kleinen Pause verabschiedete und den Weg zum nächsten Dorf einschlug, um einen Bus zurück zu erwischen.

»Hoffentlich dauert es nicht so lange, bis der Artikel rauskommt«, sagte Clara.

Doch allzu lange mussten wir nicht warten. Schon am übernächsten Tag klingelte mein Handy, als wir mit den Pferden gerade durch ein Waldstück gingen.

»Wo stecken Sie gerade?«, fragte Chris.

»Wir sind voll im Zeitplan und natürlich auf der Route unterwegs.«

»Was halten Sie davon, wenn wir uns in Stemeley am Ortseingang treffen? Es gibt da eine sagenhafte Pommesbude, bei der wir uns eindecken könnten. Ich würde Ihnen nämlich gern den Artikel vorbeibringen.«

»Oh, er ist schon fertig?«

»Nicht nur das! Er ist heute Morgen erschienen, und er schlägt ein wie eine Bombe! Die Leute sind alle hin und weg von der Geschichte. Hey, Sie könnten im Anschluss ein Buch darüber schreiben. Ich meine, Sie als Literaturprofessorin.«

Daran hatte ich auch schon gedacht …

* * *

Die Pommesbude war wirklich toll. Selbst gemachte Pommes und Salate in Hülle und Fülle. Chris hatte das Essen spendiert, und wir saßen am Dorfrand auf einer Bank neben einem Wegkreuz. Die Pferde grasten friedlich neben uns.

Der Artikel war sehr gut. Die Fotos von Clara und Fellow – es gab gleich drei, nicht nur eines! – sahen einfach hübsch aus. Und der Text zeichnete das Bild eines selbstbewussten, engagierten Mädchens, das ein Beispiel nicht nur für Gleichaltrige, sondern durchaus auch für viele Erwachsene sein konnte.

»Hammer!«, hauchte Clara und las den Artikel gleich noch einmal, während sie sich Pommes mit hausgemachtem Ketchup in den Mund schob.

»Wirklich grandios. Das haben Sie toll hingekriegt!«, sagte auch ich.

Chris grinste. »Es sind schon diverse Anrufe in der Redaktion eingegangen. Ein Leser wollte sogar tausend Euro spenden, um Fellows Unterkunft auf dem Gnadenhof zu unterstützen.«

»Ich hoffe, Sie haben seine Telefonnummer notiert?«, scherzte ich.

»Wir richten für Fellow ein Spendenkonto ein«, erwiderte Chris, und ich konnte nicht einschätzen, ob das ein Witz sein sollte oder ernst gemeint war. Gerade wollte ich nachfragen, als er etwas sagte, was mich alles andere sofort vergessen ließ: »Ich bin vorgestern übrigens noch nach Kassel gefahren, um mit diesem Daniel Richter zu sprechen.«

Mir blieb die Luft weg, und auch Clara ließ die Zeitung sinken und starrte ihn sprachlos an.

»Aber wie …? Wir hatten seinen Namen doch gar nicht erwähnt«, brachte ich schließlich heraus, unschlüssig, ob ich sauer werden oder ihn für seine detektivische Leistung bewundern sollte.

»Na ja«, sagte er. »Ich hatte ja den Routenplan. War nicht einfach zu finden, der Mann. Aber ich bin gut in so was.«

Ich machte mir im Kopf eine Notiz, ihn einmal gemeinsam mit Beatrice zum Abendessen einzuladen. Die beiden würden wahrscheinlich gut zueinander passen.

»Was hat er denn gesagt?«, wollte Clara zaghaft wissen.

Chris lachte. »Na ja, wenn ich ehrlich bin, hab ich es wohl vermasselt. Ich hab ihm den detaillierten Routenplan gezeigt. Hab ihn gefragt, ob er wüsste, was das sei. Ich wollte ihn neugierig machen. Aber der Kerl hat sich den Plan angesehen und gesagt: ›Wer bezahlt Sie dafür, dass Sie mir eine Route für einen Wanderritt zwischen dem Ruhrgebiet und meinem Hof vorlegen?‹ Tja, da hab ich ganz schön dumm aus der Wäsche geguckt. Aber schließlich hab ich es ihm gesagt.«

»Haben Sie von Fellow und uns erzählt?«, fragte ich recht atemlos.

»Ich hab versucht, es zu vermeiden, ehrlich. Aber der Typ stellt geschickte Fragen. Ich hab Ihren Namen nicht erwähnt. Aber er wusste trotzdem, von wem ich rede. Und dann ...«

»Und dann?«, hakte ich nach.

»Tja, Sie werden es vielleicht nicht glauben. Aber als ich ihm gesagt habe, dass Sie mit den Pferden zu Fuß unterwegs zu ihm sind, da hat er mich nur kurz angestarrt, hat: ›Ist die denn vollkommen übergeschnappt!‹, gemurmelt und ist dann samt Plan einfach davongestürmt.«

Wir sahen uns einen Moment lang ratlos an.

»Dann hat er wohl kein Interview geben wollen«, brach Clara schließlich das Schweigen.

Chris wollte sich über ihre Worte ausschütten vor Lachen.

Doch mir war ziemlich mulmig zumute. »Heißt das, Sie haben ihn danach gar nicht mehr gesprochen? Sie wissen also nicht, wie er die Nachricht aufgenommen hat?«

»Seine Reaktion hat doch eigentlich alles gesagt. Er hält Sie für ziemlich durchgedreht, würde ich mal sagen«, antwortete Chris lässig. »Aber keine Bange. Ich hab ihm gleich zu Beginn unserer kurzen Unterhaltung meine Karte gegeben. Falls er also Fragen hat oder erfahren will, wo Sie gerade stecken, kann er mich anrufen.«

Das fand ich nicht unbedingt beruhigend. Bei dem Gedanken, Daniel Richter könne Chris telefonisch mitteilen, dass wir sofort umkehren und ihn nicht weiter behelligen sollten, musste ich heftig schlucken.

»Zumindest weiß er jetzt schon mal, dass Sie auf dem Weg sind. Auch wenn er Ihre Art zu reisen offenbar ziemlich crazy findet«, sagte Chris und mampfte weiter Nudelsalat.

Clara sah mich vorsichtig an. Im Gegensatz zu Chris wusste sie schließlich die komplette Wahrheit über Daniel Richters Reaktion auf meine Anfrage für Fellow. Ich lächelte sie aufmunternd an. Es reichte wirklich, wenn ich mir Sorgen machte.

* * *

Den ganzen Tag und auch den folgenden belauerte ich mein Handy und zuckte jedes Mal zusammen, wenn es in meinem Rucksack vibrierte. Doch es waren nur Beatrice, die ein paar fachliche Fragen hatte, meine Mutter, die wissen wollte, wie es uns ging und bei meiner Nachfrage nach meinem Vater nur genervt stöhnte, und einer meiner Doktoranden, der irritiert war, dass er mich im Büro nie erreichen konnte, obwohl er der Meinung zu sein schien, dass ich dort wohne.

Langsam entspannte ich mich wieder und erwartete nicht mehr jede Minute einen empörten Anruf von Daniel Richter. Dennoch dachte ich hin und wieder an ihn. Bisher hatte ich nur zwei Gespräche mit ihm geführt. Beide hatte er auf sehr unkonventionelle Art und Weise beendet. Was Chris von seiner Begegnung mit ihm erzählt hatte, passte in dieses Bild. Passte zu einem Mann, der mir irgendwie rätselhaft erschien.

Was war das für ein Mensch, der einerseits nach wenigen Sätzen am Telefon entschied, ein Pferd für den Rest seines langen Lebens bei sich aufzunehmen, und der andererseits nicht bereit war, ein paar Kilometer zurückzulegen, um eben diesem Pferd zu helfen?

Mir war klar, dass ich diese Frage allein in meinem Kopf nicht würde lösen können. Vielleicht nicht einmal, wenn wir dort, am Gnadenhof, angekommen waren. Aber damit wollte ich mich jetzt noch nicht beschäftigen. Unsere Wanderung beanspruchte mich voll und ganz, und ich wollte nicht daran denken, wie unsere Ankunft am Ziel wohl aussehen würde.

* * *

Wir waren bereits ganze zwölf Tage unterwegs und fühlten uns mittlerweile recht sicher im Umgang mit den Pferden, die sich wohl auch an den ungewöhnlichen Tagesablauf gewöhnt hatten. Doch genau, als wir uns derart sicher fühlten, passierte es.

Ein paar unglückliche Umstände kamen zusammen: Das gute Wetter hatte uns verlassen, und seit unserem Aufbruch am Morgen war Fellow sehr unruhig. Das Tröpfeln von den Zweigen der Bäume schien ihn nervös zu machen. Auffliegende Vögel ließen ihn erstarren. Als wir eine kurze Strecke an einer recht stark befahrenen Straße entlanggehen mussten, tänzelte er ängstlich herum, und Clara hatte alle Mühe, ihn einfach geradeaus zu führen. Die Autos machten einen großen Bogen um uns. Dennoch atmeten wir erleichtert auf, als wir von der Straße abbiegen und querfeldein über einen kleinen bewaldeten Hügel marschieren konnten.

Glücklicherweise hörte es auch auf zu regnen, und wir

konnten die Regencapes ausziehen, deren Rascheln Fellow irritierte.

Auf der anderen Seite des Hügels führte ein Hohlweg zu einer im Tal liegenden Siedlung hinab. Links war der Weg durch eine hohe Böschung begrenzt und rechts von einer mit Stacheldraht eingezäunten Weide. Weit entfernt, am anderen Ende der Weide, grasten zwei kleine Shetlandponys. Ich wollte Clara gerade auf sie aufmerksam machen und ihr vielleicht beim Anblick dieser beiden niedlichen Zwerge ein Lächeln entlocken, als die Ponys auch uns erblickten. Was dann geschah, kam so unerwartet, dass weder Clara noch ich überlegt reagieren konnten.

Die Ponys hoben die Köpfe und kamen über die Weide gemeinsam auf uns zu galoppiert. Im ersten Moment wollte ich über ihren Eifer lachen. Doch als ich mich umdrehte, sah ich, dass Clara bereits mit Fellow zu kämpfen hatte. Der Anblick der beiden heranschießenden kleinen Pferde löste bei ihm eine regelrechte Panik aus. Er stand stocksteif, mit hoch erhobenem Kopf und weit aufgerissenen Augen, die Nüstern gebläht. Als die Ponys bei uns ankamen, war es um seine Fassung geschehen. Er riss den Kopf herum, sodass Clara herumgeschleudert wurde. Sie stieß einen spitzen Schrei aus und prallte gegen die Böschung. Fellow versuchte, auf dem engen Weg zu wenden, stieß dabei jedoch mit dem Hinterteil derb gegen einen der Weidezaunpfähle, erschrak erneut heftig und versuchte tatsächlich, die gut zwei Meter hohe Böschung hinaufzusteigen.

»Mama!«, schrie Clara.

Obwohl Tina mir eingeschärft hatte, in kritischen Situationen auch Cilli im Auge zu behalten, ließ ich den Führstrick der Stute einfach fallen und wollte Clara zu Hilfe kommen. Doch Fellow war inzwischen derart in Panik, dass auch meine hoch erhobenen Arme direkt vor seinem Gesicht ihn nicht stoppen konnten. Er hatte begriffen, dass die Böschung keine Fluchtmöglichkeit bot und dass auch der Rückweg nicht infrage kam. Also stürmte er einfach los. Direkt auf mich zu.

»Lass los!«, schrie ich Clara zu, die wie eine schlaffe Puppe an seinem Strick hing. Ob sie mich gehört hatte oder ob sie sich einfach nicht mehr halten konnte, wusste ich nicht. Aber sie ließ tatsächlich los. Ich presste mich an die erdige Böschung, und Fellow donnerte auf dem schmalen Weg an mir vorbei. Cilli wurde von ihm ein paar Meter regelrecht mitgerissen, doch dann weitete der Weg sich ein wenig und Fellow ließ auch seine Pferdefreundin hinter sich.

»Fellow!«, schrie Clara gellend, auf dem Boden liegend.

»Clara, ist alles okay?« Ich stolperte zu ihr und kniete mich neben sie.

»Wo läuft er hin? Mama, schnell!« Sie rappelte sich hoch und sah den Weg entlang.

Die beiden Ponys, Auslöser für unsere ganze Tragödie, streckten die Köpfe durch den Zaun und bettelten offenbar um Futter. Dann trabten sie ein paar Meter weiter und betrachteten Cilli, die dort verwirrt stand und sich unruhig nach uns umsah. Ich fasste Clara bei der Hand, und gemeinsam liefen wir zu Cilli hinüber. Ich griff nach dem Führstrick, und wir rannten den Weg hinunter, immer flankiert von den beiden Ponys, die die ganze Aufregung offenbar ziemlich unterhaltsam fanden. Sie folgten uns bis zur nächsten Kurve, wo ihre Weide endete. Der Hohlweg machte dort einen scharfen Knick und führte dann weiter bergab in Richtung Siedlung. In etwa zweihundert Metern Entfernung konnten wir Fellow ausmachen, der dort aufgeregt tänzelnd stand. Verblüfft konnte ich ein paar Meter hinter ihm ein weiteres

Großpferd ausmachen, das gesattelt am Wegrand stand. Direkt vor Fellow stand ein Mensch, hielt das Ende des Führstricks in der einen und einen Hut in der anderen Hand.

»Gott sei Dank!«, stieß ich hervor.

Clara schluchzte auf und drosselte sofort ihr Tempo, um Fellow nicht durch unser Rennen noch mehr zu erschrecken.

Schon auf diese Entfernung war zu sehen, dass da vorn ein Pferdemensch am Werk war. Fellow schnaubte und riss immer wieder den Kopf hoch, doch der Fremde – es war ein Mann, wie wir beim Näherkommen erkennen konnten – ließ ihn nicht vorbei und auch nicht nach hinten ausweichen.

Vorsichtig gingen wir weiter auf sie zu. Als wüsste sie, dass Fellow dringend ihrer Beruhigung bedurfte, wieherte Cilli einmal kurz, was er sofort, geradezu hysterisch, erwiderte.

Als wir bis auf ein paar Meter herangekommen waren, trat Fellow einen Schritt zur Seite und gab den Blick auf seinen Retter frei.

Ich starrte ihn sprachlos an.

Clara, die zuerst so vorangeprescht war, wollte sich nun anscheinend gern hinter mir verstecken. Ich konnte ihren verwunderten Blick in mein Gesicht spüren. Sicher fragte sie sich, wieso ich nichts sagte.

Schließlich war es der Mann, der unser Pferd so versiert am Führstrick hielt, der die ersten Worte von sich gab.

»Das ist also Fellow«, sagte er.

Es war Daniel Richter.

* * *

Clara und ich waren beide vollkommen überrumpelt. Bei meiner Tochter äußerte sich das in Stummheit. Sie sagte überhaupt nichts, sondern staunte nur mit großen Augen. Mich ließ diese absurde Situation leider genau gegenteilig reagieren: Ich plapperte und gab einen Haufen schwachsinniger Nichtigkeiten und Dankesbekundungen von mir, die bei unserem Gegenüber lediglich Verwunderung auszulösen schienen.

Daniel Richter hatte uns aus dem Hohlweg heraus zwischen freie Felder geführt und sein eigenes Pferd, eine hübsche Schimmelstute namens Maja, und Cilli an einem Haselstrauch angebunden. Fellow hielt er immer noch am Führstrick, während der Wallach sich allmählich beruhigte und irgendwann neben Cilli zu grasen begann.

»Sie haben mir wahrscheinlich die größte Überraschung meines Lebens bereitet«, hörte ich mich selbst gerade sagen.

»Dieses zweifelhafte Kompliment kann ich nur zurückgeben«, erwiderte er. »Als ich gehört habe, dass Sie sich mit diesem Pferd zu Fuß auf den Weg zu mir gemacht haben, konnte ich es, ehrlich gesagt, erst nicht glauben. Ich hätte nie gedacht, dass Sie derart ...« Er brach ab.

»... übergeschnappt sind?«, half ich ihm. Denn die von Chris übermittelten Worte hatten sich mir durchaus eingeprägt.

Jeder andere hätte nun wahrscheinlich abgewiegelt. Doch er sah mich nur einen Moment lang aufmerksam an und sagte dann: »Genau.«

Weil es weder scherzhaft noch bösartig klang, fand ich ihn nicht unverschämt. Das gerade durchgestandene Erlebnis noch lebhaft vor Augen, konnte ich seine Einstellung sogar verstehen.

»Die letzten zehn Tage hat alles immer gut geklappt. Offenbar habe ich die Gefahren unterschätzt, die bei so einem Unternehmen an allen Ecken lauern. Shetlandponys zum Beispiel«, sagte ich. »Was für ein sagenhaft wunderbarer Zufall, dass Sie ausgerechnet jetzt zur Stelle waren.«

»War er vorher schon unruhig?«, wollte Daniel Richter wissen.

»Ja. Da war diese Straße, an der wir eine kurze Strecke entlangmussten. Aber eigentlich war er schon den ganzen Morgen über nervös. Seit wir losgingen und es regnete. Was halten Sie von ihm?«

»Er ist das sauberste Pferd, das ich je gesehen habe«, lautete sein verblüffendes Urteil.

»Clara würde gern alles für ihn tun. Ist doch so, Clara, oder?«, sagte ich. Sie nickte scheu. »Aber im Moment geht nichts anderes, als ihn zu putzen. Wir haben den Eindruck, es gefällt ihm, wenn Clara das tut. Deswegen sieht er so aus.«

Daniel Richter lächelte Clara freundlich an. »Dann scheinst du ja alles richtig zu machen.«

Clara errötete und sagte leise: »Das geht aber nur, wenn Cilli dabei ist. Wenn sie neben ihm steht, findet er es cool. Er steht dann ganz still und schließt sogar manchmal die Augen.«

»Ein Genießer also«, sagte Daniel Richter, und sie nickte. Dann wandte er sich an mich: »Eine wirklich hübsche Strecke haben Sie sich da ausgesucht. Macht fast den Eindruck, als hätten Sie Erfahrung mit Wanderritten. Ich hätte nur ein oder zwei angenehme Abkürzungen, die ich Ihnen vorschlagen könnte.«

»Sehr gerne«, antwortete ich.

Wir sahen uns einen Moment lang an. Dann betrachteten wir die Pferde, die friedlich nebeneinander grasten. Meine unausgesprochene Frage hing zwischen uns in der Luft, war beinahe greifbar. Würde er jetzt mit uns kommen? War er deswegen die ganze Strecke, unsere ausgeklügelte Route in der gegengesetzten Richtung, geritten? Um uns sicheres Geleit zu seinem Hof zu geben?

»Vielleicht sollten wir gleich wieder aufbrechen?«, wagte ich einen vorsichtigen Vorstoß. »Wenn wir gut durchkommen, schaffen wir es in zwei Stunden bis zum nächsten Stopp.«

»Ich bin bereit«, sagte Daniel Richter und sah fragend zu Clara.

Die rappelte sich eher mühsam auf und zog eine Grimasse, als sie ein paar Schritte ging.

»Hast du dich vorhin doch verletzt?«, fragte ich besorgt.

Doch sie schüttelte tapfer den Kopf und brachte sogar ein Lächeln zustande. »Wird wohl nur ein dicker blauer Fleck«, sagte sie und rieb ihren Oberschenkel.

»Wollen lieber Sie Fellow führen?«, fragte ich Daniel Richter. Auch Clara warf ihm einen zögernden Blick zu.

Doch er zog nur die Brauen hoch und schüttelte den Kopf. »Das kann Clara genauso gut wie ich.«

Also übergab er ihr ohne großen Aufhebens den Führstrick, und wir banden Cilli und Maja los.

»Kann es sein, dass er seit dem Unfall keinen starken Regen mehr erlebt hat?«, fragte er mich, als wir losgingen.

Ich musste kurz überlegen. Der Sommer war warm und verwöhnte uns in diesem Jahr. »Nicht bis heute Morgen«, antwortete ich schließlich und setzte mich mit Cilli wie bisher an die Spitze unserer Gruppe.

Clara und Fellow gingen hinter uns. Das Schlusslicht bildete Daniel Richter, der Maja ebenfalls führte, statt auf ihr zu reiten.

Unausgesprochen hatten wir nun also plötzlich einen Begleiter dazugewonnen, der eine wohltuende Ruhe ausstrahlte. Auch wenn ich nun nur zu genau wusste, was alles schiefgehen konnte bei so einem Unternehmen, fühlte ich mich plötzlich sicherer als in den Tagen zuvor. Ich sah mich einige Male um. Zu Clara, die sich bemühte, aufrecht zu gehen und nicht zu auffällig zu humpeln. Und an ihr vorbei zu der

Schimmelstute, die mit elastischem Schritt neben ihrem Menschen herging.

Erst nach einer ganzen Weile, in der meine Gedanken immer wieder um die Ereignisse der letzten Stunde kreisten, um unser Gespräch und seine letzten Worte, erst da fiel es mir plötzlich ein: Daniel Richter war ganz selbstverständlich davon ausgegangen, dass es zum Zeitpunkt des Unfalls auf der spanischen Autobahn heftig geregnet hatte. Aber davon hatte ich ihm gar nichts erzählt.

* * *

Nach zweieinhalb Stunden erreichten wir unser Etappenziel, eine kleine Pension samt Ponystall.

Clara hatte die ganze Zeit über kein einziges Wort gesagt. Doch die frische Farbe war in ihre Wangen zurückgekehrt, und ihr Humpeln hatte etwas nachgelassen. Als sich herausstellte, dass es in dem kleinen Haus nur noch ein freies Gästezimmer gab, das für Clara und mich vorgesehen war, zauderte Daniel Richter nicht lange, sondern entschied sich spontan, in einer freien Box im Pferdestall zu nächtigen.

Wir aßen gemeinsam mit ein paar anderen Gästen der Pension in dem kleinen, gemütlichen Speisezimmer zu Abend. Dann wünschte Daniel Richter uns eine gute Nacht und verschwand Richtung Stallgebäude.

Auch Clara und ich gingen hinauf in unser Zimmer, beide immer noch etwas überrumpelt und verwirrt von der sonderbaren Wendung. Es tat gut, die Schuhe von den schmerzenden Füßen zu ziehen. Wir breiteten ein paar Kleidungsstücke, die noch feucht vom vormittäglichen Regen waren, über der lauwarmen Heizung aus. Clara war die Erste unter der

Dusche und warf sich dann in ihrem Schlafshirt auf die eine Seite des großen Doppelbetts. Beinahe stolz präsentierte sie mir einen gewaltigen blauen Fleck an ihrem rechten Oberschenkel und eine lädierte, leicht geschwollene Stelle am Knie. Ich tat entsetzt und mütterlich besorgt.

Doch sie machte sich einen Spaß daraus, sich selbst ein wenig aufzuziehen und ihre Blessuren herunterzuspielen. »Dabei sah die Böschung doch so weich aus«, kicherte sie.

»Weißt du was?«, sagte ich. »Ich hüpfe jetzt auch unter die Dusche, und anschließend massieren wir uns gegenseitig die Füße mit dicker Fettcreme ein, ja?«

»Aaaah!«, machte sie zustimmend und sagte kein einziges Wort dazu, dass wir so etwas schon seit langer Zeit nicht mehr getan hatten. Nicht mehr seit ...

Ich ließ das warme Wasser genussvoll über meinen Körper strömen, seifte mich in aller Ruhe ein und genoss die Vorfreude auf ein kleines Fußmassagefest mit meiner Tochter.

Doch als ich schließlich aus dem Bad kam, lag sie nicht mehr auf dem Bett, sondern stand am Fenster und sah von dort aus hinüber zum Pferdestall.

»Er ist echt cool, findest du nicht?«, sagte sie, ohne sich zu mir umzudrehen.

Mir war sofort klar, dass sie von Daniel Richter sprach.

»Cool?«, wiederholte ich und musste lächeln.

»Ja. Total. Ich meine, er stellt sich Fellow einfach in den Weg, schnappt sich den Strick und beruhigt ihn, obwohl sie sich doch gar nicht kennen.«

»Ich habe ihm ein Foto von Fellow gezeigt, als ich ihn auf dem Gnadenhof gesprochen habe.«

»Und ich wette, er hätte ihn auch aufgehalten, wenn er nicht die blasseste Ahnung gehabt hätte, wie er aussieht. Er hätte bestimmt auch ein ganz fremdes Pferd aufgehalten. Oder?«

»Ich denke schon.«

»Er hat echt was drauf, was Pferde angeht, glaub ich«, entschied Clara. »Hast du gesehen, wie er Fellow vorhin in die Box geführt hat? Bisher hat er immer Angst vor fremden Boxen gehabt. Aber diesmal ist er einfach reingegangen, als wäre es ganz selbstverständlich. Bestimmt, weil Daniel so cool ist.«

»Bestimmt. Du solltest ihn aber Herrn Richter nennen.«

»Wieso? Er hat vorhin gemeint, wenn er mich Clara nennen darf, soll ich auch Daniel sagen. Und du. Hat er gesagt.«

Ich ließ mir meine Überraschung nicht anmerken. »Na, dann wird es wohl in Ordnung sein«, sagte ich. Wenn ich ehrlich zu mir selbst war, war es auch gar keine Überraschung. Ich fand es nicht verwunderlich, dass Daniel Clara anbot, ihn zu duzen. Es war ein anderes Gefühl. Vielleicht eine leise Enttäuschung? Von mir hatte er sich vorhin mit: »Gute Nacht, Frau Michaelis«, verabschiedet ...

»Bleibt er jetzt eigentlich die ganzen restlichen Tage bei uns?«, wollte Clara von mir wissen, ehe ich dem Gedanken noch weiter nachgehen konnte.

»Vermutlich«, antwortete ich ein wenig ausweichend.

»Willst du ihn nicht danach fragen?«

»Vielleicht morgen. Ich wusste heute Abend irgendwie nicht, wie ich es sagen sollte, ohne dass es unhöflich geklungen hätte. ›Ach, übrigens, Herr Richter. Es war zwar ganz toll, dass Sie Fellow wieder eingefangen haben, aber sagen Sie mal: Wollen Sie etwa die ganze Zeit mit uns wandern?‹«

Clara zog eine Grimasse. »Da hilft dir auch dein ganzes Literaturprofessorgedöns nichts, hm?!«

Da hatte ich es! So schweigsam meine Tochter immer wieder sein konnte: Wenn sie etwas von sich gab, brachte sie die Sache auf den Punkt.

* * *

Daniel Richter saß bereits beim Frühstück, als wir am nächsten Morgen in den Speiseraum kamen. Die Nacht im Stall schien ihm nichts ausgemacht zu haben; er sah erholt und frisch aus. Wir wünschten einander einen guten Morgen, frühstückten und verabredeten uns für fünfzehn Minuten später bei den Pferden.

Als Clara und ich über den Hof kamen, standen die drei Tiere bereits nebeneinander angebunden da. Fellow mit Halfter. Cilli mit Halfter und Packtaschen. Und Maja mit gebissloser Trense und Sattel. Daniel Richter sah uns entgegen und bemerkte offenbar, genau wie ich am Morgen, dass Claras Humpeln wieder stärker geworden war.

»Kannst du reiten?«, fragte er sie, als wir bei ihm ankamen.

Clara schüttelte schüchtern den Kopf.

»Aber du hast doch bestimmt schon mal auf einem Pferd gesessen?«

Clara sah sich hilflos nach mir um.

»Das ein oder andere Mal beim Ponyreiten, als sie klein war«, antwortete ich an ihrer Stelle.

Doch Daniel Richter sah mich nur kurz an und wandte sich dann wieder an Clara: »Etwas anderes wäre es auch nicht, wenn du die erste Etappe heute auf Maja sitzt. Sie ist sehr brav. Möchtest du?«

Wieder Claras Blick zu mir. Ich nickte ihr aufmunternd zu.

»Da komm ich doch gar nicht rauf«, murmelte sie.

»Du kannst von den Strohballen da vorn aufsteigen. Siehst du?« Daniel Richter führte Maja bereits zu der geeigneten Stelle, und ehe meine schüchterne Tochter noch groß darüber nachdenken konnte, saß sie bereits oben.

»Und jetzt?«, fragte sie etwas hilflos. »Ich kann sie doch gar nicht lenken und so …«

»Das ist auch nicht nötig. Ich führe sie auf der einen und Fellow auf der anderen Seite. Dann kannst du auf der ersten Etappe dein Bein ein wenig schonen. Und gleichzeitig kannst du dich schon mal daran gewöhnen, im Sattel zu sitzen. Du willst doch bestimmt lernen, auf Fellow zu reiten?«

»Meinst du, das geht irgendwann?«, erwiderte Clara hoffnungsvoll.

So verließen wir das Gelände der Pension und machten uns auf den Weg. Ich ging mit Cilli vorweg, die sich ab und zu umdrehte, als fände sie das sich bietende Bild bestaunenswert. Ich tat es ihr gleich. Sah meine Tochter auf dem fremden Pferd sitzen, aufrecht und entspannt den Bewegungen des Tieres folgend, mal zu Fellow hinüberschauend, mal im Gespräch mit dem Mann, der zwischen den beiden Pferden ging.

Daniel Richter schritt locker aus, und ich konnte ihn von den Pferden auf dem Lotten-Hof plaudern hören. Von den Ponys, die aus einem Wanderzirkus beschlagnahmt worden waren, weil sie dort tagaus, tagein in einem Wagen angebunden waren. Vom ältesten Hofbewohner, einem winzigen Ponyhengst namens Max, der bereits zweiundvierzig Jahre alt war. Von der gewaltigen und doch so sanften Diana und ihrer Tochter Saphira, zwei Kaltblutstuten, deren Besitzer verstorben war und die von den Erben zum Schlachter gegeben werden sollten. In seinen Erzählungen klang immer wieder ein Tonfall durch, der mich aufhorchen ließ. Sorgte Daniel Richter sich um etwas? Oder war dies die normale

Stimmung eines Menschen, der sich mit Tieren in Notsituationen befasste? Clara hörte sich ebenfalls alles aufmerksam an. Hin und wieder stellte sie zu den einzelnen Pferden eine Frage. Und nach einer Weile hörte ich ihre Stimme immer öfter. Sie wollte wissen, ob sie denn richtig im Sattel sitze. Ob Daniel sagen könne, welche Rassen in Fellow vereint seien. Wie alt Maja sei und warum ihre Besitzerin sie nicht mehr hatte haben wollen. Wie lange es dauern würde, bis sie selbst richtig würde reiten können. Und kurz bevor wir unsere erste Etappe beenden und Pause machen wollten, hörte ich sie plötzlich fragen: »Du bleibst doch die ganze Zeit jetzt bei uns, oder? Ich meine nur, weil ... ich glaube, Fellow fühlt sich besser, wenn du dabei bist.«

Ich spitzte die Ohren.

Daniel Richter ließ ein paar Sekunden verstreichen. Dann hörte ich, wie er laut und vernehmlich sagte: »Was meinst du dazu, Fellow? Wäre dir die Gesellschaft von einer weiteren schicken Freundin und einem alten Knacker wie mir recht?« Hufgeklapper auf dem festen Boden. »Okay«, sagte er dann, als habe das Pferd ihm tatsächlich geantwortet. Und an Clara gewandt: »Er hat nichts dagegen.«

Ich drehte vorsichtig den Kopf und spähte zu meiner Tochter zurück. Fast erwartete ich, dass ihre Miene sich aufgrund dieses kindlichen Scherzes verschlossen hätte. Daher war ich überrascht, dass sie lächelte.

»Danke«, sagte sie schlicht. »Ich find's super, dass du uns hilfst.«

Ich wandte mich rasch wieder nach vorn und musste blinzeln, weil mir plötzlich die Sicht verschwamm. Meine Tochter hatte etwas geschafft, womit ich selbst so große Probleme hatte. Jemanden um Hilfe zu bitten, der, da war ich sicher, für sein Engagement kein Geld würde annehmen wollen. Um so eine Hilfe zu bitten war nicht einfach. Aber Clara tat es. Es fiel ihr leicht. Weil sie es nicht für sich selbst tat, sondern für Fellow.

* * *

Nach einer ersten kurzen Pause ließ Daniel Richter Clara wie selbstverständlich wieder auf Maja aufsteigen, und wir setzten unseren Weg fort, wie wir ihn am Morgen begonnen hatten. Erst zur Mittagspause entschied Clara, dass sie danach aber auch wirklich wieder würde laufen können.

Ich merkte ihr an, dass sie versuchte, so erwachsen und ernsthaft wie möglich zu wirken. Sie breitete auf dem Wiesenstück am Waldrand, das wir uns für unsere Pause ausgesucht hatten, eine Decke aus und stellte darauf sorgfältig unsere Getränkeflaschen und das Lunchpaket zurecht, das uns die nette Pensionswirtin am Morgen gepackt hatte. Darin befanden sich ein paar gebratene Hühnerschenkel, mehrere Sandwiches mit Schinken oder Käse, Ei oder Gurke sowie ein knackiges Baguette. Clara legte alles ordentlich nebeneinander, was sonst nicht ihrer chaotischen Teenager-Art entsprach. Sie verzichtete auch darauf, sich wie üblich auf die von ihr favorisierten Stücke zu stürzen, sondern wartete höflich ab, bis Daniel Richter die Hufe der Pferde kontrolliert hatte und sich ebenfalls zu uns setzte. Erst als er sich für ein Sandwich mit Gurke entschieden hatte, griff Clara nach einem der Schinkenbrote und machte sich hungrig darüber her. Wir aßen eine Weile schweigend. Doch die Stille war nicht unangenehm. Das gemeinsame Wandern schien die üblichen Regeln des Kennenlernens und der Konversation außer Kraft zu setzen.

»Was passiert mit den Pferden, die Sie aufnehmen, obwohl sie eigentlich noch zu jung sind für das Gnadenbrot? Diese

Ponys aus dem Zirkus zum Beispiel. Behalten Sie die?«, wollte ich schließlich wissen.

Daniel goss Kaffee aus seiner Thermoskanne in den dazugehörigen Becher. Der Duft zog zu mir herüber.

»Möchten Sie?« Er hielt mir die Kanne hin.

Ich zögerte kurz, doch dann griff ich zu. Der Mann war etliche Kilometer geritten, um uns auf dem Weg zu seinem Hof Geleitschutz zu geben. Sich zu zieren, seinen Kaffee zu teilen, wäre einfach nur albern.

»Wir sind mit Internetforen verknüpft, die es sich zur Aufgabe gemacht haben, solche Pferde an verantwortungsbewusste Halter zu vermitteln. So sind manche Tiere nur für relativ kurze Zeit bei uns, werden nach bestem Wissen und Gewissen geschult und dürfen dann, wenn sie Glück haben, noch viele schöne Jahre bei netten Menschen verbringen. Maja hier ist so eine, die das womöglich noch erleben darf. Andere bleiben. Weil sie zu alt sind. Oder weil wir es nicht riskieren können, sie noch einmal zu vermitteln.«

»Wie Lavinia?«

Er warf mir einen Seitenblick zu. »Ja. Wie Lavinia.«

Clara, der ich von der hübschen Fuchsstute und ihrer traurigen Geschichte erzählt hatte, sagte im Brustton der Überzeugung: »Ich find's gut, dass sie nicht noch mal zu jemand anderem muss. Ich meine, wo sie es bei euch doch gut hat. Das wäre bestimmt schlimm für sie, noch mal jemand Neuem vertrauen zu müssen.«

»Da hast du wahrscheinlich recht«, antwortete Daniel. »Für manche Pferde kommt irgendwie kein anderer Ort mehr infrage als der Lotten-Hof.« Sein Blick wurde nachdenklich, beinahe besorgt.

»Wie kam es zu dem Namen? Lotten-Hof?«, wollte ich wissen. »Mir fiel das riesige Schild über der Einfahrt auf.«

Daniel Richter blinzelte kurz. »Irgendwie musste der Hof doch heißen«, antwortete er schlicht, doch sein Lächeln wirkte bemüht.

Clara nahm einen Schluck aus ihrer Wasserflasche und wandte sich an mich: »Apropos Schild ... Hast du am Schellinger-Stall eigentlich das Schild gesehen? Das mit dem Spruch über das Glück der Erde und dem Rücken der Pferde und so? Hängt in der Halle.«

Ich nickte.

»Fand ich blöd«, erklärte Clara.

Ich konnte sehen, dass Daniel ein Grinsen unterdrückte.

»So?«, fragte ich.

»Ja.« Sie nickte bekräftigend und sah mich an. »Schließlich geht's dabei mal wieder nur um Menschen. Dass es uns bloß gut geht. Ich frag mich, was denn eigentlich mit dem Glück der Pferde ist.«

Daniel musterte sie interessiert. »Was denkst du denn, was Pferde glücklich macht?«

Clara sah mich Hilfe suchend an, doch ich zuckte mit den Schultern. Da legte sie den Hühnerschenkel beiseite, nach dem sie gerade gegriffen hatte, und blickte nachdenklich zu Fellow und Cilli hinüber. »Wenn wir sie verstehen? Wenn wir einfach versuchen, ein bisschen wie sie zu denken?«, schlug sie schließlich zurückhaltend vor.

Daniel lächelte anerkennend. »Ein schlauer Gedanke.«

Clara wurde hochnot verlegen.

Daniel merkte es und sah ebenfalls zu den Vierbeinern. »Ich wette, wenn du Fellow auf diese Weise glücklich machst, wird er dich auch glücklich machen.«

Clara schluckte und nickte. Und ich war minutenlang damit beschäftigt, den Worten aus dem Mund dieses Fremden nachzulauschen. Es klang einfach zu schön, um wahr zu werden: Clara. Glücklich. Clara, glücklich. Zum ersten Mal seit langer Zeit regte sich in mir eine leuchtende Hoffnung.

Wir aßen eine Weile schweigend und hingen alle unseren eigenen Gedanken nach.

»Stimmt es, dass in Spanien sehr viele Pferde und Esel gegessen werden?«, fragte Clara plötzlich.

Daniel blies auf seinen Kaffee. »Ja, das stimmt. Aber weißt du, auch hier in Deutschland werden Tiere gegessen.«

»Weiß ich doch«, brummelte sie und war plötzlich wieder ganz ein dreizehnjähriger, missverstandener Teenager. »Aber ich meine Pferde.«

Da hob Daniel den Kopf und sah sie aufmerksam an, als wolle er abschätzen, wie viel Wahrheit dieses Mädchen verkraften konnte. »Auch in Deutschland essen Menschen gerne mal einen Sauerbraten aus Pferdefleisch«, sagte er.

»Igitt!«, rief Clara. »Das ist ja wie Kannibalismus.«

»Warum?«, entgegnete er scheinbar ungerührt.

Sie sah ihn mit großen Augen an. »Na, weil Fellow mein Freund ist. Weil er … er …« Sie wandte wieder den Kopf und sah zu dem Pferd hinüber, das an einen Baum gebunden friedlich graste, Seite an Seite mit der hübschen Schimmelstute Maja und seiner alten Pferdefreundin Cilli. »Er hat eine Seele, oder?«

»Die hat er ganz sicher«, erwiderte Daniel ernsthaft, und ich spürte schon, wie sich ein Lächeln auf meinem Gesicht ausbreiten wollte, doch dann setzte er hinzu: »Genauso wie jede Kuh, jedes Rind, jedes Schwein, jedes Huhn, jedes Schaf.« Dann biss er herzhaft in sein zweites Gurkensandwich.

Clara jedoch hielt entsetzt inne. Ihr Blick wanderte von Daniels Gesicht zu Fellow hinüber und dann zu dem gebratenen Hühnerschenkel, den sie in der Hand hielt. Langsam legte sie ihn in die Alufolie zurück, in die er eingewickelt gewesen war, und ergriff stattdessen eine Möhre und das knusprige Ende des Baguettebrotes.

* * *

Das Wandern zu dritt war etwas anderes als das zu zweit. Am ersten Tag, und je öfter Clara von sich aus eine Frage an unseren Begleiter richtete, hatte ich befürchtet, sie könne sich von nun an womöglich eher auf ihn beziehen und mich wieder mehr und mehr wie Luft behandeln. So wie ich es aus den letzten beiden Jahren gewohnt war. Ich fürchtete um die langsam wieder wachsende Vertrautheit zwischen ihr und mir, angestoßen durch das gemeinsame Ziel, das Beste für Fellow zu tun.

Doch schon am Abend des folgenden Tages wurde mir klar, dass ich durch Daniels Anwesenheit nichts dergleichen zu befürchten hatte.

Die ruhige Ausgeglichenheit, die er ausstrahlte, wirkte nicht nur auf die Pferde. Auch Clara war entspannter, lächelte hin und wieder und benahm sich mir gegenüber so, als habe es die vielen Stunden mit Stöpseln in den Ohren oder laut gedrehter Musik in ihrem Zimmer nie gegeben.

Daniel erwies sich als sensibler Gesprächspartner für meine Tochter. Nachdem er sich nach ihrer Schule erkundigt und eine einsilbige Antwort erhalten hatte, ließ er das Thema ruhen und suchte stattdessen den Austausch mit ihr über die Pferde, die Pflanzen, die am Wegrand wuchsen, oder die Vögel, die im Gebüsch saßen und sangen.

Und er fragte nicht ein einziges Mal nach Claras Vater.

Mir gegenüber war er sehr freundlich, aber auch deutlich reservierter als zu meiner Tochter. Natürlich, ich hatte ihm das ganze Theater ja eingebrockt. Ohne mich wäre Clara schwerlich aufgebrochen.

Bei den Mahlzeiten war er eher schweigsam. Daher überraschte es mich, dass er mir am Abend des zweiten gemeinsamen Tages ein paar interessierte Fragen zu meiner Arbeit an der Uni stellte. Ich musste ihm erklären, dass ich in meiner Position auf einer Professorenstelle keineswegs in den Genuss von Semesterferien kam. Die man im Übrigen »vorlesungsfreie Zeit« nannte, um bloß nicht den Eindruck zu erwecken, dass Lehrpersonal und Studenten in dieser Zeit nichts zu tun hätten. Ich erzählte ihm von meinem Forschungssemester, das ich in diesem Jahr an den Urlaub mit Clara anhängen würde. Und während ich versuchte, ihm die Inhalte dieser Forschung darzulegen, aber auch von meinen alltäglichen Pflichten – Kontrolle der Verwaltung der Kostenstelle, Vorbereitung und Durchführung von Seminaren, Vorlesungen, Publikationen, Gutachten und Anträge für Forschungsgelder – erzählte, kam mir das alles plötzlich selbst so weit weg und unwichtig vor, dass ich irgendwann einfach abbrach.

»Interdisziplinäre Kooperationen?«, hakte er nach, und ich war kurz verblüfft, dass er sich diese Formulierung überhaupt gemerkt hatte. Er sah von seinem Kaffee auf, den er sich nach dem Gemüseauflauf bestellt hatte.

Clara war, gelangweilt von meinen Ausführungen zum Uni-Wahnsinn, wie sie meine Arbeit oft nannte, bereits aufgestanden und noch einmal in den Stall zu den Pferden gegangen.

»Ach, wissen Sie was? Lassen Sie uns über etwas anderes reden!«, entschied ich.

Er lachte und zuckte mit den Schultern. »Worüber würden Sie gerne reden?«

»Clara findet Sie extrem cool«, sagte ich. »Sie ist schwer

beeindruckt davon, wie Sie Fellow eingefangen und beruhigt haben.«

»Und was halten Sie von der Einschätzung Ihrer Tochter?«, wollte er wissen.

»Ich bin auch beeindruckt«, gestand ich.

»Kann es sein, dass da ein leises ›aber‹ mitschwingt?«

»Kein ›aber‹, nein. Ich finde es natürlich fantastisch, dass Sie uns einfach entgegengeritten sind und uns nun sicheren Geleitschutz geben. Das ist mehr, als man von manchem sogenannten Freund würde erwarten können.«

»Haben Sie viele Freunde?«, fragte er geradeheraus.

Ich zögerte. Schließlich schüttelte ich den Kopf. Sollte ich ihm etwa sagen, dass der intensivste freundschaftliche Kontakt in den letzten Jahren zu meiner Sekretärin bestanden hatte?

»Ich habe nur sehr wenige«, sagte er, als habe er meine Verunsicherung nicht bemerkt. »Aber die würden auf jeden Fall genau so etwas für mich tun.«

»Da können Sie sich glücklich schätzen. Ich meine, dass Sie solche Menschen haben, die das für Sie tun würden.«

Er nickte und sah mich freundlich an. »Aber wissen Sie, ich bin noch viel glücklicher darüber, dass es Menschen gibt, für die *ich* so etwas tun würde.«

Eine kurze Pause entstand, in der wir beide seinen Worten nachlauschten.

Schließlich sagte ich vorsichtig: »Sie haben es doch schon getan. Für uns. Na ja, vielleicht eher für Clara und Fellow. Aber Sie haben es getan, ohne uns wirklich zu kennen.«

»Ja, das hab ich wohl«, antwortete er und klang selbst ein wenig verwundert.

»Und dabei dachte ich, Sie hielten unser Unternehmen für ... wie hat Chris gesagt? Vollkommen übergeschnappt?«

»Merken Sie sich alle etwas unglücklichen Formulierungen, wenn jemand Ihr Verhalten kritisiert?«, fragte er zurück.

»Nur wenn dieser Jemand es mit so sensiblen Worten tut«, entgegnete ich.

Er grinste. Doch dann wurde er wieder ernst. »Mir wurde klar, dass Sie offenbar begriffen haben, was für Fellow das Wichtigste ist. Und da wollte ich Sie unterstützen.«

»Was ist denn das Wichtigste für ihn?«

»Sicherheit!«, antwortete er, ohne zu zögern. »Und Sie haben sich entschieden, aus diesem Grund seine Pferdefreundin Cilli mitzunehmen. Die einzige Möglichkeit, mit ihm überhaupt so eine lange Wanderung zu wagen.«

»Das war Claras Idee«, sagte ich. »Ich selbst wollte schon aufgeben. Aber dann machte sie diesen Vorschlag. Und wie Sie sehen, hat es ein paar Tage wirklich gut funktioniert.«

»Sie hat ein natürliches Talent für die Tiere«, nickte er. »Betrachtet sie weder als Statussymbol noch als Sportgerät. Sie kann sich einfach in sie hineinversetzen. Das ist etwas Besonderes.«

»Sie *ist* etwas Besonderes!«, erwiderte ich fest.

Er sah eine Weile auf die übrig gebliebene Kaffeepfütze in seiner Tasse hinunter. Ich konnte seine Gedanken nicht erraten. »In diesen jungen Menschen steckt so vieles. Alles, was sie sein oder werden wollen. Hat sie Pläne für die Zukunft?«

Ich stutzte. Hatte sie Pläne?

»Bis vor Kurzem war sie noch sehr mit der Vergangenheit beschäftigt. Ehrlich gesagt, ich weiß es nicht«, gab ich zu.

Vielleicht wusste Dr. Teichmann es?

»Mein Mann ...«, begann ich und brach dann ab. Er sah mich fragend an. »Sie vermisst ihn sehr«, sagte ich schnell, bevor ich mich noch zu anderem würde hinreißen lassen. Daniel Richter nickte, fragte aber nichts weiter. Schon lange hatte ich Steffen nicht mehr jemand Fremdem gegenüber erwähnt. Alle, die uns kannten, wussten Bescheid und schwiegen darüber, genau wie wir. Und alle, die uns erst kennenlernten, sollten gar nichts darüber wissen. Wieso hatte ich damit jetzt angefangen?

Etwas kopflos rettete ich mich in das Thema, das mir unverfänglich und leicht zu behandeln schien: »Wie wird Ihr Training mit Fellow aussehen, wenn wir am Hof angekommen sind?«

Daniel zögerte einen kleinen Moment. Als habe er meinen bewussten Themenwechsel sehr wohl wahrgenommen und überlege einen Augenblick nachzuhaken. Doch dann schnalzte er mit der Zunge und legte den Kopf schief. »Er hat sehr viel gelernt in den letzten Tagen. Ohne dass es von außen als Training zu erkennen gewesen wäre. Er hat gelernt, Clara und Ihnen und nun auch mir zu vertrauen. Er hat gelernt, wie gut es tut, sich überall anfassen, streicheln und putzen zu lassen. Er hat gelernt, durch enge Wege, über Straßen und heute sogar durch einen Bach zu gehen. Er hat etliche Boxen akzeptiert, viele fremde Menschen getroffen. Ich denke, wenn wir am Lotten-Hof ankommen, werde ich genau da weitermachen. Als Erstes werde ich versuchen herauszufinden, was er am liebsten tut. Und das werde ich ihn so oft wie möglich tun lassen. Er soll wieder Spaß am Leben bekommen, finden Sie nicht?«

Ich nickte zustimmend. »Sie werden also mit ihm arbeiten?«

»Arbeiten?«, wiederholte er verwundert. »Was meinen Sie damit?«

Ich seufzte. Nun musste ich also doch von Herrn Wetter

erzählen. Das tat ich in kurzen Zügen. »Wissen Sie, zuerst fand ich es ganz logisch, dass er sagte, Fellow müsse über die Arbeit geheilt werden. Er sagte, er braucht Beschäftigung. Aber irgendwie klang es so, als hätte das Pferd nur dumme Flausen im Kopf, die ihm ausgetrieben werden müssen. Der Trainer hat Fellow eine halbe Stunde lang longiert, und als er schließlich die Peitsche weglegte und aufhören wollte, ist Fellow einfach weitergelaufen. Warum?«

Er sah mich nachdenklich an. »Was glauben Sie, warum er das getan hat?«

Ich zuckte mit den Schultern. »Ich hatte den Eindruck, er hat gar nicht mitbekommen, dass das Ding plötzlich weg war – die Peitsche, meine ich. Als sei er irgendwie auf Autopilot geschaltet, der einfach weiterläuft, ohne noch etwas mitzubekommen.«

»Sie meinen, er hat gar nicht mehr gemerkt, was draußen passiert ist? Hat einfach weitergemacht, weil er sich komplett in sich selbst zurückgezogen hatte?«

Ich zögerte. Seine Worte klangen nicht so, als würde er sich über mich lustig machen. Aber gab es das überhaupt? Ein Pferd, das sich so sehr vor der Außenwelt verschließt, dass es nichts mehr mitbekommt und einfach mechanisch weitermacht, was es gerade tut?

Ein Pferd, das genauso reagiert wie manche Menschen, wenn sie ein schlimmes Erlebnis zu verarbeiten versuchen? Wie ein junges Mädchen vielleicht.

Langsam nickte ich. »Vielleicht halten Sie mich für verrückt. Ich meine, weil ich doch gar keine Ahnung von Pferden habe. Aber ja, das ist es in etwa, was ich denke.«

»Ich halte Sie ganz sicher nicht für verrückt«, sagte er. »Und ja, Sie haben keine Erfahrung mit Pferden. Aber interessanterweise haben Sie genau erfasst, was Fellows Problem bei dieser Sache war. Und Sie haben goldrichtig entschieden, diesen Trainer nicht weiter mit ihm *arbeiten* zu lassen. Ich wette, irgendwann wird Fellow ihnen dafür mal Danke sagen.«

Damit stand er auf, nickte mir zu und ging hinaus.

Okay, das mit dem »Danke sagen« war jetzt aber definitiv ein Scherz.

Oder?

* * *

Ich war wieder Studentin, saß in der Uni in einem mäßig gefüllten Hörsaal und wartete auf den Beginn der Vorlesung. Obwohl alles ganz alltäglich schien, verspürte ich eine nervöse Unruhe und wurde das Gefühl nicht los, etwas Wichtiges vergessen zu haben.

Meine Kommilitonen beachteten mich nicht. Ich sah mich um, fand aber unter ihnen nicht ein einziges bekanntes Gesicht. Ich war umgeben von lauter Fremden, für die ich scheinbar gar nicht existierte. Mehr und mehr von ihnen verließen den Saal, sodass ich am Ende beinahe allein in den leeren Rängen saß.

Und als ich auf das verschmähte Rednerpult dort unten schaute, dämmerte es mir, dass die Veranstaltung nicht beginnen konnte, solange ich hier oben saß. Weil es sich um meine eigene Vorlesung handelte.

In der plötzlich einsetzenden Panik, die mich überrollte, sprang ich auf und lief hinaus. Fand irgendwie den Weg hinauf in die Etage meines Fachgebiets. Lief eilig über die vertrauten Flure mit den grellbunten Kunststofftüren und den Drucken moderner Kunst an den Wänden.

Als ich um eine Ecke bog, sah ich vor mir auf dem Gang

einen jungen Mann, der mir vertraut vorkam. Er hatte mir den Rücken zugewandt und ging den Flur hinunter. Ich konnte sein Gesicht nicht sehen. Und trotzdem. Diese Schritte. Diese steife, aufrechte Haltung.

»Steffen?«, fragte ich zaghaft. Doch er hörte mich nicht.

Ich wagte nicht, lauter zu werden. Folgte ihm über ein paar Gänge bis hin zu meinem eigenen Büro. Hinter dessen Tür verschwand er.

Ich stand dort wie vom Donner gerührt. Natürlich. Jetzt fiel es mir wieder ein. Mir war mit einem Schlag klar, dass er sich dort mit seiner heimlichen Geliebten traf. Die Frau, die unserem Glück immer schon im Wege gestanden hatte. Mein Herz schlug mir bis zum Hals hinauf. Ich bekam kaum noch Luft. Atemlos stand ich vor der Tür und versuchte zu lauschen. Lähmende Furcht ergriff mich. Vielleicht würde ich ein Lachen hören, mit dem sie sich gemeinsam über mich lustig machten. Vielleicht würde ich hören, wie ihre gurrenden Stimmen plötzlich verstummten. Ich wagte kaum zu atmen. Angst und Kummer drückten meine Brust zusammen. Doch ich hörte nichts. Nichts außer einer großen, sprechenden Stille.

Langsam drückte ich die Klinke hinunter und öffnete die Tür. Als ich hineinging, war dort niemand. Beatrice saß nicht an ihrem Platz, der leer und verwaist wirkte, als hätte es sie mit ihren turmhohen Stapeln von Papieren und im organisierten Chaos durcheinanderliegender Arbeitsmaterialien nie gegeben.

Die Tür zu meinem eigentlichen Büro stand offen. Ich ging hinein. Und obwohl der Raum leer war, spürte ich sofort ihre Anwesenheit.

Hier war sie? Warum ausgerechnet hier?

Wie magnetisch angezogen, ging ich langsam auf meinen

großen Schreibtisch zu. Er war leer geräumt. Weder begruben sich dort gegenseitig Unmengen an Büchern und studentischen Hausarbeiten, noch standen dort meine persönlichen Gegenstände. Es lag lediglich ein schwarzes Päckchen aus Stoff mitten auf der glatt polierten Fläche. Ich starrte darauf. Wusste, was es bedeutete.

Hier also sollte alles enden?

Langsam streckte ich die Hand aus.

»Mama?«, hörte ich plötzlich eine helle Stimme.

Ich schlug die Augen auf, und neben mir am Bettrand erkannte ich Claras Gesicht. Sie sah ein wenig ängstlich aus.

»Mama? Alles okay?«

Verwirrt setzte ich mich auf.

»Du hast ganz komisch geächzt und gewimmert«, sagte sie. »Geht's dir gut?«

Ich tastete über die Bettdecke nach ihr, sie nahm meine Hand, und unsere Finger verschränkten sich ineinander.

Mein Atem ging immer noch stoßweise, und mein Herz beruhigte sich nur langsam. Clara hob die andere Hand und strich mir ein paar Haarsträhnen aus dem Gesicht. Dann reichte sie mir die Wasserflasche. Ich nahm ein paar Schlucke.

»Mir geht's gut, Kleines«, brachte ich schließlich ein wenig heiser heraus. »Ich hab nur ... ich habe schlecht geträumt.«

Es gelang mir nicht, neutral zu klingen oder rasch irgendeinen Unsinn über angreifende Monster oder verpatzte Prüfungstermine zu erfinden. Über ihre besorgte Miene huschte ein Schatten des Begreifens. Ihre Augen veränderten sich. Wurden dunkle Brunnen, auf deren Grund die Angst schwamm. Die Angst, ich würde weitersprechen und ihr von diesem Traum erzählen.

»Das passiert mir auch manchmal«, flüsterte sie tonlos. Sanft löste sie ihre Finger von meinen und ging wieder zu ihrem Bett hinüber, wo sie unter die Decke schlüpfte und dem Zimmer den Rücken zudrehte. Ich konnte noch lange den Druck ihrer schmalen Hand in meiner fühlen.

* * *

Als ich am Morgen erwachte, war Claras Bett bereits verlassen. Sie musste sich hinausgeschlichen haben. Ich fand sie im Stall, wo sie gemeinsam mit Daniel die Pferde versorgte.

»Sie müssen mich für eine ziemlich katastrophale Reiseleiterin halten«, sagte ich. »Dass ich Sie die ganze Arbeit tun lasse. Und das an unserem letzten vollen Wandertag.«

»Guten Morgen!«, erwiderte er. »Sie können sich revanchieren. Irgendwann habe ich bestimmt mal eine *interdisziplinäre Kooperation* vorzubereiten. Dann rufe ich Sie an, und Sie können auftrumpfen.« In seinem scherzhaften Lächeln lag sehr viel Verständnis, und er streifte Clara, deren Augen rot und verschwollen aussahen, mit einem Seitenblick.

»Sind Sie bereit für den letzten Tag der Wanderung?«

»Na klar«, erwiderte ich betont munter. »Wie sieht's mit dir aus, Clara? Alles okay?«

Sie nickte, ohne mich anzusehen, und bürstete etwas Dreck von Fellows Halfter.

Meine Tochter hatte ihren unsichtbaren Schutzschild angelegt, an dem ich in den letzten zwei Jahren so oft gescheitert war. Er umgab sie wie eine Mauer, undurchdringlich. Bisher hatte sie diesen Wall auf unserer Tour mit den Pferden nicht gebraucht. Doch da sie die letzten Tage ungewöhnlich vergnügt und offen gewesen war, fiel der Unterschied jetzt umso stärker auf.

»Na, prima. Ich denke, dann können wir los«, sagte ich und tat so, als hätte ich Claras veränderte Stimmung nicht bemerkt.

Daniel sah einmal zwischen ihr und mir hin und her, sprach aber seine Gedanken nicht aus.

Wir gingen los, als sei alles so, wie jeden Tag zuvor. Und doch war alles anders. Während ich unserer kleinen Gruppe vorwegging, dachte ich daran, wie Clara mich letzte Nacht erlebt haben musste. Außer Atem, verschwitzt und mit nassen Augen. Nach einem schlechten Traum. Dessen Inhalt sie lieber nicht wissen wollte. Auf keinen Fall wissen wollte. Wahrscheinlich reichten ihre eigenen Träume voll und ganz aus für eine Dreizehnjährige, die Zeit ihres Lebens wohl nicht vergessen würde, was sie erlebt hatte. Doch jetzt war sie wieder ganz weit von mir entfernt. Nicht mehr nur ein paar Schritte hinter mir.

Wir sprachen nicht viel während der ersten Etappe. Bei der ersten kleinen Pause musste Daniel Richter aus einem von Majas Hufen einen sperrigen Stein entfernen. Fellow, der ein Stückchen weiter ein saftiges Büschel Klee entdeckt hatte, hielt darauf zu, und Clara ließ ihn gewähren.

»Entschuldigen Sie, wenn ich zu persönlich werden sollte. Aber ist alles in Ordnung?«, fragte Daniel Richter mich leise, als die beiden sich so weit entfernt hatte, dass Clara uns nicht hören konnte.

Ich hob den Kopf. Wusste, ich sollte ein wenig verwundert tun. Auf alle Fälle distanziert und abweisend. Um ihm zu zeigen, dass er völlig falsch lag mit seiner Vermutung, etwas könne hier gerade nicht stimmen. Um ihm außerdem zu sagen, dass ich auch dann keine Einmischung wünschte, falls es doch eine winzige, kleine Ungereimtheit geben sollte. Die Miene, in die ich mein Gesicht schon formen wollte, war mir vollkommen vertraut. Und doch fiel sie mir mit einem Mal schwer. So schwer, dass ich mich zu müde fühlte, um sie herbeizuzwingen.

»Nein«, hörte ich mich sagen. Zum ersten Mal seit zwei Jahren war es leichter, die Wahrheit zu sagen, als darüber hinwegzutäuschen. »Nein, nichts ist in Ordnung. Es gab einen Vorfall letzte Nacht ... einen schlechten Traum ...« Ich ließ offen, was es mit diesem Traum auf sich gehabt hatte und auch, wer überhaupt geträumt hatte. Der Gedanke, er könne erraten, dass meine Tochter mich aus einem Albtraum hatte wachrütteln müssen, war mir aus irgendeinem Grund unangenehm. »Das hat sie sehr mitgenommen. Es sind böse Erinnerungen geweckt worden.«

Er sah mich einen Moment lang forschend an. Doch dann nickte er nur und fragte nicht nach.

Später hörte ich ihn mit Clara reden und ihr einige grundlegende Dinge über das Einreiten eines Pferdes erklären. Da niemand wusste, ob Fellow jemals einen Sattel getragen hatte, würde Daniel Richter ihn erst einmal genauso behandeln wie ein junges Pferd, das dies alles nicht kannte.

Die Rede war von Habituation, dem Erlernen, dass Dinge keine Angst einflößen müssen, Ausstreichen mit Seil und Gerte am ganzen Körper, dem Umschlingen des Bauches mit dem vertrauten Seil. Nach und nach war auch Claras Stimme wieder öfter zu hören. Ich lauschte auf ihren Klang. Fühlte mich dabei seltsam unzulänglich und dankbar zugleich. Wieso nur war es mir selbst unmöglich, sie hinter ihrem Schutzwall zu erreichen, während andere Menschen, Frau Dr. Teichmann und nun auch Daniel Richter, es mit viel Einfühlungsvermögen und Geduld vermochten?

Cilli lief brav neben mir und verlangte keinerlei Konzentration von mir, sodass sich meine Gedanken selbstständig machen konnten. Leider – sie kehrten immer wieder zu dem Traum der letzten Nacht zurück. In den Gang der Universität, wo ich den jungen Mann vor mir erblickt hatte. Seine zögernden, dann immer rascher werdenden Schritte. Wie er die Tür zu meinem Büro aufstieß und hineinging, ohne sich auch nur einmal umzuschauen. Die wilde Mischung an Gefühlen, die seine vertraute Gestalt bei mir auslöste. Auch jetzt, am Tag, wo es nur die blasse Erinnerung an ein nächtliches Gespenst war. Das schmerzhafte Ziehen der Sehnsucht und des Vermissens mischte sich in die grollende Wut auf ihn, den gerechten Zorn, der von außen unerkannt blieb und doch unentwegt in mir brodelte.

Ich setzte Fuß vor Fuß, sah steinige Wegabschnitte einen Wiesenhang ablösen, hörte Cillis Hufe im beständigen Rhythmus neben mir auf Asphalt und Feldwegen klappern.

Doch meine Versuche, die Gefühle, die ich so gut kannte, wieder in den Griff zu bekommen, scheiterten heute kläglich. Zur Mittagspause war ich komplett erledigt und bemühte mich, vor allem Clara, die inzwischen wieder entspannter und heiterer wirkte, meine Erschöpfung nicht spüren zu lassen.

Wir kehrten in einem kleinen Gasthof ein, dessen Besitzer uns anbot, die Pferde auf der Kuhwiese hinter dem Haus grasen zu lassen. Also konnten wir in Ruhe eine ordentliche Mahlzeit zu uns nehmen.

Als wir unser Essen bestellt hatten, warf Daniel Richter mir einen fragenden Blick zu.

Ich lächelte ihn möglichst strahlend an und sagte zu Clara: »Ich glaube, zur Feier des letzten Wandertages leisten wir uns im Anschluss noch einen Nachtisch. Was meinst du?«

»Einen fetten Eisbecher!« Clara lief sofort zum Tresen hinüber, um die Eiskarte zu holen.

Ich legte kurz meine Hand auf Daniel Richters Arm und flüsterte: »Danke!«

Er runzelte die Stirn, doch ich schüttelte den Kopf und

nickte kurz zu Clara hinüber. Da war sie schon wieder. Und wir machten uns gemeinsam daran, die Karte genauestens zu studieren und die beste Kombination aus Eis, Früchten und Soße auszuspähen.

Da wir eine von Daniel vorgeschlagene Abkürzung genommen hatten, konnten wir uns nach der Mittagspause Zeit lassen. Und so schlenderten wir irgendwann an einem Waldrand entlang über eine große Wiese. Clara war mit Fellow etwas zurückgefallen, und Daniel und ich führten Cilli und Maja so, dass wir nebeneinander gehen konnten.

»Geht es Ihnen besser?«, erkundigte er sich.

»Ich hätte das Eis nicht mehr essen sollen«, antwortete ich, ihn absichtlich missverstehend.

Er schnalzte mit der Zunge und verzog den Mund. Offenbar hatte er mich durchschaut, doch er beließ es dabei. Schließlich kannten wir uns erst seit ein paar Tagen, waren immer noch per Sie und hatten bisher kein einziges wirklich privates Wort gewechselt.

»Wenn wir morgen auf dem Hof ankommen, wie wird es dann weitergehen?«, wollte ich wissen.

»Wie hätten Sie es denn gern?«

»Beantworten Sie immer eine Frage mit einer Gegenfrage?«

»Was stört Sie daran?«

Ich warf ihm einen erbosten Blick zu, und er grinste.

»Dass ich auf diese Weise keine Antworten bekomme«, erwiderte ich schließlich etwas knurrig.

Er wiegte den Kopf. »Sind Sie tatsächlich der Meinung, dass in Gegenfragen keine Antworten liegen können?«

Ich dachte kurz über seine Worte nach. »Sie könnten auch wunderbar an der Uni lehren«, sagte ich dann.

»Ein Philosoph, der nur in Fragen spricht?«, fragte er,

doch dann wurde er wieder ernst. »Sie haben zwei Möglichkeiten. Die erste ist für Sie die einfachere: Sie vergewissern sich, dass es Fellow bei uns gut gehen wird, vertrauen darauf, dass ich ihm helfen kann, setzen sich in unseren Transporter, und Samantha fährt Sie und Clara mit Cilli zusammen nach Hause.«

Ich drehte mich um und sah zu Clara hinüber, die Fellow gerade auf einen großen Klecks saftigen Klee in der Wiese aufmerksam machte. »Und die zweite Möglichkeit?«

»Sie bleiben für den Rest Ihres Urlaubs auf dem Hof. Wir haben Gästezimmer. Clara und Sie können zuschauen, wie ich mit Fellow umgehe, was ich mit ihm spiele und wie ich kommuniziere. Dabei werden Sie eine Menge lernen, das Sie dann selbst mit ihm umsetzen können.«

»Ich denke, das wird Clara gefallen«, sagte ich.

»Und ich sprach von Ihnen beiden«, erwiderte er.

Ich sah ihn an. »Sie meinen, ich soll auch mit Fellow umgehen lernen. Mit ihm ... spielen, wie Sie es nennen?«

Er nickte. »Das ist meine Bedingung für die zweite Möglichkeit.«

Hinter uns lachte Clara hell auf. Der erste wirklich fröhliche Laut, den sie heute von sich gab. Ich sah zu ihr. Fellow schnupperte an ihrem Nacken, während sie auf dem Boden hockte und still hielt, um ihn nicht zu verschrecken.

Hatte ich eine Wahl?

* * *

Natürlich war Clara von der Idee begeistert, den Rest ihrer Sommerferien auf dem Lotten-Hof zu verbringen. Schon bald war von ihrem kleinen Rückfall nichts mehr zu spüren. Sie war aufgeregt und fragte Daniel Richter regelrecht Löcher in den Bauch. Wie würde Fellow sich wohl auf dem Hof verhalten? Auf welche Weise würde er die anderen Pferde kennenlernen? Wie würden sie ihn aufnehmen? Daniel Richter beantwortete alle ihre Fragen nicht nur mit Geduld, sondern schien auch Spaß daran zu haben, sich mit ihr über den Hof und die Mutmaßungen zu Fellows Ankunft dort zu unterhalten.

Claras Bewunderung für Daniel hielt unvermindert an, war womöglich sogar noch gewachsen. Seit ihrem kurzen Gespräch über die Seele der Tiere weigerte sie sich kategorisch, Fleisch zu essen. Daniel gab ihr Tipps und Hinweise zu einer gesunden vegetarischen Ernährung, und ich konnte mich nur wundern. Wie oft hatte ich schon gegen Burger, Currywurst und Co. gewettert und sie zu mehr Gemüse, Salat und Getreide überreden wollen. Doch wo ich mit meiner mütterlichen Fürsorge versagt hatte, hatte ein Fremder mit so wenigen eindringlichen Worten die volle Punktzahl erreicht.

Als wir uns am nächsten Tag auf den Weg machten, wohl wissend, dass wir unsere morgendliche Routine zum letzten Mal erledigten, zum letzten Mal die Satteltaschen packten, zum letzten Mal die Hufe der Pferde überprüften, bevor wir sie aufhalfterten, spürte ich, dass Clara genau wie ich von einer feierlichen Stimmung erfüllt war.

Es war seltsam, die Führstricke aufzunehmen, loszugehen und zu wissen, dass unser Abenteuer schon am Nachmittag beendet sein würde.

Zwanzig Tage waren wir unterwegs gewesen, fast die Hälfte davon gemeinsam mit Daniel Richter.

Als wir losgegangen waren, hatte ich mir vorgestellt, dass ich auf der heutigen Etappe schrecklich nervös sein würde. Hatte mir bereits zurechtgelegt, was ich sagen würde, wenn wir am Hof ankämen und der Besitzer aus allen Wolken fiele.

Nun war es ein ganz anderes Gefühl. Frei und ungezwungen und ... ja, zuversichtlich.

Wir legten diese letzte Etappe bis zum Mittag ohne größere Pause zurück. Die Zeit verging rasend schnell, und irgendwann rief Daniel Richter uns von hinten zu: »Jetzt dauert es nicht mehr lange. Nach der nächsten Kurve kann man den Hof schon sehen.«

Als sie ihr Zuhause in der Ferne auftauchen sah, warf Maja den Kopf hoch und ließ zum ersten Mal ein hohes Wiehern hören. Es wurde von einer der Weiden her beantwortet.

Die entstehende Unruhe hatte Samantha und einen jungen Mann in verdreckten Latzhosen aus den Stallgebäuden gelockt. Um sie herum sprang der weiße Terriermischling, und von der Treppe vor dem Haus erhob sich der alte graue Hund und stelzte steifbeinig herbei – unser Empfangskomitee.

Samantha kam auf uns zugelaufen, gab Clara und mir strahlend die Hand und fiel dann Daniel um den Hals, der sie fest an sich drückte. Der junge Helfer wurde uns als Sven vorgestellt, starrte jedoch nur verlegen auf seine schmutzigen Hände und machte sich schnell davon.

»Ich hab ihn vor ein paar Jahren auf einem Seminar kennengelernt, das ich für autistische Menschen gegeben habe. Irgendwie sind wir aneinander kleben geblieben. Er ist die gute Seele des Hofes«, erklärte Daniel Richter mir.

Aha. Offenbar zog Daniel mit seiner freundlichen, ruhigen Art also nicht nur Pferde an.

Wir brachten Fellow und Cilli auf eine kleine Weide nahe am Haus, und Daniel führte uns ins Haus, um uns die beiden Gästezimmer zu zeigen, die Clara und ich beziehen durften. Auf dem Weg dorthin kamen wir durch jede Menge Dielen und Winkel, über Treppen und Absätze, sodass ich mir vorkam wie in einem Fuchsbau. Offenbar war das Gebäude viel größer, als es von außen schien. Die beiden kleinen Gästezimmer waren gemütlich in sonnigen Farben eingerichtet, und während Clara und ich uns begeistert äußerten, murmelte Daniel eher verlegen etwas davon, dass Samantha für so etwas ein Händchen habe.

Ich war nur froh, dass der Weg von unseren Zimmern hinunter in die große Wohnküche, die wir mitbenutzen durften und die die Hälfte der gesamten Grundfläche einnahm, über eine schmale Seitentreppe führte. Hätte ich durchs Haus gehen müssen, hätte ich mich bestimmt in all den Zimmern und Fluren verlaufen.

Währenddessen hatte Samantha unten auf dem Hof in einer Sitzecke nahe bei den Koppeln Kaffee, Saft und frische Waffeln aufgetischt. Es war ein sonderbares Gefühl, endlich angekommen zu sein. Die Füße unter den bunt gedeckten Tisch zu strecken und ihnen heimlich zuzuflüstern, dass morgen und übermorgen und alle folgenden Tage nicht mehr mit solchen Strapazen wie in den letzten drei Wochen zu rechnen sein würde.

Wir waren eine seltsame Runde. Vor allem, wenn ich an meine Fachbereichssitzungen und üblichen Besprechungen dachte und uns mit ihnen, den anderen Professoren und Wissenschaftlern, verglich. Samantha wollte alles, wirklich alles über unsere Wanderung wissen. Daniel fragte sie im Gegenzug zu sämtlichen Pferden auf dem Hof aus. Die beiden scherzten und lachten miteinander und schienen außerordentlich froh zu sein, sich wieder zu haben. Sven, der inzwischen auch zu uns gestoßen war, aß schweigsam eine Waffel nach der anderen und vermied es entschieden, die ebenfalls recht stumme Clara oder mich anzusehen. Die Hunde lagen bei uns und schliefen ausgestreckt in der Sonne.

Auch ich sagte nicht viel, sondern sah mich aufmerksam

und in aller Ruhe um. Betrachtete die Hausfassade, die teilweise mit wildem Wein bewachsen war und an die sich ein überdimensionaler, wild zusammengezimmerter Unterstand für Kaminholz lehnte. Prägte mir die Lage der Stallgebäude und der angrenzenden Scheune ein, den Anblick der großen, offenen Boxen, der vielen verschiedenen landwirtschaftlichen Geräte. Heuhaufen, Schubkarren mit Schaufeln, ein reparaturbedürftiges Weidetor, bunte Wasserkanister. Zwischen den Gebäuden öffneten sich zwei Ausblicke auf Weiden, wo auch einige Pferde zu sehen waren. Ich glaubte, den kleinen, uralten Ponyhengst Max zu erkennen.

Samantha und Daniel besprachen Fellows Eingliederung auf dem Hof. Sie hielten es für das Beste, wenn unser Wallach zusammen mit seiner Freundin Cilli die ersten beiden Tage auf der kleinen Weide stünde und ausruhen könnte.

Als wir unsere kleine Runde auflösten, konnte ich hören, wie Daniel leise zu Samantha sagte: »Neues von Korfmann?«

Sie schüttelte den Kopf, und beide sahen sich kurz bekümmert an. »Mach dir keine Sorgen. Vielleicht ist es ja ein gutes Zeichen, dass es diesmal länger dauert.«

Daniel Richter sah zweifelnd aus, bemerkte aber meinen Blick und setzte sofort ein Lächeln auf.

Als er das Geschirr zusammenstellen wollte, scheuchte Samantha ihn zusammen mit Sven zu den Ställen, damit er sich alle Pferde einmal anschauen könne. Clara trollte sich ebenfalls, um nach Fellow zu sehen. Und so waren Samantha und ich mit einem Mal allein.

Während wir den Tisch abräumten, kam mir plötzlich eine Idee. »Samantha?«

»Ach, sagen Sie doch Sam zu mir. Das spart Zeit, und ich hab nicht immer das Gefühl, falsch angezogen zu sein«, sagte sie und lachte über meine verdutzte Miene. »Finden Sie nicht, dass Samantha ein Kleidchenname ist?«

Ich musste lachen. »Wollen wir dann nicht gleich Du sagen? Ich heiße Emilie. Im femininen Kleid genauso wie in Hosen.«

Sam grinste. »Kleid oder nicht hat doch nichts mit feminin oder maskulin zu tun. Schauen Sie nur Daniel an.« Sie sprach seinen Namen englisch aus. Es klang lässig und nicht so ernst. Ich fand, es passte zu ihm. »Der trägt wirklich nur selten Kleider. Aber für die Pferde ist er trotzdem kein richtiger Mann.«

Ich dachte einen Moment über diesen Satz nach. Aber so sehr ich ihn auch hin und her zu drehen versuchte, es wollte mir nicht gelingen, darin eine positive Aussage über Daniel zu entdecken. Obwohl es eindeutig so gemeint gewesen war.

Sam spürte offenbar meine Neugier, denn sie lächelte mich wissend an. »Männer haben oft Probleme damit, ihren natürlichen Raubtierinstinkt auszuschalten. Sie werden leicht aggressiv, packen zu grob zu, sind zu schnell in ihren Bewegungen. Das alles macht Pferden Angst. Frauen fällt es leichter, sich zurückzunehmen und auf die natürlichen Bedürfnisse dieser Fluchttiere einzugehen«, erklärte sie mir.

»Und Daniel handelt eher ...«

»Wie eine Frau, ja«, bestätigte sie. »Er ist ein natürlicher Leader. Mit weiblichen Anteilen.«

Ich hätte wirklich nicht sagen können, warum das für mich derart angenehm klang. Verwirrt blinzelte ich.

»Aber du wolltest etwas fragen?«, hakte sie nach.

»Oh ... ja ... ich ...« Was wollte ich noch? »Ach ja, ich hatte gerade die Idee, ob Clara und ich nicht die Gelegenheit nutzen und morgen einen Abstecher nach Hause machen sollten. Wir brauchen dringend ein paar Sachen zum Anziehen – jedenfalls mehr, als wir auf der Wanderung mitnehmen konnten. Und es wäre doch auch praktisch, meinen Wagen hier zu haben. Wir könnten morgen Vormittag mit dem Zug hin und wären abends mit meinem Auto wieder hier. Gibt es ein Taxiunternehmen, das den Weg hier raus kennt und uns zum Bahnhof bringen kann?«

»Na klar, das Taxi steht da vorn«, erwiderte sie und nickte zu einem klapprigen, alten Ford hinüber, der neben dem Haus geparkt war. »Wenn ihr bis nach dem Misten warten könnt, fahre ich euch gern. Ich muss sowieso noch ein paar Sachen in der Stadt erledigen.«

Sie war ebenso hilfsbereit und freundlich wie Daniel. Im Grunde, dachte ich, passten sie also wunderbar zusammen.

* * *

Nach der anderthalbstündigen Zugfahrt ging Clara vom Bahnhof aus direkt zu Frau Dr. Teichmann, und ich nahm ein Taxi zu unserem Haus. Während unserer Wanderung hatte Clara die wöchentlichen Termine bei ihrer Therapeutin natürlich nicht wahrnehmen können. Doch gerade nach dem Erlebnis vor zwei Nächten, das mir gezeigt hatte, wie fragil die wiedergewonnene Ausgeglichenheit meiner Tochter war, hielt ich einen Besuch für dringend notwendig.

Zu Hause angekommen, ließ ich die Tür laut hinter mir ins Schloss fallen und sah mich in unserem offenen Wohnbereich um, der von unserer Putzfrau Frau Terwinski makellos sauber und ordentlich zurückgelassen worden war. Es roch ein wenig fremd, nach einem zitronigen Putzmittel und abgestandener Luft. Ich öffnete die Terrassentür, und obwohl ich das gar nicht vorgehabt hatte, sah ich kurz hinüber ans Ende des Gartens, wo das kleine Gartenhäuschen stand. Doch dann wandte ich mich abrupt ab und ging hinauf. Mein erster Gang führte mich ins Arbeitszimmer. Aber noch während der Rechner hochfuhr, ging ich bereits weiter in mein Schlafzimmer, um den großen Koffer vom Schrank zu angeln. Nach zweieinhalb Wochen in immer denselben praktischen Kleidungsstücken war es eine echte Wohltat, aus der Fülle auswählen zu können und mehr einzupacken, als wahrscheinlich notwendig sein würde.

Viel Freizeitkleidung, Jeans, T-Shirts und Sweatshirtjacken wanderten in den Koffer. Doch dann ertappte ich mich dabei, wie ich plötzlich auch vor meinen leichten Sommerkleidern stand und dazu passende Riemchensandalen in der Hand hielt. Mein Dress für inoffizielle, sommerliche Veranstaltungen an der Uni. Was wollte ich um Himmels willen damit auf einem staubigen, vor Stroh und Heu, Dreck und Pferdehaaren nur so strotzenden Hof, der in den nächsten Wochen meine Unterkunft sein würde?

Ich stellte die Sandalen zurück in den Schrank und schloss den Koffer. Dann ging ich hinüber ins Arbeitszimmer und rief meine E-Mails auf. Ohne auch nur eine anzusehen, ging ich wieder ins Schlafzimmer, griff mein liebstes, lindgrünes Kleid und die Sandalen und legte beides in den Koffer.

Selten war es mir so schwergefallen, meine Mails zu beantworten. Immer wieder schweiften meine Gedanken ab. Vor meinem geistigen Auge sah ich Feldwege und lichte Wälder, saftig grüne Wiesen und wehende Pferdemähnen. Ich hatte Claras helle Stimme im Ohr, wie sie mit Daniel Richter über Pferde sprach, über einen Raubvogel, der über uns kreiste, über vegetarische Spaghetti Bolognese, über Fellows Klugheit.

Ich war immer noch mit meinen E-Mails beschäftigt, als unten die Tür zuklappte. »Bin da-ha!«, rief Clara. Ihre Schritte führten sie in die Küche, wo sie gewohnheitsmäßig die Kühlschranktür öffnete. Nach einem frustrierten Aufstöhnen kam sie die Treppe heraufgepoltert.

Ich glaube, andere Mütter wären genervt durch lautes Trampeln und Gefühlsausbrüche, die von leeren Kühlschränken ausgelöst werden. Ich aber lauschte fasziniert darauf und musste ein Lächeln unterdrücken. Wer seine Tochter zwei Jahre lang leise wie einen Schatten durchs Haus hatte schleichen sehen, der konnte sich über ein wenig »Mauligkeit wegen Bärenhunger« doch nur freuen.

»Wenn wir losfahren, müssen wir unbedingt noch bei Mimo vorbei und eine Pizza holen. Ich sterbe sonst!«, verkündete sie dramatisch, als sie an der offen stehenden Tür des Arbeitszimmers vorbeikam.

»Gute Idee«, antwortete ich. »Wie war es bei Dr. Teichmann?«

»Cool.«

»Packst du deinen Koffer bitte allein? Ich muss hier noch …«

»Bin schon dabei!«, unterbrach sie mich.

Dann hörte ich ein paar Minuten nichts außer geschäftigem Hin und Her zwischen ihrem Zimmer und dem Bad.

Ich setzte ein paar letzte »Beste Grüße« unter einige Antwortmails, schickte sie ab und überflog kurz die verbliebenen. Nichts, was wirklich brannte, aber bis zum Ende der Semesterferien würde ich mit dem Beantworten wohl nicht warten können. Ich fuhr den Rechner herunter, schnappte mir meinen Laptop und wandte mich um. Clara stand in der Tür, neben sich ihren kleinen, allerdings zum Bersten vollgestopften Koffer.

»Mama, Hilde sagt, dass ich nächste Woche Mittwoch einen extra Termin haben könnte. Ist wohl was frei geworden.« Sie nannte Dr. Teichmann beim Vornamen und sagte Du zu ihr – das erleichterte den Kontakt, hatte Dr. Teichmann mir erklärt.

»Oh«, machte ich. »Natürlich.«

»Du brauchst nicht so'n Gesicht zu machen. Von wegen die ganze Fahrerei und so. Ich fahr mit dem Zug«, entschied meine Tochter.

»Mit dem Zug?«, wiederholte ich perplex.

»Klar! Wenn du mich morgens zum Bahnhof bringst und mich nachmittags wieder abholst. Machst du das?«

»Ja, sicher. Aber ...«

Clara zog eine Grimasse und bedachte mich mit einem genervten Blick. »Nix aber. Ich bin mit meinem Pferd von hier bis Kassel gelaufen. Da werd ich doch wohl allein Zug fahren können.«

Mir fehlten die Worte.

»Also, ich hab alles. Wir können wieder los. Bin gespannt, ob Fellow sich freut, wenn er mich wiedersieht.« Damit wuchtete sie ihren Koffer die Treppe hinunter. Ich folgte ihr langsam.

Sie schien unserem Zuhause nicht eine Sekunde nachzutrauern. All ihre Sinne waren auf den Hof und auf Fellow gerichtet. Als ich meinen eigenen Koffer anhob, der auch nicht gerade leicht war, kam mir der Verdacht, dass es mir vielleicht ganz ähnlich ging.

* * *

Niemand, der meinen üblichen Alltag kannte, hätte mich wiedererkannt. Und zwar nicht nur, weil ich in verwaschenen

T-Shirts herumlief und meine irgendwie ständig dreckigen Hände an den Jeans abrieb.

Als ich vor Jahren den Ruf meiner Uni auf eine Juniorprofessur angenommen hatte, wusste ich, was mich erwartete. Ich war als Assistentin im Universitätsgefüge schon längst eines der kleinen Räder, die das große Gefüge am Laufen hielten. Mir war bewusst, dass ich mit langen Arbeitstagen rechnen musste. Dass Wochenenden auf keinen Fall automatisch »frei« bedeuteten wie in vielen anderen Berufen. Dass anstrengende Reisen, wichtige Konferenzen, verantwortungsbeladene Gremien meine Zeit außerhalb meiner Heimatstadt bestimmen würden, nicht unbeschwerter Familienurlaub.

Der Einsatz, den mein Beruf forderte, erhöhte sich natürlich noch, als ich auf die C4-Professur mitsamt Fachgebietsleitung wechselte. Das war vor vier Jahren gewesen. Als ich zur Institutsdirektorin gewählt wurde, war ich so engagiert durchgestartet, wie man es von mir gewohnt war. Hatte neue Maßstäbe gesetzt und alle Mitarbeiterinnen und Mitarbeiter, Lehrbeauftragte und Doktoranden mit meinem Enthusiasmus angesteckt. Wahrscheinlich war es diesen enormen Vorleistungen zu danken, dass ich dann in der Zeit vor zwei Jahren mehr geschont und mit Nachsicht behandelt worden war, als es bei anderen Professoren in meiner Stellung der Fall gewesen wäre.

Private Schicksalsschläge waren furchtbar. Und sicherlich hatten alle Mitgefühl für so eine Situation. Doch meine Stellung verlangte nun einmal hundertprozentige Konzentration auf die Arbeit, Wahrnehmen meiner Verantwortungen, allgegenwärtige Präsenz. Daher war es für mich auch so sonderbar, auf dem Hof zunächst keine geregelten Aufgaben zu haben. Natürlich hatte ich meinen Laptop dabei, konnte damit meine E-Mails erledigen und das Konzept meiner Arbeit im anstehenden Forschungssemester strukturieren. Doch länger als ein paar Stunden konnte diese Arbeit mich nicht fesseln. Irgendwie kam es mir nicht richtig vor, oben in meinem Zimmer vor dem Rechner zu sitzen, während unten auf dem Hof so viel zu tun war. Als ich meine Hilfe anbot, zierten sich Daniel und Sam nicht lange und waren mit diversen Aufgaben zur Hand. Clara war ohnehin vom ersten Tag an fest eingebunden und wusste augenblicklich, welche Pferde zusätzlich zur Weidekost noch Kraftfutter und welche besondere Medizin benötigten. Ich erkannte sie manchmal kaum wieder, wenn sie eifrig zwischen den Stallungen herumlief, immer beschäftigt. Und natürlich begannen Daniel und sie bereits am zweiten Tag mit Fellows Training. Das jeweils nur etwa zwanzig Minuten dauerte und im Wesentlichen darin bestand, dass Clara lernte, mit dem Pferd noch besser zu kommunizieren. Sie gingen mit Fellow am Halfter überall auf dem Hof herum, führten ihn um blaue Plastiktonnen und durch eine enge Gasse zwischen Strohballen.

So war unser erstes Wochenende auf dem Hof zum Bersten ausgefüllt, und ich hatte den Eindruck, dass es Clara ebenso ging wie mir: Wir fühlten uns innerhalb kürzester Zeit zuhause. Das lag vor allem an dem selbstverständlichen Umgang, den Daniel und Sam uns gegenüber an den Tag legten.

Es fühlte sich ganz natürlich an, dass ich schon am Sonntag, unserem dritten Abend auf dem Hof, für uns alle kochte, da Sam und Daniel mit einem neu angekommenen Ponywallach zu tun hatten, den Tierschützer aus einem dunklen Verschlag gerettet hatten. Ich bereitete eine gewaltige Gemüsepfanne zu, warf Gnocchi ins kochende Wasser und kam mir dabei überhaupt nicht fehl am Platz vor. Sven deckte für uns alle den Tisch, und beim Essen wurden unsere Gespräche von dem neuen Pony beherrscht und von der Frage, wie man ihm am schnellsten wieder zu Kräften würde verhelfen können. Danach lockte uns eine witzige Komödie, die wir alle im Kino verpasst hatten, vor den Fernseher im Wohnzimmer.

Zumindest die Frauen. Daniel wollte rasch noch einmal nach dem Neuankömmling schauen. Und Sven setzte sich ebenfalls nicht zu uns, sondern an den großen Tisch in der einen Ecke, wo er allabendlich seine Briefmarkensammlung sortierte. Clara und ich hatten bereits einen Blick darauf werfen dürfen. Es waren bunte Marken aus aller Welt, und auf allen waren Tiere zu sehen. Dort gab es Katzen und Hunde, Affen, Adler, Krokodile, Schildkröten, Fische, Otter, Delfine und Wale, viele bunte Vögel und natürlich Unmengen an Pferden. Sven kannte die Marken offenbar alle so gut, wie jemand ein jedes aus einer Schar von eigenen Kindern kennen würde. Er betrachtete sie ebenso liebevoll und dachte sich ständig neue Möglichkeiten der Archivierung aus.

Also saßen nur Clara, Sam und ich auf dem großen Sofa, als der Film begann. Toffy, die große graue Hündin, und Pepper, der taube Terrier, lagen wie Teppiche ausgebreitet vor dem Sofa.

Es dauerte jedoch nicht lange, bis die Haustür mit einem lauten Knall wieder ins Schloss fiel. Toffy hob den schweren Kopf. Aber statt Daniels elastischem Schritt hörte man etwas Schweres, das zu Boden fiel, und eine weibliche Stimme, die laut fluchte. Sam riss die Augen auf, sprang vom Sofa auf und rannte aus dem Zimmer. Pepper erschrak, sprang ebenfalls auf und wetzte bellend hinterher. Es gab ein großes Hallo, aufgeregte Stimmen und das Getöse von schwerem Gepäck. Schließlich kam Sam wieder herein und zog an der Hand eine Frau in unserem Alter hinter sich her. Durch ihr kurzgeschnittenes pechschwarzes Haar zogen sich bereits einige graue Strähnen.

»Hallo!«, sagte die schwarzhaarige Frau und winkte zum Tisch am Fenster hinüber: »Hi, Sven. Wie geht's?«

Sven nickte und beugte sich wieder über seine Marken, aber sein Gesicht war von einem breiten Lächeln erhellt.

»Das hier ist Hanne, die wichtigste Frau in meinem Leben«, verkündete Sam strahlend.

»Na ja, neben Lavinia«, sagte Hanne und machte Sam, Clara und mich mit einem verschmitzten Lächeln zu Verbündeten.

Ich starrte sie an. Auch Clara sagte kein Wort. Doch dann besann ich mich, setzte mein freundlichstes Fachgebietsleiterinnenlächeln auf und streckte Hanne die Hand hin: »Natürlich! Hanne! Wo war ich mit meinen Gedanken? Es freut mich sehr, Sie endlich kennenzulernen.«

Doch Hanne, die eine Hand in meiner, die andere immer noch mit Sams verschränkt, hatte mein Zögern richtig gedeutet. »Du hast kein Wort über mich gesagt, richtig, du Scheusal?« Sie grinste Sam ins Gesicht, und zu mir sagte sie: »Wissen Sie, Frau Michaelis, im Grunde wohne ich auch hier. Nur muss ja irgendjemand von uns Geld verdienen. Daher reise ich viel herum und gebe Seminare. Sie dürfen sich aber trösten. Wer Sie beide sind, weiß ich längst. Die Neuigkeiten vom Lotten-Hof werden natürlich in den abendlichen Telefonaten ausgetauscht.«

»Es tut mir sehr leid«, sagte ich rasch. Dass die beiden sich immer noch an der Hand hielten, irritierte mich. »Ich dachte ...« Ich brach ab und schwieg verlegen.

»Damn!«, entfuhr es Sam leise, und sie sah mich mit großen Augen an. »Du dachtest, Daniel und ich ...?«

Ich sah sie an. Und die beiden kicherten wie Schulmädchen. »Das passiert uns oft, wenn jemand auf den Hof kommt«, gestand Sam. »Ich denke gar nicht mehr darüber nach.«

»Die Leute können sich einfach nicht vorstellen, dass zwei so höllisch attraktive Menschen wie Daniel und du Single sind«, fiel Hanne ein.

»Bin ich doch auch nicht«, erwiderte Sam und die beiden blickten einander auf eine Art und Weise in die Augen, dass ich mich fragte, wie lange sie wohl getrennt gewesen waren.

»Komm, wir packen deine Sachen aus, und wenn du Lust hast, können wir uns dann den Film ansehen. Läuft noch nicht lange«, entschied Sam. »Sven, könntest du bitte mit dem Gepäck helfen? Ich glaube, Hanne hat ein paar neue Marken für dich aufgetrieben.«

Sven sprang so schnell auf, als habe er sich am Stuhl verbrannt. Die drei gingen miteinander hinaus, und ihre Stimmen verklangen auf der Treppe nach oben.

Clara wandte sich sofort wieder dem Fernseher zu.

Ich räusperte mich. »Clara?«

»Hm?« Sie hielt den Blick starr geradeaus gerichtet.

Ich betrachtete sie kurz. Wirkte sie verwirrt? Irgendwie durcheinander? Nein, eigentlich sah sie aus wie immer, wenn eine Sendung im Fernsehen sie fesselte.

»Ich weiß, wir haben da noch nie so ausführlich drüber gesprochen«, begann ich. »Aber du weißt doch, dass es völlig normal ist, wenn zwei Frauen ...«

»Mama!«, unterbrach sie mich und lief knallrot an. »Werd jetzt bloß nicht peinlich!«

Ich seufzte. »Ich will dich wirklich nicht verlegen machen. Aber wenn wir später oder morgen beim Frühstück Sam und Hanne wieder begegnen, dann ...« Ja, was dann? Clara hatte die Arme verschränkt und den Kopf weiterhin Richtung Fernseher gedreht, schielte nun jedoch zu mir her. »Ich meine nur, wir sollten dann ganz unbefangen und natürlich sein. Weil es eben vollkommen normal ist, dass zwei Frauen …«

»Mama!!«

»Ja, ist ja gut.«

Ich setzte mich wieder zu ihr und wandte mich dem Fernseher zu. Doch was dort zu sehen war, ging vollkommen an mir vorüber.

Ich verstand überhaupt nicht, aus welchem Grund die Tatsache, dass Sam eine Lebensgefährtin hatte, mich derart aufwühlen sollte. Denn so war es. Ich war deutlich mehr durcheinander als meine Teenagertochter, die sich schon wieder auf die Handlung des Spielfilms konzentrieren und an den richtigen Stellen lachen konnte.

An der Uni hatte ich die eine oder andere lesbische Studentin und auch schwule Kollegen. Nie hatte ich ihnen gegenüber Unsicherheit empfunden oder war durch die Vorstellung einer Lebensgefährtin, eines Lebensgefährten aus dem Gleichgewicht geraten.

Clara riss mich durch ein lautes Lachen aus meinen Gedanken. »Hammer! Die sind ja drauf, oder? Wenn wir das Daniel erzählen, biegt der sich vor Lachen! Wo ist der eigentlich? Ich dachte, er wollte den Film auch unbedingt sehen.«

»Er hat bestimmt bei dem neuen Pony die Zeit vergessen. Weißt du was, ich geh mal schnell und sag ihm Bescheid.«

Clara nickte abwesend, den Mund voller Kartoffelchips. Ich ging hinaus in die große Diele, lauschte kurz ins Haus hinauf. Von irgendwo meinte ich, Sams Lachen zu hören. Sonst war alles still.

Gerade wollte ich die Tür öffnen, als sie von außen aufgestoßen wurde. Ich fuhr zusammen und blinzelte gegen das plötzlich hereinflutende Abendlicht.

»Emilie«, sagte Daniel Richter, ein wenig außer Atem. »Entschuldigung. Ich wollte Sie nicht erschrecken. Mir fiel nur gerade ein, dass doch dieser Film ...«

Seine Haare wirkten zerzaust und quer über seine Wange zog sich ein dunkler Streifen Schmutz oder Erde. Es war das erste Mal, dass er mich mit meinem Vornamen ansprach, und das brachte mich vollends durcheinander.

»Ja, ich ... ich wollte Sie gerade ... holen ...«, stammelte ich und deutete durch die Diele hinüber zum Wohnzimmer.

»Wie nett«, sagte er und betrachtete mich dann etwas genauer. »Alles in Ordnung?«

»Oh ja, sicher!«, sagte ich und versuchte ein Lächeln. »Wir haben gerade Hanne kennengelernt.«

Daniel schaute verblüfft und sagte: »Ach, ist sie heute schon gekommen?« Als hätten wir bereits unzählige Male über Hanne und ihre Rückkehr vom Seminar gesprochen. Einen Augenblick sah er die Treppe hinauf. Doch dann schüttelte er kaum merklich den Kopf und murmelte: »Die werden bestimmt gleich noch mal runterkommen. Was ist mit Ihnen? Der Film? Sind Sie noch dabei?«

»Ja ... ja, ich komme sofort nach«, sagte ich.

Er warf mir noch einen forschenden Blick zu und verschwand dann im Wohnzimmer, wo ich ihn mit Clara reden und lachen hörte.

Ich stand noch eine kurze Weile dort, starrte auf den Umriss der Wohnzimmertür, durch die er verschwunden war, und fühlte mein Herz auf sonderbare Weise heftig schlagen.

* * *

Schon am nächsten Morgen waren Hanne und ich per Du. Clara verhielt sich im Umgang mit ihr und Sam vollkommen ungezwungen, wie ich erleichtert feststellte. Sie hatte Hanne am Abend ein wenig beäugt und war offenbar zu der Meinung gelangt, dass sie ebenso nett und vertrauenswürdig war wie Sam. Und sie stellte der fremden Frau völlig ungeniert Fragen zu ihrer Arbeit als Natural Horsewoman, als die sie in ganz Deutschland, Österreich, der Schweiz und England herumreiste und Seminare gab.

Nach dem Frühstück lernte Hanne Fellow kennen. Sie hielt offenbar ein wenig Zwiesprache mit ihm, denn seine Ohren spielten aufmerksam, während sie auf der Weide neben ihm stand. Cilli mochte Hanne offenbar besonders gern, denn sie lehnte ihre hellbraune Ponystirn mit dem hellen Schopf vertrauensvoll an Hannes Schulter und ließ sich von ihr den Mähnenkamm kraulen.

»Was für ein Glück sie gehabt hat!«, rief Hanne zu uns herüber, die wir am Zaun standen und ihnen zusahen. »Dass ihr sie mitgenommen habt. So ein altes Schätzchen; sie hat ihr Gnadenbrot redlich verdient.«

Claras Augen weiteten sich, und ich sah, dass sie widersprechen wollte, vielleicht von unserer Absprache mit Frau Schellinger berichten wollte, der gemäß Cilli zum Reiterhof zurückgebracht würde – entweder mit Fellow zusammen, wenn er rasch Fortschritte machte, oder schon vorher allein, sobald er sich ausreichend eingewöhnt hatte. Doch dann warf sie mir einen raschen Blick zu und schloss den Mund wieder. Ich konnte ahnen, was in ihrem Kopf vorging. Ach herrje …

Fellows Training wurde auch an diesem Tag fortgesetzt. Hanne sah zu, wie Daniel und Clara mit ihm umhergingen. Und schließlich gab es offenbar viel zu diskutieren, was mit ihm alles geübt werden sollte, um sein Vertrauen weiterhin zu stärken.

Am Mittwoch hatte Clara ihren nächsten Termin bei Dr. Teichmann. Ich fuhr sie und Hanne am Morgen zum Bahnhof. Hanne reiste einen Teil der Strecke mit ihr, denn sie hatte wieder ein Seminar zu geben. So war ich einigermaßen beruhigt, überhäufte meine genervte Tochter jedoch mit guten Ratschlägen für die Rückfahrt und fühlte mich dann im Auto auf dem Weg zum Hof, als sei mir ein Körperteil amputiert worden.

Sechs Wochen lang waren Clara und ich ununterbrochen zusammen gewesen. Ohne ihre schmale Gestalt an meiner Seite fühlte ich mich einfach nicht vollständig. Es war wie damals, als sie noch klein und vollkommen von mir abhängig gewesen war. Ich hatte sie mit mir herumgetragen, neben ihr geschlafen und, wie mir schien, ununterbrochen ihr süßes kleines Gesicht betrachtet. Steffen, der von unserer Tochter ebenso entzückt gewesen war wie ich, hatte schon scherzhaft gemeint, dass wir aufpassen müssten, damit Clara und ich nicht versehentlich an irgendeiner Körperstelle zusammenwuchsen.

Ich sah sein Gesicht vor mir, das begeisterte Leuchten, das es anfangs erhellt hatte, als wir Eltern geworden waren. Es war lange her, dass ich daran gedacht hatte. Die Erinnerung schmerzte.

Um mich abzulenken, ging ich in mein Zimmer und versuchte, via Laptop meine E-Mail-Post zu beantworten. Immer wieder stand ich auf, trat ans Fenster und sah hinaus auf den Hof. Ab und zu waren Sam oder Sven zu sehen, wie sie ihren täglichen Verrichtungen nachgingen. Ich ertappte mich jedoch dabei, wie ich Ausschau nach Daniel Richter hielt.

Schließlich verbot ich mir das Aufstehen.

Ein paar Stunden später klappte ich den Deckel des Laptops frustriert zu. Die Phase, in der ich das Erledigen dieser Aufgaben als lästig empfand, dauerte offenbar weiterhin an.

Vom Fenster aus sah ich Daniel, der Lavinia über den Hof führte, sie vor dem Stall anband und begann, sie in aller Ruhe zu putzen. Nun, ich hatte genug am Schreibtisch gearbeitet, Zeit für eine Pause. Ich ging hinunter und schlenderte zu ihm hinüber.

»Kann ich irgendwie helfen?«, bot ich an.

Daniel Richter hob nur kurz den Kopf. »Lieb von Ihnen, aber ich denke nicht.«

Ich sah ihm zu, wie er ein paar dreckverkrustete Stellen in Lavinias Fell bearbeitete. »Werden Sie sie wieder reiten können?«

»Dieses Pferd?«, entgegnete er. Ich dachte daran, wie er mich anfangs mit seinen Gegenfragen zur Weißglut getrieben hatte. Weil er der Meinung war, dass in ihnen ebenso gut eine Antwort stecken konnte. Er hatte recht.

»Stimmt. Das hätte ich mir ja wohl denken können«, sagte ich daher.

»Oh nein, nicht unbedingt«, erwiderte er. »Natürlich können wir schlechte Erfahrungen nicht ungeschehen machen oder die Erinnerung an sie löschen. Aber manchmal können wir sie mit anderen, guten, angenehmen Erlebnissen nach und nach so weit überdecken, dass die schlimmen Erfahrungen keine Rolle mehr spielen. Das ist es, was wir mit Fellow vorhaben. Wenn wir sein Vertrauen ausreichend gestärkt haben und er der festen Überzeugung ist, dass ihm bei uns nichts Schlimmes geschieht, werden wir ihm immer wieder positive Erlebnisse rund um den Hänger verschaffen. Irgendwann wird er so weit sein, dass Sie ihn wieder mit nach Hause nehmen können.«

Ich ließ seine Sätze auf mich wirken, während ich ihm zusah, wie er mit sanften, gleichmäßigen Strichen das rotgoldene Fell auf Hochglanz brachte. Eigentlich sollte ich mich nach solchen Worten doch zuversichtlich fühlen, dem Tag X mit Freude entgegensehen. Doch die Gedanken des Vormittags und die stundenlange Beschäftigung mit Dingen, die mir plötzlich vollkommen sinnlos vorkamen, hatten ihre Spuren hinterlassen. Bei der Vorstellung, mit Fellow im Hänger winkend vom Lotten-Hof zu fahren, wurde mir eher beklommen zumute.

»Wahrscheinlich sind Sie froh, wenn Sie die beiden zusätzlichen Pferde wieder verabschieden können. Jetzt im Sommer geht es ja, aber Clara hat mir erzählt, dass es mit der Zahl der Pferde und den offenen Boxen für den Winter wohl eng wird«, sagte ich.

Daniel Richter nahm die Mähnenbürste aus dem Korb mit dem Putzzeug, und die Stute schnaubte entspannt, als er nach der ersten Strähne griff. »Clara ist wirklich aufgeweckt«, sagte er, und ich dachte zuerst, er wolle meine Frage gar nicht beantworten. Seine Miene war ernst, beinahe besorgt. Doch dann deutete er gen Westen. »Im letzten Jahr haben wir das angrenzende Land dazugekauft. Dadurch haben wir mehr Weiden zur Verfügung. Und Futterwiesen, auf denen wir den Großteil des Futters für den Winter selbst herstellen können. Aber Sie haben recht, für den Winter brauchen wir dringend noch weitere Stallungen. Wir warten gerade auf die Genehmigung eines Kredits. Leider ist so was ja immer mit Geld verbunden. Egal, wie viel Gutes man damit im Sinn hat.«

»Wem sagen Sie das«, erwiderte ich leichthin. Doch als ich es ausgesprochen hatte, kam es mir seltsam schal vor. Mit der Beantragung von Geldern kannte ich mich wirklich aus. Aber wollte ich allen Ernstes beispielsweise die Finanzierung einer weiteren Studie zur Dichtung der Romantik mit dem vergleichen, worum es hier auf dem Lotten-Hof ging? Etwas beklommen stand ich da und sah Daniel Richter zu, der Lavinias seidig fallende Mähne durch die Hände gleiten ließ. »Ich hab da mal eine dumme Frage«, sagte ich.

Daniel Richter gab ein Geräusch von sich, irgendetwas zwischen Brummen und Glucksen. »Die sind mir am liebsten.«

»Kann es sein, dass Pferde ... na ja, mögen sie Kinder besonders gern? Es ist nur ... ich frage mich, wieso Clara bei Fellow schon so große Fortschritte erzielt und ich selbst ...«

»Sie möchten wissen, wieso er die Mitarbeit mit Ihnen manchmal verweigert«, sagte er, und es war keine Frage.

»Genau«, stimmte ich zu.

»Sie sollten zuschauen, wenn Clara etwas mit ihm macht«, sagte er, ohne dass es nach einem Tadel klang. Es klang so aufmunternd, dass ich augenblicklich Lust bekam, das tatsächlich zu tun. »Sie sitzen zu viel über Ihrer Arbeit. Ich dachte, Sie haben Ferien.«

»Auch in der vorlesungsfreien Zeit gibt es viel zu tun.«

»Ach ja? Was denn?«

»Nun, meine Doktoranden wollen weiterhin betreut sein. Ich muss ein Gutachten für ein Stipendium schreiben. Die Endversion meiner neuesten Publikation fertigstellen. Projektmittelanträge ...« Ich unterbrach mich selbst. »Denken Sie bloß nicht, dass ich nicht mitbekomme, dass Sie mir auszuweichen versuchen. Es ist offensichtlich, dass Sie mir mal wieder keine Antwort geben wollen.«

Obwohl ich mich bemühte, meine Stimme ganz locker und unbeschwert klingen zu lassen, konnte ich selbst hören, dass sie angespannt klang.

Daniel schwieg eine Weile. Und als ich ihm ins Gesicht sah, wurde mir klar, dass er nicht so lange zögerte, weil er keine Antwort wusste. Er zögerte, weil er nach der richtigen Art und Weise suchte, mir seine Antwort auf möglichst schonende Weise beizubringen.

»In Ihrem Job«, sagte er schließlich und legte die Bürste zur Seite, um sich mir ganz zuzuwenden, »an der Universität, da haben Sie doch sicher eine Assistentin oder jemanden, der Ihnen zuarbeitet?«

»Sicher. Ich habe eine Sekretärin«, antwortete ich irritiert. Was hatte Beatrice mit meinen mangelnden Fortschritten bei Fellow zu tun?

»Ist sie gut?«

»Sie ist spitze.«

»Sagen Sie ihr das hin und wieder?«

»Sie weiß, dass sie verdammt gut ist.«

»Mag sein. Aber *sagen Sie* es ihr?«

Ich dachte nach. »Sicher. Ich habe ihr schon ein paar Mal gesagt, dass sie für mich unentbehrlich ist, dass sie eine tolle Mitarbeiterin ist.«

»Wenn sie beispielsweise irgendeine Aufgabe zu ihrer vollsten Zufriedenheit erledigt hat. Sagen Sie ihr das dann? Genau in diesem Augenblick, in dem Sie das gute Ergebnis sehen?«

Ich blinzelte. Was um Himmels willen wollte er von mir?

Er sah auf die Uhr. »Wissen Sie was? Es ist eigentlich gerade Zeit für eine weitere Lektion für Fellow. Jetzt sind Sie dran. Wir nutzen die Zeit, in der Clara nicht da ist, okay?«

Ich fühlte mich ein wenig überrumpelt, doch dann nickte ich.

Er lächelte, löste Lavinias Strick und führte sie hinüber zur großen Koppel, auf der einige der anderen Pferde grasten.

Dann kehrte er zurück und sah mich so unternehmungslustig an, dass mir direkt ein wenig mulmig wurde.

»Ich habe aber nicht so wahnsinnig viel Zeit. In eineinhalb Stunden muss ich Clara vom Bahnhof abholen«, sagte ich, während wir einen kurzen Abstecher in die Sattelkammer machten und von dort eines dieser leichten Knotenhalfter samt langem Strick mitnahmen.

»Das schaffen wir!«, lautete die schlichte Antwort.

* * *

Zunächst sah es aber gar nicht danach aus, als würde ich mit Fellow irgendetwas schaffen.

Als Daniel Richter mir das Halfter in die Hand gab, stellte ich fest, dass ich zwar schon öfter dabei zugesehen hatte, wenn Clara damit hantierte. Aber ich selbst wusste auf den ersten Blick nicht einmal, wo oben und wo unten war. Als das geklärt war, gingen wir zu der kleinen Weide hinüber, auf der Fellow mit Cilli stand.

»Na, dann …«, sagte Daniel und öffnete das Gattertor.

Ich hatte schon viele Konferenzen geleitet, hatte Kongresse moderiert, aber als ich nun mit dem ungewohnten verknoteten Strick in der Hand auf die beiden Pferde zuging, war ich tatsächlich ein wenig nervös. Ich bildete mir ein, dass es einfach die ungewohnte Situation war, die mich auch dann ein wenig beunruhigt hätte, wenn ich es ganz allein mit den Pferden zu tun gehabt hätte. Doch eine leise Stimme in mir flüsterte mir zu, dass es womöglich auch etwas damit zu tun haben könnte, dass dieser souveräne, selbstsichere Mann mir kritisch bei meinem Versuch zusah.

Ich straffte die Schultern und richtete mich auf. Dies hier war doch keine Probevorlesung zur Habilitation. Ich sollte einfach nur ein Pferd von der Weide holen. *Mein* Pferd. Wo war das Problem?

Cilli sah mir freundlich entgegen, doch Fellow hob nervös den Kopf und wich mir aus. Ich versuchte es erneut, doch wieder lief er vor mir davon.

»Sehen Sie, was ich meine?«, rief ich über die Schulter. »Wenn Clara das Halfter in der Hand hält, kommt er ihr schon entgegen.«

Daniel Richter sah mich skeptisch an. »Okay«, sagte er. »Wir fangen ganz von vorne an.«

Ich dachte, er wolle zu mir hereinkommen und mir irgendetwas erklären. Doch stattdessen setzte er sich auf den Weidezaun und richtete sich dort offensichtlich bequem ein.

»Was mache ich falsch?«, fragte ich ihn.

»Das ist schon mal die richtige Frage«, stellte er fest. »Keine Ahnung, woran Sie gerade gedacht haben, als Sie auf ihn zugegangen sind, aber es war nicht nur für Fellow deutlich zu spüren, dass Sie ziemlich viel Energie gemacht haben.«

Energie gemacht? Ich? Wie denn? Wann denn? Aber offensichtlich hatte Daniel Richter nicht vor, mir seine Worte näher zu erläutern. Ich erinnerte mich daran, dass ich gerade im Vorbeigehen in der Sattelkammer eine Möhre eingesteckt hatte, und holte sie hervor.

»Soll ich es damit versuchen?«, wollte ich wissen und konnte selbst kaum glauben, wie zaghaft ich klang. Wenn Beatrice mich so hören könnte, würde sie wahrscheinlich einen Arzt rufen.

Daniel schüttelte den Kopf. »Es gibt Pferde, die Sie damit überreden könnten. Aber Fellow gehört nicht dazu. Sie können ihm den Leckerbissen später anbieten, wenn Sie ihn tatsächlich überzeugt haben.«

Ich steckte die Möhre also wieder ein.

»Schauen Sie ihn nicht so prüfend an. Wenn Sie mich so ansehen würden, würde ich weiche Knie bekommen.« Na, das hätte ich gern gesehen. »Lassen Sie Ihre Arme hängen. Gut so. Und jetzt schlendern Sie einfach ein bisschen herum, ohne auf ihn zuzugehen. Seien Sie ganz entspannt. Hey, ich sagte entspannt. Am besten atmen Sie ein paar Mal tief aus. Jaaaa, richtig! Gehen Sie einfach ein bisschen spazieren. Dass da auch ein Pferd steht, interessiert Sie nicht.«

Ich lief gehorsam mal hierhin und dorthin, betrachtete eingehend einen Zaunpfosten oder einen Pferdeapfelhaufen.

»Haben Sie gehört, wie er ausgeatmet hat?«, fragte Daniel plötzlich.

Ich nickte.

»Machen Sie es ihm nach. Atmen Sie tief ein und noch tiefer wieder aus.«

Ich tat es.

»Und nun gehen Sie langsam seitwärts in Richtung seiner Schulter. Ja, gut so. Streicheln Sie ihn am Hals, das hat er gern. Ja, genau. Und nun legen Sie den rechten Arm um seinen Hals und greifen auf der anderen Seite das lange Ende des Halfters. Wunderbar. Sie haben ihn. Nun verknoten, so wie wir es besprochen hatten. Perfekt. Und jetzt kommen Sie mit ihm hier rüber. Nein, schauen Sie ihn nicht an! Gehen Sie einfach los. Zielgerichtet. Sie wollen durch das Tor hier. Lassen Sie den Strick durch die offene Hand gleiten, bis fast sein Ende erreicht ist. Jetzt schließen Sie die Hand kurz. Ja! Er kommt mit. Die Hand sofort wieder öffnen. Ihr Dankeschön fürs Folgen ist, dass Sie sofort den Druck wegnehmen. Einfach entschieden weitergehen.«

Als ich am Gattertor ankam und Fellow zwei Meter hinter mir wusste, lächelte ich Daniel Richter an, der immer noch auf dem Zaun saß und uns ernst betrachtete. Na gut, *mich* ernst betrachtete.

»Sie machen mir Angst, wenn Sie mich so ansehen«, sagte ich scherzhaft.

Anstatt den Blick abzuwenden, legte er nur den Kopf schief und sah mich weiterhin von dort oben aus an.

»Wollen Sie damit sagen, dass es tatsächlich Dinge gibt, die Ihnen Angst machen können?«, fragte er. Doch er wartete eine Antwort nicht ab, sondern stieg ruhig vom Zaun und ging uns vorweg über den Hof zum Reitplatz hinüber.

Ich folgte ihm.

Und Fellow folgte mir.

Die letzten Worte klangen noch in meinen Ohren. *Dinge, die mir Angst machen können.* Doch dann musste ich mich auf anderes konzentrieren. Angeblich wollten wir mit etwas sehr Leichtem beginnen. Ich sollte Fellow dazu bringen, im Abstand von etwa drei Metern um mich herumzugehen.

»Es ist ganz einfach. Sie zeigen ihm mit Ihrem Körper, in welche Richtung er losgehen soll. Sobald er sich auch nur in Bewegung setzt, belohnen Sie ihn dafür. Haben Sie Ihr großes Ziel vor Augen – dass er ganz um Sie herumgehen soll. Doch belohnen müssen Sie anfangs auch den ersten Schritt. Jede kleinste Reaktion, die in unserem Sinne ist – in seinem und in unserem.«

»Und wie mache ich das?«

»Indem Sie den Druck wegnehmen, und zwar augenblicklich, wenn er einen ersten richtigen Schritt tut.«

Ich sah ihn an. »Druck wegnehmen?«

Er kam näher und stellte sich im Abstand von zwei Metern breitbeinig vor mir auf, straffte die Schultern und sah mich direkt an. Sein grüner Blick traf mich mitten in den Magen.

»Spüren Sie meine Energie?«

Das tat ich. Und ob. »Ja.«

»Ich möchte etwas von Ihnen. Was könnte das sein?«

Er deutete mit der einen Hand zur Seite. Ich tat einen Schritt in diese Richtung. Und in dem Moment, in dem ich meinen Fuß vom Boden hob, wandte er sich schlagartig von mir ab, ließ seine Schultern sinken und sah mich nicht mehr an.

»Wie viel Energie spüren Sie jetzt?«, fragte er erneut.

»Ich verstehe«, sagte ich.

»Wunderbar. Dann versuchen Sie es. Ich bin Ihr Pferd. Lassen Sie Fellow einfach da drüben stehen.«

»Sie sind mein Pferd?«

»Sie kennen doch sicher Rollenspiele?« In seinen Augen blitzte etwas auf.

Na gut. Wenn er es so wollte.

Ich stellte mich vor ihn hin, ebenso wie er es gerade bei mir gemacht hatte. Das Gewicht fest auf beiden Füßen. Aufrechte Haltung. Gerader Blick. Wir sahen uns ernst in die Augen. Ich musste schlucken.

»Nicht schlecht. Ich spüre, dass Sie etwas von mir wollen. Aber ich habe keine Ahnung, was das sein könnte«, sagte er, ohne mit der Wimper zu zucken.

Ich hob die Hand und deutete nach links. Doch er bewegte sich nicht, sondern erwiderte weiterhin meinen Blick.

»Was kann es sein? Was wollen Sie von mir?«, murmelte er leise, aber so, dass ich es noch verstehen konnte.

Ich wusste kaum noch, wie ich seinem nachdenklichen Blick länger standhalten sollte, daher wandte ich den Kopf und schaute auf meine ausgestreckte Hand.

»Ah«, machte er leise und tat einen kleinen Schritt in diese Richtung.

Ich sah zu ihm hin und wollte mich gerade an meinem

Erfolg freuen, als er sagte: »Unter ›Druck wegnehmen‹ verstehen wir offenbar unterschiedliche Dinge. Wenn Sie erreicht haben, was Sie wollen, sollten Sie den Blick sofort abwenden und sich deutlich entspannen. Können Sie das?«

Wir übten so lange miteinander, bis er zufrieden war. Ich stellte fest, dass es keineswegs so einfach war, wie es bei ihm ausgesehen hatte. Die größte Schwierigkeit bereitete mir die komplette Entspannung. Einfach in mich zusammenzusacken und keinerlei Forderung offenzulassen.

»Kann es sein, dass es Ihnen nicht so leichtfällt, sich an Erfolgen zu freuen, weil Sie sofort wieder die nächste Aufgabe im Kopf haben?«, fragte er schließlich.

»Eine Berufskrankheit«, gestand ich.

»Na, jetzt wissen Sie ja, wie Sie es anders machen können. Und nun fragen wir mal Fellow, was er von Ihren Fortschritten hält.«

Ich griff nach dem langen Strick und brachte mich in Position.

Als ich mich vor ihm aufbaute, hob Fellow, der während unserer Übungen entspannt dort gestanden hatte, den Kopf.

Und dann begann das Training.

Ich verlor jegliches Zeitgefühl während meiner Versuche, bei denen ich einen Fehler nach dem anderen machte.

Doch sonderbarerweise schien Fellow mir meine Fehler nicht übel zu nehmen. Er wandte sich nicht von mir ab und wurde auch nicht nervös, sondern blieb mir zugewandt und strengte sich sichtlich an, meine tollpatschigen Versuche zu verstehen. Vielleicht klingt es vermenschlichend, doch ich hatte tatsächlich das Gefühl, dass er spürte, wie sehr ich mich anstrengte. Und dass ich das tat, um für ihn etwas Gutes zu erreichen.

Nach etlichen Versuchen, Abbrüchen und neuen Ansätzen, geduldigen Erklärungen vonseiten Daniels und wachsender Neugierde auf Fellows Seite kam dann tatsächlich der eine Moment: Ich stand vor diesem großen, wunderschönen Tier, und als ich die linke Hand hob und dabei in dieselbe Richtung blickte, ging Fellow tatsächlich los. Er lief langsam um mich herum. Ich spürte ihn in meinem Rücken, wechselte vorsichtig den Führstrick von der einen in die andere Hand. Und als er auf seinem Zirkel wieder vor mir angekommen war, hob ich die Hand mit dem Strick, tat einen kleinen Schritt zur Seite und sah auf seine Kuppe. Sofort wandte er sich in meine Richtung und blieb mit aufmerksam nach vorn gerichteten Ohren stehen. Ich drehte mich augenblicklich zur Seite, ließ meine Hände sinken und atmete bewusst tief aus.

Es dauerte nur zwei oder drei Sekunden. Da hörte ich, wie auch Fellow tief ausatmete und leise schnaubte. Ich hörte auf dem Sand seine vorsichtigen Schritte, die sich in meine Richtung bewegten. Und schließlich stand er etwa einen halben Meter vor mir, hob das Maul und schnupperte zart an meinem Haar.

Ich blieb weiter entspannt stehen, hob langsam die freie Hand und streichelte ihn ein wenig am Hals. Seine große braune Gestalt war mir mittlerweile so vertraut. Doch ich konnte noch etwas anderes erkennen. Nicht sehen, aber spüren. Wie hatte Clara es genannt? *Er hat eine Seele, oder etwa nicht?*

Eine warme Welle durchflutete mich, ergoss sich in alle Winkel. Erstaunlich, wo überall Platz war für sie.

»Sehr, sehr gut«, hörte ich nah an meinem Ohr und fühlte eine leise Berührung an der Schulter. »Das hast du wirklich sehr gut gemacht, Emilie.«

Aus irgendeinem Grund konnte ich nicht antworten. Doch

meine Brust, mein ganzer Körper war erfüllt von einem Glücksgefühl, wie ich es schon unglaublich lange nicht mehr empfunden hatte. Ich hob den Kopf und sah Daniels Gesicht nah neben meinem. Seine Augen funkelten sanft. Die kleinen Fältchen in ihren Winkeln verzogen sich zu einem Lächeln.

Doch da war noch mehr als nur die Freude über die gelungene Übung in seinem Blick. Eine Wärme, die ich bisher noch nie darin wahrgenommen hatte.

Für einige, wenige Sekunden sahen wir uns an. Dann wandten wir uns gleichzeitig ab und betrachteten Fellow.

»Wie immer beim positiven Lernen beenden wir die Lektion mit diesem Erfolg für euch beide«, sagte Daniel. »Komm, bringen wir Fellow zurück zu seiner Cilli.«

Nebeneinander gingen wir vom Reitplatz und den kurzen Weg über den Hof. Wir sprachen nicht. Ich war noch viel zu bewegt von dem, was ich gerade erlebt hatte. Und ich war Daniel dankbar, dass er das zu spüren schien und respektierte.

Er öffnete das Gatter für Fellow und mich, und ich brachte mein Pferd – *mein Pferd!* – hinein, löste vorsichtig den Knoten am Halfter und entließ ihn zu seiner Pferdefreundin, zu der er sogleich hinübertrabte. Ich fand, er wirkte vergnügt. Sogar von hinten.

»Finden Sie ... findest du nicht auch, dass er irgendwie gut gelaunt aussieht?«, sagte ich zu Daniel, als ich mich zum Gatter umwandte.

Doch irgendwie war plötzlich der lange Strick im Weg, den ich noch in der einen Hand hielt. Ich trat darauf, stolperte und knickte heftig mit dem rechten Fuß um. Ehe ich auch nur erschrecken konnte, lag ich schon auf dem Boden

»Au, verflixt!«, entfuhr es mir, als ich mich aufsetzte.

Daniel war bereits bei mir, hatte mich am Arm gefasst und half mir auf. »Hast du dir wehgetan?«

»Mein Knöchel. Verdammte Scheiße! Oh, entschuldige ...«

»Ein ›verdammte Scheiße‹ kann ich gut aushalten.« Daniel lachte und umfasste mich an der Taille. »Hauptsache, du hast dir nicht ernstlich was getan.«

Das kurze Stück durchs Gatter erschien mir plötzlich wie eine weite Strecke, während mein Knöchel schmerzte und pochte und ich Daniels Hand an meiner Seite spürte.

Er roch nach Pferd, nach einem fruchtigen Duschgel und nach etwas anderem, was ich nicht definieren konnte.

Vor dem Gatter lotste Daniel mich auf einen umgestürzten Wassertrog. Erst als ich sicher saß, ließ er mich los.

Ich zog mein Jeansbein hoch, und wir betrachteten beide die Bescherung. Mein Knöchel war knallrot und schwoll bereits an.

»Oh nein!«, jammerte ich. »So was Blödes aber auch.«

»Darf ich?« Daniel wartete mein Okay nicht ab, sondern zog mir den Schuh vom Fuß und drehte den Knöchel ein wenig nach unten, oben, links und rechts.

»Gebrochen scheint es nicht zu sein. Das haben wir gleich. Augenblick!« Daniel lief über den Hof und verschwand im Stall.

Ich warf einen Blick auf die Uhr. So spät schon?

Daniel war kurz darauf wieder zurück, in der Hand eine Kühlkompresse, eine gewaltige Tube Salbe und eine breite Bandagenbinde.

»Bekomme ich jetzt die Pferdekur?«, scherzte ich.

»Möchtest du die nächsten Tage humpeln oder lieber wieder herumlaufen können?«, entgegnete er.

Dann kniete er sich vor mich, legte meinen Fuß vorsichtig auf sein Bein und begann, den Knöchel geschickt zu verarzten.

Ich betrachtete seine Hände, die mir bereits bei unserer ersten Begegnung aufgefallen waren, weil sie so schlank, kräftig und geschmeidig waren. Ich betrachtete seinen blonden Scheitel und die Falte auf der Stirn, die er in seiner Konzentration zusammenzog. Und schließlich betrachtete ich sein professionell wirkendes Werk.

»Fantastisch«, sagte ich und musste ein leichtes Kratzen im Hals wegräuspern. »Sieht toll aus. Und ich glaube, die Salbe und die kalte Kompresse wirken schon. Tut nicht mehr so weh.«

Er nickte mir zu und hob die Hand mit der Salbentube. »Ich bring die nur kurz zurück, dann helfe ich dir ins Haus.«

Ich winkte ab, sagte: »Ach, das schaff ich allein«, und bereute es im selben Augenblick schon, ohne so recht zu wissen, wieso.

»Ich hätte nur noch eine Bitte«, rief ich ihm nach, und er blieb, ein paar Schritte entfernt, noch einmal stehen und sah mich an. »Clara kommt doch in einer halben Stunde mit dem Zug an. Ich fürchte, bei mir klappt es mit dem Abholen jetzt nicht. Könntest du bitte hinfahren? Du kannst gerne meinen Wagen nehmen.«

Ich konnte die Veränderung in seinem Körper deutlich sehen. Vielleicht hätte ich sie normalerweise gar nicht wahrgenommen. In meinem üblichen Leben spielten Worte eine gewaltige Rolle. Sie waren meine Arbeit. Sie übermittelten nicht nur die notwendigen Informationen, sondern gaben den Ton an, die Nuancen. Ich war es gewohnt, in erster Linie auf sie zu achten. Doch weil wir die letzte Stunde damit verbracht hatten, die wortlosen Hinweise des Körpers genauestens zu studieren und uns nur auf sie zu verlassen, fiel mir der Wandel in Daniels Haltung sofort auf. Gerade noch locker und lässig in seinen Jeans und dem verschossenen T-Shirt, wirkte er plötzlich angespannt, kerzengerade aufgerichtet. Im Grunde sah er nicht anders aus als ein ängstliches Pferd: alarmiert und auf der Suche nach einem Fluchtweg.

Er antwortete nicht gleich, schien regelrecht um Worte zu ringen.

»Oder hast du keine Zeit? Wartet irgendetwas Wichtiges? Vielleicht kann ich dir was abnehmen? – Wenn man dabei nicht zu viel laufen muss«, hakte ich nach.

»Nein. Nein, alles okay. Natürlich. Ich kümmere mich darum«, sagte er ein wenig steif, wandte sich um und verschwand im Stall.

Es war frisch geworden. Ich humpelte zum Haus, um mir aus meinem Zimmer eine leichte Jacke zum Überziehen zu holen.

Während ich die Treppe hinaufhinkte, musste ich plötzlich lächeln. Fellow war losgegangen, auf meine Bitte hin. Er hatte angehalten, als ich ihm das Signal dazu gegeben hatte. Ich hatte mich tatsächlich mit ihm verständigen können. Hatte verstanden, wenn er nicht genau wusste, was ich von ihm wollte. Hatte ihm sagen können, was ich mir von ihm wünschte. Ja, nun verstand ich Claras Begeisterung voll und ganz. Es war wirklich ein ganz besonderes Gefühl, mit diesem großen, oft so scheuen Tier zu kommunizieren. Zu spüren, dass es Vertrauen fasste.

»Fellow«, sagte ich leise und musste über mich selbst schmunzeln. Am Ende war nicht nur meine Teenagertochter in unser Pferd verschossen, sondern ich gleich mit. Als ich meine Jacke vom Stuhl nahm, fiel mein Blick aus dem Fenster.

Neben dem Haus sah ich Daniel und Sam stehen. Sie hatte die Wagentür ihres klapprigen, alten Autos geöffnet und stand mit einem Bein bereits darin. Doch sie redete eindringlich auf ihn ein.

Er hatte den Blick hinaus auf die Koppeln gerichtet, das Gesicht verschlossen, wie ich es bisher erst in einer Situation gesehen hatte. Damals, vor noch gar nicht langer Zeit, als er mir mitgeteilt hatte, dass er leider nichts für Fellow und uns würde tun können.

Als Sam geendet hatte, erwiderte er nichts, sondern wandte sich um und ging davon. Sie schüttelte den Kopf, setzte sich ins Auto und fuhr in einer Staubwolke los.

Daniel verschwand in der Sattelkammer und kam mit einem Halfter samt Strick heraus. Damit ging er zur Weide hinüber, stieg über das Gatter und machte sich auf den Weg zu der kleinen Herde, die ihm entgegensah. Lavinia, wegen ihres leuchtend roten Fells immer gut von den anderen zu unterscheiden, wieherte schrill und trabte freudig auf ihn zu. Doch er wählte eines der anderen Pferde, legte ihm sanft das Halfter um und führte es durch das Gatter in Richtung Reitplatz. Sie verschwanden aus meinem Sichtfeld.

Ich sah auf die Uhr und runzelte die Stirn. Seit ich ihn gebeten hatte, Clara abzuholen, waren fünf Minuten vergangen. Er würde sehr bald aufbrechen müssen, wenn er noch rechtzeitig am Bahnhof ankommen wollte.

Ich starrte hinunter auf den Platz, an dem gerade noch Sams Wagen gestanden hatte. Und plötzlich begriff ich. Als Daniel gesagt hatte, er kümmere sich darum, hatte er gar nicht gemeint, dass er selbst Clara abholen würde. Er hatte meine Bitte einfach weitergetragen an Sam, die sich auch sofort auf den Weg gemacht hatte.

Und gleichzeitig war ich mir sicher, dass dies nicht irgendwelchen Terminen oder wichtigen Erledigungen geschuldet war. Mit einem Schlag wurde mir einiges klar.

Nicht selbst Auto zu fahren konnte viele Gründe haben. Zum Beispiel, wenn man es nie gelernt hatte oder wenn man wegen einer Verkehrssünde den Führerschein verloren hatte oder wenn man Medikamente nehmen musste, die das Fahren nicht erlaubten. Doch ich wusste mit einem Schlag, dass es für Daniel nicht nur um das eigene Fahren ging. Daniel, da war ich mir plötzlich ganz sicher, stieg nicht in Autos.

Daher seine Weigerung, Fellow zu therapieren, nachdem er zunächst so offen gewesen war. Daher seine Aussage: »Wenn Sie ihn nicht herbringen können, kann ich Ihrem Wallach nicht helfen.« Und daher seine ungewöhnliche, wenn auch wunderbare Art, uns auf dem Weg zum Lotten-Hof beizustehen, indem er uns zu Pferde entgegengekommen war.

Ich erinnerte mich daran, wie er reagiert hatte, als ich ihm am Telefon von Fellows Problem erzählte, der Angst vor dem Betreten eines Hängers. Nie im Leben wäre ich auf die Idee gekommen, dass dieser Mann, der so warmherzig und verständnisvoll, souverän und selbstsicher war, genau das gleiche Problem hatte: Er stieg nicht in Autos.

* * *

Clara war in sich gekehrt und schweigsam, als sie auf den Hof kam. Sie schlich ins Haus, kam in Stallklamotten wieder heraus und ging zu Fellow, um mit ihm eine ihrer Putzarien zu veranstalten, die die beiden so liebten.

Ich ließ ihr die Zeit, die sie brauchte. Manchmal war es so nach den Stunden bei Dr. Teichmann. Durch die intensiven Gespräche gab es für Clara auch danach oft noch viel aufzuarbeiten und zu überdenken. Was sie dann brauchte, war Ruhe, keine mütterlich besorgten Fragen.

Außerdem war ich selbst mit meinen eigenen Gedanken

ziemlich beschäftigt. Die Entdeckung, die ich gemacht hatte, ging mir im Kopf herum. Ich fragte mich, warum Daniel in kein Auto steigen wollte. Was konnte der Grund sein?

Wahrscheinlich hätte ich es einfach akzeptieren und schweigen sollen. Doch seit ich an der Uni Fachgebietsleiterin war, musste ich beruflich über alles in meinem Umkreis Bescheid wissen. Es nervte mich selbst entsetzlich, aber ich musste ständig hinterfragen und bei Schwierigkeiten nachbohren. Vielleicht war ich auf diese Weise in den letzten Jahren zu einer Frau geworden, die nichts einfach stehen lassen konnte.

***

Beim Abendessen nutzte ich die Gelegenheit, als Sam sich nach meinem Knöchel erkundigte.

»Dank Daniels hervorragender Erster Hilfe geht es schon viel besser. Wenn ich den Fuß morgen noch etwas schone, kann ich übermorgen bestimmt wieder herumspringen. Dank dir noch mal, dass du vorhin so spontan eingesprungen bist und Clara abgeholt hast«, sagte ich, drehte den Kopf nur eine Idee in Daniels Richtung und fragte, ohne ihn anzusehen: »Daniel, du fährst kein Auto, richtig?«

Sofort veränderte sich die Stimmung am Tisch merklich. Daniel, der gerade den Suppenlöffel gehoben hatte, hielt kurz inne, bevor er ihn in den Mund steckte und deswegen erst einmal nicht antworten konnte. Sam sah mich und dann Daniel eindringlich an. Ob wegen meiner Frage oder weil ihr aufgefallen war, dass ich ihn duzte, hätte ich nicht sagen können. Selbst Sven, der normalerweise kaum auf unsere Gespräche reagierte, hob kurz den Blick und sah einmal fragend in die Runde. Nur Clara schien ganz in Gedanken versunken und stocherte weiter lustlos in ihrem Salat herum.

»Nein, schon eine ganze Weile nicht mehr«, sagte Daniel schließlich.

Ich sah, wie seine Augen dabei kurz zu meiner Tochter hinüberhuschten. Doch es gelang mir nicht, seinen Blick abzufangen, um vielleicht wortlos von ihm zu erfahren, ob er wegen Clara keine nähere Erklärung abgab. Er konzentrierte sich vollkommen auf das Essen. So waren wir plötzlich eine sehr schweigsame Runde am Tisch.

Bis Sam tief Luft holte und zu mir sagte: »Übrigens kommt morgen meine Nichte aus dem Ferienlager zurück. Ich hab Clara vorhin schon davon erzählt. Marie wohnt mit meiner Schwester und ihrem Mann drüben im Dorf und verbringt quasi ihre gesamte Freizeit hier. Sie ist auch dreizehn.«

Wir sahen beide zu Clara, die gerade die Gabel wieder auf den Teller sinken ließ.

»Kann ich aufstehn?«, murmelte sie.

»Du hast ja kaum etwas gegessen. Hast du denn keinen Hunger?«, erkundigte ich mich.

»Nee, bin müde«, nuschelte sie.

»Na, dann geh doch gleich ins Bett. Ich komm später noch mal kurz vorbei.«

Wortlos schob sie ihren Stuhl zurück, trug ihren Teller und ihr Glas zur Spüle und ging hinaus. Sie war so sehr wieder das stille, in sich gekehrte Mädchen, dass sich mir das Herz zusammenkrampfte. Und ich begriff. Ihr Rückzug hatte nichts mit dem Termin bei Dr. Teichmann zu tun. Die Neuigkeiten über Sams Nichte Marie hatten sie aus dem Gleichgewicht gebracht.

Das Leben am Lotten-Hof mit uns Erwachsenen, die sich alle irgendwie mehr oder weniger um die Tiere kümmerten, war für sie mittlerweile zur Routine geworden. Doch eine Gleichaltrige, ein Mädchen, das sich hier sehr viel besser auskannte als sie selbst, das womöglich Vorschläge zu gemeinsamen Unternehmungen machen würde: Das war etwas ganz anderes.

Weil in den letzten Tagen, ja Wochen, alles so gut lief zwischen uns, hatte ich schlichtweg verdrängt, wie schwierig solche Kontakte für sie immer noch waren. Fellow, ohne dass er auch nur den Hauch einer Ahnung von seiner wertvollen Aufgabe gehabt hätte, hatte schon viel erreicht für meine Tochter. Doch die Wunde, die sie trug, war so groß, dass es sehr viel länger dauern würde, bis sie endgültig verheilen würde. Falls es überhaupt je geschehen konnte.

Nachdem wir anderen auch bald die Mahlzeit beendet hatten, verschwanden Sam und Sven nach draußen. Daniel und ich räumten gemeinsam die Spülmaschine ein.

Die Stille zwischen uns wurde mir unbehaglich. Hätte ich ihn nicht fragen sollen? Vielleicht war ich ihm mit meiner Neugier zu nah getreten?

Nur weil ich mich durch das Training am Nachmittag mit ihm plötzlich näher verbunden fühlte, hieß das ja noch lange nicht, dass es ihm auch so ging und er mir Einblicke in Dinge gewähren würde, die nur ihn etwas angingen.

Als wir mit dem Aufräumen fertig waren, wünschte ich ihm eine gute Nacht und war schon fast zur Tür hinaus, als er mich plötzlich zurückrief.

»Emilie?«

Ich wandte mich um und sah ihn an. Er stand mitten im Raum. Verwaschene Cordhosen, ein altes Hemd, das er offen über einem T-Shirt mit undefinierbarer Farbe trug und das an der einen Seite in der Hose steckte, während die andere locker heraushing. Steffen hatte sich stets super korrekt gekleidet und war bei jeder Gelegenheit sehr ordentlich und sauber erschienen. Sogar in unserer gemeinsamen Freizeit hätte er es sich nie in Jogginghosen bequem gemacht, sondern trug zumindest saubere Jeans. Aus irgendeinem Grund rührte mich Daniels Anblick plötzlich, und ich spürte den ungewöhnlich heftigen Drang, die Hand zu heben und den einen Hemdzipfel ebenfalls aus der Hose zu zupfen. Vorsichtshalber verschränkte ich die Arme vor der Brust.

»Wegen Marie«, sagte Daniel. »Clara muss keine Angst vor ihr haben. Sie ist ein wirklich liebes Mädchen. Mach dir also keine Sorgen deswegen.«

Verblüfft starrte ich ihn an. Ich hatte geglaubt, er wolle noch einmal auf meine Frage über das Autofahren zurückkommen. Auf keinen Fall hatte ich erwartet, dass er Bezug auf Claras Schweigsamkeit am heutigen Abend nehmen würde. Und erst recht hatte ich nicht gedacht, dass er ebenso gut wie ich wahrgenommen haben könnte, was meiner Tochter derart zu schaffen machte.

»Für jemanden, der keine Kinder hat, kannst du dich wirklich sehr gut in sie hineinversetzen«, sagte ich, bevor ich genau darüber nachdenken konnte.

Daniel blinzelte.

»Das sollte ein Kompliment sein«, setzte ich vorsichtig hinzu.

Er öffnete den Mund, als ob er etwas sagen wollte. Doch während wir uns ansahen, schien er es sich anders zu überlegen. Er schloss den Mund wieder, lächelte auf eine sonderbar traurige Weise und nickte dann. Und mir kam der Verdacht, dass er womöglich mehr als nur ein Geheimnis haben könnte.

* * *

Was Marie anging, hatte Daniel vollkommen recht. Um die Mittagszeit radelte sie auf den Hof und schien gleich voll in ihrem Element zu sein.

Ich hörte ein großes Hallo dort unten, während ich in meinem Zimmer über einer Kostenkalkulation brütete. Geradezu erleichtert über die Ablenkung, schloss ich die Datei und ging hinunter. Als ich den Fuß der Treppe erreichte, nahm ich aus dem Augenwinkel eine Bewegung war.

Clara. Sie stand im Wohnzimmer mit verschränkten Armen vor dem Bücherregal und tat so, als lese sie mit Interesse die vielen Buchrücken.

»Clara?«

Sie wandte sich um. Auf ihrem Gesicht ein Ausdruck, der zwischen Trotz und Furcht schwankte.

»Kommst du mit raus, bitte? Sams Nichte ist gerade angekommen.«

»Die sieht mich noch früh genug«, brummte Clara und wandte sich wieder den Büchern zu.

»Bei allem Verständnis für ihr Trauma sollten Sie nie vergessen, dass Sie es hier mit einem waschechten Teenager zu tun haben«, hatte Dr. Teichmann einmal zu mir gesagt. Daher widerstand ich dem Impuls, zu ihr zu gehen und den Arm um sie zu legen.

»Komm schon«, sagte ich. »Dann haben wir es hinter uns.«

»Sie hat Reithosen an«, erwiderte Clara, ohne sich zu mir umzudrehen.

Also hatte sie Maries Ankunft wahrscheinlich ähnlich wie ich vom Fenster aus beobachtet.

»Ja, wieso denn nicht? Du weißt doch, dass einige der Pferde regelmäßig bewegt werden sollen. Vielleicht hilft sie dabei.«

Clara sah an sich herunter. Sie trug, wie immer hier am Lotten-Hof, eine alte Jeans und Sportschuhe, die den Eindruck erweckten, sie würden bald auseinanderfallen.

»Wie wäre es, wenn wir heute Nachmittag in die Stadt fahren und für uns beide auch Reithosen kaufen?«, schlug ich betont munter vor.

Clara seufzte und drehte sich endlich zu mir herum. »Muss ich?«

Ich wusste, dass sie nicht die Reithosen meinte. Und nickte.

Auch meiner kontaktscheuen dreizehnjährigen Tochter musste klar sein, dass sie einem Mädchen, das offenbar seine gesamte Freizeit hier verbrachte, auf Dauer nicht würde ausweichen können. Also schlurfte sie zu mir herüber, und wir gingen gemeinsam durch die Diele.

»Hey, da kommen Clara und Emilie«, rief Sam und winkte uns heran, als wir aus dem Haus traten.

Marie hatte sich bei ihr eingehakt und war offenbar gerade dabei, Daniel mit Fragen nach allen Pferden am Hof zu bombardieren. Auch Sven stand bei ihnen. Auf seinem sonst so ausdruckslosen Gesicht lag ein Lächeln, und zum ersten Mal erkannte ich, was für ein ungewöhnlich hübscher junger Mann er war.

Marie sah Sam verblüffend ähnlich mit ihrem wippenden blonden Pferdeschwanz, den blauen Augen und der sportlichen Figur in den abgewetzten Reithosen. Sie wirkte wie eine jüngere, zartere Ausgabe ihrer Tante. Ich mochte sie auf Anhieb.

»Hi«, sagte Marie und lächelte Clara freundlich und offen an.

Doch Clara stand stocksteif neben mir und murmelte nur eine leise Erwiderung. Zum ersten Mal war mir die Zurückhaltung meiner Tochter peinlich. Ich ertappte mich bei dem Gedanken, dass sie sich doch einfach zusammenreißen sollte.

Ich trat vor und reichte dem Mädchen meine Hand. »Hallo, ich bin Emilie.«

Sie lächelte auch mich an und legte ihre linke in meine rechte Hand. Ich stutzte einen Moment, sah an ihrem rechten Arm hinunter und stellte bestürzt fest, dass er in einem stumpfen Ende mündete. Maries rechte Hand fehlte.

Niemand erwähnte das, und so sagte ich auch nichts. Allerdings starrte Clara wie hypnotisiert auf die Stelle, wo Maries Hand sein müsste, sodass ich sie am liebsten zurechtgewiesen hätte.

Doch da schaltete Daniel sich ein. »So«, sagte er zu Clara und rieb sich die Hände, als sei Maries Ankunft genau das gewesen, worauf sie noch gewartet hatten. »Gehen wir zwei dann zu Cilli?«

»Cilli?«, wiederholte Clara verblüfft.

»Ja, ich dachte mir, es wird Zeit, dass du reiten lernst. Wenn Fellow so weit ist, willst du ihn doch wohl nicht gleich mit mangelnden Reitkünsten wieder verschrecken. Und Cilli ist blutige Anfänger gewöhnt. Außerdem täte ihr die Bewegung gut. Wenn sie nur mit Fellow auf der Weide steht und futtert, muss sie am Ende noch in unsere Weight-Watchers-Gruppe.« Ohne auf Claras vor Überraschung weit aufgerissene Augen zu achten, wandte er sich an Marie. »Du bist wahrscheinlich wild darauf, endlich wieder deinen Ben zu sehen? Leider muss ich dir mitteilen, dass er sich heute Morgen neben der großen Tränke gewälzt hat. Wenn du ihn richtig sauber putzt, darfst du natürlich danach auf ihm ausreiten. Wie wäre das?«

Marie strahlte. »Cool!«

»Okay, dann komm, Clara.« Daniel winkte meine Tochter mit sich, und die beiden verschwanden um die Ecke, während Marie zusammen mit Sven zur Sattelkammer ging.

Marie redete auf Sven ein, während er lächelte, zuhörte und nickte.

Sam und ich blieben zurück.

»Er mag die Kleine«, stellte Sam fest.

Ich sah zum Eingang der Sattelkammer hinüber. »Ja, das merkt man.«

»Nein, ich meinte nicht Sven und Marie. Ich meinte, Daniel mag Clara. Weißt du, es gibt öfter mal Mädchen, die hier anfragen, ob sie helfen können. Eigentlich wollen sie einfach nur Zeit mit den Pferden verbringen. Wollen irgendwie in ihrer Nähe sein und etwas für sie tun. Aber bisher hat er das immer abgelehnt. Er wollte nicht wieder …« Sie brach abrupt ab und sah einen Augenblick beinahe erschrocken aus. »Marie war eine Ausnahme, weil sie meine Nichte ist«, setzte sie hastig hinzu. »Und außerdem ist sie wirklich ein toller Mensch. Sie hat vor vier Jahren ihre rechte Hand bei einem grässlichen Unfall mit einer Betonmischmaschine verloren. Beim Bau des Hauses meiner Schwester und ihres Mannes drüben im Dorf.«

Es war etwas in der Art, wie sie das Thema wechselte, das mich aufhorchen ließ. »Oh«, sagte ich, während ich gedanklich zu greifen versuchte, was mich so stutzig machte. »Das tut mir sehr leid. Wie kommt Marie damit klar?«

»Sie hat eine perfekt angepasste Prothese. Mit der kann sie Fahrrad fahren, schreiben und vieles andere. Aber hier trägt sie sie meistens nicht. Sie sagt immer, dass sie ›das Ding‹ hier nicht braucht.«

Ich nickte langsam. »Eine ziemlich erwachsene Haltung, finde ich.«

Sam nickte nachdenklich. »Durch diese Sache ist sie irgendwie anders als andere Kinder. Ich glaube, deshalb hatte Daniel auch nie was dagegen, dass sie den ganzen Tag hier herumhängt und dass ich ihr das Reiten beigebracht habe – auch wenn das mit nur einer Hand natürlich etwas schwieriger war.«

»Er hat so seine Prinzipien, oder?«, hakte ich ein. »Daniel, meine ich. Er verabscheut Anrufbeantworter und hat keine Internetadresse. Aber er nimmt jedes alte oder lahme oder verstörte Pferd auf, dem der Schlachter droht. Selbst wenn der Lotten-Hof bereits aus allen Nähten platzt. Er reitet tagelang, um Clara und Fellow zu helfen. Aber in ein Auto würde er dafür nicht steigen. Das ist doch verrückt, oder?«

Sam lächelte vorsichtig. »Ich finde es gut, wenn jemand weiß, was er will und was für ihn nicht infrage kommt«, sagte sie entschieden.

»Natürlich«, erwiderte ich. »Aber die Sache mit den Autos ist schon seltsam. Warum hat er dagegen so eine Aversion?«

Sam schüttelte bedauernd den Kopf. »Tut mir leid, Emilie, aber was dahintersteckt, das muss er dir schon selbst erzählen.«

Sofort kam ich mir scheußlich geschwätzig vor. Ich hätte Sam gerne erklärt, dass ich nicht aus reiner Neugier gefragt hatte. Doch als ich ansetzte, um genau das zu sagen, wurde mir klar, dass ich keinen einzigen anderen Grund hätte nennen können. Warum wollte ich unbedingt Anteil nehmen an etwas, das Daniel offenbar Probleme bereitete? Erschrocken musste ich feststellen, dass ich nur zu gern alles über ihn gewusst hätte. Und ich hätte nicht sagen können, wieso.

* * *

Die letzte Ferienwoche auf dem Lotten-Hof brach an.

Clara erhielt von Daniel täglich eine Reitstunde auf Cilli, ertrug tapfer den heftigen Muskelkater, half überall auf dem Hof und putzte Fellow, bis sein Fell in der Sonne glänzte.

Marie hatte das einzig Richtige getan: lange am Gatter

gestanden und Fellow derart bewundert, dass Clara nicht anders konnte, als sie abends als »echt nett« zu bezeichnen.

Schon am nächsten Tag versuchte Clara nicht mehr, der anderen Dreizehnjährigen auf dem Hof beständig auszuweichen. Zwangsläufig kreuzten sich ihre Wege immer öfter, und als ich am dritten Tag gegen Mittag zufällig an der Sattelkammer vorbeikam, hörte ich die beiden hellen Stimmen, wie sie sich über die verschiedenen Trensenarten unterhielten, die dorthingen. Und nun, am Montagnachmittag, sah ich, wie die beiden gemeinsam mit zwei Ponys, dem alten Ben und seinem Kumpel Nick, am Putzplatz standen und um die Wette staubten.

»So in Gedanken?«

Ich hatte Daniel nicht kommen gehört. Er stand hinter mir an der Stallecke und folgte meinem Blick hinüber zum Putzplatz.

»Ja, ich habe gerade überlegt, ob der Lotten-Hof vielleicht irgendwie verwunschen sein könnte«, sagte ich.

Ich erwähnte nicht, dass Beatrice bei unserem morgendlichen Telefonat, in dem sie mich auf den neuesten Stand der Fakultät bringen sollte, plötzlich mitten im Satz abgebrochen und verwundert gefragt hatte: »Emilie? Ist alles okay bei dir?«

Ich hatte mit dem Telefon am Fenster gestanden und zugesehen, wie Sven und Daniel einen Hänger in die Scheune zu manövrieren versuchten. Anstatt meiner Sekretärin zuzuhören, hatte ich überlegt, ob die beiden Männer womöglich meine Hilfe beim Einweisen gebrauchen könnten.

»Vielleicht sollte ich mal vorbeikommen und diesen Lotten-Hof unter die Lupe nehmen«, hatte Beatrice gesagt, und ich hatte ihr Schmunzeln hören können. »Scheint mir irgendwie ein Ort zu sein, an dem zauberhafte Dinge passieren.«

»Wie meinst du das denn?«, hatte ich rasch und mit meiner strengsten Fachgebietsleiterinnenstimme gefragt.

Beatrice hatte kurz gezögert. »Na ja«, hatte sie schließlich vorsichtig gesagt. »Ich erzähle dir, dass Hansmann das komplette Projekt hinschmeißen will und du machst nur … ›Mhm‹.«

Jetzt bedachte Daniel mich mit einem seiner ernsten, nachdenklichen Blicke, die mich anfangs so verunsichert hatten. Ehrlich gesagt, verunsicherten sie mich immer noch.

»Das ist sonderbar, dass du das sagst«, meinte er schließlich, gab jedoch keine weitere Erklärung dazu ab, sondern fragte: »Hast du gerade etwas vor? E-Mails beantworten? Forschungsanträge formulieren?«

Ich schüttelte den Kopf.

Da wandte er sich um und ging ein paar Schritte, ehe er sich zu mir drehte. Es war nur eine winzige Geste seiner Hand, die er leicht anhob und in meine Richtung streckte. Und schon folgte ich ihm. Mir kam der absurde Gedanke, dass die Pferde sich wohl ebenso eingeladen fühlen mussten, wenn er sie aufforderte. Es war ein schönes, ein angenehmes Gefühl, ganz im Zentrum seiner Aufmerksamkeit zu stehen.

Seite an Seite gingen wir an der Rückseite des Wohnhauses vorbei, zwischen den Koppeln hindurch. Der breite Weg mündete in den Wald, der den Hügel hinter dem Haus bedeckte. Schmale Reitpfade wanden sich den Hang hinauf, zwischen den Buchen hindurch. Wir folgten einem dieser Pfade.

Immer noch hatten wir kein Wort gesprochen. Und nachdem ich mich anfangs gewundert und mein Hirn nach einem geeigneten Gesprächsthema zermartert hatte, war mir irgendwann aufgegangen, dass dies offenbar gar nicht der Sinn unseres kleinen Spaziergangs war.

Daniel war zwar mit all seinen Sinnen bei mir und unserem gemeinsamen Weg, aber er sprach nicht. Und nun, wie wir so durch den stillen Wald gingen, auf dem schmalen Weg nah nebeneinander, wurde mir klar, wieso: Um uns herum war es nämlich alles andere als totenstill. In den Bäumen sangen Vögel. Im Unterholz raschelte es. Ein Eichhörnchen huschte einen Stamm hinauf und schaute immer wieder neugierig zu uns herunter. Eine Amsel warf Laub auf und suchte darunter nach Insekten.

Natürlich war ich schon oft in meinem Leben in Wäldern gewesen. Auch auf unserer langen Wanderung mit Fellow und Cilli waren wir durch etliche Waldstücke gekommen. Doch leise und wortlos hindurchzugehen, das war eine neue Erfahrung, von der ich nicht einmal gewusst hatte, dass sie mir noch fehlte. Ich sah plötzlich Dinge, die mir vorher nie aufgefallen wären. Der Lichteinfall durch das Blätterdach der Kronen hoch oben über unseren Köpfen. Eine Blindschleiche, die reglos auf einem Stein im Sonnenstrahl lag und die Wärme genoss.

Aber es waren nicht nur die Dinge, die ich hörte und sah. Meine Arme, die nackt und inzwischen braun gebrannt aus meinem T-Shirt herausragten, wurden nach der Wärme des Tales nun hier in der leicht feuchten Kühle des Waldes von einer feinen Gänsehaut überzogen. Ich spürte, wie meine Nasenflügel sich blähten. Den Geruch von sonnenwarmer Erde und Laub aufsogen. Und noch einen anderen Duft, der mir schon einmal aufgefallen war … als ich mir den Knöchel verstaucht und Daniel den Arm um meine Taille gelegt hatte.

Gemeinsam stiegen wir den Hang hinauf. Oben angekommen, wandte Daniel sich nach links und warf mir einen kurzen, forschenden Blick zu. Er hatte eine Art, mich anzusehen, die ganz anders war als alles, was ich sonst gewöhnt war.

Vielleicht lag es daran, dass ich für die meisten Männer, denen ich in meinem Alltag begegnete, einfach Prof. Michaelis war und ihnen gegenüber irgendeine Funktion innehatte. Kollegin. Konkurrentin. Ratgeberin. Chefin.

Natürlich hätte ich annehmen können, dass ich für Daniel einfach eine Kundin war. Schließlich bezahlte ich für Fellows und Cillis Unterkunft auf dem Hof, für unsere Gästezimmer und die Verpflegung und einen geradezu lächerlichen Betrag für das tägliche Training mit Fellow.

Doch aus irgendeinem Grund glaubte ich nicht, dass Daniel mich als Kundin betrachtete. Als er sich wieder abwandte und weiterging, konnte ich mein Herz kräftig schlagen spüren.

Nachdem wir auf dem Bergkamm kurze Zeit entlanggegangen waren, suchte Daniel einen noch schmaleren Pfad, der ins Unterholz führte.

Er ging voraus, und ich folgte ihm. So sah ich seine schlanken Beine, die in verblichenen Jeans steckten, seinen Rücken und die beweglichen Schultern im T-Shirt, seine braunen Arme, die im Takt vor und zurück schwangen, seinen Nacken, in dem sich ein paar blonde Strähnen kringelten. Erst als er zur Seite trat und den Blick freigab, erkannte ich, wohin er mich geführt hatte.

Wir standen auf einer kleinen Lichtung, die sich zum Tal hin öffnete. Am Rand dieser Lichtung lag ein umgestürzter Baum, auf dem Daniel jetzt Platz nahm. Ich setzte mich neben ihn und schaute.

Unten im Tal lag, eingebettet in Wiesen und bewaldete Flächen, der Lotten-Hof mit seinem großen Wohnhaus, den Ställen, Scheunen und Schuppen.

Auf den Weiden konnte ich einige der Pferde ausmachen und meinte sogar, die weiße Maja in einer Gruppe dunklerer Vierbeiner zu erkennen. Das Nachmittagslicht ergoss sich über die Gebäude, die bunten Dächer, denen man von hier oben ansah, wie oft sie schon geflickt worden waren. Der einzige Weg zum gesamten Hofgelände war der lange, gewundene Schotterweg, an dem ich bei meinem ersten Besuch hier beinahe vorbeigefahren wäre. Der Lotten-Hof sah aus wie eine eigene kleine Welt. Eine Welt, in der – wie ich inzwischen wusste – alle einen Platz fanden, die Schutz nötig hatten.

Wir saßen eine Weile dort und sahen einfach nur hinunter.

Schließlich begann Daniel mit leicht rauer Stimme zu sprechen: »Es hat mal eine Zeit gegeben, da dachte ich, das Leben könnte für mich nichts Sinnvolles mehr bereithalten. Ich dachte, alles Schöne sei für immer verloren.« Er hielt inne.

Ich dachte, dass dieses Gefühl wohl niemand besser nachvollziehen konnte als ich. Ich und meine erst dreizehnjährige Tochter. Doch ich sagte nichts, weil ich ihn nicht in seinen Gedanken unterbrechen wollte.

Und tatsächlich fuhr er kurz darauf fort: »Damals besuchte ich eine sehr gute Freundin, eine kleine Engländerin, genauso pferdeverrückt wie ich. Sie machte Ferien bei ihrer Schwester, die in einem kleinen Dorf hier in der Nähe wohnte.« Ich vermutete, dass »eine kleine Engländerin« eine Umschreibung für Sam war. »Sie hat mir zugeredet, wollte mich davon überzeugen, dass noch Gutes und Wichtiges auf mich warten würde. Aber ich hab ihr nicht geglaubt. Nach unserem Treffen wollte ich mir einfach noch die Beine vertreten und den Kopf frei bekommen. Der Spaziergang wurde immer länger und länger. Und schließlich kam ich genau hier an. Ich habe mich auf den Baumstamm gesetzt und aus meiner Hosentasche das kleine Büchlein gezogen, das meine Freundin mir an diesem Tag geschenkt hatte. Sie wusste, dass ich Gedichte mag, und hatte einen kleinen Band ausgesucht, um mir eine Freude zu machen. Ich hab ihn willkürlich irgendwo aufgeschlagen … und das Gedicht auf dieser Seite gelesen. Dann habe ich da runtergeschaut. Damals sah es nicht so belebt und bunt aus wie heute. Der Hof stand leer und sollte versteigert werden, auch wenn ich das damals noch nicht wusste. Und als ich hier saß und ins Tal runtersah, habe ich plötzlich … ich weiß, das klingt verrückt, aber ich habe plötzlich genau das gespürt, was Sam mir vergeblich zu erklären versucht hatte. Es gab noch Wichtiges für mich. Es würde wieder Sinn geben in meinem Leben. Und irgendwann vielleicht auch wieder etwas Schönes.«

Er verstummte und sah lange hinunter ins Tal.

Leise rezitierte ich: »Zukünftiges und Weites im Gesicht – so steht das Haus im noch nicht wachen Garten, – und seine Stufen, die auf Wunder warten …«

»… täuschen sich nicht«, vollendete Daniel und lächelte.

Beinahe wunderte ich mich über mich selbst. Denn ich hatte nicht einen Moment lang den Impuls, ihn zu fragen, was denn damals geschehen war. Was ihn so furchtbar deprimiert hatte. Ich saß neben ihm, atmete tief ein und aus, folgte seinem Blick und war von einer merkwürdigen Ruhe erfüllt. Von der Gewissheit, dass er es mir irgendwann erzählen würde. Es hatte keine Eile. Im Augenblick reichte es vollkommen, hier mit ihm zu sitzen und auf das zu schauen, was er damals gesehen haben musste.

Ich war plötzlich beseelt von einem ungewohnten Glücksgefühl. Die Tatsache, dass Daniel mit mir hier heraufgestiegen war, einfach, um mir dies zu zeigen und um mir ein wenig von sich zu erzählen, berührte mich tief.

»Damals habe ich genau das gedacht, was du vorhin gesagt hast. Dass dieser Ort vielleicht irgendwie verwunschen sein könnte. Ich fand das eine schöne Idee.«

Ich bin Professorin für Neuere deutsche Literaturwissenschaft. In meinem Alltag treffe ich täglich wichtige Entscheidungen. Ich leite Konferenzen, halte Plädoyers in Gremien, verabschiede Forschungsprojekte. Man sollte meinen, dass ich aus all dem Befriedigung ziehen würde. Und so war es ja auch. Meine Arbeit machte mich stolz, ich fand darin Aufgabe und Anerkennung. Manchmal vielleicht auch Ablenkung. Doch sie hatte nichts zu tun mit dem reinen Gefühl von Kraft und Anteilnahme, das ich jetzt empfand. Ein Gefühl des beinahe zärtlichen Stolzes, ausgelöst durch eine schlichte Tatsache: Ich hatte ausgesprochen, was Daniel gefühlt hatte.

Wir hatten den gleichen schönen Gedanken geteilt.

* * *

Als wir kurze Zeit später den verschlungenen Waldpfaden hinunter zum Hof folgten, schwiegen wir wieder. Und als wir ankamen, trennten wir uns einvernehmlich und still, ohne ein weiteres Wort über unseren kleinen Ausflug zu verlieren.

Und doch spürte ich, dass dieses Erlebnis auf dem Hügel etwas zwischen Daniel und mir grundlegend verändert hatte.

Es war, als hätte der Ausblick von der Lichtung ins Tal uns auf eine neue Weise miteinander verbunden. Eine Weise, die zum ersten Mal nichts mit Clara und Fellow, nichts mit irgendjemand anderem außer uns selbst zu tun hatte.

Wenn wir uns nun tagsüber auf dem Hof begegneten, Hand in Hand arbeiteten oder sich nur unsere Wege kurz kreuzten, sah er mich anders an. Wenn wir bei den Mahlzeiten einander die Butter oder das Salzfäßchen reichten, schien jede zufällige Berührung unserer Hände einen kleinen Stromschlag auszulösen.

Ich ertappte mich dabei, wie ich seiner schlanken Gestalt nachsah, wenn er über den Hof ging, und wie ich aufhorchte, wenn ich irgendwo seine Stimme hörte. Und wann immer ich ihn im Umgang mit Clara sah, ging mir das Herz auf. Sie vertraute ihm. Und ich konnte spüren, dass auch er zu ihr eine intensive Zuneigung gefasst hatte.

* * *

Ich hatte den Eindruck, dass er die sich entwickelnde Freundschaft zwischen den Mädchen ebenso wohlwollend betrachtete wie ich. Er unterstützte sie, indem er den beiden kleine Ausflüge mit Ben und Fellow in den Wald erlaubte. Und einmal mehr hätte ich Daniel gerne gedankt für seine Rücksicht, die er meiner Tochter gegenüber an den Tag legte. Doch sein Einfühlungsvermögen beschränkte sich nicht allein auf die Mädchen. Nachdem es meinem Knöchel dank der hervorragenden Ersten Hilfe so schnell wieder besser ging, übten wir täglich etwa zwanzig Minuten mit Fellow auf dem Reitplatz. Den anderen war verboten, dabei zuzuschauen, worüber ich sehr froh war. Denn nach wie vor hatte ich jedes Mal das Gefühl, ich müsse noch unendlich viel lernen und sei Meilen von einer guten Kommunikation zwischen unserem Pferd und mir entfernt.

Daniel schmunzelte, als ich ihm etwas kleinlaut von meinen Zweifeln erzählte. »Frag doch Fellow mal, was er meint«, schlug er vor.

Und als wir kurze Zeit später zum Paddock gingen, wo der

Wallach stand, fiel es mir auf. Seine aufmerksam aufgestellten Ohren. Das sanfte Schnauben, als ich neben ihn geschlendert kam. Das bereitwillige Senken des Kopfes beim Umlegen des Halfters. Wie er mir sofort folgte, wenn ich losging.

Als wir am Reitplatz ankamen, wo wir unsere kleinen Übungseinheiten abhielten, konnte ich nicht anders und kraulte erst einmal ausgiebig seinen dichten Mähnenkamm und seine Brust zwischen den Vorderbeinen. Fellow streckte genüsslich den Hals, ließ die Unterlippe hängen und schnaubte behaglich. Ich musste über sein ulkiges Gesicht lachen, und er wandte den Kopf und schaute mich verwundert an, als wollte er fragen, was denn so komisch sei.

Als ich daraufhin amüsiert zu Daniel sah, erschrak ich ein wenig. Natürlich hatte ich die ganze Zeit über gewusst, dass er ein paar Meter weiter stand und uns zusah. Doch als ich nun seinem Blick begegnete, wurde mir klar, *wie intensiv* er bei uns gewesen war.

»Fellow hat sich sehr verändert hier auf dem Lotten-Hof«, sagte ich schnell, weil ich es nicht aushalten konnte, ihn einfach nur anzusehen.

»Nicht nur Fellow«, erwiderte Daniel.

Und ich wusste, dass er recht hatte.

* * *

Die Woche verging rasend schnell. Unser letzter Ferientag auf dem Lotten-Hof sollte mit einer kleinen Feier am Abend enden. Clara, Marie und ich hatten uns erboten, den Einkauf dafür zu erledigen, und als wir nach einer Stunde im Supermarkt mit dem Auto wieder in den Schotterweg zum Hof einbiegen wollten, trafen wir auf den Wagen der Postbotin. Sie winkte uns mit ein paar Briefen zu und war erfreut, als

Marie kurz rausprang und ihr die holprige Fahrt bis zum Wohnhaus ersparte.

Während wir weiterfuhren, warf Marie einen Blick auf den zuoberst liegenden Absender. »Cool! Der ist von der Bank. Ich wette, jetzt kann es losgehen mit dem neuen Stall!«

Ich schielte hinüber. Mit Geldgeschäften kannte ich mich zu gut aus; ich misstraute dem schmalen Brief sofort.

Wir luden gemeinsam die Taschen aus und wurden dabei von Hanne in Empfang genommen, die uns helfen wollte, die Sachen im Kühlschrank und in den Schränken zu verstauen. Doch als Marie ihr die Post überreichte, traten die Einkäufe sofort in den Hintergrund.

»Guck mal!«

Hanne nahm den einen Umschlag und legte die anderen achtlos auf den Tisch. Mit einem Messer öffnete sie rasch den Brief der Bank, zerrte das Schreiben heraus und überflog es. Schon nach ein, zwei Sekunden war mir klar, dass sein Inhalt keinen Anlass zur Freude bot. Hannes sonst freundliches Gesicht verzog sich zu einer düsteren Miene.

In diesem Augenblick polterte es in der Diele, und Sam kam herein. »Was ist hier denn los?« Sie lachte, wurde jedoch sofort ernst, als sie Hannes Gesicht und in ihrer Hand das offizielle Schreiben sah.

Hanne reicht ihr den Brief.

»Was steht drin?«, wollte Marie zaghaft wissen. »Ihr kriegt den Kredit doch, oder?«

Sam las mit sich leise bewegenden Lippen. Auch ihre Miene verdunkelte sich. »Was bedeutet ›zahlungsunfähig‹?«

Marie stöhnte auf. »Ach, nee! Kein Kredit? Keine neuen Ställe? Dann wird's aber echt eng hier im Winter für die Pferde.«

Hanne warf Sam einen warnenden Blick zu. Die nickte

kaum wahrnehmbar und zerstrubbelte Maries Haar. »Dann müssen sie eben ein bisschen zusammenrücken, so what?«

»Daniel ist mit Sven auf der hinteren Koppel und repariert den Zaun. Er wird das wissen wollen«, sagte Hanne zögernd.

»Ich wollte sowieso gerade hin und ihn etwas fragen«, log ich und streckte meine Hand nach dem Brief aus.

Hanne sah skeptisch aus, doch Sam reichte mir das Schreiben so rasch, als sei sie heilfroh, nicht selbst als Unglücksbote auftreten zu müssen.

»Bin gleich wieder da. Bitte räumt doch schon mal alles, was kalt stehen muss, in den Kühlschrank«, sagte ich zu den Mädchen und ging schnell hinaus.

Ich nahm den Weg über die Terrasse und bog um die Hausecke. Als ich im Schatten der Scheune ankam, hielt ich inne und sah zurück. Vom Haus aus war ich nicht mehr zu sehen. Vor mir erkannte ich am Ende der großen Koppel Daniel und Sven als zwei bunte Flecken am Waldrand. Ich faltete das Blatt Papier auseinander und las.

Als ich den Kopf wieder hob, war mir schwindelig.

Nach Hannes und Sams Reaktion auf das Schreiben war ich natürlich davon ausgegangen, dass der so dringend erwartete Kredit dem Lotten-Hof nicht genehmigt worden war. Doch das war längst nicht alles. Es war sehr viel schlimmer. So wie es aussah, stand der Hof vor dem Ruin.

* * *

Der letzte Abend war angebrochen.

Oben in unseren Zimmern stand unser Gepäck bereit. Ich hatte zur Feier des Tages mein grünes Kleid vom Bügel genommen und fühlte mich darin sonderbar fremd und aufregend zugleich. Sam und Hanne brachen beide in stürmischen Applaus aus, als ich darin die Treppe herunterkam. Daniel war in diesem Moment leider nicht anwesend. Er war dabei, die Terrasse hinter dem Haus mit Lampions zu schmücken, während die Mädchen den Tisch bunt deckten und Sven den Grill anfeuerte.

Letzteres hatte Clara zunächst entsetzt zur Kenntnis genommen, war dann aber beruhigt, als Sam und Hanne in der Küche Gemüsepäckchen würzten, Maiskolben pellten und Berge von Sojawürstchen aus dem Kühlschrank holten, die ich am Morgen in den Einkaufswagen gepackt hatte.

Auch Sams Schwester Frances und ihr Mann Tobias, Maries Eltern, waren eingeladen zu dem Abendessen, das Clara und Marie »die Abschiedsfeier« getauft hatten. Ein Name, der deutlich zum Ausdruck brachte, wie entschieden die beiden Teenager es ablehnten, nach so kurzer Zeit der nunmehr innigen Freundschaft schon wieder getrennt zu werden.

»Na, ihr seid ja drollig«, brummte Hanne im Spaß, als Marie später am Tisch theatralisch verkündete, der Lotten-Hof sei ohne Clara einfach nicht mehr derselbe. »Was meint ihr, wie es mir und Sam immer geht, wenn ich so lange unterwegs sein muss? Wenn man von seinen Freunden getrennt ist, muss man trotzdem seinen Mann … Verzeihung, seine Frau stehen und darf seine gute Laune nicht verlieren. Und wenn man das schafft, wird das Wiedersehen umso schöner.«

Marie ließ sich schnell überzeugen und rief: »Stimmt! Und nächstes Wochenende sehen wir uns ja schon wieder!«, während Clara: »Ja, aber da liegt 'ne ganze Woche Schule zwischen …«, murmelte.

Plötzlich wetteiferten alle am Tisch darum, Clara die Zeit zu Hause in möglichst angenehme Aussicht zu stellen. Nur Hanne, neben der ich saß, blieb stumm.

»Du magst deinen Job aber doch, oder?«, erkundigte ich mich bei ihr, denn ich hatte in ihren scherzhaften Worten den Funken Wahrheit erkannt. »Ich meine, du kommst viel herum und triffst jede Menge interessante Menschen und Pferde. Du kannst vielen Tieren helfen.«

»Natürlich.« Sie nickte. »Und schließlich hab ich es mir selbst ausgesucht. Als wir vor vier Jahren den Hof aufgebaut haben, haben wir uns alle unsere Aufgaben bei diesem Projekt aussuchen können. Und während Sam lieber die Arbeit vor Ort mit den Pferden übernehmen wollte, fand ich es reizvoll, ein bisschen herumzukommen. Außerdem kann ich durch die Seminare Geld verdienen.« Sie hielt kurz inne und setzte dann so leise hinzu, dass nur ich es hören konnte: »Und das ist ja auch dringend notwendig. Aber genau das lässt mir den Job manchmal etwas bitter werden. Denn wenn mal wieder Mehrkosten anstehen und es hinten und vorne nicht reicht, dann ist es schon frustrierend, nicht hier sein und die Sorgen gemeinsam tragen zu können.«

Bei dem düsteren Ernst in ihrer Stimme musste ich schlucken. Der Inhalt des Bankschreibens stand mir noch deutlich vor Augen. Leider hatte Daniel das Papier ungelesen in seine Hosentasche gesteckt, als ich ihm den Brief überreicht hatte. Ich hatte eine wahrscheinlich ziemlich dumme Frage zum anstehenden Besuch des Hufschmiedes gestellt, die er etwas verwundert, aber geduldig beantwortet hatte. Und dann war ich über die Wiese zurück zum Haus gegangen. Zu feige, um ihm einzugestehen, dass ich seine Post gelesen hatte und über das finanzielle Desaster des Lotten-Hofes im Bilde war.

»Du meinst den Brief, der heute Morgen ankam?«, hakte ich nun nach.

Hanne warf einen kurzen Blick zu Daniel und Sam hinüber. »Tja, der hat nicht gerade die Stimmung gehoben. Um es mal vorsichtig auszudrücken.«

»Sieht es denn so schlimm aus mit dem Hof?« Ich wusste, dass es schlimmer als schlimm stand. Aber auch jetzt traute ich mich nicht, meine Neugier zuzugeben.

Hanne wiegte den Kopf. »Sagen wir mal so: Bisher haben wir es immer noch hinbekommen. Aber über kurz oder lang wird es Probleme geben, denn mittlerweile sind unsere privaten Reserven auch aufgebraucht.«

»Oh«, sagte ich.

Ehrlich gesagt, hatte ich mich schon seit heute Morgen gefragt, wie die drei es so weit hatten kommen lassen können. Natürlich war mir klar, dass ein neues Scheunendach, ungeplante notwendige Operationen oder teure Medikamente für die Tiere ein großes Loch in die Kasse reißen mussten. Ein Tierschutzhof war eben kein Germanistikfachgebiet. Doch als berufsbedingtes Organisationstalent war ich stets darauf bedacht, ausreichend finanzielle Polster anzulegen, um im Notfall bestens gerüstet zu sein. Vielleicht lag so eine Weitsicht weder Hanne noch Sam noch Daniel im Blut?

Hanne vergewisserte sich kurz, dass niemand sonst am Tisch zuhörte, und fuhr noch leiser fort: »Als wir damals begonnen haben, hat ein ehemaliger Kunde von Daniel, der sich ihm zu Dank verpflichtet fühlte, uns gewisse Fördermittel in Aussicht gestellt. Er war ein hohes Tier bei den Magholy-Werken, und die vergeben jedes Jahr eine Menge Euros an Projekte, die sich im weitesten Sinne mit Naturschutz oder so beschäftigen. Ist doch absurd, oder? Bei der ganzen Chemie, die die so herstellen und die ganze Welt damit überziehen.«

Ich hob die Brauen. »Überhaupt nicht absurd. Viele große Konzerne, egal ob Energieversorger, Autohersteller oder Chemiewerke, sind auf der Suche nach solchen Investitionsmöglichkeiten. Ist für sie eine Sache der Imagepflege. Unglaublich wichtig.«

»Die sie sich Millionen kosten lassen?«, staunte Hanne.

»Ein Klacks für die Magholy-Werke«, sagte ich schulterzuckend. »Aber wieso ist daraus nichts geworden?«

Hanne seufzte. »Herzinfarkt. Daniels alter Bekannter starb, kurz nachdem wir den Lotten-Hof bezogen hatten.«

»Aber man wird sich doch auch unabhängig von dieser Bekanntschaft für die Förderung bewerben können?«

»Haben wir ja. Jedes Jahr. Aber obwohl wir immer alles fristgerecht einreichen, haben wir nie den Zuschlag bekommen. Und wenn es so weitergeht ...« Mit einem vorsichtigen Blick zu Marie und Clara brach sie ab.

»Aber die Pferde ...«, begann ich leise und wusste dann irgendwie nicht weiter. Die Vorstellung, dass all die Tiere, die hier Zuflucht und ein wundervolles Zuhause gefunden hatten, fortgebracht werden müssten – wohin? –, erschien mir grauenvoll.

Hanne presste die Lippen fest aufeinander. Bestimmt war auch ihr der Gedanke unerträglich.

»Macht ihr jetzt auch traurige Gesichter?«, rief Sam vom anderen Ende unserer kleinen Tafel. »Das verbiete ich hiermit!«

Hanne warf mir einen kurzen Blick zu, und ich verstand.

Lächelnd sah ich in die Runde: »Nächstes Wochenende sind wir ja wieder hier!«, sagte ich, als sei genau das der Grund für unsere kummervollen Mienen gewesen.

Die anderen stimmten alle zu und stürzten sich erneut auf das köstliche Essen. Nur Daniel sah mich noch eine Weile nachdenklich an.

Als wir bereits beim Nachtisch, einem gewaltigen Berg Erdbeeren mit Schlagsahne, angekommen waren, stöhnten alle, dass sie auf keinen Fall noch etwas essen könnten, machten sich dann jedoch über die süße Pracht her.

Unter dem Vorwand, zur Toilette zu müssen, stand ich auf und ging ins Haus. Doch als ich anschließend die Treppe wieder herunterkam, ging ich nicht zurück zu den anderen, sondern durchquerte die Diele und verließ das Haus durch die Vordertür.

Toffy lag auf der obersten Stufe und klopfte gemächlich mit dem Schwanz, als ich neben sie trat. Ich kraulte ihr kurz den Hals, bis sie tief seufzte und den Kopf wieder auf die alten Pfoten sinken ließ. Die Sonne stand so tief, dass sie nur noch als schmaler Saum über den Wipfeln der Bäume zu sehen war.

Ich schlenderte über den Hofplatz, der mir mittlerweile so vertraut war, dass ich jeden Stein zu kennen glaubte, und setzte mich, Kleid und Sandalen zum Trotz, auf das Gatter der großen Weide. Während ich den friedlich grasenden Pferden zusah, fiel mir auf, dass ich sie inzwischen alle mit Namen kannte. Ich wusste von ihren Schicksalen und was ihre Charaktere ausmachte. Jedes war eine Persönlichkeit.

Auf der kleineren, angrenzenden Weide stand Fellow mit Cilli, Nick und Ben zusammen. Durch diese allmähliche Annäherung an die Lotten-Hof-Pferde sollte Fellow mehr und mehr in die bestehende Herde integriert werden. Ich fragte mich jedoch, warum Daniel und Sam sich diese Mühe machten. Fellow machte hervorragende Fortschritte. Schon bald würden wir mit dem Hänger-Training beginnen können. Und wenn er diese Hürde ohne Angst bewältigen könnte … ja, dann …

Ein Geräusch hinter mir unterbrach mich in meinen Gedanken.

Es war Daniel, der vom Haus her zu mir herüberkam.

»Hier bist du«, sagte er.

»Ja, ich wollte nach dem vielen Essen eigentlich einen Verdauungsspaziergang machen und bin dann hier hängen geblieben«, antwortete ich. »Irgendwas mit Clara?«

»Nein, mit ihr ist alles okay. Sie und Marie schwelgen in Hannes Pferdegeschichten von den Seminaren. Nein, ich hatte mich nur gefragt ...«

Er hatte sich gefragt, wo ich war?

»Clara hatte viel Spaß die letzte Woche. Es tut gut, sich mal nicht um sie zu sorgen, sondern zu wissen, dass sie mit netten Menschen zusammen ist und sich wohlfühlt«, sagte ich.

Daniel schwang sich zu mir aufs Gatter. Offenbar hatte er es auch nicht so eilig, zu den anderen zurückzugehen. Die Sonne versank nun endgültig hinter den Bäumen und zeichnete deren Silhouetten wie einen Scherenschnitt schwarz gegen den dunkelblauen Himmel, auf dem schon die ersten Sterne erschienen waren.

»Was ein paar Wochen Urlaub in der richtigen Umgebung so ausmachen können, nicht?«, sagte Daniel.

Ich nickte. »Vor acht Wochen, als Clara und ich nach Spanien aufgebrochen sind, habe ich eine bestimmte Vorstellung davon gehabt, was dieser erste Urlaub zu zweit mit uns machen sollte. Ich habe mir Clara fröhlich und von der vielen Bewegung an der frischen Luft braun gebrannt gewünscht. Und mich selbst ... einfach ein wenig entspannter als im stressigen Alltag. Aber Spanien ... na, es war ein Reinfall.«

»Clara würde dir jetzt widersprechen und sagen, dass eure Fahrt dorthin sein musste – damit ihr Fellow retten konntet«, erwiderte Daniel.

Ich musste lächeln. »Du hast recht. Und Fellow zu retten war wichtig, um mit ihm hierherzukommen und dann am Ende der Ferien genau das erreicht zu haben, was ich ursprünglich ganz woanders gesucht hatte.«

Wir sahen uns an. Länger als üblich. Ich hielt seinem Blick

stand und versuchte, das Flattern in meiner Magengegend zu ignorieren.

»Nun ist es also so weit, und ihr fahrt wieder heim«, sagte er. »Freust du dich, wieder in deiner gewohnten Arbeit versinken zu können?«

Ich schüttelte spontan den Kopf. Und wunderte mich dann, dass es die Wahrheit war. Ich freute mich kein bisschen auf zu Hause. »Als das letzte Semester endete, bin ich ja offiziell in mein Forschungssemester gestartet. Ich werde viel zu Hause arbeiten – in der Uni kommt ständig jemand herein, will irgendetwas wissen, hat eine kluge Idee oder will eine Hausarbeit besprechen. Da ist an echte Forschung nicht zu denken.«

»Klingt anstrengend«, sagte Daniel mit einem kleinen Seufzen.

Obwohl mein Kopf wusste, dass ich ihm früher einmal vehement widersprochen hätte, dass ich die Arbeit im Institut als erfüllend empfunden hatte, stimmte mein Bauch ihm nun zu.

»Vielleicht«, sagte ich. »Aber das Forschungssemester wird auch kein Spaziergang. Ich werde erst mal einen neuen Rhythmus finden müssen. Aber das habe ich ja gewollt. Einfach mal raus und Abstand bekommen. Die letzten zwei Jahre habe ich eigentlich nur versucht, wieder auf das alte Niveau zu kommen, den Boden unter den Füßen zurückzugewinnen. Aber ...« Ich brach ab.

Wir saßen so dicht beieinander, dass unsere Beine und Schultern sich beinahe berührten. Aber nur beinahe. Vielleicht würde er neben Sam auch so nah sitzen. Aber Sam war seit vielen Jahren seine beste Freundin. Würde er so dicht auch neben irgendeiner anderen fremden Frau sitzen?

»Ihr werdet uns fehlen, weißt du das?«, fragte er in diesem Moment mit leicht rauer Stimme. »*Du* wirst uns fehlen. Mir.«

Im Dämmerlicht des Abends sahen seine Augen nicht mehr grün aus, sondern glommen dunkel in einer Intensität, die mich geradezu durchbohrte. Ich konnte seinen Blick körperlich spüren, als würde er zart mit der Hand über mein Gesicht, meinen Hals, meine nackten Arme streichen. Die feinen Härchen dort richteten sich auf, und ich unterdrückte ein Schaudern.

»Ich werde euch auch furchtbar vermissen. Dich.« Ich kam mir schrecklich unbeholfen vor. Es war lange her, dass mich jemand so angesehen hatte. Jemand, den ich noch nicht lange kannte. Jemand, den ich noch nicht einmal geküsst hatte. *Noch* nicht?

»Das klingt grandios«, sagte er und sah mich weiter so an.

Dann beugte er sich zu mir herüber.

Ich dachte ein paar verwirrende Dinge. Seinen Namen. Daniel. Ich dachte: »Oh Gott, kann das wahr sein?« Dachte an seine Hand auf meinem Rücken in unserer ersten Übungsstunde mit Fellow. Dachte an seinen Finger auf dem Fotopapier vor etlichen Wochen.

Ich schloss die Augen. Wollte nur noch fühlen und empfinden.

»Mama?«, hörte ich da plötzlich eine Stimme vom Haus her.

Daniel und ich fuhren beide herum.

Clara stand auf dem Platz und sah zu uns herüber.

Hektisch sprang ich vom Gatter und klopfte den Rock des Kleides ab, als hätte ich mich dort oben schmutzig gemacht. Ich bemühte mich um ein unverfängliches Lächeln, als ich zu meiner Tochter hinüberging.

»Was gibt's denn, mein Schatz?«, fragte ich und legte den Arm um sie. Würde sie spüren, wie weich meine Knie noch waren? Dass alles in mir bebte und zitterte?

Clara sah mich forschend an, und dann wanderte ihr Blick zu Daniel hinüber, der immer noch auf dem Gatter saß und zu uns herübersah. »Darf ich mit zu Marie und bei ihr übernachten? Tobias und Frances erlauben es.«

Ich zögerte einen Augenblick, sagte dann jedoch: »Heute nicht, Schätzchen. Wir wollen morgen doch früh los, weil es zu Hause noch Unmengen zu erledigen gibt, bevor wir Montag wieder durchstarten müssen. Wie wäre es, wenn ihr euch für eins der nächsten Wochenende zu einer Pyjamaparty verabredet?«

»Okay«, sagte Carla und reckte den Hals, um noch einmal zu Daniel zu schauen.

Die Tatsache, dass sie weder widersprach noch sich über den Ausdruck »Pyjamaparty« mokierte, für den sie sich mit Sicherheit als zu erwachsen einstufte, zeigte mir, dass ihre Gedanken mit etwas anderem beschäftigt waren.

Ich wandte mich zum Gatter um. »Daniel?«

»Geht ruhig schon vor. Ich komme gleich nach«, sagte er.

Schon als ich mit Clara ins Haus ging, war mir klar, dass ich die ganze kommende Woche an diesen letzten Moment denken würde.

* * *

Es war merkwürdig, wieder daheim zu sein.

Das Haus, das wir nun seit fast zwei Monaten allein gelassen hatten, erschien mir viel zu groß für uns zwei. Vielleicht ging es Clara ähnlich, denn sie verbarrikadierte sich nicht mehr allein in ihrem Zimmer, sondern saß nun abends oft bei mir im Wohnzimmer, wo wir uns auf dem riesigen Sofa ausstreckten, um uns nicht allzu verloren zu fühlen. Als ich das meiner Mutter gegenüber andeutete, schlug sie vor, dass sie und mein Vater uns für ein, zwei Wochen würden besuchen kommen. Doch es gelang mir Gott sei Dank, sie davon zu überzeugen, dass eine schulpflichtige Enkeltochter und eine schwer berufstätige Tochter, die zudem an den Wochenenden »Ausflüge zum Pferd« planten, keine guten Gastgeber sein würden. Und so blieben Clara und ich unter uns.

Manchmal sahen wir gemeinsam fern oder spielten Karten. Manchmal las ich Unterlagen von der Uni, und Clara war mit ihren Hausaufgaben beschäftigt.

Immer erzählte sie mir brühwarm vom nachmittäglichen Telefonat mit Marie, die jede noch so kleine Neuigkeit von Fellow berichten musste.

Wenn Clara in der Schule war, fuhr ich zur Uni und versuchte, in meinem Büro Ordnung zu schaffen. Wie zu erwarten, hatte Beatrice sich in meiner Abwesenheit hervorragend um alle anfallenden Aufgaben gekümmert, einschließlich der Organisation des in diesem Semester stattfindenden Fachbereichsfestes. Trotzdem gab es für mich noch Unmengen an Entscheidungen zu treffen, und am Mittwoch war ich bereits so weit, meine geplante Forschungsarbeit daheim abzuschreiben und den Rest der Woche für die Erledigung dieser nervigen Details einzuplanen.

Doch trotz all der fachlichen und organisatorischen Dinge, die zu bedenken waren, ging mir eine Sache nicht aus dem Kopf. Beatrice, die mich in meinen Arbeitsvorgängen wahrscheinlich besser kannte als irgendjemand sonst, erschien mittags an meinem Schreibtisch. Sie legte mir eine Präsentationsmappe auf den Schreibtisch und bedachte mich dann mit einem prüfenden Blick.

»Gibt's irgendwo Schwierigkeiten?«, erkundigte sie sich.

»Wie?« Ich sah verwirrt von den vor mir liegenden Papieren auf. »Ach, nein. Es ist nur ...« Ich tippte mit dem Kugelschreiber auf die Tischplatte. »Kennst du zufällig jemanden, der versiert ist im Anzapfen von Fördertöpfen für ... wohltätige Projekte?«

»Na klar«, sagte sie prompt. »Mein Bruder. Raphael ist doch Geschäftsführer in diesem integrativen Sportverein für behinderte und nicht behinderte Kinder. Da geht es ständig um Gelder, die irgendwo abgegriffen werden können.«

»Hat er auch Erfahrung damit, warum manche Projekte immer wieder übergangen werden?«

Sie schob ihre Brille ein Stückchen höher. »Sprichst du von dem Pferdegnadenhof?«

»Dem Lotten-Hof, ja.«

Sie sah mich einen Moment mit zusammengekniffenen Augen an. »Und weißt du, um welche Fördermittel es da geht?«

»Zuwendungen eines der größten Chemiekonzerne Deutschlands.«

Sie nickte geschäftig. »Ich frag Rapha danach. Der hat bestimmt einen Tipp. Hast du noch irgendwas? Sonst mach ich gleich Mittagspause. Melanie und ich wollen die neue Pizzeria drüben am Campusplatz ausprobieren. Möchtest du mitkommen?«

»Nein, danke sehr. Ich muss das hier bis um vier erledigt haben.« Ich wollte zu Hause sein, wenn Clara von der Schule heimkam. Vielleicht würde ich es sogar noch schaffen, etwas zu kochen.

Als Beatrice die Tür wieder hinter sich schloss, griff ich zu der Mappe, die sie mir gebracht hatte, und schlug sie auf. Darin fand ich mehrere Grafikvorschläge für die Einladung zum Fachbereichsfest. Um die hatte ich sie erst vor knapp zwei Stunden gebeten.

Ich betrachtete den ersten Entwurf. Er war fantastisch. Ich blätterte um. Auch der zweite war wirklich gut. Der dritte geradezu grandios. Sie hatte in zwei Stunden vier nahezu perfekte Entwürfe vorgelegt. So war sie. Ich hatte die beste, die genialste Assistentin, die ich mir nur wünschen konnte.

Mein Blick wanderte über die Entwürfe und fiel plötzlich auf das Foto, das seit Montag dort stand. Clara hatte es mir samt dem schönen Rahmen geschenkt. Es zeigte sie und Fellow, ihre Gesichter sehr dicht beieinander. Seine Ohren waren aufmerksam nach vorn gerichtet, und sie sahen sich an. Es war ein Bild voller Harmonie und Verständnis.

Einer plötzlichen Eingebung folgend, stand ich auf und ging zur Tür. Beatrice war gerade dabei, ihre leichte Jacke überzuziehen. Die wissenschaftliche Hilfskraft Melanie stand in der Bürotür und brach mitten im Satz ab, als sie mich sah.

»Ist noch was?«, fragte Beatrice und hielt in der Bewegung inne.

»Ja«, sagte ich. »Ja, ich wollte dir sagen: Die Entwürfe sind grandios. Und wie schnell du das hinbekommen hast! Danke!«

Beatrice starrte mich einen Moment lang geradezu fassungslos an. Doch dann erschien auf ihrem Gesicht ein überraschtes Lächeln, zusammen mit einem Anflug von Rosa auf ihren Wangen. »Ich finde ja den dritten am besten«, sagte sie eifrig. »Er ist in seinen Linien am klarsten.«

»Da hast du recht. Er ist super. Ich denke, der wird's. Lasst euch das Essen schmecken.«

Nachdem ich die Tür wieder geschlossen hatte, konnte ich noch lange das Lächeln auf meinem Gesicht spüren.

* * *

Am Freitag verließ ich das Universitätsgebäude schon zur Mittagszeit. Ich fuhr nach Hause und packte für mich eine leichte Tasche mit Freizeitkleidung. Als ich das Gleiche für

Clara tun wollte, musste ich feststellen, dass ihre Tasche bereits fix und fertig gepackt in ihrem Zimmer stand. Dieser Anblick berührte mich tief. Clara hatte nichts Besonderes aus der Schule erzählt. Meine Nachfragen hatte sie kurz und knapp beantwortet und dann lieber berichtet, was Marie über Fellow zu erzählen gewusst hatte.

Ich vermutete, dass das neue Schuljahr für meine Tochter ebenso mühsam gestartet war wie das letzte geendet hatte. Es waren nicht die Unterrichtsstunden, die für sie schwierig waren. Ihre Noten waren überdurchschnittlich gut, und alle Lehrer waren am Elternsprechtag voll des Lobes. Doch ihr Rückzug nach den Geschehnissen vor zwei Jahren hatte bewirkt, dass sie kein Teil des Klassenverbandes mehr war. Partyeinladungen erhielt sie nicht mehr, nachdem sie etliche abgelehnt hatte. Klassenausflüge mied sie, indem sie vorgab, krank zu sein – und ich ließ es ihr durchgehen. Niemand hatte den Artikel über Fellow und sie in der regionalen Zeitung einer anderen Stadt gelesen. Und offenbar gab es unter ihren Mitschülerinnen und Mitschülern keinen einzigen Menschen, dem sie von sich aus von den spannenden Abenteuern ihres Sommers berichten wollte. Der Anblick der abreisefertigen Tasche zeigte mir sehr deutlich, wohin es Clara mit aller Kraft zog. Meine Tochter war einsam. Und sie hatte einen Ort gefunden, an dem sie nicht mehr einsam sein musste. Mit Menschen, die sie mochte und die ihr in jeder Hinsicht entgegenkamen. Mit Tieren, die auf ihre Hilfe angewiesen waren. Und mit Fellow.

Kurze Zeit später kam sie wie ein Wirbelwind mit dem Fahrrad in die Einfahrt geschossen und flog im Haus die Treppe hinauf. Ich hörte, wie sie ihre Schultasche in die Ecke feuerte, sich ihre Reisetasche schnappte und schon wieder die Treppe heruntergepoltert kam.

»Wir können!«, verkündete sie atemlos.

Ich wollte schon zu einem Vortrag darüber ansetzen, dass durch Eile häufig Unfälle geschehen und es auch nicht gesund sei, wenn sie sich auf dem Fahrrad derart abstrampelte, ohne anschließend die verschwitzten Sachen zu wechseln. Doch dann sah ich sie an. Ihre Augen leuchteten im braun gebrannten Gesicht. Ihr ganzer Körper vibrierte vor Vorfreude. Und so griff ich einfach lächelnd nach meiner eigenen Tasche, die schon neben der Haustür stand. »Na, dann auf!«

* * *

Ich hatte mehr als einmal darüber nachgedacht, wie es wohl werden würde, wenn wir zurückkämen. Beinahe überrascht hatte ich festgestellt, dass ich mich darauf freute, Fellow und Cilli wiederzusehen, Toffy die alten Ohren zu kraulen und für Pepper Bällchen zu werfen. Die Tiere waren es also nicht, um die ich mir Gedanken machte. Es waren ja immer wir Menschen, die mit Zeiten des Getrenntseins Probleme hatten. Ob wir alle wohl ein wenig Zeit brauchen würden, um ein eventuell auftretendes Fremdeln zu überwinden?

Natürlich fragte ich mich das besonders in Bezug auf Daniel. Die innigen Minuten am letzten Abend hatten mich die ganze Woche über begleitet. Aber als wir uns am Telefon einmal kurz gesprochen hatten, war es nur um Fellows anstehenden Hufschmiedtermin gegangen. Ich hatte mich irritierend scheu angestellt und es nicht fertiggebracht, ihn etwas Persönliches zu fragen. Mich vielleicht sogar danach zu erkundigen, ob er uns tatsächlich vermisste. Mich. So wie ich ihn. Und nun fragte ich mich nervös, wie unser Wiedersehen wohl ablaufen würde.

Doch als wir auf dem Hof aus dem Auto stiegen, stand das

befürchtete steife Empfangskomitee nicht für uns bereit. Stattdessen erhob sich Toffy von ihrem Stammplatz auf der Vordertreppe und kam schwanzwedelnd zu uns herübergeschlurft. Pepper schoss quer über den Hof auf uns zu, umkreiste uns übermütig kläffend ein paar Mal und sauste wieder zurück zur Scheune. In deren Tor erschien Sam und winkte uns zu.

»Toll, dass ihr da seid! Wir können jede Hand gebrauchen. Haben gerade eine Heulieferung bekommen und der Blödmann hat kleine Ballen gebracht. Wir stapeln uns zu Tode. Hallo übrigens!« Sie lachte.

Wir waren einfach wieder hier.

Clara rannte natürlich erst mal zur Weide, um nach Fellow und Cilli zu sehen. Ich ging direkt in die Scheune und wurde dort mit großem Hallo begrüßt. Erleichtertes Lachen auf verschwitzten Gesichtern, da jetzt vier weitere Hände anfassen würden. Hanne und Marie winkten ebenso, wie Sam es getan hatte; sogar Sven verzog seinen Mund zu einem schiefen Grinsen. Daniel, der oben auf einem gewaltigen Stapel von Heuballen stand, rief: »Unsere Gebete wurden erhört!«, und die anderen lachten. Aber in seinen grünen Augen stand noch etwas anderes. Etwas, das nicht für die anderen, sondern nur für mich bestimmt war. Und mein Herz schlug ein paar Takte schneller.

Hanne drückte mir eine Heugabel in die Hand und zeigte mir, wie ich die Ballen am besten aufspießen und zu Daniel hinaufwerfen könnte. Da kam auch Clara hereingerannt, wurde von allen stürmisch begrüßt und erhielt sofort ihre Stelle beim Ballen-Sortieren. Innerhalb weniger Minuten war die Autofahrt über die freitäglich verstopften Straßen ebenso vergessen wie der Alltag in der Universität. Sam und Daniel zogen sich gegenseitig auf, brachten uns mit ihrem kleinen, scherzhaften Wettstreit alle zum Lachen. Marie begann hemmungslos einen Popsong zu schmettern, den sowohl Clara als auch ich kannten. Bald sangen wir alle, egal, wie schief und ob mal eine Textzeile fehlte. Der Duft des frischen Heus stieg mir zu Kopf, und ich glaubte, noch nie so glücklich gewesen zu sein.

Wir arbeiteten gemeinsam, bis alle Ballen ordentlich gestapelt dort lagen, und schleppten uns dann unter allgemeinem Gestöhne ins Haus, um uns frisch zu machen.

Als wir später beim Abendessen saßen, war es so, als wären Clara und ich nie weg gewesen. Es war zugleich ein wunderschönes und ein merkwürdiges Gefühl, denn es kam mir mehr wie ein Zuhause vor als unser großes, schönes Haus zweihundert Kilometer entfernt.

»Habt ihr etwas Neues in Sachen Kredit gehört?«, fragte ich Daniel leise, als gerade allgemeiner Trubel herrschte.

Er sah auf und versuchte ein munteres Lächeln, das mich täuschen sollte.

»Versuch es erst gar nicht«, sagte ich. »Ich weiß Bescheid.«

Er sah mich kurz an, unschlüssig, wie er reagieren sollte. Dann seufzte er und antwortete leise: »Es sieht nicht gut aus, Emilie.«

»Sag das nicht so!«

»Was meinst du?«

»Du klingst so, als wäre alles bereits zu spät.«

Er räusperte sich. »Wir haben schon vieles versucht. Ich will nicht sagen ›alles‹, aber ...«

»Aber genau das ist es, was nun ansteht«, unterbrach ich ihn. »Es muss wirklich *alles* versucht werden. Eure Stufen warten auf Wunder. Und sie dürfen nicht enttäuscht werden.«

Daniel lächelte sparsam. Doch dann sagte er: »Hast du eine Idee?«

Ich richtete mich auf. »Hab ich tatsächlich!«, sagte ich, und dann hob ich die Stimme, sodass die anderen am Tisch mich auch hören konnten. »Ich bringe übrigens Neuigkeiten mit, die interessant für euch sein dürften«, sagte ich. »Der Bruder meiner tollen Sekretärin Beatrice kennt sich in Sachen Fördermittel für gemeinnützige Träger sehr gut aus. Er hat mich ein bisschen beraten.«

Sechs Augenpaare sahen mich gespannt an.

»Nun, die Lösung ist sehr einfach. Und gar nicht schwer umzusetzen: Zuerst muss ein Verein gegründet werden, der natürlich die Gemeinnützigkeit beantragen sollte. Für so etwas gibt es Eilverfahren, kein Problem. Und dann ist die Form des Antrags wichtig. Die üblichen gewünschten Unterlagen, ausgefüllte Formblätter und so weiter, sollten dringend ergänzt werden mit Berichten über bereits erreichte Erfolge, einem guten Finanzkonzept und der detaillierten Ausführung zu einem oder zwei konkreten Zielen für das nächste Haushaltsjahr. Das war's schon.«

Ich blickte in ratlose Gesichter. »Ach, kommt schon. Verein. Finanzkonzept. Konkrete Ziele. Das ist doch ein Klacks.«

»Für mich ist es ein Klacks, einen Dülmener Wildpferdehengst an Sattel und Trense zu gewöhnen und einzureiten«, sagte Hanne.

»Das kann ich auch!«, sagten Sam und Daniel wie aus einem Mund.

Ich lachte, doch die anderen sahen mich ernst an.

»So ein gemeinnütziger Verein«, sagte Daniel. »Da muss man doch mehr sein als so eine Handvoll Leutchen wie wir, oder?«

»Sieben«, antwortete Hanne, die ganz fasziniert schien.

»Das kommt doch genau hin!«, zählte Marie durch.

»Honey, ich fürchte, Clara und du, ihr wärt gar keine vollen Mitglieder. Ihr müsst bestimmt über achtzehn sein«, erklärte ihr Sam.

»Menno!«, maulten Marie und Clara wie aus einem Mund, und diesmal mussten wir alle lachen.

»Aber Mama und Papa würden bestimmt mitmachen!«, beschloss Marie nach kurzem Nachdenken. »Dann wärt ihr sieben Erwachsene: Sven, Sam, Hanne, Daniel, Emilie, Mama, Papa.« Sie strahlte.

»Ja, das würde gehen«, stimmte Hanne ihr zu. »Wir könnten …«

»Moment!«, fiel Daniel ihr mit ruhiger Stimme ins Wort. »Wir können nicht einfach davon ausgehen, dass Emilie auch Vereinsmitglied werden möchte. Sie ist schließlich zu Gast hier auf dem Hof. Und der Verein würde ja schließlich etwas länger bestehen.«

Alle Gesichter am Tisch wandten sich mir zu.

Claras dunkle Augen weiteten sich. »Mama …«, begann sie, brach dann aber ab und starrte in ihren Teebecher.

»Sehen so die Hände eines Gastes aus?«, fragte ich und drehte meine Handteller nach oben, auf denen mehrere rote Schwielen und ein paar Blasen zu sehen waren.

»Scheiße!«, entfuhr es Sam. »Die Heugabel! Wir haben gar nicht an deine zarten Professorinnenfinger gedacht.«

Daniel sah mich ebenfalls bestürzt an, und ich musste mich bemühen, ernst zu bleiben.

»Ihr seht hoffentlich ein, dass ich mir nicht die Hände ruiniere, um dann bei eurem Verein nicht mitmachen zu dürfen.«

»Mama!«, rief Clara wieder, aber diesmal mit einer komplett anderen Betonung, und schickte mir über den Tisch eine Kusshand.

Marie machte es ihr mit ihrer Linken natürlich sofort nach. Sven, der neben Marie saß, tat es ihr gleich. Auch Sam und

Hanne küssten ihre Hände und pusteten mir den kleinen Gruß entgegen. Nur Daniel schloss sich dieser Geste nicht an. Er saß sehr gerade, wie im Sattel, und ich konnte seinen Blick nicht deuten.

»Wann ist die Frist für die diesjährige Bewerbung um die Fördermittel von den Magholy-Werken?«, erkundigte ich mich.

»Wir haben den Antrag schon eingereicht«, sagte Daniel.

»In der gleichen Form wie die Jahre davor?«, fragte ich.

Er hob die Hände. »Okay, okay!«

»Also, wann …?«

»In zehn Tagen«, fiel Sam mir ins Wort.

Ich rechnete schnell. »Und wann ist die Anhörung vor dem Gremium, wenn man in die engere Auswahl kommt?«

»Da waren wir noch nie …«

»Ich glaube, vier Wochen nach der Frist«, überlegte Hanne.

»Das schaffen wir!«, entschied ich.

Fast alle am Tisch sahen mich eher zweifelnd an.

Nur Clara mampfte entspannt weiter, hob den Blick und sah sich um. »Hey«, sagte sie. »Mama ist ja manchmal ein bisschen nervig mit ihrem Uni-Gedöns, aber wenn sie sagt, wir schaffen das, dann schaffen wir das.«

Am liebsten hätte ich sie in die Arme geschlossen und geküsst.

»Richtig!«, sagte ich stattdessen und sah Daniel fest an. »Denn zufällig ist Argumentieren und Gelder locker machen genau *das*, was *ich* kann.«

* * *

Am Samstagmorgen hörte ich um sechs Uhr, wie Clara leise ihr Zimmer verließ. Ich stand auf und trat ans Fenster. Gerade kam Marie auf den Hof geradelt. Clara und sie murmelten miteinander und verschwanden dann kichernd in Richtung Weide. Ich musste lächeln. Diese Mädchen, die während der Schulwoche über frühes Aufstehen gar nicht genug jammern konnten, waren, ohne mit der Wimper zu zucken, bereit, am freien Wochenende schon vor sechs aus dem Bett zu springen, wenn sie ihre Zeit nur mit den Pferden verbringen durften.

Noch vor zwei Monaten hätte ich so etwas für meine Tochter nicht für möglich gehalten. Die noch frische, aber schon so lebendige Freundschaft zu Marie tat ihr unendlich gut. Sie schien sich heilend auf all die kleinen Verletzungen zu legen, die Clara mit Gleichaltrigen wohl erlebt hatte. Aber auch, wenn Marie quasi das i-Tüpfelchen auf Claras erstaunlicher Entwicklung der letzten Wochen war, vergaß ich doch nie, dass mit Fellow alles begonnen hatte. Er hatte unseren leise geschlossenen Pakt voll und ganz erfüllt. Ob mir das auch gelungen war?

Nach dem gemeinsamen Frühstück mit den anderen, knapp zwei Stunden später, konnte ich mich davon überzeugen, dass wir zumindest auf einem erstaunlich guten Weg waren. Daniel lud Clara und mich feierlich dazu ein, beim heutigen Vormittagstraining mit Fellow dabei zu sein. Wir folgten ihm neugierig, als er mit Fellow am Strick vor uns um die Stallecke bog und in Richtung Pferdehänger ging. Bisher hatte Daniel diesen Ort gemieden, wenn Clara und er mit Fellow auf dem Hof herumliefen. Doch nun konnten wir dabei zusehen, wie Fellow ihm ohne Zaudern folgte und den Hänger mit lässigem Schritt umkreiste, ohne zurückzuschrecken.

Schließlich ließ Daniel ihn vor der heruntergelassenen Ladeklappe stehen, kraulte ihm den Hals und spendierte ein Stück hartes Brot.

Marie stand neben Clara, griff mit der linken Hand nach Claras rechter und flüsterte aufgeregt: »Ich musste versprechen, nichts davon zu erzählen. Ist es nicht toll?«

Claras Augen glänzten verdächtig.

»Du kannst wirklich stolz auf ihn sein«, sagte Daniel.

Und meine Tochter erwiderte: »Bin ich! Voll krass!«

Ich selbst wusste nicht, was ich sagen sollte. Mein Herz, nein, mein gesamtes Inneres war erfüllt mit einer verwirrenden Mischung aus Furcht und Dankbarkeit.

Daniel überreichte Clara den Führstrick, ließ sie noch einmal mit Fellow um den Hänger gehen und entschied dann, es sei genug für den Vormittag. Clara und Marie brachten Fellow wieder auf die Weide zu den anderen Pferden.

Plötzlich waren Daniel und ich allein. Zum ersten Mal seit dem Abend vor einer Woche. Wir sahen uns an.

»Wie war deine Woche?«, fragte er und steckte die Hände in die Jeanstaschen. Diese jungenhafte Geste, die ich inzwischen so gut kannte.

Für einen Augenblick ging mein Verstand in einer Woge Zärtlichkeit unter. Doch dann fing ich mich. »Welche Woche?«

Er lachte kurz auf. »Ich sehe, du hast die Kunst des Zurückfragens gelernt.«

Ich grinste. »Und deine Woche?«

»Wie erwartet«, antwortete er.

Ich wusste, er spielte auf den letzten Abend an. Auf seine Worte, dass er mich vermissen würde.

Wir schwiegen einen Augenblick. Dann ging ein Ruck durch ihn. »Emilie«, begann er und musste sich räuspern. »Ich weiß, es geht mich wirklich nichts an. Und wahrscheinlich ist jetzt auch gar nicht der richtige Zeitpunkt, um danach zu fragen. Aber aus Gründen, die du vielleicht errätst, würde ich gern wissen ... was mit deinem Mann ist. Mit Claras Vater. Lebt ihr getrennt, oder seid ihr geschieden ...«

»Er ist tot«, unterbrach ich ihn schnell, bevor er weitersprechen konnte.

Daniel starrte mich kurz an, schlug dann die Augen nieder und nickte. »Ich verstehe.«

»Das glaube ich nicht«, sagte ich und konnte selbst hören, wie kühl meine Stimme klang. Es war der Tonfall, den ich für Fremde reserviert hatte, die etwas über Steffen und unsere Vergangenheit wissen wollten. Ich wollte gar nicht mit dieser Stimme sprechen. Daher setzte ich rasch hinzu: »Ich meine, es ist für einen Außenstehenden wahrscheinlich kaum zu verstehen. Was es für Clara bedeutet hat. Es war die Hölle für sie. Sie war erst elf. Und sie hat ihn sehr geliebt. Die beiden waren ...«

Ein Kopp und ein Arsch, hatte Steffen immer gesagt, wenn er mich ein bisschen aufziehen wollte. Clara hatte sich darüber kaputtgelacht, geschmeichelt davon, mit ihrem Vater ein unschlagbares Team zu bilden. Ich hatte mit ihnen gelacht – auch wenn in diesem Scherz ein Kern steckte, der mir zusetzte, weil er die beiden als Einheit darstellte, die mich ausschloss.

»Und du?«, fragte Daniel. »Vergisst du bei deinem Mitgefühl für deine Tochter nicht, dass du selbst auch einen großen Verlust erlitten hast?«

Beinahe hätte ich geantwortet, was ich auf derartige Bemerkungen schon oft geantwortet hatte: *Ich hatte meine Arbeit. Ich konnte mich ablenken.* Doch ich sagte es nicht. Weil ich wusste, dass Daniel es mir nicht geglaubt hätte. Und plötzlich glaubte ich es mir selbst nicht mehr.

Ratlos sah ich ihn an.

»Weißt du, womöglich verstehe ich doch sehr viel mehr, als du denkst«, sagte er leise.

Vorsichtig, wie um mich nicht zu erschrecken, streckte er die Hand aus und legte sie an meine Wange. Ich blickte in dieses grüne Meer aus Zuneigung und Verständnis und wünschte mir mit einem Schlag nichts mehr, als dass er mich küssen würde. Er strich mit dem Daumen einmal sanft über meine Haut, während er mich auf diese ganz besondere, ihm eigene Weise ansah. Ich wollte mich gegen ihn lehnen. Mich einfach fallen lassen. Und vergessen.

Doch noch ehe ich diesen einen kleinen Schritt nach vorn tun konnte, ertönte auf dem Hof ein kurzes Hupen.

Daniel lächelte mich entschuldigend an und nahm seine Hand ebenso vorsichtig wieder fort. »Weißt du, wieso ich Besuch nicht ausstehen kann?«, sagte er. »Er kommt immer im falschen Moment.«

* * *

Es war Chris, unser rasender Reporter. Als wir um die Stallecke bogen, stand er halb in einem knallroten Kleinwagen, dessen Hupe er als Klingel benutzt hatte. Sobald er uns sah, warf er die Tür mit einem lauten Scheppern zu und kam uns entgegen.

»Chris!«, rief ich. »Was machen Sie denn hier?«

Daniel neben mir brummte. Ich wusste inzwischen, dass er von »solchen Pressefritzen« nicht viel hielt.

»Na, was wohl? Arbeiten!«, erwiderte Chris und streckte uns grinsend die Hand zur Begrüßung entgegen. »Komme quasi im direkten Auftrag vom Chef. Wir kriegen immer noch Post von Leuten, die sich nach Clara und ihrem Pferdchen erkundigen. Die Leser wollen mehr. Und nun wünscht sich mein Chef einen kleinen Bericht darüber, wie es den beiden hier auf dem Gnadenhof geht.«

Ich zögerte. »Woher wussten Sie überhaupt, dass wir wieder hier sind? Die Ferien sind doch vorbei.«

»Sie haben da eine ziemlich tüchtige Assistentin in Ihrem

Büro, richtig?«, Er grinste. »Ich war gestern zufällig in der Uni und hab mal angeklopft in der Hoffnung, Sie zu treffen. Aber da waren Sie schon unterwegs. Und Ihre Assistentin …«

»Beatrice«, half ich ihm.

Er strahlte. »Danke! – Na, wir haben uns toll unterhalten, und sie fand mich wohl vertrauenswürdig. Jedenfalls hat sie gemeint, dass sie wohl nicht zu viel verrät, wenn sie mir sagt, dass Sie am Wochenende da anzutreffen sind, wo Ihr Pferd sich befindet. Tja … da bin ich.«

»Sie rufen wohl nie vorher an, wie?«, sagte Daniel.

»Immer«, antwortete Chris lässig. »Aber wenn Leute nicht ans Telefon gehen, komm ich lieber persönlich vorbei.«

Eins zu null für ihn. Trotzdem war ich noch nicht sicher, ob ich einen weiteren Artikel über Clara und Fellow gut finden sollte.

Mit professionellem Spürsinn erkannte Chris mein Zögern und das gewichtigste Argument. »Denken Sie an das Spendenkonto«, erinnerte er mich eindringlich.

Ich sah fragend zu Daniel.

Der zuckte mit den Schultern. »Wenn ich aus der Sache rausgehalten werde«, sagte er.

»Natürlich muss ich Clara fragen, ob sie mitmachen will«, wandte ich mich wieder an Chris.

Er rieb sich die Hände. »Wunderbar!« Offenbar ging er davon aus, dass Clara begeistert sein würde.

Und natürlich hatte er recht. Meine Tochter platzte fast vor Stolz. Sehr erwachsen führte sie den Journalisten zur Sitzecke hinter dem Wohnhaus und kommandierte mich damenhaft zum Kaffeekochen ab.

Im Davongehen beugte Daniel sich zu mir und flüsterte: »Was war das gerade für eine Sache mit dem Spendenkonto?«

Ich grinste: »Ich werde mich darum kümmern.«

In der Küche startete ich die Kaffeemaschine und legte ein paar Kekse auf einen Teller. Die Handgriffe schienen mir geradezu absurd alltäglich.

Aus Gründen, die du vielleicht errätst ... Daniel hatte nicht aus blanker Neugier nach Steffen gefragt. Er hatte wissen wollen, ob ich emotional oder rechtlich gebunden war.

So etwas fragte keiner, der nur einen kleinen Flirt im Auge hatte. Und hatte ich etwa geglaubt, er habe nur einen kleinen Flirt im Auge? Nein. Ich schüttelte den Kopf. Nein, wenn ich ehrlich in mich hineinhorchte, dann wusste ich schon länger, dass es hier um etwas anderes ging. Etwas Wichtiges. Vielleicht Großes. An dieser Stelle konnte ich nicht weiterdenken.

Ich griff nach dem Tablett mit Kaffee, Saft und Keksen und ging auf die Terrasse. Marie saß mit vor Bewunderung runden Augen neben Clara und versuchte, möglichst lässig zu wirken, während meine Tochter bereits voll in ihrem Element war. Sie erzählte von dem Verlauf unserer Wanderung und erläuterte detailliert, welche Fortschritte Fellow seit seiner Ankunft hier auf dem Hof gemacht hatte. Chris hatte sein Diktafon aufgestellt und stellte auch Fragen zu den anderen Pferden auf dem Hof.

Ich saß ein wenig abseits am Tisch und musste mich zwingen, die Worte, die ich hörte, auch wirklich aufzunehmen. Immer wieder kehrten meine Gedanken zu Daniel zurück.

Ich ertappte mich dabei, wie ich den heutigen Tagesablauf und den des morgigen Sonntags daraufhin überprüfte, ob Daniel und ich womöglich irgendwann unsere »Unterhaltung« würden fortsetzen können.

»Mama?« Claras Stimme holte mich aus meinen Gedanken.

Ich blinzelte. »Ja?«

Meine Tochter blickte mich streng an. In solchen Momenten kam es mir so vor, als übe sie schon einmal für später – den vorwurfsvollen Mutterblick. »Was denkst du, wann Fellow so weit sein wird, um im Hänger wieder mit uns nach Hause zu fahren?«, fragte sie.

»Oh, das wird bestimmt noch eine Weile dauern«, sagte ich und stellte fest, dass sich alles in mir gegen eine schnellere Lösung sträubte.

Chris nickte und schaltete das Diktafon aus. Er nahm einen großen Schluck Kaffee und suchte sich drei Kekse aus.

»Dann machen wir gleich noch ein, zwei Fotos von dir mit Fellow, und schon haben wir wieder eine tolle Geschichte«, sagte er zu Clara.

»Vielleicht mit den anderen Pferden zusammen?«, schlug Marie vor. »Er und Cilli stehen jetzt nämlich in der großen Herde. Gab überhaupt keine Probleme.«

Chris nickte langsam, und ich sah ihm an, dass ihm vorher nie der Gedanke gekommen war, es könne mit neuen Pferden in einer Herde Probleme geben. »Schön wäre natürlich, wenn wir ihn auch vor einem Pferdeanhänger fotografieren könnten.«

Ich konnte sehen, wie sich in Clara zwei Geister stritten. Doch dann schüttelte sie den Kopf. »Nein, lieber nicht. Er hat heute Morgen schon am Hänger geübt. Und vielleicht erschreckt er sich, wenn du mit der Kamera herumfuchtelst. Das würde das ganze Training kaputt machen.«

Ich war verblüfft, wie erwachsen sie entschieden hatte. Obwohl es sie bestimmt reizte, Fellows Fortschritte mit aller Welt – na ja, mit den Lesern einer kleinen regionalen Zeitung – zu teilen, verzichtete sie lieber darauf, als Fellow womöglich zu erschrecken.

»In Ordnung. Du bist hier der Pferde-Coach«, sagte Chris und steckte sich einen ganzen Keks auf einmal in den Mund.

Deswegen verstand ich zunächst nicht, was er daraufhin sagte, während er ungeniert mit vollem Mund sprach. Ich verstand nur, dass Daniel eine Rolle spielte.

»Wie bitte?«, fragte ich und rückte meinen Stuhl näher an den Tisch heran.

»Oh, keine Angst! Davon werde ich natürlich kein Wort schreiben«, beschwichtigte Chris mich, der meine Geste missverstanden hatte.

»Wovon?«, hakte ich nach.

Chris kaute noch ein paar Mal und spülte dann den Keks mit einem Schluck Kaffee hinunter. »Ist ja schon verrückt, dass Fellow ausgerechnet von einem Mann aufgenommen wird, der quasi so was Ähnliches wie das Pferd erlebt hat.«

Ich erstarrte. Schlagartig wurde mir klar, dass Chris offenbar wusste, was mir seit geraumer Zeit ein Rätsel war. Clara schaute verwundert. Doch Marie setzte sich aufrechter hin und runzelte die Stirn.

Chris wedelte ein wenig mit der Hand. »Na, die Sache mit diesem Unfall vor fünf Jahren. Das Mädchen war ja wohl eine Reitschülerin von ihm, oder? Waren sie nicht auf dem Weg zu irgendeinem Pferdeseminar, als ihnen der Laster reingekracht ist? Muss grässlich gewesen sein. Die Kleine ist ja noch am Unfallort …« Chris bemerkte meinen fassungslosen Blick und brach ab. »Au, Shit!«, machte er. »Ich dachte, Sie wüssten das!«

Ich musste all meine Selbstkontrolle aufbringen, um das Entsetzen, das ich empfand, zu beherrschen. Obwohl der Nachmittag sommerlich warm war und wir in der Sonne saßen, kroch Eiseskälte in mir herauf.

Wenn Sie ihn nicht hierherbringen können, kann ich Ihrem Wallach leider nicht helfen, hörte ich Daniels Stimme in meinem Kopf. Und Sam, die sagte: *Bisher hat er die Hilfe von*

Mädchen auf dem Hof immer abgelehnt. Er wollte nicht wieder ...

Clara war sehr blass geworden. Ihre großen, dunklen Augen blickten mich beinahe panisch und hilfesuchend an, als suche sie jemand, der sie trösten und beruhigen könnte. Doch in diesem Moment konnte ich ihr nicht helfen. Ich hätte selbst Hilfe gebraucht.

Chris räusperte sich. »Ich denke, es ist wohl besser, wenn ich erst mal verschwinde«, sagte er und schnalzte mit der Zunge. »Danke für den Kaffee und die Kekse. Und für das Interview natürlich.« Er lächelte Clara zu. »Wäre es okay, wenn ich morgen oder am nächsten Wochenende noch mal wegen der Bilder vorbeikomme?«

Clara und ich nickten beide stumm.

»Tja, dann ...« Chris stand auf, und ich begleitete ihn um die Hausecke zu seinem Auto.

»Tut mir leid«, sagt er, als er mir die Hand gab.

Ich wusste nicht, was genau er meinte. Aber ich nickte. Mir tat es auch leid.

* * *

Clara war nicht mehr am Tisch, als ich zurückkam.

»Sie ist nach oben«, sagte Marie kleinlaut.

»Ich sehe gleich nach ihr.« Ich setzte mich kurz hin und sah sie prüfend an. Marie sah längst nicht so entsetzt aus, wie ich mich fühlte. »Wusstest du das mit dem Unfall?«

Sie zuckte mit den Schultern. »Ist passiert, als ich noch klein war. Und Daniel spricht nicht drüber. Eigentlich spricht keiner drüber. Warum auch? Ich meine, das Mädchen ist tot.«

Über jemanden nicht zu sprechen, weil er tot war ... das

kannte niemand besser als Clara und ich. Doch das sagte ich Marie nicht. Ich stand auf, strich ihr über den Arm und ging ins Haus. Leise klopfte ich an Claras Zimmertür.

»Hm?«

Ich trat ein und schloss die Tür hinter mir. Sie stand am Fenster und sah hinaus. Der Anblick ihrer schmalen, hochgezogenen Schultern schnitt mir ins Herz.

Ich stellte mich neben sie, legte einen Arm um sie. Sie schmiegte sich hinein und lehnte ihren Kopf an meinen Hals. Nicht mehr lange, und wir würden gleich groß sein.

Eine Weile sagte keine von uns ein Wort.

»Wusstest du …?«, begann sie schließlich.

ch schüttelte den Kopf.

»Warum müssen Menschen so was Schlimmes erleben?«, fragte sie dann. Ich wusste keine Antwort darauf. »Deswegen fährt er nie Auto, oder?«

Es war ihr natürlich aufgefallen, ebenso wie mir.

»Vermutlich.«

Sie atmete tief ein und wieder aus. »Marie hat gesagt, dass er ihre Hand gehalten hat. Die Hand von dem Mädchen, mit dem er unterwegs war. Charlotte. Sie war zwölf. Er hat ihre Hand gehalten und war die ganze Zeit bei ihr. Aber der Krankenwagen hat zu lange gebraucht. Sie ist einfach gestorben.« Claras Stimme zitterte vor Mitgefühl und Kummer.

Meine Augen brannten.

»Oh, Schätzchen …«, brachte ich nur heraus und hielt sie ganz fest.

Wir standen da am Fenster, sahen hinaus auf den Hof und die Weiden und waren einan der so nah wie schon seit Jahren nicht mehr. Ich strich ihr übers Haar. Kurz, nur ganz kurz tauchte am Horizont meiner Gedanken die Vorstellung auf, wie sich das wohl anfühlen mochte, wenn die eigene Tochter einen schönen Tag bei einem Pferdeseminar verbringen will und nicht wieder zurückkommt. Nie wieder zurückkommt.

Ich bezwang den Gedanken, bevor ich ihn noch ganz fassen konnte. Spürte schon bei dieser kurzen Berührung seine Unerträglichkeit.

»Wie geht's dir jetzt?«, fragte ich Clara, nachdem wir eine Weile so gestanden hatten.

»Ganz okay«, murmelte sie. »Aber ich hab irgendwie ganz schlimme Fellow-Sehnsucht. Fast so schlimm wie letzte Woche zu Hause.« Sie löste sich von mir und sah mich verlegen an. »Ich glaub, ich geh mal zu ihm.«

»Natürlich«, sagte ich. »Geh ruhig.«

Sie gab mir einen Kuss, den ich noch Minuten später auf meiner Wange spürte. Minuten, die ich allein am Fenster stand und hinaussah.

Schließlich verließ auch ich das Zimmer wieder und ging langsam die Treppe hinunter. Und noch während ich überlegte, wie ich Daniel nun begegnen sollte, hörte ich seine Schritte in der Diele.

»Emilie«, sagte er, als er mich auf den Stufen stehen sah. »Ist der Typ etwa schon wieder auf und davon?«

Ich nickte. Dieser Kloß in meinem Hals.

»Was ist denn?«, fragte er beunruhigt.

Die letzten Stufen zu ihm waren mühsam. Was sollte ich sagen? Wie sollte ich es sagen?

»Ist alles okay?« Daniel griff nach meinem Arm, behutsam und schützend.

»Nein«, hörte ich mich selbst mit einer fremden Stimme sagen. »Ich habe gerade durch einen dummen Zufall erfahren ...« Daniel sah mich forschend an. »Ich habe erfahren was passiert ist, vor fünf Jahren.« Er runzelte die Stirn. »Der Unfall«, brachte ich heraus.

Plötzlich schien alle Luft aus ihm zu entweichen.

»Es tut mir leid«, sagte ich und merkte, dass ich Chris' Worte wiederholte und selbst nicht wusste, was ich damit genau meinte. Dass Menschen so etwas Schlimmes erleben mussten, wie Clara es ausgedrückt hatte? Dass ausgerechnet er es erlebt hatte? Dass ich sein Geheimnis nun entdeckt hatte, bevor er es mir selbst sagen konnte?

»Dieser Pressefritze hat es dir gesagt, oder?«, knurrte er, plötzlich aufgebracht. »Das ist doch mal wieder typisch! Die stecken ihre Nasen in Sachen, die sie nichts angehen, verbreiten Unruhe und sind erst zufrieden, wenn sie alle schockiert haben!«

»Nein, so war es gar nicht«, sagte ich in dem Bedürfnis, Chris in Schutz zu nehmen. »Er ... er wusste nicht, dass wir noch keine Ahnung davon hatten. Er ging davon aus, wir wüssten es. Und eigentlich hat er ja auch recht. Es ist doch keine Sache, um die man ein Geheimnis machen muss.«

Daniel antwortete nicht, sondern sah mich nur seltsam an.

»Ich weiß, dass es schwer ist, über so etwas zu sprechen. Es ist grauenvoll, was passiert ist. Aber es ist doch nichts Schlimmes. Du hattest keine Schuld. Es war ... ein Unfall ...«

Daniel hob die Hand. Doch er musste ein paar Mal schlucken, bevor er sprechen konnte. »Es war einfach nur furchtbar, Emilie. Du machst dir kein Bild davon, wie es war. Wenn du so etwas erlebt hast, gehst du nicht hin und erzählst es Wildfremden.«

»Wildfremde?«, wiederholte ich. Ich war nicht darauf gefasst gewesen, von ihm verletzt zu werden. Dieses Wort war wie eine geballte Faust, die mich unvorbereitet in die Magengrube traf. Ich holte tief Luft und wollte mich schon abwenden.

Doch Daniel nahm meine Hand und zwang mich, ihn anzusehen. »Ich hätte es dir gesagt«, flüsterte er. »Schon sehr bald. Glaubst du mir?«

Ich sah ihn an. Sein fein geschnittenes sonnengebräuntes Gesicht, die kleinen Fältchen um seine Augen, seinen Blick, der mich stets berührte wie ein sanftes Streicheln.

Und ich nickte. »Ja, ich glaub dir.«

Wir gingen durch die Diele und die Küche. Erst als wir die Terrassentür nach draußen erreichten, ließ er meine Hand los.

* * *

Am nächsten Tag rief ich Chris an, und wir vereinbarten, dass er wegen der Fotos von Clara und Fellow lieber erst am nächsten Wochenende vorbeikommen sollte. Wir erwähnten beide mit keinem Wort Daniel oder den Unfall. Wahrscheinlich tat es ihm ehrlich leid, so ins Fettnäpfchen getreten zu sein.

Und was Daniel und mich anging ... Eigentlich gab es keinen Grund, sich ihm gegenüber irgendwie anders zu fühlen als bisher. Doch genau das tat ich. Natürlich nicht komplett, natürlich waren da immer noch die Zuneigung und das Vertrauen. Und ja, ich fühlte mich nach wie vor zu ihm hingezogen, stärker, als ich es für möglich gehalten hätte. Und genau dieser Aspekt war es, den das Wissen um das furchtbare Geschehnis vor fünf Jahren noch verstärkte. Es war merkwürdig, aber Daniel war mir immer so stark, souverän und über den Dingen stehend erschienen, dass es mich nun bis ins Mark traf, seine verletzlichste Stelle gesehen zu haben.

Ich wurde an sie erinnert, wann immer ich ihm auf dem

Hof begegnete, bei jeder Mahlzeit, jedem Gespräch. Und jedes Mal wurde das Bedürfnis, einfach die Arme nach ihm auszustrecken und ihn an mich zu ziehen, noch dringender. Doch natürlich kam das vor den anderen nicht infrage. Und irgendwie ergab sich keine Situation mehr, in der wir allein gewesen wären. Stattdessen saßen wir mit Hanne und Sam zusammen, entwarfen die Satzung des in Kürze hoffentlich gemeinnützigen Vereins »Lotten-Hof e.V.« – plötzlich machte auch der Name für mich Sinn – und stritten darüber, welche Vorhaben als wichtigste Ziele des kommenden Haushaltsjahres am meisten Eindruck schinden könnten.

Am Sonntag war es bereits spät, viel später, als ich ursprünglich geplant hatte, als Clara und ich die Heimfahrt antraten. Clara fielen schon nach wenigen Kilometern die Augen zu; sie war angefüllt von einem Wochenende voller Pferde.

Und so konnte ich die zwei Stunden ungestört vor mich hin träumen. Die ganze Zeit über sah ich Daniels Gesicht vor mir, wie er zum Abschied sagte: »Vergesst uns nicht.« Und ich hatte nur stumm die Augen niedergeschlagen. Wie könnte ich …

* * *

Als ich am Montag in die Universität kam, erwartete mich dort eine Überraschung. In meinem E-Mail-Postfach fand ich ein offizielles Schreiben der Universität Boston, die mir eine Gastprofessur anbot. Höchst ungewöhnlich, denn schließlich war ich keine Anglistin. Doch das Angebot hatte Hand und Fuß. Ich las das Anschreiben mehrere Male. Es klang fantastisch.

Bei dem Angebot handelte es sich nicht um eine Professorenstelle mit organisatorischen Aufgaben. Vielmehr würde man von mir Vorlesungen und Seminare in meinem Spezialgebiet und das Mitwirken an einem Forschungsprojekt erwarten, das sich äußerst spannend las. Versonnen saß ich eine ganze Weile da und starrte auf den Computerbildschirm.

Vor ein paar Wochen noch wäre ich vollkommen begeistert gewesen und hätte es als Zeichen des Schicksals gesehen. Als große Chance für Clara und mich, die furchtbaren Geschehnisse der Vergangenheit hinter uns zu lassen. Eine Möglichkeit, an einem anderen Ort komplett neu anzufangen.

Doch jetzt seufzte ich, tippte ein paar kurze Zeilen, bedankte mich für das Angebot, bat mir Bedenkzeit aus und wusste im Grunde, was ich letztendlich antworten würde.

Nachdem Beatrice mich aus dem Büro gescheucht hatte, damit ich zu Hause endlich mit meinem geplanten Forschungsprojekt beginnen könnte, machte ich einen kleinen Umweg über den Reiterhof am Stadtrand. Ich fand Tina in der Stallgasse und berichtete von Fellows Fortschritten und der Aussicht, dass wir ihn in ein paar Wochen wohl wieder zurückbringen würden.

Tina freute sich sichtlich über die Neuigkeiten. »Ich hätte nicht geglaubt, dass wir ihn noch mal zu Gesicht bekommen, ehrlich. Aber war ja klar, wenn jemand wie Daniel Richter sich um ihn kümmert«, sagte sie und grinste mich dann verschwörerisch an. »Ist er noch so charismatisch wie früher?«

Ich räusperte mich ein wenig verlegen. »Nun, da ich ihn früher ja nicht kannte …«

Sie lachte und winkte ab. »Nur um Cilli tut's mir ein bisschen leid. Ich dachte schon, das alte Mädchen hätte jetzt den

Platz gefunden, an dem sie ihre letzten Jahre noch genießen könnte.«

Ich stutzte. »Aber würde Frau Schellinger sich denn von ihr trennen?«

Tina sah mich von der Seite an. »Sich von ihr trennen?«, wiederholte sie gedehnt. »Ich denke, das käme auf ... das Argument an. Cilli ist alt. Und lange werden wir sie nicht mehr einsetzen können.«

Nach unserem Gespräch erledigte ich den wöchentlichen Großeinkauf und fuhr dann heim, um zu arbeiten. Doch aus meinen Plänen wurde nichts, ich konnte mich einfach nicht auf meine Arbeit konzentrieren. Immer wieder stand ich auf, trat ans Fenster, sah in den Garten hinaus oder lief wie ein gefangenes Tier im Käfig auf und ab. Wäre ich auf dem Lotten-Hof, kam es mir in den Sinn, würde ich hinuntergehen und einfach schauen, wo ich mit anfassen könnte. Sinnvolle Arbeit gab es immer mehr als genug. Doch hier war das anders. Das Haus war, dank Frau Terwinski, so sauber und ordentlich wie immer. Im Garten blühten die Rabatten unkrautfrei, auch der Rasen war vom Gärtner frisch gemäht. Es gab in meinem eigenen Zuhause tatsächlich nichts Sinnvolles für mich zu tun – und aus irgendeinem Grund kam mir das plötzlich falsch vor. Ich beschloss, Clara von ihrer Stunde bei Dr. Teichmann abzuholen, und verließ das Haus, als sei ich vor etwas auf der Flucht.

* * *

Die Woche verging mit noch mehr Arbeit als üblich. Neben den Zielen, die ich mir für mein Vorwärtskommen bei meinem eigenen Forschungsprojekt gesetzt hatte, arbeitete ich in jeder freien Minute an dem Fördermittelantrag für den Lotten-Hof. Täglich telefonierte ich deswegen entweder mit Daniel oder Hanne, die mit dieser Sache auch mächtig viel zu tun hatten. Sie hatten den Eilantrag für die angestrebte Gemeinnützigkeit des Lotten-Hof e.V. in die Wege geleitet und holten Kostenvoranschläge für die Errichtung der neuen Stallungen ein.

Clara, die normalerweise gerne mal stänkerte, wenn ich abends noch arbeitete, saß meist still neben mir, beschäftigte sich mit ihren Hausaufgaben oder las. Ab und zu erkundigte sie sich nach den Fortschritten in Sachen Verein und Antrag, hörte aufmerksam zu, stellte kluge Fragen und schien hochzufrieden, dass ihre Mutter ihre Energie endlich mal in eine sinnvolle Sache steckte. Ich liebte sie dafür nur noch mehr.

Am Freitagnachmittag dann wiederholte sich in etwa das, was schon in der letzten Woche passiert war: Clara stürzte von der Schule nach Hause, wir rannten regelrecht gemeinsam zum Auto, warfen uns lachend in die Sitze, sausten über die Autobahn, fluchten über jede Baustelle und jede Strecke mit stockendem Verkehr, kamen am Lotten-Hof an und waren sofort wieder heimisch – als wären wir nicht weg gewesen.

Während Clara und Marie zu einem langen Spaziergang mit Fellow und Cilli aufbrachen, saß ich mit Hanne, Sam und Daniel zusammen. Wir diskutierten einen Passus im Fördermittelantrag, stritten uns um ein paar Formulierungen, fluchten über die Höhe der eingeholten Kostenvoranschläge zum Bau des großen Offenstalls und überlegten, an welcher Schraube wir noch drehen könnten, um die Summe ein bisschen weniger erschreckend erscheinen zu lassen.

Daniel und ich saßen nebeneinander am Küchentisch, Hanne und Sam gegenüber. Zunächst hielten wir den üblichen Abstand ein. Obwohl ich mich nicht bewusst in seine Richtung bewegte, rutschten wir im Laufe der Zeit auf geheimnisvolle Weise immer näher zueinander. Schließlich berührten sich unsere Knie, manchmal unsere Schultern und auch unsere Hände, wenn wir auf dem Plan für die neuen Stallungen irgendetwas zeigen und erläutern wollten. Vielleicht spiegelten wir auch nur Sam und Hanne, die noch enger beieinander saßen und sich hin und wieder liebevoll ansahen. Morgen früh wollte Sam Hanne auf einen Workshop begleiten, der nur eine Autostunde entfernt stattfand. Die Aussicht auf das gemeinsame Wochenende, auch wenn es mit Arbeit verbunden war, schien den beiden gutzutun.

»Wo ist Sven eigentlich?«, erkundigte ich mich, als er bei unserem späten Abendessen auf der Terrasse nicht auftauchte. Auch seine Briefmarkensammlung auf dem Tisch in der Ecke des Wohnzimmers war ordentlich zusammengeräumt gewesen, als ich vorhin dort hineingesehen hatte.

»Seine Mutter hat Geburtstag. Zu solchen Anlässen fährt er nach Hause. Auch wenn er jedes Mal mit den Zähnen knirscht«, erklärte Sam grinsend.

»Sie behandeln ihn aber auch wirklich wie ein Kleinkind«, mokierte sich Daniel. »Dabei ist er schon zwanzig. Und Autismus hin oder her, er ist so gut wie ein Mann.«

Sam und Hanne lachten auf.

»Unser kleiner Sven!« Sam schüttelte amüsiert den Kopf.

Natürlich. Sie kannte ihn bereits seit vier Jahren und sah in ihm immer noch den Jungen, der damals zu ihnen auf den Hof gekommen war.

»Ich finde ihn nicht die Bohne ›klein‹«, schaltete sich Marie ein und bestrich ihr Brot energisch mit Marmelade. »Nur weil er nicht viel sagt, heißt das doch nicht, dass er nicht unheimlich kluge Dinge denkt. Man kann mit ihm voll gut reden. Ganz anders als mit diesen albernen Jungs in unserer

Klasse. Ich finde, Daniel hat recht. Sven ist eben schon ein richtiger Mann.«

Sam und Hanne sahen sie einen Moment lang verblüfft an und wechselten dann einen erstaunten Blick, in den sich – wohl zum ersten Mal – eine leise Erkenntnis mischte. Ich hätte über ihre verdutzten Mienen am liebsten laut gelacht.

Es war einer dieser Abende, die einem lange im Gedächtnis bleiben. Wir spielten »Wizard«, lachten über Daniels kümmerliche Versuche zu schummeln und versuchten vergeblich, Hanne daran zu hindern, dreimal hintereinander zu gewinnen.

Ich sah mich im Kreis der lieb gewonnenen Gesichter um, betrachtete ein paar Mal Clara, die ganz gelöst und fröhlich wirkte, warf schließlich einen Blick auf die Uhr und erschrak. »Oje, es ist ja schon nach Mitternacht! Jetzt aber ab ins Bett«, kommandierte ich die Mädchen ab.

Sam und Hanne sprangen ebenfalls auf und verabschiedeten sich mit Umarmungen von uns, da sie am nächsten Morgen sehr früh aufbrechen würden. Die Mädchen und auch ich sagten Daniel »Gute Nacht«, und ich scheuchte die beiden giggelnden Teenager vor mir die Treppe hinauf. Marie wollte heute Nacht auf einer Luftmatratze in Claras Zimmer übernachten. Offenbar hatten die beiden Freundinnen nicht vor, sich an den kostbaren Wochenenden länger als nötig zu trennen. Dieser Gedanke machte mich so leicht und heiter, dass ich schon allein deswegen unentwegt hätte lächeln können. Doch dann war da ja auch noch Daniel. Sein grüner Blick, der mir den ganzen Abend gefolgt war, wohin ich auch nur ein paar Schritte ging; seine Stimme, die ich inzwischen wohl schon unter Tausenden erkannt hätte.

Als ich den Mädchen schöne Träume gewünscht hatte und in mein Zimmer hinüberging, musste ich über mich selbst schmunzeln. Ein wenig kam es mir vor, als würden meine Füße nicht mehr ganz den Boden berühren. Vielmehr schienen sie ein bisschen über den Dielen zu schweben.

* * *

Da schon seit Wochen klar war, dass an diesem Wochenende weder Sven noch Hanne und Sam hier sein würden, waren keine anstrengenden Arbeiten geplant.

Die Mädchen und ich fuhren ins nächste Dorf, um Brötchen zu holen und – das Wichtigste an diesem Tag! – den Antrag für die Fördermittel der Magholy-Werke bei der Post aufzugeben. Es war ein feierlicher Moment, als wir drei gemeinsam den Umschlag in den Briefkasten steckten. Hoffentlich würde es Glück bringen!

Dann begannen wir den Lotten-Hof-Tag geruhsam mit einem Frühstück auf der Terrasse und sahen anschließend auf der Weide nach den Pferden. Der Sommer hatte uns in diesem Jahr mit viel Sonnenschein verwöhnt. Man spürte kaum, dass wir inzwischen September hatten. Daher erhielt Clara ihre Reitstunde auf Cilli schon früh am Morgen, um die Hitze des Mittags zu umgehen. Ich sah zu, bewunderte Claras Fortschritte und erschrak, als Daniel mir vorschlug, ob ich es nicht auch versuchen wolle. Meine Tochter war natürlich begeistert. Und so lehnte ich nicht gleich ab, sondern wollte es mir bis zum nächsten Wochenende überlegen.

Nachdem Cilli abgesattelt und wieder auf die Wiese gebracht worden war, brachen Clara und Marie zu einem Spaziergang mit Ben und Fellow auf. Daniel und ich standen nebeneinander vor der Scheune und sahen ihnen nach, wie sie eifrig redend zwischen den Koppeln zum Wald hinaufgingen. Pepper hüpfte wie ein weißes Kaninchen vor ihnen durchs Gras.

»Anscheinend können sie davon nie genug bekommen«, stellte ich fest.

»Ich war auch so, als ich in ihrem Alter war«, erwiderte er versonnen. »Nur dass das für einen Jungen wohl eher ungewöhnlich war, während es bei den Mädchen ganz selbstverständlich schien.«

Ich sah ihn an und stellte ihn mir als Teenager vor. Mit vor Begeisterung leuchtenden Augen und zerstrubbelten Haaren. Ich dachte an seine Geste, die Hände in die Taschen seiner Jeans zu bohren, und musste ein Lächeln unterdrücken.

»In genau drei Monaten, im Dezember, wird sie schon vierzehn«, sagte ich. »Ist noch ein Weilchen hin, aber trotzdem hat sie sich schon etwas gewünscht. Eine Geburtstagsparty hier auf dem Lotten-Hof. Meinst du, das ist möglich?«

»Natürlich!«, sagte Daniel überzeugt. »Wir richten mit Freuden eine Party für Clara aus! Mit wie vielen Gästen sollten wir denn rechnen?«

»Oh, ich glaube, sie hat dabei nicht an eine von *diesen* Partys gedacht«, antwortete ich. »Eher an einen riesigen Schokokuchen. Vielleicht auch an eine Schnitzeljagd mit lauter Rätselfragen rund ums Thema Pferd. Und ... nur mit euch. Ich meine, mit uns. Mit uns allen hier.« Ich machte eine Geste mit der Hand und schloss den Hof, die Weiden, die Pferde, Hunde, Hühner und Katzen, die Menschen, die hier lebten, darin ein.

Daniel sah mich auf diese für ihn typische ernste Art an.

Dann ahmte er meine Geste nach. Lächelte.

»Und was ist, wenn wir bis dahin ... Ich meine, wenn Fellow dann schon wieder ...« Ich brach ab und suchte hilflos nach Worten. Ich. Professorin der Literaturwissenschaft. Suchte mal wieder nach Worten. Das war mir früher nie passiert. Aber Daniel bewirkte offenbar, dass ich hin und wieder sprachlos war.

»Du meinst, wenn er dann schon wieder in dem Stall in eurer Nähe steht?«, half Daniel mir.

Ich nickte.

»Ihr seid uns immer herzlich willkommen, Emilie. Ich dachte, das sei inzwischen mehr als deutlich.« Sein Blick ging mir wieder durch und durch. »Was du gerade für den Lotten-Hof tust, ist mehr, als je eine noch so gute Freundin für uns, für die Tiere getan hat. Ich kann zwar immer noch nicht glauben, dass dein Plan tatsächlich aufgehen wird, aber allein deine unglaubliche Energie, mit der du diese Sache angehst, gibt uns wieder so viel ... Zuversicht.«

»Weißt du, das Gute ist: Du musst gar nicht daran glauben«, erwiderte ich energisch. »Diese Sache ist eine ganz einfache Mischung aus sachlichen Forderungen, richtigen Formulierungen und klug kalkulierten Berechnungen. Das funktioniert auch, ohne dass man dran glaubt.«

»Wenn du es sagst.«

»Ich erlebe es Tag für Tag in meiner Arbeit.«

»Du hast meine volle Bewunderung, dass du so einen Nervenkitzel öfter als nur einmal im Jahr ertragen kannst«, sagte er kopfschüttelnd.

»Es geht dabei ja auch nicht immer um so etwas Wichtiges, wie ihr es hier aufgebaut habt.« Eigentlich, setzte ich in Gedanken hinzu, eigentlich ging es in meinem Beruf niemals um so etwas Wichtiges. Natürlich waren Forschungsprojekte nötig, denn von ihnen hingen Stellen ab. Aber ohne das eine oder andere dieser Vorhaben würde die Welt gewiss weiter existieren. Während es hier darum ging, Leben zu retten.

»Denk nicht an die Uni!«, unterbrach Daniel mich.

Und als ich ihn verdutzt ansah, grinste er. »Inzwischen

weiß ich genau, wann du daran denkst. An E-Mails oder Projektmittel. Du hast dann immer so einen strengen Ausdruck. Brrr.« Er schüttelte sich.

Ich blinzelte überrascht. Mittlerweile war ich daran gewöhnt, dass Clara im Umgang mit Fellow und den anderen Pferden Daniel nachahmte: seinen Tonfall, seine Körperhaltung, die Energie. Dieses Schütteln aber war etwas, was Daniel sich offenbar von meiner Tochter abgeschaut hatte. Denn das zeigte sie öfter mal, wenn es um mein, wie sie es nannte, »nerviges Liturgedöns« ging.

Bei dem, was zwischen Daniel und mir geschah, nicht geschah, geschehen könnte und so weiter, vergaß ich hin und wieder, dass auch meine Tochter und Daniel ein besonderes Verhältnis zueinander aufgebaut hatten. Eine Beziehung, in der gegenseitiges Vertrauen und Zuneigung herrschten. Vielleicht war dies sogar genau das, was Daniel nach dem Unfall vor fünf Jahren eigentlich nicht wieder hatte zulassen wollen?

»Oje«, sagte er und betrachtete mich weiterhin forschend. »Was denkst du jetzt wohl?«

Ich lachte und schlug mit der Hand nach ihm.

»Hey, was hältst du davon, wenn wir als kleine Überraschung für die Mädchen Eis machen?«, schlug er vor.

»Eis?«

»Ja, ich hab gestern ein paar Früchte eingekauft. Das Grundrezept ist natürlich gleich, aber wir könnten doch ein paar verschiedene Sorten machen. Orange. Kirsche. Himbeere. Vielleicht schaffen wir auch Nuss? Oder eins mit dunklen Schokostückchen?«

Er klang so begeistert, dass ich nicht anders konnte als zuzustimmen. »Wenn es nichts anderes zu tun gibt ...«

»Heute nicht!«, winkte er ab. »Heute wollen wir einfach

mal machen, was uns gerade in den Sinn kommt, und die Süße des Lebens genießen!«

Das klang herrlich.

Also liefen wir beide ins Haus, wuschen uns die Hände und machten uns an die Zubereitung von verschiedenen Eissorten.

Das war nicht im Mindesten so schwer, wie ich vermutet hätte. Und es machte Spaß.

Wir naschten von den Früchten, probierten die angerührte Creme. Und als wir das Obst verarbeitet hatten, versuchten wir noch das eine oder andere Experiment.

»Ich glaube, in einem englischen Kochbuch von Sam ist ein Rezept für ein Kräutereis, von dem sie immer schwärmt. Ich schau mal kurz nach. Müsste im Regal stehen«, murmelte Daniel und verschwand drüben im Wohnzimmer.

Ich stellte derweil ein paar Behälter in die Tiefkühltruhe und wollte einen Teil unserer Arbeitsgeräte abspülen, als die Haustür aufgerissen wurde und ich Claras rasche Schritte in der Diele hörte. Sie kam etwas atemlos zur Tür herein, nahm ein Glas aus dem Schrank, füllte es am Wasserhahn und stürzte es zur Hälfte hinunter.

»Heiß draußen!«, verkündete sie.

»Es gibt später selbst gemachtes Eis«, sagte ich und deutete auf die Rührschüssel, die noch auf der Arbeitsfläche stand.

»Oh … cool«, sagte Clara, klang aber nicht halb so euphorisch, wie ich erwartet hatte.

»Wo ist Marie?«, wollte ich wissen.

»Sie bringt gerade die Pferde zur Weide«, sagte Clara, und ich sah sie verwundert an. Fellow nach einem gemeinsamen Spaziergang wieder auf die Koppel zu bringen ließ Clara sich sonst um nichts in der Welt nehmen.

»Du, Mama?«, kam es da auch schon.

Ich kannte diesen Tonfall.

»Was möchtest du denn, mein Schatz?«, fragte ich.

»Die Pferde sind ja jetzt versorgt und bewegt und brauchen uns für den Rest des Tages nicht mehr. Kann ich mit zum Baggersee fahren, von dem Marie gestern Abend erzählt hat? Sam hat mir doch angeboten, dass ich ihr Rad nehmen kann, wenn ich möchte. Und Marie kann mir einen Bikini leihen.«

Ich starrte sie einen Augenblick verblüfft an. Meine Tochter? Baden in einem Baggersee?

»Ja ... ja, sicher. Wieso nicht?«

Clara hüpfte einmal hoch. Manchmal war sie noch ganz Kind. Und dieses Kind wusste offenbar ganz genau, wann es eine gute Gelegenheit gab, mich um etwas zu bitten.

»Und darf ich dann anschließend mit zu Marie und heute bei ihr übernachten? Tobias und Frances wollen weg, auf irgendeine Party. Natürlich nicht die ganze Nacht. Irgendwann kommen sie dann schon wieder nach Hause. Aber wir hätten den Abend über das ganze Haus für uns. Sie haben eine Tischtennisplatte im Garten. Und so einen riesigen Flachbildschirm. Und eine wahnsinnig tolle DVD-Sammlung. Und ...«

»Okay, okay!« Ich lachte und hob abwehrend die Hände. »Du darfst gehen. Kein Problem.«

Clara umarmte mich spontan und drückte mir einen Kuss auf die Wange. Ich musste kurz nach Luft schnappen, so sehr überraschten mich derartige kleine Ausbrüche immer noch – nach zwei Jahren des Schweigens und der Distanz.

»Morgen bin ich rechtzeitig wieder hier wegen Chris und den Fotos und so. Und das Eis können wir ja bestimmt auch morgen noch essen, oder?«, sagte sie mit einem Blick auf den Tisch, wo bereits vier Dessertschälchen bereitstanden.

»Natürlich.« Ich grinste und gab ihr einen Klaps. Clara

wollte schon zur Tür hinauswirbeln, um ihrer Freundin von der soeben erhaltenen Erlaubnis zu berichten, als ich schnell sagte: »Ich freu mich sehr, dass du und Marie euch so gut versteht!«

Clara hielt kurz inne. Ihr Strahlen verebbte. Doch obwohl sie plötzlich wieder ernst und nachdenklich aussah, blieb ein Lächeln auf ihrem Gesicht haften, das sie beinahe erwachsen aussehen ließ. »Ich hab's ihr gesagt«, murmelte sie leise, während sie dort in der offenen Tür stand und auf ihre Hände blickte.

»Was denn?«, fragte ich und hielt dann mitten in der Bewegung inne. »Oh ...«

»Marie sagt, das ist so ähnlich wie der Unfall mit ihrer Hand. Sie sagt, sie ist am Anfang auch fast durchgedreht. Nicht, weil es so doll wehgetan hat. Nach den ersten Tagen hat's wohl gar nicht so schlimm wehgetan, wie man denkt. Aber dann hat sie gemerkt, wo sie dauernd angestoßen ist und wo sie überall ihre Hand gebraucht hätte. Und dass niemand so richtig mitdenkt und immer alle sagen: ›Ach, ja, stimmt ja! Das kannst du ja nicht ...‹, oder so – als würden die anderen ständig vergessen, dass sie nur noch eine Hand hat. Sie sagt, ich bin die Erste, die immer mitdenkt und die weiß, was sie tun kann und was nicht und wo sie vielleicht mal Hilfe braucht oder so.« In ihrer Stimme schwang ein wenig Stolz mit. Stolz darauf, dass der schlimme Verlust, den sie selbst erlitten hatte, sie auf irgendeine Weise sensibler und einfühlsamer gemacht hatte für den Kummer eines anderen Menschen. »Sie sagt, sie hat auch was verloren, was sie ihr Leben lang vermissen wird. Aber sie meint, man kommt klar damit, irgendwann.«

Ich trat zu ihr und nahm sie in die Arme. Sie erwiderte meine Umarmung, und zum ersten Mal spürte ich darin nicht das hilflose Kind. Es fühlte sich an, als wäre sie irgendwie gewachsen. Nicht körperlich, aber innen drin.

»Ich bin wirklich stolz auf dich, Clara«, sagte ich und küsste ihr Haar.

»Hm«, sagte sie. Doch als sie sich von mir löste und zur Treppe ging, sah ich ihr Lächeln. »Ich pack nur noch meine Zahnbürste und ein T-Shirt ein.«

Schon war sie verschwunden.

Ich ging zurück in die Küche, nahm das Geschirrtuch auf und wollte gerade nach einem Löffel greifen, als Daniel wieder hereinkam. Fast wäre ich zusammengezuckt.

»Sag mal, dieser Baggersee hier in der Nähe, von dem Marie gestern erzählt hat, der ist doch ungefährlich?«, erkundigte ich mich rasch.

»Klar. Da gehen viele Leute baden. Aber trotzdem ist es nicht so überlaufen wie das Freibad.«

»Gut. Ich hab Clara und Marie nämlich erlaubt hinzuradeln.«

Daniel nickte. »Hab ich gehört«, murmelte er und legte das englische Kochbuch auf den Tisch. Er zog sich einen Stuhl heran und vertiefte sich in das Rezept.

Einen Augenblick betrachtete ich seine Schultern in dem hellen T-Shirt. Selbst von hinten sah er nachdenklich aus. Ich hätte wetten können, dass er nicht so angestrengt über Kräutereis nachdachte.

* * *

Nachdem Clara und Marie losgeradelt waren, senkte sich eine merkwürdige Stille über den Lotten-Hof.

Es war nie so, dass hier Krach oder lautes Gebrüll zu hören wären. Doch die Abwesenheit von gleich fünf Menschen, die normalerweise hier herumliefen, emsig ihrer jeweiligen Arbeit nachgingen, mit den Pferden oder den Hunden spielten, die Hühner fütterten, einfach Leben quer über den Hof verteilten, ließ die Gebäude und den Platz zwischen den Ställen und der Scheune heute sonderbar leer erscheinen.

Mir kam der Gedanke, dass es so wohl wieder sein würde, sollte mein Konzept rund um die dringend benötigten Fördermittel womöglich doch nicht aufgehen. Doch diese Vorstellung war so grässlich, dass ich sie schnell zur Seite schob und Daniel darum bat, mir irgendeine kleine Aufgabe zuzuteilen.

»Auf keinen Fall sollst du dich mit mir zusammen langweilen«, sagte er verschmitzt.

Wir gingen auf die Koppeln und sprühten die Pferde mit einem Mittel gegen Bremsen ein, die bei dem heißen Wetter besonders penetrant waren. Die meisten unserer Schützlinge ließen es sich bereitwillig gefallen, als wüssten sie, dass der Nebel sie eine Weile vor den stechenden Plagegeistern schützen würde. Nur eines der Shetlandponys aus dem Zirkus tat so, als würde es maßlos erschrecken. Aber Daniel lachte darüber und behauptete, es sei nun mal ein geborener Schauspieler.

Als alle Tiere ihre Portion abbekommen hatten, brachten wir die leeren Pumpsprayflaschen zurück in die Sattelkammer. Und da wir gerade einmal da waren, kontrollierten wir Halfter, Trensen und Sättel. Daniel holte einen Eimer Fett aus einer Ecke, und wir machten uns daran, in der Stallgasse alle überholungsbedürftigen Teile auf Böcken aufzureihen und das Leder einzureiben. Es war eine angenehme Arbeit, bei der man nicht denken musste, sondern nur die Finger in fortwährender Beschäftigung waren. Deswegen sprachen wir über viele verschiedene Dinge, während wir auf zwei Heuballen saßen und vor uns hin arbeiteten. Eigentlich sprachen wir über alles, was uns gerade in den Sinn kam. Bücher, die wir gelesen, Filme, die wir gesehen hatten. Menschen, die uns beeindruckt hatten. Auf welche Weise Tiere unser Herz berühren können.

»Ich glaube, hier auf dem Lotten-Hof bin ich ein anderer Mensch als zu Hause«, stellte ich verwundert fest, als ich mit meiner Arbeit fertig war.

Daniel war gerade dabei, den letzten Sattel zu polieren, und hob den Kopf. »Wer bist du denn zu Hause?«

Ich trat näher zu der weit offen stehenden Stalltür, wo sich das Sonnenlicht langsam in die Kühle der Gasse schob. »Na ja, hier kann ich bedenkenlos alles aussprechen, was mir durch den Kopf geht. Du kannst dir gar nicht vorstellen, wie frei und leicht ich mich dadurch fühle. Wie oft halte ich im Alltag etwas zurück, das an der Uni nicht angebracht scheint oder womöglich ein falsches Licht auf mich werfen könnte.«

Daniel räusperte sich. »Weißt du eigentlich, dass ich eine immer größer werdende Aversion gegen deinen Job an der Uni entwickle?«, fragte er gelassen.

»Oh, das hat mit der Universität an sich nichts zu tun«, beeilte ich mich zu sagen. »Das bin ich. Verstehst du? So bin ich nun mal.«

»Hier aber nicht«, antwortete er.

Wir sahen uns einen Moment lang an.

Dann wandte ich den Kopf und sah hinaus auf den Hof. »Nein, hier nicht. Und ich bin auch gar nicht sicher, ob ich zu Hause schon immer so war. Ich meine, bevor Steffen … Ich weiß es nicht mehr. Manchmal kommt es mir vor, als hätte sich mit seinem Tod alles geändert. Dann fällt es mir schwer, überhaupt an die Zeit davor eine Erinnerung heraufzuholen.«

»Sprecht ihr deshalb nie über ihn?« Daniel saß immer noch

auf dem Heuballen, hatte jedoch den Lappen mit dem Fett zur Seite gelegt und die Hände auf die Oberschenkel gestützt. Ein schmaler Streifen Sonnenlicht fiel durch eine Heuluke direkt in sein Gesicht und ließ seine Augen grün aufleuchten.

Ich starrte ihn einen Moment lang an. Dann drehte ich mich wieder fort und sah hinaus auf den Hof, als sei dort irgendetwas Interessantes zu beobachten. »Wie kommst du darauf?«

»Na, es ist deutlich zu sehen, dass Clara ihren Vater vermisst. Sie hat ihn sehr geliebt, oder?«

Ich musste schlucken und war froh, dass er das meinem Rücken wahrscheinlich nicht ansehen konnte. »Ja, das hat sie natürlich. Und manchmal hatte ich sogar den Eindruck, dass sie ihn besser verstand, als ich es konnte.«

»Und trotzdem erwähnt ihr seinen Namen nicht?«

Ich stand immer noch in der Stalltür, vor mir der leuchtende Sommertag, hinter mir in meinem Rücken das Dunkel und Daniels Stimme. Es wäre so leicht, mit den Schultern zu zucken und hinauszutreten in die Wärme und ins Licht. Wie ich da stand und überlegte, was ich tun, was ich sagen sollte, traf mich mit einem Schlag eine Erkenntnis, die meine Knie weich werden ließ. Es war die Einsicht, dass ich in den vergangenen zwei Jahren nichts anderes getan hatte als genau das: Ich war verzweifelt und ohne Pause von einem Lichtflecken zum nächsten gesprungen, immer auf der Suche nach der Erlösung, die ich mir davon erhoffte. Und nun wurde mir mit einem Mal klar, dass ich die Dunkelheit dadurch nur noch verdichtet hatte. Nun stand sie hinter mir und hatte sich zu einem grauenerregenden, fürchterlichen Monster entwickelt, das nur auf meinen nächsten Fluchtversuch wartete.

Ich spürte, wie meine Schultern, Arme und Hände plötzlich zitterten – ein letztes feiges Aufbäumen der alten Gewohnheit.

Doch diesmal wollte ich ihnen nicht nachgeben. Der bequeme Weg schien mir plötzlich nicht mehr verlockend, sondern öde und leer.

Dann hob ich den Kopf und wandte mich um.

* * *

Ich hatte Steffen kennengelernt, als ich gerade meinen Doktortitel erhielt. Ich war siebenundzwanzig und galt an der Fakultät als wahre Überfliegerin. Ich hatte Professor Pflieger als meinen Doktorvater gewinnen können, was nur etwa alle drei bis vier Jahre jemandem gelang.

Es war auf einer dieser Uni-Partys, bei denen die Studentinnen sich mit Kleidern und Schmuck rausputzen, die Studenten steif in Anzügen herumstehen und die Professoren in Cordhosen erscheinen.

Er fiel mir gleich auf, weil er bombastisch aussah – ich schätzte ihn auf Anfang dreißig – und den bestgeschnittenen Anzug im Raum trug. Aber mehr noch, weil er beim Reden seine Hände benutzte, als male er damit farbenfrohe Bilder in die Luft. Ich hatte ihn noch keine fünf Minuten beobachtet, da kam mir schon zum ersten Mal der Gedanke, wie es sich wohl anfühlen würde, wenn diese Hände über meinen Körper tanzen würden.

Notgedrungen musste mein Starren ihm auffallen. Und später sagte er, dass er mich zunächst für ein typisches verhuschtes Uni-Mäuschen gehalten hatte, das auf der Suche nach einem spendablen Lehrbeauftragten ist, der hübschen, jungen Studentinnen gerne mal einen Seminarschein ausstellt.

Doch dann fiel ihm auf, dass Professor Pflieger sich zu mir gesellte und wir die Köpfe zusammensteckten. Da Pflieger stockschwul und außerdem ein Workaholic ohne weitere

Interessen im Leben war, musste Steffen mich zwangsläufig neu katalogisieren und erschien zu diesem Zweck an unserer Seite. Professor Pflieger war zwar ein Arbeitstier, aber nicht blind. Also ließ er uns nach zehn Minuten unter einem Vorwand allein und kam nicht zurück.

Ich erfuhr, dass Steffen für den Verlag arbeitete, den ich mir für die Veröffentlichung meiner Doktorarbeit ausgesucht hatte. Wir hatten bisher nichts miteinander zu tun gehabt, doch er kannte meine Arbeit und war augenblicklich angemessen beeindruckt, denn aufgrund meines Aussehens hatte er mich ein paar Jahre jünger geschätzt, als ich tatsächlich war. Als ich ihn fragte, ob wir nicht lieber heimlich die Party verlassen und irgendwo wirklich Spaß haben wollten, lachte er und meinte, jetzt wisse er, wie ich meine fantastische Dissertation in dieser Rekordzeit geschafft hätte.

Wir gingen in eine Disco, die damals in war, tanzten, tranken Cocktails und landeten schließlich im Bett seines Apartments in der Innenstadt. In dieser Nacht und auch bei unseren darauffolgenden Treffen, den Abendessen, Spaziergängen, wilden Raufereien zwischen Kissen, lernte ich den fröhlichen, draufgängerischen, unternehmungslustigen Steffen kennen. Und es dauerte nicht lange, bis ich mich ernsthaft in diesen Mann verliebte. Ich hatte anfangs keine Ahnung, dass es noch einen anderen gab.

Als wir ein paar Monate zusammen waren, geschah es zum ersten Mal. Es begann ganz harmlos. Er sagte ein Date wegen Kopfschmerzen ab. Dann hatte ich hin und wieder Probleme, ihn telefonisch zu erreichen. Er gab vor, übers Wochenende zu seinen Eltern zu fahren. Doch als ich zufällig am Abend mit ein paar Freunden seine Straße entlangging, sah ich in seinen Fenstern Licht. Aha, dachte ich. So ist das also. Und wappnete mich heimlich. Doch am Montag rief er mich an, wir verabredeten uns, und es war wie immer.

Ich war verwirrt und wagte nicht nachzufragen. Zum ersten Mal in meinem Leben zog ich es vor, im Unklaren zu bleiben. Nicht zu wissen, wieso er mich hin und wieder mied, war erträglicher, als der Sache auf den Grund zu gehen. Diese Tatsache zeigte mir, dass meine Gefühle für Steffen tiefer gingen, als ich es bisher in meinen kurzen Beziehungen gewohnt war.

Ich wollte nicht, dass er eine andere hatte. Ich wollte wirklich nicht, dass es zu Ende war zwischen uns. Denn ich liebte ihn.

Ich liebte ihn in all den schönen Stunden, die uns mittlerweile miteinander verbanden, wenn wir lachten, uns küssten oder liebten, wenn wir uns über unsere Arbeit austauschten oder gemeinsam kochten. Und ich liebte ihn, wenn er wieder einmal seltsam zurückgezogen schien, wenn er gedankenverloren aus dem Fenster starrte und meinen Ausführungen nicht folgte, wenn er scheinbar Verabredungen vergaß.

Ein ganzes Jahr lang nahm ich hin, dass er wahrscheinlich noch eine zweite Beziehung lebte. Ich sagte niemandem etwas davon. Auch wenn meine Mutter hin und wieder Bemerkungen machte, die mich glauben ließen, dass sie etwas ahnte. Sie hatte feine Antennen für untreue Männer. Jedes Mal, wenn mein Vater wieder einen Seitensprung gestand, hatte sie es schon gewusst. Doch trotzdem oder gerade deswegen wollte ich mich ihr nicht anvertrauen. Aus Angst, sie könnte versuchen, mir auszureden, den gleichen Fehler zu begehen wie sie und mich an so einen Mann zu binden.

Auch von meinen Freundinnen distanzierte ich mich nach und nach. Denn auch sie stellten Fragen, wenn ich auffällig viel freie Zeit zur Verfügung hatte. Statt also soziale Kontakte zu pflegen, arbeitete ich wie besessen im Institut, und es war Professor Pflieger, der zum ersten Mal die Frage stellte, ob ich nicht eine Habilitation anstreben wolle. Meine Arbeit schien ihm überaus geeignet. Ich könne mit einer Habilitationsstelle an der Universität rechnen. Ich war erst achtundzwanzig Jahre alt, hatte von der Welt noch nichts gesehen außer Hörsälen, Seminarräumen und Bibliotheken. Aber ich war wegen Steffen mittlerweile regelrecht verzweifelt, und weil ich sowieso gerade nicht weiterwusste, sagte ich zu.

Als ich Steffen davon erzählte, sah er mich sehr seltsam an. Ich redete und redete von dem Gespräch mit dem Dekan und meinem Thema und wie ich die Untersuchung und meine Arbeit anlegen wollte, um bloß nicht darüber nachdenken zu müssen, was der Ausdruck in seinen Augen wohl bedeuten könnte.

Er machte ein paar Scherze über meine steile Karriere, zog mich auf, und schließlich landeten wir im Bett.

Doch als er am nächsten Morgen gegangen war, kamen alle diese Gedanken ungefragt ganz von allein. Und ich wusste plötzlich, woran sein Gesicht mich erinnert hatte: In dem Winter, als ich sechzehn wurde, waren meine Eltern und ich zu Besuch bei meinen Großeltern in den Bergen gewesen. Auf der Heimfahrt saß ich auf dem Beifahrersitz, da mir auf den engen, kurvigen Straßen leicht übel wurde.

Wir waren alle drei müde vom Essen und Reden und schwiegen vor uns hin, als plötzlich aus dem Wald ein junger Rehbock auf die Straße vor uns sprang. Mein Vater trat auf die Bremse. Doch der frisch gefallene Schnee hatte die Fahrbahn rutschig gemacht, und so schaffte er es nicht rechtzeitig, den Wagen zum Stehen zu bringen. Wir schlidderten einfach auf das Tier zu. Es gab einen sonderbar dumpfen Knall. Und als das Auto schließlich zum Stehen kam, sah ich gerade noch, wie der Rehbock sich wieder aufrappelte, langsam aus dem Lichtkegel der Scheinwerfer humpelte und im Wald verschwand.

Die Vorstellung, wie schlimm er wohl verletzt war und dass er wahrscheinlich in dieser Nacht unter Schmerzen an den Folgen des Unfalls sterben würde, ließ mich lange nicht los. Am furchtbarsten aber war für mich die Erinnerung an den Ausdruck in den großen, schreckgeweiteten Augen, als wir auf ihn zurutschten: Er stand einfach da, sah das Grauen kommen, war aber unfähig, sich zu bewegen.

Gelähmt vor Angst blickte er seiner Vernichtung entgegen. Obwohl er sich doch so leicht mit einem Sprung hätte retten können.

* * *

Nach meiner Eröffnung, dass ich die Habilitation anstrebte, zog Steffen sich immer häufiger von mir zurück. Ich wusste nicht ein noch aus. Manchmal klammerte ich mich an ihn. Manchmal versuchte ich, mir einzureden, dass ich ohne dieses ewige Hin und Her doch besser dran sei und die Beziehung besser gleich beenden sollte.

An einem Tag beschloss ich, ihn auszuspionieren und endlich dahinterzukommen, wer die andere war, mit der er mich – da war ich sicher – schon so lange betrog. Doch dann steckte ich weiterhin den Kopf in den Sand.

Der Knoten wurde letztendlich nicht durch meinen eigenen Einsatz gelöst, sondern durch blanken Zufall: An einem schönen Nachmittag im Sommer, kurz vor unserem zweiten Jahrestag, war ich auf dem Rad unterwegs zur Bibliothek. Ich hatte noch einen Textentwurf bei Professor Pflieger einzuwerfen und machte einen Umweg über seine Straße. Daher nahm ich nicht den üblichen Weg zur Uni. Als ich um eine Ecke bog, sah ich auf der Mitte der Straße plötzlich einen Mann aus einem Hauseingang kommen und mit raschem Schritt den Bürgersteig entlanggehen.

Ich trat die Bremse, sprang vom Rad und huschte in eine Toreinfahrt. Von dort spähte ich wieder hinaus und sah Steffen fünfzig Meter weiter in sein Auto steigen. Er startete den Motor und lenkte den Wagen aus der Parklücke, als die Haustür, aus der er vor einer Minute gekommen war, aufgerissen wurde, ein Mann mit graumeliertem Haar herausstürzte und in seine Richtung lief. Der Mann wedelte mit einer Aktentasche und rief: »Herr Michaelis, Moment! Sie haben was vergessen!« Doch Steffen hörte ihn offenbar nicht.

Er gab Gas, fuhr die Straße hinunter und bog um die Ecke.

Der fremde Mann, Anzughose, Hemd, keine Krawatte, murmelte etwas vor sich hin und ging die wenigen Meter zurück zu seiner Haustür, hinter der er verschwand.

Ich nahm mein Rad und schob es den Bürgersteig entlang.

Mein Herz schlug mir bis zum Hals. Aus irgendeinem Grund wusste ich, dass ich aus purem Zufall den Schlüssel gefunden hatte. Ich hatte nur überhaupt keine Ahnung, was mich nun erwarten würde.

Ich hielt den Hauseingang vor mir fest im Blick, und als ich dort angekommen war, las ich, was auf dem Schild stand, das dort neben der Klingel angebracht war:

Konrad Gerck
Psychologisch-psychotherapeutische Praxis
Termine nur nach Vereinbarung

Ich hatte keine Ahnung gehabt. Und beschloss, Steffen offen und ehrlich von der zufälligen Entdeckung am Nachmittag zu erzählen. Dabei rechnete ich mit Widerstand von seiner Seite. Schließlich hatte er mir die ganze Zeit verschwiegen, dass er in psychotherapeutischer Behandlung war. Da würde er wahrscheinlich nicht gerade erfreut sein, dass ich es selbst herausgefunden hatte. Doch nach dem ersten Schrecken schien er regelrecht erleichtert. Eine Flut an Worten stürzte aus ihm heraus. Gewaltige Wellen, die an meine Ufer brandeten und mir so vieles erklärten, was mir seit langer Zeit bedrohlich erschien. Ich ließ ihn reden, hörte ihm zu. Doch begreifen konnte ich damals gar nichts. Ich war viel zu erleichtert, dass es keine andere Frau war, die ihn dazu brachte, mich auf Abstand zu halten. Geradezu glücklich war ich, dass es *nur* Depressionen waren.

Ich weinte, weil endlich meine Angst vor Verlust beruhigt wurde. Er weinte auch, doch aus anderen Gründen, die ich an diesem Abend nicht verstand.

Zwei Wochen später hielt er hochoffiziell in einem kleinen, schicken Restaurant um meine Hand an. Bei der Hochzeit, sechs Monate später, war meine Mutter, die schon befürchtet hatte, ich würde nun in einer Uni-Karriere verschwinden und sie würde nie ein Enkelkind bekommen, völlig aus dem Häuschen. Mein Vater, der damals noch im diplomatischen Dienst durch die Welt reiste, schärfte mir dagegen ein, trotz Heirat bloß mein Vorhaben der Habilitation nicht aus den Augen zu verlieren.

Das tat ich nicht. Meine Forschungsarbeit gedieh ganz wunderbar. Jetzt, da ich wusste, dass Steffen mir nie untreu gewesen war, arbeitete ich nicht mehr so verbissen, sondern mit Freude. Endlich sprachen wir miteinander. Er versuchte, sich mir mitzuteilen. Und die Phasen, in denen es ihm schlecht ging, standen wir gemeinsam durch, immer mit Unterstützung von Konrad Gerck, der bereits seit Jahren Steffens Therapeut war.

Kaum hatte ich die Professur in der Tasche, wurde ich schwanger. Ich war zweiunddreißig, als unsere Tochter geboren wurde.

Nach Claras Geburt schien es lange Zeit so, als sei Steffen geheilt. Wir hielten das für ein kleines Wunder. Er sagte, dass er hin und wieder abends dunkle Momente habe, doch dass er dann immer ins Kinderzimmer ginge, um unserer Tochter beim Schlafen zuzusehen. Dann verflögen alle düsteren Stimmungen und er würde sich wieder glücklich schätzen bei allem, was das Leben ihm geschenkt hatte.

Doch mit den Jahren kehrte die Krankheit zurück. Stärker als zuvor, wie es schien. Und das Tückischste daran war, dass er begann, sie vor uns geheim zu halten.

Für Clara bemühte er sich stets, das Bild des fröhlichen, Sicherheit bietenden Vaters aufrechtzuhalten. Doch Kinder haben feine Antennen. Sie spürte, wenn es ihm nicht gut ging, und schlüpfte mehr und mehr in die Rolle seiner Beschützerin. Sie dachte sich Spiele aus, kleine Neckereien und gemeinsame Ausflüge. Und er ging darauf ein, mit einer gespielten Begeisterung, die mir manchmal die Tränen in die Augen trieb, wenn ich die beiden miteinander beobachtete.

Vor zwei Jahren dann hatte ich eine schwierige berufliche Zeit. Es gab Unruhe an der Universität, Sparmaßnahmen versetzten alle in Panik, und ich war häufig bis in den Abend hinein an der Uni, um Schadensbegrenzung zu betreiben.

Clara war mit ihren elf Jahren zu einem sehr selbstständigen Mädchen herangewachsen. Sie sollte im Sommer aufs Gymnasium wechseln und schien sich auf die neuen Herausforderungen dort zu freuen. Zwei ihrer Freundinnen würden die gleiche Schule besuchen, und so hingen die drei in den beginnenden Sommerferien meistens zusammen ab. Sie verbrachten ganze Tage im Freibad oder in der Eisdiele, trafen sich mit anderen Mädchen ihrer ehemaligen Klasse und waren von morgens bis abends damit beschäftigt, den Sommer zu genießen.

Wieso Clara an jenem Donnerstag nicht unterwegs war, habe ich nie erfahren, weil es später so unwichtig wurde.

Sie war zu Hause, lag auf dem Bett und las, als sie einen Wagen in die Einfahrt einbiegen hörte. Neugierig stand sie auf und ging ans Fenster, um zu schauen, wer da mitten am Tag kam. Als sie Steffens Wagen sah, war sie erstaunt, aber nicht beunruhigt.

Ihr Fahrrad, mit dem sie sonst immer unterwegs war, stand an der Hauswand. Wie oft habe ich später gedacht: »Das muss er doch gesehen haben.« Aber wahrscheinlich gibt es Momente im Leben, in denen wir auch Größeres als ein rosa Mädchenfahrrad übersehen.

Clara sagte später, dass Steffen ein kleines, dunkles Päckchen in der einen Hand gehalten habe. Sie wollte ihm zuwinken, doch er sah nicht zu ihr hinauf, sondern ging durchs Gartentor aufs Grundstück.

Clara warf sich wieder aufs Bett, um noch rasch das Kapitel zu Ende zu lesen, bevor ihr Vater hereinkommen und vielleicht einen tollen Vorschlag für den Nachmittag machen würde – da er doch schon so früh aus dem Büro heimkam.

Noch ein paar Minuten las sie ungestört weiter und hörte auch die Haustür nicht. Verwundert klappte sie schließlich das Buch zu und lief die Treppe hinunter.

Er war tatsächlich nicht hereingekommen. Aber der Blick aus dem Küchenfenster sagte ihr, dass sein Wagen noch am gewohnten Platz stand.

Sie öffnete die Terrassentür und sah in den Garten. Doch sie konnte ihn nirgends entdecken.

Vielleicht hätte sie rufen sollen?

Hätte das etwas geändert?

Als sie gerade die Tür wieder schließen wollte, durchbrach ein scharfer, lauter Knall die Stille. Er kam aus dem Gartenhaus am anderen Ende des Grundstücks und ließ Clara zusammenzucken.

Sie starrte hinüber.

Noch nie zuvor hatte sie einen Schuss aus solcher Nähe gehört.

Einige Freunde von Steffen waren Mitglieder in einem Sportclub, in dem sie mit kleinen schwarzen Waffen auf Zielscheiben schossen. Doch Clara war nur einmal mit dort gewesen, hatte im Vereinsraum eine Limonade serviert bekommen und das Knallen nur sehr gedämpft durch die schallisolierten Wände gehört.

Sie trat aus der Terrassentür und ging ein wenig benommen barfuß über den Rasen. Vorbei an der kleinen Sitzecke, den großen Rosensträuchern, unter dem Apfelbaum hindurch.

Die Tür des Gartenhauses war verschlossen. Und doch war schon hier draußen ein merkwürdig metallischer Geruch wahrzunehmen.

Clara war elf Jahre alt. Sie hätte einfach umdrehen, ins Haus zurückgehen, mich anrufen oder eine Nachbarin herausschellen können.

Doch sie legte die Hand auf die Klinke und öffnete die Tür.

* * *

Ich fühlte mich nackt, nein, schlimmer als nackt. Ich fühlte mich, als hätte man mir die Haut abgezogen und ich stünde mit meinem rohen Fleisch einfach dort, schutzlos und zum Sterben verdammt.

Während ich erzählt hatte, war die Sonne noch ein Stück herumgewandert, und nun brannte sie mir ins Gesicht, während mein Rücken kühl vom Schatten der Stallgasse war. Meine Hände zitterten. Ansonsten fühlte sich mein Körper an wie gelähmt.

Ich hörte den Heuballen hinter mir knistern. Hörte leise Schritte. Spürte eine Hand auf meiner Schulter. Trotzdem brachte ich es nicht fertig, mich zu bewegen.

Daniel drehte mich vorsichtig zu sich herum und blickte mir forschend ins Gesicht. In seinen Augen sah ich viele Gefühle nebeneinander, durcheinander. Unter all dem Verständnis, dem Mitgefühl und der Sorge sah ich mit einem Schlag das, was er für mich empfand. Und das war fast zu viel, um es zu ertragen.

Doch dann tat Daniel etwas Sonderbares. Etwas, was bestimmt kein anderer Mann tun würde, der um eine Frau wirbt. Er sah mich gerade und ernst an und sagte: »Ich bin sicher, dass er dich sehr geliebt hat, Emilie.«

Ich starrte ihn an. Sprachlos und doch voller Worte.

»Er hat dich ganz sicher geliebt. Und zwar so sehr, wie es ihm nur irgend möglich war. Anders kann es gar nicht gewesen sein. Dass er trotzdem diesen letzten Ausweg gewählt hat, hatte nichts damit zu tun, dass er zu wenig für dich empfunden hat.«

Seine Worte fielen in mich hinein wie runde, kleine Steine. Sie sanken auf den Grund des Sees der ungesagten und niemals nach außen getragenen Ängste, den wir alle wohl in uns tragen. Dort lagen sie dumpf und schwer.

Ehe ich noch versuchen konnte, sie wieder herauszuwürgen und an Land zu werfen, irgendwohin, wo sie mein tiefes Wasser nicht weiter aufwühlen und stören könnten, spürte ich, dass sie gar keine Steine waren.

Was in mich hineingefallen war, durch seine Stimme und seinen warmen Blick, war etwas Lebendiges. Etwas, das sich nun ausstreckte und wuchs. Das Wurzeln schlug und sich langsam in die Höhe reckte. Verwundert sah ich zu, wie grüne Blätter ihm entwuchsen, wie das Wasser um sie herum sich klärte und wie das Glitzern des einfallenden Sonnenlichts immer tiefer und bis auf den Grund dringen konnte.

Ich spürte, wie ein Tropfen auf mein nacktes Knie fiel, das aus den Shorts herausguckte, und sah verwundert hin. Erst da begriff ich, dass ich weinte. Die Tränen rannen über mein Gesicht wie ein Strom, der keinen Anfang und kein Ende kannte.

Daniel zog mich an sich und ließ mich einfach weinen. Er strich sanft über meinen Rücken, umarmte mich gerade so fest, wie es richtig war, um zu halten, ohne einzuengen.

Ich weinte ohne Hemmungen, schluchzend und bebend. Weinte um meine kleine Tochter, die an jenem Tag nicht nur ihren geliebten Vater verloren, sondern auch dem Schrecken vieler furchtbarer Albträume ins Gesicht gesehen hatte. Weinte um ihre Liebe zu ihm. Weinte um seine tiefe Verzweiflung, die ich nie in ihrer Gänze begreifen, nie nachvollziehen und letztendlich nicht lindern konnte. Ich weinte aber auch, vielleicht zum ersten Mal, um mich selbst. Um die Kraft, die es von mir verlangt hatte, das alles durchzustehen. Um die Fröhlichkeit und das Lachen, die an jenem Tag aus meinem Leben verschwunden waren. Weinte um meine vergebliche Sehnsucht, so sehr geliebt zu werden, dass nichts wichtiger war als diese Liebe. Eine Liebe, die nicht beendet würde durch Unvermögen. Die nicht scheitern würde am Tod.

Irgendwann wurden meine Schluchzer leiser, mein Beben nahm ab. Ich dachte daran, dass ich Daniels T-Shirt an der Brust vollkommen durchnässt hatte. Dachte an seine Nähe, seinen Geruch, der mich umfing.

Der Gedanke an ihn nahm immer mehr Raum in mir ein. Er schob sich vor alle schlimmen Erinnerungen, überdeckte den Schmerz, strahlte bis in alle Winkel meines Seins. Als ich seine Lippen auf meinem Haar spürte, hob ich den Kopf.

Sein Blick, so nah, besorgt und ein wenig ängstlich zugleich.

»Emilie, ich möchte nicht ...«, flüsterte er.

Doch ich hob die Hand, die an seiner Brust gelegen hatte, und legte einen Finger auf seine Lippen.

Dann küsste ich ihn.

Er erwiderte meinen Kuss sehr zart und liebevoll. Doch als ich meine Hand in seinen Nacken schob und mich noch näher an ihn drängte, konnte ich unter seiner Zärtlichkeit auch noch etwas anderes spüren. Etwas, das ich schon eine Ewigkeit nicht mehr gespürt hatte. Und ich reagierte sofort darauf.

Man hätte meinen können, mein Begehren würde sich nach all der Zeit erst langsam wieder regen, würde wie ein Tier aus einem langen Winterschlaf erwachen und zunächst orientierungslos, noch schläfrig herumtapsen. Doch stattdessen schoss es wie ein Raubtier auf der Jagd aus seinem Versteck.

Ich gierte nach seinen Küssen, wollte seine Lippen überall spüren. Reckte ihm meinen Hals, meine Schultern, meinen Nacken entgegen. Klammerte mich an ihn, als meine Knie nachzugeben drohten.

Daniel umfing mich. Doch er hielt kurz inne, nahm meine Hand und sagte: »Komm mit mir.«

Ich folgte ihm mit wackligen Beinen über den Hof. Jeder Schritt schien sonderbar traumwandlerisch und schockierend real zugleich.

Dies war der Platz, den ich in den letzten Wochen unzählige Male überquert hatte. Dies war die Tür, durch die ich etliche Male eingetreten war, vor deren Schwelle Toffy lag und sachte mit dem Schwanz klopfte, als wir vorübergingen. Es waren dieselben Stufen, die ich schon oft hinaufgestiegen war. Wir gingen nach oben, überquerten den Flur, auf dem Clara und ich unsere Gästezimmer hatten, stiegen eine weitere, schmalere Treppe hinauf. Hinein in einen winzigen Flur, von dem nur zwei Türen abgingen. Die eine stand offen und gab den Blick auf ein kleines Badezimmer frei. Auf die andere steuerte Daniel zu, öffnete sie und zog mich, rückwärts eintretend, hinein.

Plötzlich fiel mir auf, dass ich bisher nicht gewusst hatte, wo er schlief. Anfangs – und das schien mir unendlich lange her – hatte ich noch angenommen, dass Sam und er sich die kleine Wohneinheit neben unserem Flur in der ersten Etage teilten. Doch inzwischen wusste ich ja, dass Sam dort mit Hanne wohnte, auch wenn die beiden meist bei allen anderen unten im großen Wohnraum saßen.

Nun löste ich mich von Daniel und sah mich, mitten im Zimmer stehend, um. Es war ein fast quadratischer Raum mit rau verputzten Wänden und sonnengelbem Anstrich. Die Holzrollos vor den beiden Fenstern, die zum hinteren Teil des Grundstücks hinausgingen, waren zum Schutz gegen die Hitze heruntergelassen.

Vor einem der Fenster stand ein alter Holzschreibtisch mit geschnitzten Verzierungen. Ein Schrank, quer in die Ecke gestellt, war aus dem gleichen Holz gefertigt, mit ganz ähnlichen Schnitzereien.

Das Bett passte ebenfalls zu diesem Ensemble. Es stand dem Schrank gegenüber, ebenfalls quer in der Ecke. Das rostrot bezogene Bettzeug war ordentlich gefaltet. Eine schlichte Ikea-Kommode stand neben der Tür und wurde von einem gerahmten Spiegel bekrönt. In dem sah ich mich nun. Wie ich dort stand, beide Hände in Daniels, mit zerwühltem Haar und glühendem Gesicht. Meine Augen lagen im Schatten. Doch ich wusste, was in ihnen stand.

Dann begegnete ich Daniels Blick im Spiegel. Er betrachtete uns ebenso, wie ich es tat. Und jetzt lächelte er: »Sieht es nicht aus, als hättest du hier schon immer hingehört?«, fragte er.

Ich dachte daran, wie er mich einmal gefragt hatte, wieso ich glaubte, dass in Fragen nicht auch eine Antwort liegen könnte.

Ich drehte den Kopf und sah ihm direkt in die Augen. Hob meine Hände an sein Gesicht, um es zu mir herunterzuziehen und es mit Küssen zu bedecken.

Während wir dort standen, einander hielten und küssten, trat plötzlich ein Bild vor meine Augen. Von Seerosenknospen, die die Wasseroberfläche durchstießen und sich langsam in aller Pracht öffneten.

Es war so einfach. Viel leichter, als ich gedacht hatte. Immer hatte ich vermutet, wenn es einmal so weit sein sollte, würde ich womöglich die ganze Zeit daran denken. Dass dies der Erste war. Der erste Andere. Dass ich vergleichen würde. Aber nichts davon geschah. Ich war ganz hier. Ganz bei Daniel. In seinem Zimmer, in seinen Armen, an seiner Haut.

Als wir uns schließlich zum ersten Mal liebten, taten wir es atemlos und voller Begehren. Doch wir ließen einander auch danach nicht los. Wurden wieder zärtlich, behutsam und sanft. Daniel schlief ein, und ich betrachtete staunend sein Gesicht im Schlaf. Konnte es einerseits nicht fassen. Und andererseits wusste ich, dass ich es schon lange gespürt hatte, dass wir irgendwann so beieinander liegen würden.

Auch mir fielen irgendwann die Augen zu. Und als ich sie wieder öffnete, war es Daniel, der mich in stummem Entzücken ansah.

»Erinnerst du mich bitte daran, dass ich Fellow eine besonders dicke Möhre spendiere?«, sagte er. »Ohne ihn …«

»Nicht!«, sagte ich und legte meine Fingerspitzen auf seine Lippen. Ich wollte nicht, dass er aussprach, was wäre, wenn es Fellow nicht gegeben hätte auf dieser regenüberströmten spanischen Autobahn.

Ich war hier. Er war hier. Das zählte, sonst nichts.

Daniel sprach tatsächlich nicht weiter, sondern küsste stattdessen meine Finger, meine Hand, mein Handgelenk, meinen Unterarm, meine Ellenbeuge …

Wir liebten uns noch einmal. Und diesmal ließen wir uns Zeit. Erkundeten einander. Hielten manchmal inne. Lächelten.

Erst in den frühen Morgenstunden, als bereits die Dämmerung heraufzog und ein erster, früher Vogel vor dem Fenster zwitscherte, schliefen wir eng aneinander geschmiegt ein.

* * *

Als ich am Morgen erwachte, lag ich allein im Bett. Die Tür stand offen und ich hörte das Rauschen der Dusche in dem kleinen Bad. Ich reckte mich genüsslich und warf einen Blick auf den Wecker, der auf dem kleinen Tischchen stand. Es war kurz nach zehn.

Ich sprang auf und suchte neben dem Bett nach meinen Kleidungsstücken. Das T-Shirt lag auf dem Schreibtisch, meine Hose auf dem Weg zum Bett auf dem Boden. Irgendwo zwischen den Laken fand ich meinen Slip, und mein BH hing über der Nachttischlampe. Die ganze Zeit musste ich lächeln. Ich konnte gar nicht anders. Die verstreuten Kleidungsstücke im ganzen Zimmer. Das unglaubliche Wohlgefühl überall in meinem Körper. Wann hatte ich mich zuletzt so frei und glücklich gefühlt?

»Wie schade«, sagte plötzlich eine Stimme von der Tür her. Daniel stand dort, ein Handtuch um die Hüfte geschlungen, die nassen Haare wild zerstrubbelt. »Ich hatte gehofft, dich wecken zu können.«

Sein halb nackter Anblick brachte mich völlig aus dem Konzept. Ich blinzelte und trat zu ihm. Seine Haut zu spüren und mich gegen ihn zu lehnen war mir nun schon vertraut. Auch wenn es sich bei Tageslicht neu und aufregend anfühlte.

»Mhm«, machte Daniel, während er in mein Haar atmete. »Du riechst so gut.« Er strich mit der Hand über meinen Nacken, und sofort stellten sich dort die feinen Härchen auf. Doch als er sich vorbeugte, um mich zu küssen, drehte ich ein wenig verlegen den Kopf zur Seite.

»Ich hab meine Zahnbürste ein Stockwerk tiefer«, murmelte ich.

»Warum holst du sie nicht schnell?«, schlug er grinsend vor.

Die Vorstellung war verlockend. Ich seufzte tief. »Ach, liebend gern. Aber um elf kommt Chris, um die Bilder von Clara und Fellow zu machen. Ich wette, sie und Marie kommen gleich auf den Hof geradelt, und da möchte ich ...« Ich brach ab. Wollte ihn nicht verletzen mit dem, was ich eigentlich sagen wollte. Wusste nicht, wie ich gleichzeitig klar und weiterhin liebevoll sein könnte. Doch ich hätte mir darüber keine Gedanken machen müssen.

Daniel küsste ein letztes Mal mein Haar und meine Schläfe und sagte: »Es war eine wundervolle Nacht mit dir, Emilie. Die erste von hoffentlich vielen, vielen. Aber denk nicht, dass ich will, dass du sofort losgehst und es aller Welt erzählst. Gerade Clara wird bestimmt ein bisschen Zeit brauchen, um sich an den Gedanken zu gewöhnen. Zwei Jahre sind keine lange Zeit, wenn man jemanden verloren hat, den man liebt. Setz dich nicht unter Druck. Ich bin ja hier. Ich laufe dir sicher nicht weg.«

Vor Erleichterung wurden meine Knie ganz weich. Er hatte genau getroffen, was mir Sorgen bereitete. Und er hatte vollstes Verständnis dafür.

»Das ist ... wundervoll von dir. Weißt du, ich habe keine Ahnung, wie sie reagieren würde. Ich meine, sie findet dich cool und mag dich sehr. Aber ich weiß nicht, ob sie in dir tatsächlich eine Art Vaterersatz sehen könnte.«

»Sachte, sachte!«, brummte Daniel. »Ich glaube, das wäre mir auch nicht so recht. Ich bin nun mal kein Vater. Aber ich könnte für sie bestimmt ein wirklich guter Freund sein. Freunde kann man doch nie genug haben. Wie klingt das?«

Ich pfiff auf die Zahnbürste, gab ihm einen raschen Kuss und sagte: »Womit habe ich dich verdient?«

Daniel lächelte spitzbübisch und sagte: »Irgendetwas Schlimmes wirst auch du mal verbrochen haben.«

* * *

Den Tag über ging ich wie auf Wolken.

Nachdem ich gerade unter der Dusche hervorgekommen war, stürmten tatsächlich schon die Mädchen auf den Hof, voll vom gestrigen grandiosen, teenagermäßig coolen Tag. Sie waren Gott sei Dank so aufgewühlt von ihren Erlebnissen am Baggersee, beim Tischtennis und von der langen DVD-Nacht, dass Clara gar nicht bemerkte, dass ich anfangs kaum wusste, wohin ich schauen sollte, während sie Daniel und mir alles erzählte.

Als Chris auf den Hof gefahren kam, verdrückte Daniel sich mit den beiden Hunden in den Stall. Ich hatte den Eindruck, er verzieh dem Journalisten noch nicht so ganz, dass er mir von dem Unfall vor fünf Jahren erzählt hatte.

Die Fotos wurden geschossen. Clara posierte stolz mit Fellow. Cilli und Ben und auch Marie wurden miteinbezogen.

Ich stand dabei, lächelte, machte Witze und fühlte mich die ganze Zeit, als würde ich schlafwandeln. Als befände ich mich in einem fantastischen, unglaublichen Traum.

Das Gefühl verstärkte sich noch, als Chris nach einer Stunde wieder vom Hof fuhr und wir zu unserem üblichen Alltag auf dem Lotten-Hof übergehen konnten. Die Versorgung der Tiere. Reiten (nur Clara und Marie). Eine Übungseinheit mit Fellow, bei der er bereits entspannt einen Huf auf die Klappe des Hängers setzte. Der Tag verflog rasend schnell. Nur noch zwei winzige Augenblicke hatten Daniel und ich für uns, als wir in der Küche und später, kurz vor der Verabschiedung, in der Diele einen raschen Kuss und tiefe Blicke tauschten.

Ehe ich mich, versah's war es schon wieder Zeit, Richtung Ruhrgebiet zu fahren.

Als wir zu Hause aus dem Auto stiegen und durch die Gartenpforte traten, sagte Clara plötzlich: »Warum reißen wir es nicht einfach ab?«

Ich folgte ihrem Blick. Sie sah zum Gartenhaus am Ende des Grundstücks.

»Möchtest du das?«, erkundigte ich mich sanft.

Sie zuckte mit den Schultern. »Wir benutzen es nicht mehr, oder? Es stehen nur der Rasenmäher und ein paar Geräte für den Gärtner drin. Aber die könnten wir auch in den Keller stellen.«

Ich legte den Arm um ihre Schulter. »Du hast recht«, sagte ich. »Vielleicht sollten wir das wirklich tun.«

Wir gingen ins Haus, packten unsere Sachen aus, waren irgendwie wieder daheim, aber irgendwie auch nicht. Clara saß den ganzen Abend mit meinem Laptop auf dem Sofa und sortierte die Bilder, die sie am Wochenende mit ihrer kleinen Digitalkamera von Fellow, Marie, Cilli, Ben, Nick, Lavinia, den Shetlandponys, eigentlich allen Pferden, am See und bei Marie zu Hause geschossen hatte.

Ich saß mit ihr zusammen auf unserem großen Sofa, hielt Papiere auf meinem Schoß, in denen ich allerdings nur vorgab zu lesen.

Die Eindrücke der letzten Nacht waren so überwältigend stark, dass ich nicht anders konnte, als möglichst alle Momente wieder und wieder vor meinem geistigen Auge zu durchleben. Und ich war heilfroh, dass Clara keine Gedanken lesen konnte.

Ausnahmsweise war ich einmal erleichtert, als es so weit war, dass wir zum Schlafen hinaufgehen mussten. Ich dachte, das Alleinsein würde mir endlich den Raum geben, ganz in Ruhe über das Geschehene und das, was es womöglich für mich, für Daniel, aber auch für Clara bedeuten würde, nachzudenken.

Doch allein in meinem Zimmer, in meinem Bett, wollte mein Kopf irgendwie nicht richtig funktionieren. Das Nachdenken gelang mir nicht. Stattdessen beherrschten mich mehr und mehr meine Gefühle. Der vertraute Raum um mich herum kam mir plötzlich leer, beinahe öde vor. Die heraufziehende Nacht legte sich in alle Winkel und tastete sich mit klammen Fingern zu mir vor.

Ein unerklärliches Gefühl der Angst, mit dem ich nicht gerechnet hatte, begann sich in mir auszubreiten.

Ich versuchte, mich in die Erinnerungen an Daniels Berührungen zu flüchten. Lag stocksteif unter dem Laken und starrte an die Decke. Ich dachte an Daniels Fingerspitzen, die mir durchs Haar und über meinen Körper strichen. Dachte an seine Lippen auf meiner Haut, den Geschmack von Salz auf seiner. Und ich dachte an seine Worte. Jene Worte, die ich zuerst für Steine gehalten und die sich dann als Seerosen entpuppt hatten.

Immer wieder hörte ich ihr Echo in meinem Kopf. Es ließ mich zittern und unter die Decke kriechen wie ein verängstigtes kleines Tier. Dort lag ich und fürchtete mich – es kam mir vor, als fürchtete ich mich zum ersten Mal in meinem Leben.

Ich hatte jemanden gefunden, der ganz ohne Worte verstand, was ich fühlte. Was für ein wunderbares und vollkommenes Geschenk. Und so groß und einzigartig dieses Geschenk war, so gewaltig und wild war meine Angst. Denn wenn ich etwas gelernt hatte im Leben, dann war es dies: Alles, was uns geschenkt wird, kann uns auch wieder genommen werden.

* * *

Obwohl es zunächst so ausgesehen hatte, als wollte das nächste Wochenende sich gar nicht nähern, war es doch irgendwann da.

Diesmal, vermutete ich, war ich höchstwahrscheinlich noch aufgeregter als Clara.

Wir spurteten in einem kleinen Wettrennen zum Auto, hörten auf der Fahrt laute Musik, sprangen auf dem Hof aus dem Wagen und waren wieder da.

Viermal hatten Daniel und ich in der Woche die halbe Nacht durch telefoniert. Hatten auf die Alltäglichkeiten des anderen gelauscht, als seien es kleine Kostbarkeiten. Hatten uns aus unseren Leben erzählt. Wir wussten so wenig voneinander. Es gab eine schier endlose Reihe an Geschichten, die wir einander unbedingt mitteilen, die wir vom anderen unbedingt wissen wollten. Es fielen uns die banalsten Dinge ein, die wir dringend erfahren wollten. Welche Unterrichtsfächer hatte ich in der Schule gemocht? War er ein guter Schüler gewesen? Welche Musik hatte ich gehört? Hatte er eine Lieblingsfarbe? Und ich einen Lieblingsfilm? Was hielt er von der Serie »Friends«? Welches Buch hatte ich zuletzt gelesen und richtig gut gefunden? Welche Gedichte von Rilke oder anderen Lyrikern mochte er? Was schätzte ich an meinem Heimatort? Hatten wir Geschwister? (Er einen Bruder. Ich keine.) Wie war mein Verhältnis zu meinen Eltern? Seit wann lebte er vegetarisch, und was war der Anlass für diese Entscheidung gewesen? Woher stammte die schmale Narbe, die sich über seinen rechten Oberschenkel zog? Wann hatte ich gemerkt, dass ich ihn …? Dass er mich …? Wann hatten wir es gemerkt? Trotz des Schlafmangels fühlte ich mich nicht müde, sondern energiegeladen wie ein frischer Akku. Beatrice stellte mit einem wohlwollenden Grinsen fest, dass ich über Dinge lachen konnte, die mir sonst eher ein Stirnrunzeln entlockt hatten. Und auf Clara schien meine Stimmung abzufärben, denn sie war heiter und entspannt.

Was mir in den letzten Jahren, besonders seit Steffens Tod, so schwergefallen war – Menschen, die sich für mich interessierten, tatsächlich an mich heranzulassen, ihnen bereitwillig von mir zu erzählen und neugierig auf sie zu sein –, wurde mit Daniel zu einem selbstverständlichen Vergnügen. Genauer gesagt: Ich konnte nicht genug davon bekommen. Und ich spürte, dass es ihm genauso ging.

Als wir uns nun wiedersahen, kam es mir so vor, als müssten alle anderen uns sofort entlarven. Doch trotz Daniels Strahlen und meinem lächerlichen Zittern, das ich einfach nicht unterdrücken konnte, schienen Sven, Hanne, Clara und Marie sich nichts dabei zu denken. Viel zu sehr waren sie wohl mit ihrem eigenen Wiedersehen beschäftigt. Nur Sam schaute beim Abendessen auffällig häufig zwischen Daniel und mir hin und her, auch wenn wir gar nicht sprachen. Ich fragte mich, ob Daniel sich ihr womöglich anvertraut hatte.

»Wir kennen uns zu lange«, lächelte er, als ich ihn später danach fragte.

Viel später war das. Ich war um Mitternacht aus meinem Zimmer hinaus- und die schmale Treppe zu seinem kleinen Flur hinaufgeschlichen. Er hatte mich erwartet. Auf den Fensterbänken, dem Schreibtisch und der Kommode brannten Kerzen. Eine Flasche Rotwein war bereits entkorkt. Doch wir ließen sie einfach stehen. Wir hatten nach etwas ganz anderem gedürstet. Viel zu kostbar war die gemeinsame Zeit, um sie mit Gläsern in den Händen zu vertun.

Daniel hatte jeden Zentimeter meines Körpers mit Küssen bedeckt. Wir hatten uns in wunderbarer, quälender Langsamkeit geliebt. Und schließlich lagen wir Haut an Haut nebeneinander und betrachteten uns gegenseitig.

In mir tobte solch ein Jubel, dass ich am liebsten die ganze Welt von meinem Glück in Kenntnis gesetzt hätte. Ich hätte verstehen können, wenn Daniel seiner liebsten Freundin Sam von uns erzählt hätte. Doch er schüttelte den Kopf. »Sie weiß irgendwie immer Bescheid über mich. Auch wenn ich ihr gar nichts sage. All die Jahre war das so. Manchmal hat sie sogar noch vor mir selbst gewusst, wenn eine Frau …« Er brach ab.

Ich stellte ihn mir vor. Mit anderen Frauen. Eine Reihe von gesichtslosen, schönen Körpern, die mit ihm lachten, sich an ihn schmiegten. In mir brodelte etwas Sonderbares herauf. Ein Grollen, das ich überrascht als Eifersucht erkannte. Und zum ersten Mal kam mir der Gedanke, wie wunderbar es gewesen wäre, ihn früher zu treffen. Ihn als ganz jungen Mann gekannt zu haben. Mitzuerleben, wie er zu diesem souveränen, liebevollen »Horseman« wurde, der er heute war. Doch natürlich hätte das bedeutet, dass ich mich schon viel früher in ihn verliebt hätte. Dass ich Steffen nie getroffen und somit auch Clara nicht bekommen hätte. Und auf Clara, das war eine unumstößliche Sicherheit in meinem Leben, hätte ich unter keinen Umständen verzichten wollen.

Also war es wohl gut, so, wie es geschehen war?

»Warum hast du nie geheiratet?«, wollte ich wissen.

Das war eine Frage, die ich mich bisher nicht zu stellen getraut hatte. Nicht am Telefon.

Ich hatte befürchtet, er könne von einer anderen erzählen. Einer, die ihm viel, womöglich alles bedeutet hatte. Die er sehr liebte, obwohl sie – aus mir unerfindlichen Gründen – diese enge Bindung zu ihm nicht eingehen wollte. Irgend so ein ganz persönliches Drama hatte ich im Grunde erwartet.

Und das hatte ich nicht hören wollen, während zweihundert Kilometer zwischen uns lagen. Viel zu sehr fürchtete ich mich davor, dass die Angst zurückkommen könnte. Die entsetzliche Angst jener ersten Nacht, in der ich bebend in meinem Bett gelegen und mich selbst umschlungen hatte.

Jetzt, so nah bei ihm, glaubte ich, dem Drama gewachsen zu sein.

Doch als er antwortete, sagte er etwas ganz anderes als das, was ich gewähnt hatte. Er sagte schmunzelnd: »Ich weiß, das klingt vielleicht ein bisschen arg wählerisch. Aber bis jetzt hatte ich noch nie das Gefühl, dass es wirklich die Richtige dafür war.«

Ich lauschte seiner Stimme nach. In mir breitete sich von meinem Sonnengeflecht ausgehend eine wohlige Wärme aus, die wuchs und wuchs und sich rasch bis in meine Fingerspitzen und Zehen erstreckte.

Bis jetzt, hatte er gesagt.

* * *

Wieso rast die Zeit nur so dahin, wenn wir glücklich sind?

Nach diesem wunderschönen Wochenende und zwei Nächten in Daniels Armen, aus denen ich mich in der Morgendämmerung zurück in mein Zimmer stahl, kam mir meine Alltagswoche wie eine Strafe vor. Ein graues Einerlei, aus dem nur schöne gemeinsame Momente mit Clara und die nächtlichen Telefonate mit Daniel bunt und schillernd herausstachen.

Endlich war der Freitag gekommen, und wir saßen gemeinsam beim Frühstück, als Clara plötzlich fragte: »Mit wem hast du gestern Abend telefoniert?«

Ich erstarrte in der Bewegung, und mein Messer schwebte einen Moment über der Butter, bevor ich mich gefangen hatte.

»Oh, hab ich dich geweckt?«, sagte ich dann, um Zeit zu schinden.

»Nö, ich musste aufs Klo. Aber du hast ja ganz schön rumgekichert. Und da dachte ich, Oma kann es nicht sein.« Meine Tochter sah mich fragend an.

»Nein«, versuchte ich ein Lachen. »Das wirklich nicht. Beatrice hatte wieder so eine Geschichte aus ihrer großen Familie parat«, winkte ich ab und tat so, als müsste ich jetzt noch ein bisschen darüber schmunzeln.

»Beatrice?«, wiederholte Clara und steckte ihr Pausenbrot in die Schultasche. »Mama, echt, lass deine Sekretärin doch wenigstens nachts mal in Ruhe.«

Ich tat, als müsste ich darüber in gespielter Empörung lachen. Doch mein Herz schlug schneller, bis Clara schließlich zur Tür hinausging.

* * *

Am Lotten-Hof gab ich mir noch mehr Mühe als an dem Wochenende zuvor, niemanden merken zu lassen, dass ich mich von Daniel angezogen fühlte wie von einem Magneten.

Bevor ich spätabends leise zu ihm hinaufging, öffnete ich zuerst noch einmal Claras Zimmertür und schlich an ihr Bett, um sie einen Augenblick im Schlaf zu betrachten. Ich wollte sichergehen, dass sie nicht vielleicht mit einem ihrer spannenden Pferdesachbücher wach lag und mitbekam, wie ich die Treppe hinauflief.

Daniel schien unsere heimlichen Verabredungen in seinem Zimmer, die verstohlenen Blicke und schnellen Küsse, sobald niemand in der Nähe war, zu genießen. Doch ich merkte, wie ich mich innerlich anspannte, sobald Clara in der Nähe war.

So viele Wochen und Monate hatte sich alles bei mir nur um sie und ihr Wohlergehen gedreht. Nun stritten sich zwei Seelen in meiner Brust, von denen die eine Raum für mich erobern wollte, um endlich wieder auch an mich selbst zu denken und in vollen Zügen zu genießen, was ich mit Daniel erlebte, und die andere mich beständig warnte, nicht mit einer unbedachten Äußerung zunichtezumachen, was Fellow, der Lotten-Hof und auch Daniel bei meiner Tochter erreicht hatten.

Deshalb war ich am Sonntagabend traurig und erleichtert zugleich, als wir auf dem Heimweg waren. Der Abschied war mir diesmal noch schwerer gefallen, denn wirklich nichts zog mich nach Hause, wenn Daniel auf dem Hof blieb. Aber die Anstrengung, mich permanent so massiv zu verstellen, erschöpfte mich.

Ich sagte Daniel nichts davon, er wusste es wohl auch so. Denn am Dienstag rief er an, kaum dass Clara aus dem Haus war, und wollte wissen, wer mir im Forschungssemester einen freien Tag genehmigen musste. Er machte Andeutungen von einem Picknick und einer verschwiegenen Ecke im Wald hinter dem Hof. Und schon saß ich im Auto und bretterte die vertraute Strecke über die Autobahn.

Ich parkte nicht auf dem Hof, sondern fand mit einiger Mühe den schmalen Waldweg, dem ich folgen sollte. An dessen Ende befand sich eine zugewucherte Wendefläche, und dort saß Daniel auf einem umgestürzten Baumstamm, neben sich einen gewaltigen Rucksack und einen Picknickkorb. Er war am Auto, bevor ich auch nur den Zündschlüssel umgedreht hatte, riss die Tür auf und zog mich in seine Arme. Es gab ein verwirrendes Gehedder mit dem Sicherheitsgurt. Aber schließlich standen wir dort, mitten im Wald neben meinem Wagen, dessen Motor noch die Hitze der zweistündigen Fahrt abstrahlte. Wir küssten uns, wie wir uns freitags nie küssen konnten, wenn Clara und die anderen dabei waren. Es lag so viel Glück, so viel Verheißung in diesen Küssen, dass ich vollkommen vergaß, dass ich jetzt eigentlich zweihundert Kilometer entfernt an meiner Arbeit sitzen sollte.

Schließlich schafften wir es, wieder voneinander zu lassen, und spazierten mit Rucksack und Picknickkorb in den Wald. Der Weg zu dem Ort, von dem Daniel gesprochen hatte, war nicht weit. Es war eine kleine Lichtung, umstanden von knorrigen Eichen und ein paar Hainbuchen, gepolstert mit weichem Waldboden und Moos, auf das die Sonnenstrahlen fielen. Dort ließen wir uns auf einer großen Decke nieder, die Daniel am Rucksack getragen hatte, und breiteten all die Leckereien aus dem Korb aus.

»Fantastisch!«, sagte ich und biss in eine herzhafte Brottasche mit Salat. »Selten so gut gegessen. In dieses Restaurant gehen wir wieder, nicht wahr, Liebling?«

Daniel lachte. Doch ich konnte ihm ansehen, dass er sich wie ein kleiner Junge über die gelungene Überraschung freute.

»War wirklich nicht einfach, das Ganze zu organisieren, ohne dass Sam es mitbekommt«, gestand er lächelnd. »Gestern Abend, als ich die Bratlinge gemacht habe, hätte sie mich fast ertappt. Ich hab fürs Abendessen welche vorbereitet, aber so viele, dass mit Sicherheit welche übrig bleiben würden. Sam meinte, ich wolle heute bestimmt eine vorbeiziehende Fremdenlegion verköstigen. Und da muss ich wohl ein bisschen schuldbewusst geguckt haben.« Er zog eine Grimasse, die mich an einen jungen Cockerspaniel erinnerte, und ich platzte laut heraus. »Ja, lach nur!«, sagte er in gespieltem Ernst. »Aber wie soll ich ihr erklären, wenn diese ganzen Reste heute Abend tatsächlich verschwunden sind?«

So blödelten wir herum, fütterten uns gegenseitig mit

Häppchen, und zwischendurch küssten wir uns immer wieder. Es war wunderbar.

Zwei Stunden lang saßen wir dort, lagen schließlich Seite an Seite, blickten in den Himmel, erzählten uns voneinander. Und es war so viel besser als nur am Telefon zu reden. Um die Mittagszeit schlummerte ich in seinem Arm ein, wurde aber bald wieder wach, fand mich eng neben ihm wieder und seinen Geruch aus Duschgel, Pferd und dieser ganz eigenen Komponente so berauschend, dass ich mich unwillkürlich räkelte.

Er strich mir lächelnd eine Haarsträhne aus dem Gesicht.

»Hier kommt nie jemand vorbei«, flüsterte er.

Seine Berührung verursachte mir eine Gänsehaut.

»Ehrlich gesagt«, murmelte ich und schloss die Augen, als seine Hand meinen Hals hinunterglitt. »Ehrlich gesagt, hab ich so was noch nie gemacht ...«

»Weißt du, Emilie«, raunte Daniel, die Lippen dicht an meinem Ohr. »Irgendwann ist immer das erste Mal.«

Später, als ich wieder im Auto saß, musste ich daran denken und lachen. Dass ich dreiundvierzig Jahre alt werden musste, um sagenhaft guten Sex in freier Natur zu erleben.

Doch als sich immer mehr Kilometer zwischen uns beide schoben, ertappte ich mich bei dem sehnsüchtigen Gedanken, einfach umzudrehen und dort bleiben zu können. Und mehr als das. Ich wollte nicht länger lügen, wenn meine eige<ne Tochter mich fragte, mit wem ich telefoniert hatte. Ich wollte vor niemandem mehr verschweigen, was mich glücklich machte.

* * *

Natürlich hatte ich es nicht getan. Ich hatte meiner Tochter nicht erzählt, wo ich den Tag verbracht hatte.

Als sie von der Schule heimgekommen war, hatte ich in meinem Arbeitszimmer vor dem Laptop gesessen – erst seit zwanzig Minuten, aber ich hatte so getan, als wäre ich den ganzen Tag dort fleißig gewesen.

Auch den Abend hatte ich wie gewohnt verstreichen lassen. Nicht ganz wie gewohnt, denn zwischendurch hatte ich immer mal wieder plötzlich Herzklopfen bekommen. Weil meine Gedanken sich wie von selbst auf die Wanderschaft gemacht hatten. Zu Daniel. Unserem heutigen Zusammensein. Meiner Entscheidung auf dem Heimweg. Und der Angst, die damit verbunden war. Auch der Mittwoch verging auf diese Weise, und schon war es Donnerstagnachmittag. Der 2. Oktober – uns stand ein langes Wochenende am Lotten-Hof bevor.

»Hast du alles?«, fragte ich, vor der Haustür stehend, Clara, die als Antwort nur die Augen verdrehte.

Natürlich, sie saß immer schon donnerstags auf einer fertig gepackten Tasche. Darin stets die gleichen Sachen: Jeans, die neuen karierten Reithosen, das aktuelle Pferdesachbuch, T-Shirts und ihr Kulturbeutel.

»Und du? Hast du den Flyer, den du Sam versprochen hast?«, wollte sie im Gegenzug wissen.

Ich klopfte auf meine eigene Tasche und stellte ohne allzu große Verwunderung fest, dass auch ich meine Sachen bereits gestern zusammengerafft hatte. Der Flyer, von dem Clara sprach, war die Broschüre eines Tierschutzhofes im Ruhrtal. Ich fand ihn sehr gelungen. Ansprechend formuliert, ohne auf die Tränendrüsen zu drücken. Fachlich korrekt, aber trotzdem für jeden verständlich. Mit qualitativ hochwertigen Bildern der Tiere, die dort lebten. Eine ansprechende Vorstellung dieses Projektes, das zum näheren Kennenlernen und Unterstützen wirklich einlud. Daniel, Sam und Hanne wollten sich das Faltblatt im Hinblick darauf anschauen, selbst so etwas zu gestalten und den Lotten-Hof damit im näheren Umkreis bekannter zu machen.

»Auf geht's!«, sagte ich.

Doch in diesem Augenblick klingelte das Telefon.

Wir starrten beide zur Station auf dem Flurtisch, die blinkte.

Clara machte einen Satz dorthin und warf einen Blick auf das Display. »Die Uni. Büro vom Dekan«, sagte sie tonlos und sah mich an.

Verflixt. Es war doch ein Fehler gewesen, ihm den Finanzierungsplan für das neue Projekt heute noch reinzureichen. Nächste Woche war er nicht in der Stadt. Bestimmt hatte er sich die Unterlagen angesehen und das Risiko des kalkulierten Zeitumfangs erkannt. Ich wusste, dass ich knapp gerechnet hatte und dass er das womöglich bemängeln würde. Und ich wusste, dass er solche Dinge nie auf die lange Bank schob, sondern immer gleich regeln wollte. Wie dumm von mir. Wenn er es heute Nachmittag noch besprechen wollte, musste ich noch einmal in die Stadt fahren, um es zu klären.

Ich rührte mich nicht.

»Willst du denn nicht rangehen?«, wisperte Clara, als könne sie dem Anrufer unsere Anwesenheit durch ein lautes Wort verraten.

Ich starrte weiter auf den Apparat. Es klingelte noch dreimal. Dann schaltete sich die Sprachbox ein, und es war still.

»Du bist nicht rangegangen«, stellte meine Tochter mit ehrfürchtiger Stimme fest.

»Nein«, sagte ich ein bisschen heiser.

Da stürzte Clara plötzlich auf mich zu, riss meine Umhängetasche auf und fummelte hektisch darin herum. Als sie die

Hand wieder herausnahm, hielt sie mein iPhone darin, klappte den Deckel des Etuis auf und drückte energisch auf die AUS-Taste. Das Display verschwand, und Clara ließ das Handy mit zufriedenem Gesichtsausdruck wieder in meine Tasche gleiten.

»So!«, sagte sie. »Wenn schon, denn schon. Oder?«

Als ich in ihre keck blickenden Augen sah, musste ich plötzlich kichern. Und dann brach ein lautes Lachen aus mir heraus. In das Clara sofort einstimmte. Wir gluckten noch, als wir ein paar Minuten später aus der Einfahrt fuhren.

* * *

Obwohl Clara auf der Hinfahrt so gut gelaunt und ich selbst so heiter war, befiel mich beim Ankommen auf dem Hof wieder die Befangenheit, die aus den notwendigen Heimlichkeiten erwuchs. Diesmal begrüßte uns Daniel allein, und er merkte sofort, was in mir vorging. Daher schlug er vor, in der Halle Sam ein wenig bei der Bodenarbeit mit Lavinia zuzusehen, während Clara zusammen mit Marie auf die Koppel zu Fellow und Cilli lief.

Für Lavinia waren heute Kunststückchen dran. Die fuchsfarbene Stute hatte offensichtlich Spaß daran und machte begeistert mit. Sam arbeitete mit einer Art Knackfrosch als positivem Verstärker, und Daniel erklärte mir das Prinzip, das hinter dieser sogenannten Klicker-Arbeit steckte. Er tat alles, um mich von meiner Befangenheit abzulenken. Und da Sam ganz mit Lavinia beschäftigt war, wurde ich lockerer und wagte es, mit ihm einige tiefe Blicke zu tauschen.

Aber als Clara und Marie sich einige Zeit später wieder zu uns gesellten, um ebenfalls zuzuschauen, konnte ich spüren, wie ich mich erneut anspannte.

»Gibt Hanne wieder ein Seminar?«, erkundigte ich mich leise bei Daniel.

»Sie ist vor ein paar Minuten wiedergekommen«, antwortete Marie für ihn. »Wir haben sie gerade mit ihrer Tasche auf dem Hof getroffen. Kommt bestimmt gleich.«

Und tatsächlich dauerte es nicht lange, bis Hannes Schritte in der Stallgasse zu hören waren. Doch anstatt uns gelassen zu begrüßen, wie es sonst ihre Art war, schwenkte sie ein Blatt Papier und rief: »Guckt hier eigentlich niemand außer mir mal in den Briefkasten?«

Sam hörte ihre Stimme und kam lächelnd zu uns herüber. Lavinia folgte ihrem Lieblingsmenschen langsam, als wollte sie nicht glauben, dass diese spaßbringende Trainingseinheit schon zu Ende sein sollte.

Hannes Gesicht war heiß vor Aufregung und leuchtete geradezu. Sie hielt Daniel den computergeschriebenen Brief hin, ließ ihn jedoch nicht los, sodass die beiden einen Moment ein witziges Tauziehen veranstalteten.

Daniel gelang es dennoch, einen Blick auf das Schreiben zu werfen. Er riss die Augen auf, und ihm entfuhr ein lautes »Ha!«

Neugierig scharten wir uns alle um Hanne. Auch Sam hängte aus der Halle ihre Arme über die Absperrung und versuchte, einen Blick auf den Brief zu erhaschen.

»Sie laden uns ein!«, jubelte Hanne und klang dabei noch etwas ungläubig. »Wir sind zu der Gremiumssitzung bei den Magholy-Werken eingeladen! Die Anhörung vor der Jury zur Verteilung der diesjährigen Fördermittel findet schon in drei Wochen statt! Wir sind dabei!«

Sam kreischte auf, sprang an der Bande hoch und schwang die Beine darüber. Hanne und sie fielen sich hysterisch lachend um den Hals, ließen sich aber sofort wieder los – nur um dann mich mit solcher Begeisterung zu umhalsen, als hätte ich bei der Damenfußball-WM das entscheidende Tor geschossen. Auch Clara und Marie quietschten auf, umarmten sich und hüpften gemeinsam auf und ab. Daniel, der das Schreiben in der Hand hielt, starrte immer noch darauf und lachte kopfschüttelnd.

Plötzlich redeten alle durcheinander.

»Das hast du geschafft, Emilie! Heaven, du bist ein Engel!«, rief Sam und gab mir einen verirrten Schmatzer irgendwo zwischen Wange und Ohr.

»Scheiße aber auch!«, tönte Hanne dagegen an. »Und vorhin dachte ich noch, wie oft ich wohl noch hierher zurückkommen kann oder ob wir in ein paar Monaten schon alles dichtmachen müssen.«

»Mama! Cool!« Clara lachte.

»Es lebe der Lotten-Hof!«, schrie Marie.

Lavinia wieherte und schnaubte empört. Wir lachten alle, als hätte sie einen genialen Scherz gemacht.

»Ruhe!«, rief Daniel schließlich lachend. »Wollt ihr denn nicht hören, was unsere Heldin des Tages zu sagen hat?«

Jetzt sahen mich alle erwartungsvoll an. Ich lächelte. »Ich freu mich so!«, brachte ich als Erstes heraus. Aber irgendwie fand ich das nicht angemessen für diesen Anlass, deshalb setzte ich hinzu: »Aber das ist nicht nur mein Verdienst. Heute haben wir alle zusammen etwas Wundervolles erreicht! Der erste Schritt ist getan, den Lotten-Hof zu retten! Und mehr als das. Wenn wir die Fördermittel tatsächlich bekommen, können wir sogar daran denken, die neuen Stallungen zu bauen. Weitere Offenboxen für die Pferde vom Hof. Und sogar noch ein paar für diejenigen, die da draußen Hilfe brauchen. Das ist wirklich ... grandios.«

Alle sahen mich lächelnd und mit aufgeregten Gesichtern an.

»Darauf müssen wir jetzt anstoßen!«, entschied Hanne. »Komm, Sam, bring Lavinia auf die Weide, hol Sven von der Arbeit am Zaun weg, und wir machen einen Sekt auf. Solche Anlässe muss man würdigen!«

Als die anderen vor uns ins Haus stürmten und Sam mit Lavinia zur Koppel hinübereilte, folgten Daniel und ich ihnen etwas langsamer, Seite an Seite.

Er beugte sich kurz zu mir herüber. Seine Lippen berührten fast mein Ohr, als er mir zuraunte: »Besonders schön fand ich, dass du ›wir‹ gesagt hast.«

Ich sah ihn verwundert an.

»Du hast gesagt: ›Wir können daran denken, ein paar neue Boxen zu bauen‹«, erklärte er.

Hatte ich das?

* * *

Der Rest des Tages verging in einem Freudentaumel.

Ich versuchte, die anderen zu ernüchtern und ihnen klarzumachen, dass jetzt eine Menge Arbeit vor uns lag. Wir würden uns für die Anhörung bestens vorbereiten müssen, denn schließlich waren wir nicht der einzige gemeinnützige Verein, der Geld haben wollte. Doch Daniel erinnerte mich daran, dass ich mir vorgenommen hatte, mich auch an den kleinen Erfolgen zu freuen, bevor ich die nächste Aufgabe in Angriff nahm. Da die anderen sowieso schon durch die Zusage zur Anhörung so gut gelaunt waren, ließ ich mich anstecken.

Erst am Abend, als wir nach dem Essen zusammensaßen und das Lächeln auf allen Gesichtern im Kreis genossen, sagte Hanne schließlich: »Drei Wochen sind doch nichts. Was müssen wir jetzt eigentlich machen, damit es auch tatsächlich klappt?«

Alle sahen mich an. Auch Daniel, der sonst auf alle Fragen rund um den Hof eine Antwort wusste.

Daher erfüllte es mich ein wenig mit Stolz, als ich erklärte: »Wichtig ist vor allem, dass ihr kompetent und sachlich zugleich auftretet. Geht davon aus, dass den Jurymitgliedern die Tiere selbst egal sind. Sie wollen die Gelder dorthin bewilligen, wo sie für den Konzern gut angelegt sind. In Projekte, mit denen sie werben und für sich selbst Politik machen können. Der Flyer muss bis dahin fertig sein! Wir sollten uns morgen zusammensetzen und besprechen, wer welche Aufgaben übernimmt, Fotos, Text und so – die grafische Bearbeitung übernimmt doch bestimmt Tobias?« Sam nickte sofort. Ihr Schwager war Grafikdesigner; für ihn war so etwas ein Kinderspiel. »Super. Dann könnten wir es schaffen.«

Diese Informationen ließen die anderen auf sich wirken.

»Und wie ist das dann so?«, wollte Marie wissen. »Stellen die euch Fragen zu den Pferden?«

»Vielleicht. Nicht so persönlich, wie du dir das vielleicht wünschst. Aber bestimmt wäre es auch gut, ein paar besonders einleuchtende Fallbeispiele parat zu haben, falls sie so etwas wissen möchten. Ich denke, dass es eher darum geht, sie mit einer kleinen Ansprache zu fesseln und schon in den ersten Minuten zu überzeugen.«

»Wie bei einem Referat«, schaltete sich Clara ein. Alle sahen sie an. Ihre Wangen überzogen sich mit einer leichten Röte, und sie sagte: »Frau Helm sagt das immer. Dass ein Referat einen schon in den ersten drei Minuten packen muss.«

»Kluge Frau!« Daniel grinste. »Aber wie macht man das?«

Ich beugte mich vor. Mit packenden Vorträgen kannte ich mich wirklich aus. Sie waren quasi meine Spezialität. »Gebt ihnen das Gefühl, es mit ihresgleichen zu tun zu haben. Menschen, die mit Geld umgehen können. Profis in Verwaltung.«

Sam hüstelte. Daniel schaute ungläubig.

»Na ja«, setzte ich lächelnd hinzu. »Ein bisschen dürft Ihr auch raushängen lassen, dass ihr herausragende, in dieser Hinsicht absolut fehlerlose Pferdemenschen seid.«

Hanne, Sam und Daniel nickten.

»Das können sie besonders gut«, mischte Sven sich ein.

Weil er so selten etwas sagte, war ich fast überrascht, seine Stimme am Tisch zu hören, doch die anderen lachten.

»Wer von uns soll da eigentlich hin?«, fragte Hanne. »Oder müssen etwa alle Vereinsmitglieder dabei sein?«

»Und wenn unser Verein hundert Mitglieder hätte?« M;arie kicherte.

»Der Vorstand?« Sam sah zögernd zu Daniel hinüber, der in unserer winzigen Vereinsversammlung einstimmig zum Vorsitzenden gewählt worden war.

»Nicht zwingend. Es kann einfach eine dazu berechtigte Abordnung sein. Vielleicht ein oder zwei Personen.«

Eine Weile war es still am Tisch. Es wurden ziemlich viele Blicke getauscht.

»Ich scheide aus«, sagte Daniel schließlich. Seine Stimme klang gepresst.

Ich musterte ihn besorgt. Bisher hatte ich ihn nur ein einziges Mal die Fassung verlieren sehen – als wir über den Unfall und Charlottes Tod gesprochen hatten.

Von sich aus hatte er das Thema nicht noch einmal angeschnitten. Wenn ich eine Andeutung machte, wich er aus.

Plötzlich begriff ich, wie weitreichend die Einschränkung war, mit der er seitdem lebte. Natürlich hatte ich mir schon mehr als einmal gewünscht, er könne sich in ein Auto setzen und mich zu Hause besuchen. Ganz so, wie ich vor zwei Tagen. Doch *einfach* war es eben nicht. Zweihundert Kilometer waren zu weit. Genau wie der Weg zu den Magholy-Werken, die vom Lotten-Hof aus gesehen auf der anderen Seite der Stadt lagen.

Daniels drei Worte: »Ich scheide aus«, reichten den anderen offenbar, um seine Entscheidung kommentarlos zu akzeptieren.

Sam seufzte. »Wenn ich mich aufrege, kommt mein Akzent so stark raus.«

»Aber das ist doch besonders entzückend«, flirtete Hanne.

Sam stieß sie mit dem Ellbogen in die Seite, konnte aber nicht verbergen, dass sie sich geschmeichelt fühlte.

»Worte sind nicht so mein Ding«, gestand Sven.

Von dieser Aussage war wohl niemand überrascht. Aber wir nickten ihm alle zu, um zu würdigen, dass er die Möglichkeit in Betracht gezogen hatte.

»Tja, dann bleibe wohl nur noch ich.« Hanne sah ein wenig ratlos drein.

»Du bist durch die Seminare im Training. Geradezu routiniert in öffentlichen Auftritten«, argumentierte Daniel.

Hanne schnaubte. »Allerdings geht es dabei nie um die Existenz des Lotten-Hofes. Um diese Aufgabe zu stemmen, wäre es schon toll, zu zweit zu sein.«

Wieder sahen alle mich an. Ich begegnete ihren Blicken. Sven. Hanne. Marie. Sam. Clara. Daniel. Clara. Ich hob die Hände. »Okay.«

»Emilie, du bist ein Schatz!« Hanne stieß mit einem Seufzer die angehaltene Luft aus.

»Genau das dachte ich auch gerade«, hörte ich Daniel murmeln.

Clara strahlte.

»Könnt Ihr nicht Bens Geschichte erzählen?«, meldete sich Marie.

»Oder die von den Zirkusponys?«, schlug Clara vor.

»Ja, das ist eine super Idee!«, stimmte Daniel ihr zu. »Die hätten nämlich der Stadt auf der Tasche gelegen, wenn wir sie nicht aufgenommen hätten. Und Ben wurde aus schlechter Haltung beschlagnahmt.«

»Das sind doch genau die Argumente, die wir brauchen!« Hanne freute sich und griff nach Schreibblock und Stift, um sich erste Notizen zu machen. »Wir nehmen der Stadt Arbeit und Kosten ab.«

»Könntest du nicht hinreiten?«, fragte ich plötzlich.

Die anderen unterbrachen verwundert ihr Gespräch. Nur Daniel wusste offenbar sofort, was ich meinte. Er runzelte die Stirn und sah mich sonderbar an.

»Das hast du doch auch gemacht als du Clara und mir entgegengekommen bist«, setzte ich hinzu.

Sam und Hanne tauschten einen Blick. Dann stand Hanne auf und hantierte mit dem Wasserkocher. Sam betrachtete ihre Fingernägel. Ihre Missbilligung war deutlich zu erkennen. Und weil das so ungewohnt war, spürte ich Verwirrung in mir aufsteigen. Und daneben noch etwas anderes. Ärger?

Niemand sagte etwas, bis Daniel schließlich meinte: »Denkst du im Ernst, die würden uns das Geld bewilligen, wenn der Vorsitzende wie ein Wildwest-Held auf einem der Pferde angeritten kommt? Wahrscheinlich würden sie denken, wir seien ein Haufen Verrückter.« Er versuchte dabei ein Lächeln. Doch seine Augen blieben davon unberührt.

Mein Hals fühlte sich mit einem Schlag an wie zugeschnürt. Ich senkte den Blick. »Tja, wahrscheinlich hast du recht«, sagte ich leise.

»Will außer mir noch jemand Tee?«, fragte Hanne.

* * *

Erst spät am Abend, die Mädchen waren bereits in Claras Zimmer, Hanne und Sam in ihrer kleinen Wohnung verschwunden, und nur noch Sven saß versunken und gelegentlich gähnend über seinen Briefmarken, fiel mir auf, dass ich Fellow noch gar nicht gesehen hatte.

Wie zufällig begleitete Daniel mich hinaus, und wir schlugen den Weg zu den vorderen Koppeln ein. Da man uns vom Haus aus sehen konnte, gingen wir zwar dicht nebeneinander, nahmen uns jedoch nicht an den Händen. Obwohl ich ihn am liebsten sofort innig geküsst hätte.

»Du siehst heute besonders schön aus«, murmelte Daniel mir zu.

Ich lächelte. »Das sagst du immer, wenn wir uns sehen.«

»Es stimmt ja auch immer.«

»Hast du noch an Dienstag gedacht?«

»Unentwegt.«

Wir sahen uns an, und mein Herz ging auf. Ich war versucht, alle Vorsicht fahren zu lassen und ihn einfach zu küssen. Doch in diesem Moment kamen wir an der Koppel an.

Die Pferde standen recht nah am Tor, wedelten sich gegenseitig die Fliegen fort und schauten uns müde an.

Als ob er wüsste, dass ich extra seinetwegen da war, löste Fellow sich aus der Gruppe und kam zu uns herüber. Seine breite Blesse leuchtete in der Dunkelheit, und der schwarze Schopf, der ihm über die sanft blickenden Augen fiel, ließ ihn einmal mehr wie einen friseursabotierenden Teenager in den Siebzigern aussehen.

Ich steckte ihm die mitgebrachte Möhre zu.

Er kaute sie genüsslich. Dann roch er ausgiebig an meiner ausgestreckten Hand, ließ sich ein wenig die Wange kraulen, hob den Kopf und schnupperte an meinem Haar.

»Wieso tut er das?«, fragte ich leise. Sein sanftes Schnauben, der pferdewarme Atem berührten mich zärtlich.

»Auch Pferde haben ihre Vorlieben«, entgegnete Daniel. »Und ich kann nur sagen, Fellow hat einen ausgesprochen guten Geschmack. Kommst du mit hoch?«

»Geh schon mal vor. Ich will noch nach den Mädchen sehen«, antwortete ich.

Daniel berührte mich im Umdrehen sacht an der Schulter. Ich konnte sein Lächeln geradezu spüren. Dann ging er über den Hof zurück ins Haus.

Ich blieb noch ein paar Minuten bei Fellow stehen, bis er davon überzeugt war, dass ich wirklich keinen weiteren Leckerbissen für ihn bereithielt. Schließlich drehte er sich um und schlurfte zu seinen Artgenossen hinüber.

Sein großer Körper verschmolz in der Dunkelheit mit dem dunklen Schatten der schützenden Gruppe. Ich blinzelte ein paar Mal, konnte ihn jedoch schon bald nicht mehr von den anderen unterscheiden.

Zum ersten Mal kam mir ein merkwürdiger Gedanke. Dass nämlich die Vorstellung, er könne schon bald nicht mehr zu ihnen gehören, geradezu abwegig schien.

Nachdenklich ging ich hinein, schlüpfte in meinem Zimmer in den Pyjama. Die Mädchen schliefen tief. Ich schlich leise die Treppe hinauf. Noch ehe ich die Tür richtig hinter mir geschlossen hatte, umfing Daniel mich bereits mit seinen Armen und zog mich an sich. Ich ließ mich gegen ihn sinken und gab alles Denken auf. Hier war der Ort, an dem ich sein wollte. Wir taumelten durch die Lust, und später schlief ich ein wie ein Kleinkind, das durch nichts geweckt werden könnte.

* * *

Ich erwachte mit Blick auf den Wecker und fuhr hoch. Es war bereits kurz vor acht.

Daniel murmelte etwas neben mir und wollte im Halbschlaf den Arm noch fester um mich legen. Doch ich gab ihm einen raschen, keuschen Kuss auf die Stirn, wand mich aus seiner Umarmung, schlüpfte in meinen Pyjama und huschte hinunter.

In meinem Zimmer zerwühlte ich zuerst das Bett, sodass es aussah, als hätte ich darin geschlafen. Das hatte ich gestern Abend über all den Gedanken vergessen. Dann sprang ich in Rekordzeit unter die Dusche, warf Jeans und T-Shirt über und war noch vor den anderen unten in der Küche, um das Frühstück vorzubereiten.

Nach und nach tröpfelten alle herein, halfen bei den letzten Handgriffen oder setzten sich schon an den Tisch. Als Letzter erschien Daniel, noch etwas müde wirkend, aber mit strahlenden Augen. Schließlich saßen wir alle um den Tisch herum, aßen und sprachen darüber, was am Tag für Arbeiten anstehen würden. Daniel wollte Sven bei der weiteren Reparatur des Zaunes helfen. Ich wurde als Assistentin eingeplant, während Sam und Hanne zusammen mit den Mädchen die Pferde versorgen wollten.

»Wo warst du heute Morgen?«, fragte Clara plötzlich über den Tisch hinweg.

Ich blinzelte. Eine grässliche Ahnung stieg in mir auf. »Wieso? Was meinst du?«

»Ich war schon so früh wach. Und weil ich Marie nicht wecken wollte, bin ich zu den Pferden. Deine Tür stand einen Spalt auf. Da hab ich reingelunzt und gesehen, dass du nicht da warst. Aber dein Bett war gemacht, und im Bad warst du auch nicht.«

Aus irgendeinem Grund konnte ich es einfach nicht verhindern, dass meine Augen unter einem unabwendbaren Zwang zu Daniel hinüberhuschten. Der schaute wie gebannt zwischen Clara und mir hin und her und beugte den Kopf dann mit einem Ruck wieder über sein Müsli.

»Oh, das«, sagte ich lahm und tat so, als würde es mir erst jetzt wieder einfallen. »Ich war auch früh unterwegs. Oben im Wald, einen kleinen frühmorgendlichen Spaziergang machen, weißt du.« Meine Stimme klang zu hoch. Ich konnte selbst hören, dass sie nach einer raschen Ausflucht klang.

Clara musterte mich misstrauisch. Sam sah mich ebenfalls mit hochgezogenen Brauen an. Nur Daniel schaufelte sich gerade einen weiteren Löffel Müsli in den Mund.

Meine Tochter betrachtete ihn einen kurzen Augenblick, warf mir noch einen letzten Blick zu, murmelte: »Ach so, und beschäftigte sich wieder mit ihrem Brötchen.

Ich atmete erleichtert auf. Doch konnte ich den ganzen Tag ihren nachdenklichen Ausdruck nicht vergessen.

Beinahe war ich versucht, Daniel um Verständnis dafür zu bitten, dass ich in der folgenden Nacht nicht zu ihm kommen konnte. Doch der Gedanke, dass wir beide getrennt in unseren Betten liegen würden, nur wenige Meter voneinander entfernt, war derartig absurd, dass ich mich doch hinaufschlich.

Allerdings schlief ich in seinem Arm zum ersten Mal unruhig, war wach, bevor die Sonne aufging, und stahl mich wie eine Diebin wieder hinunter.

* * *

Die folgende Woche war geprägt von einem Haufen Arbeit, den ich mir selbst aufgehalst hatte und der nun mit einem

Schlag erledigt sein wollte. Ich stand meistens schon sehr früh auf, und bevor Clara zum Frühstück erschien, hatte ich bereits eine Stunde gearbeitet. Den ganzen Tag über war ich so beschäftigt, dass ich kaum zum Nachdenken kam. Nur in den abendlichen Telefonaten schob ich die anstehenden Aufgaben weit von mir und ließ mich in Daniels Stimme fallen.

Eines Abends, als er und ich bereits in der Flüsterstimmung waren, die dem Ende des Telefonats meist vorausging, glaubte ich, vor der Tür ein Geräusch gehört zu haben. Doch als ich den Hörer rasch zur Seite legte und hinaussah, war der Flur leer.

Am nächsten Morgen saßen Clara und ich beide reichlich müde am Frühstückstisch. Ich nahm mir wieder einmal vor, die nächtlichen Telefonate etwas abzukürzen – irgendwann konnte auch eine Frischverliebte nicht mehr mit vier Stunden Schlaf pro Nacht auskommen.

»Mama?«, begann Clara da.

»Ja?«

Sie räusperte sich, als hätte sie einen Krümel im Hals, und fragte zaghaft: »An dem Abend, als wir Hanne kennengelernt haben, weißt du noch? Du wolltest mir erklären ... na ja, dass die beiden zusammen sind und so.« Sie klang verlegen.

»Sicher weiß ich das noch«, antwortete ich, und in meinem Kopf ratterte es, ob es womöglich eine Situation oder ein Gespräch mit Sam oder Hanne gegeben hatte, das für Clara nun Fragen aufgeworfen haben könnte. »Gibt es da irgendwas, was du wissen willst?«

Clara wand sich sichtlich. Es war ihr offensichtlich peinlich. Daher sah ich sie nicht an, sondern tat so, als sei ich mit dem Marmeladenglas beschäftigt.

»Nee«, räusperte sie sich schließlich. »Darum geht's eigentlich gar nicht. Es geht eher um ... na ja ... zusammen sein und so ...«

»Sag bloß, du hast dich in jemanden verliebt?«, fragte ich, halb verwundert und halb begeistert.

»Boah, Mama!«, maulte sie. »Jetzt lass mich doch mal ausreden!«

Ich hob die Hand und verschloss meine Lippen mit einem unsichtbaren Schlüssel. Clara seufzte. Offenbar war eine derart alberne Mutter nur schwer zu ertragen.

»Ich wollte dir nur sagen«, begann sie dann mit etwas festerer Stimme. »Also, wenn du mit jemand zusammen sein willst ... ich meine, jemand Nettem, den ich mag, also, dann ist das okay. Ich meine, ich will nicht, dass du denkst, dass ich das doof fände, wegen Papa und so.«

Ich wusste zunächst gar nicht, was ich antworten sollte.

Wir taten beide so, als beanspruche das Frühstück unsere gesamte Aufmerksamkeit.

Mein Eindruck, Clara sei die neue, ganz besondere Verbindung zwischen Daniel und mir aufgefallen, hatte mich also nicht getrogen. Die Vorsicht, mit der sie ihr Anliegen hervorgebracht hatte, war ebenso erstaunlich wie rührend.

War das meine Tochter? Mein kleines Mädchen, dem ich Sprechen, Laufen, Lesen und Schreiben beigebracht hatte? Wie umsichtig und reif sie plötzlich klang. So erwachsen, dass es einer Beleidigung gleichgekommen wäre, nun so zu tun, als wüsste ich nicht, wovon sie sprach.

»Du magst Daniel auch sehr gern, oder?«, fragte ich sie und konnte selbst hören, dass in meiner Stimme ein leises Zittern schwang.

Clara sah kurz hoch, und ich konnte ein kurzes Aufblitzen in ihren braunen Augen sehen. Etwas zwischen Freude und Angst. Dann senkt sie den Blick wieder und nickte.

»Das ist schön«, sagte ich und legte kurz meine Hand auf ihre. »Und es ist wunderbar, dass du so verständnisvoll bist. Aber du sollst wissen, dass du immer, egal, was geschieht, das Wichtigste für mich bist. Weißt du das, mein Schatz?«

Wieder ein verlegenes Nicken.

Ich fand, dass das als tiefschürfendes Gespräch vor einem langen Schultag reichte, strich ihr übers Haar und begann, die Frühstückssachen zusammenzuräumen. Clara stand ebenfalls auf und holte ihre Schultasche von oben. Dass unser kurzer Austausch auch sie aufgewühlt hatte, konnte ich daran merken, dass sie mir zur Verabschiedung einen dicken Kuss auf die Wange gab.

Als sie aufgebrochen war, saß ich noch eine Weile am Tisch und blickte aus dem Fenster in den Garten, unfähig, meine Gefühle zu ordnen. Konnte das sein? War es so einfach?

Was ich seit nunmehr drei Wochen so krampfhaft zu verbergen suchte, obwohl ich es doch so gern mitteilen wollte, hatte so klar auf der Hand gelegen? Und weil ich es nicht anzusprechen wagte, hatte Clara es getan?

Ich hatte keine Ahnung, wie viel sie wusste oder ahnte. Glaubte sie einfach nur, dass Daniel und ich uns zugetan waren, und wollte mir grünes Licht geben für den Fall, dass etwas entstehen würde? Oder hatte sie aus den kleinen Indizien der letzten Wochen eins und eins zusammengezählt und ging deshalb von einer bereits bestehenden Liebesbeziehung aus?

Nur schwer widerstand ich der Versuchung, Daniel anzurufen und ihm sofort von dem Gespräch mit Clara zu erzählen. Heute Morgen hatte er viel Arbeit zu erledigen, und ich wollte ihn dabei nicht stören. Wir waren zu unserer üblichen Zeit spät am Abend zu einem Telefondate, wie er es immer nannte, verabredet. Also ging ich hinauf ins Arbeitszimmer, in Gedanken immer noch bei Claras zaghaften Andeutungen, aber auch bei ihrem liebevollen Abschiedskuss. Ich fuhr den Laptop hoch, um vor der anstehenden Arbeit kurz meine E-Mails zu checken. Einer der Absender war mir mittlerweile schon vertraut. Es war die Universität in Boston.

Diesmal schrieb die Dekanin persönlich. Selbstverständlich gälte noch meine erbetene Bedenkzeit. Doch für den Fall, dass dies zu der Entscheidung zu ihren Gunsten beitrage n könnte, wolle sie mir mitteilen, dass sie für die andere Leitungsstelle im geplanten Forschungsprojekt Prof. Dr. Pflieger habe gewinnen können. Die Universität habe ihm bereits ein hübsches Stadthaus in Campusnähe organisiert.

Ich starrte auf die Zeilen.

Heute war offenbar der Tag der Überraschungen. Professor Pflieger, mein alter Doktorvater und wohlmeinender Wegweiser an diversen steinigen Kreuzungen in meinem Berufsleben. Wie oft hatten wir davon gesprochen, irgendwann einmal gemeinsam ein großes, vielbeachtetes Forschungsprojekt zu leiten. Nun stand er kurz vor der Emeritierung. Und ich hatte nicht gedacht, dass wir solch eine Chance noch bekommen sollten.

Ich las die E-Mail dreimal, sah aus dem Fenster, las sie noch einmal.

Es war kein Schreiben, das einer Antwort bedurfte, lediglich eine zusätzliche Information zu einer bereits bestehenden Anfrage. Und doch war mir klar, dass ich antworten sollte. Bedauernd. Freundlich. Aber ablehnend.

Ich betrachtete lange das Foto von Clara und Fellow, das auf meinem Schreibtisch stand. Und mir selbst konnte ich durchaus eingestehen, dass auch Daniels Bild vor meinem inneren Auge auftauchte. So, wie sich die Dinge momentan hier entwickelten, kam es überhaupt nicht infrage, für zwei oder gar drei Jahre in die Staaten zu ziehen. Daniel und ich hatten es wunderschön miteinander. Und gerade war genau das passiert, was ich mir seit dem ersten Kuss zwischen uns gewünscht hatte: Meine Tochter hatte mir durch die Blume erklärt, dass sie mit dieser neuen, sich entwickelnden Beziehung einverstanden war. Warum also zögerte ich abzusagen?

Das Nachdenken über diese Frage schien mir viel zu kompliziert. Schließlich klickte ich auf »Als neu behalten« und schloss die Mail.

* * *

Daniel hatte am Telefon geradezu begeistert reagiert, als ich ihm von dem Gespräch mit Clara erzählt hatte. »Sie ist fantastisch«, hatte er gesagt. »Genau wie ihre Mutter.« Es war ihm deutlich anzumerken, dass er sich auf die Aussicht freute, nicht länger Versteck spielen zu müssen. Und endlich würde er Sam ins Vertrauen ziehen können. Obwohl er, wie er meinte, sicher war, dass sie sowieso schon Bescheid wusste und nur aus typisch englischer Diskretion noch kein Wort darüber verloren hatte.

»Aber bitte, lass es uns langsam angehen, ja?«, hatte ich beinahe ängstlich erwidert.

Sein Lächeln, auch durchs Telefon hörbar, hatte mich wie immer beruhigt. »Du meinst, ich darf dir nicht gleich die Sachen vom Leib reißen, wenn ihr am Freitag hier anrollt?«

Und wir hatten beide gelacht.

Ich ging es langsam an. Indem ich Clara am nächsten Tag erzählte, dass ich mit Daniel telefoniert hatte und sie von ihm grüßen sollte. Sie nickte, als sei es selbstverständlich, wollte aber natürlich wissen, ob er etwas über Fellow gesagt hatte.

Sollte ich noch weiter gehen? Sollte ich ein erwachsenes Gespräch mit ihr führen, in dem ich ihr erklären konnte, wie es zwischen Daniel und mir stand? Oh, ich hasste es, wenn ich mich als Mutter derart unzulänglich fühlte. Und weil ich in dieser hochsensiblen Phase keinen Fehler machen wollte, rief ich Dr. Teichmann an und fragte sie um Rat.

»Zunächst mal: Es freut mich sehr, dass es Ihnen so gut geht und Sie glücklich sind!«, antwortete sie mit ihrer typisch warmen Stimme. »Und was Clara angeht, kann ich Ihnen nur den Rat geben: Unterschätzen Sie sie nicht. Sie hat sehr feine Antennen. Seien Sie offen, aber nicht zu ernst. Je angestrengter Sie an das Thema herangehen, desto größer ist die Wahrscheinlichkeit, dass Clara sich dabei unbehaglich fühlt.«

Natürlich, sie hatte recht. Ich atmete auf, denn auch mir war der Gedanke an ein tiefschürfendes Gespräch nicht angenehm gewesen. Also hatten Daniel und ich vereinbart, einfach möglichst natürlich und liebevoll, aber nicht übertrieben deutlich miteinander umzugehen.

Ehrlich gesagt, war ich ziemlich gespannt, wie sich dieser Vorsatz in die Tat umsetzen ließe, und war am Freitagnachmittag nicht wenig nervös.

Es war erst so kurze Zeit her, dass Clara ein verschlossener, bekümmerter Teenager gewesen war, an den ich nicht herankommen konnte. Konnte ich der Gelassenheit trauen, mit der sie nun an die neue Beziehung ihrer verwitweten Mutter heranging?

Wie sich herausstellte, konnte ich es. Sie benahm sich ganz wie immer, als wir am Lotten-Hof ankamen. Dass Daniel mich nicht nur umarmte, sondern mir auch einen kurzen Kuss gab, der uns beide hochverlegen machte, schien sie zwar zu registrieren, aber es brachte sie nicht aus dem Gleichgewicht. Marie und sie stoben davon zu den Pferden, und wir blieben etwas atemlos zurück, ganz berauscht und irritiert durch den neuen Verlauf der Dinge.

»Ich weiß auch nicht, was ich erwartet habe«, gestand ich, als wir zusammen den Weg hinter dem Haus hinauf zum Wald gingen. Daniel hatte meine Hand genommen, und ich widerstand tapfer der Versuchung, mich nach möglichen Zuschauern im Haus umzudrehen. »Die Zeit hier auf dem Hof, die Zeit mit Fellow hat sie unglaublich verändert. Plötzlich scheint alles möglich zu sein. Ich meine, sie hat Marie von Steffen erzählt. So etwas hat sie noch nie freiwillig getan. Und nun diese Entwicklung. Es ist einfach unglaublich, dass sie mir sagt, es sei okay, wenn ich eine neue Partnerschaft eingehe. Stell dir das vor! Mit der eigenen Mutter über so etwas zu sprechen ist dreizehnjährigen Mädchen doch unglaublich peinlich.«

»Was meinst du, wie es dreizehnjährigen Jungs damit ging?« Daniel grinste.

Ich wusste inzwischen, dass Daniels Eltern sich hatten scheiden lassen, als er zehn war. Ein paar Jahre später hatte seine Mutter, bei der er damals lebte, wieder geheiratet.

»Wieso bist du eigentlich immer so prädestiniert dafür, alle um dich herum zu verstehen?« Ich seufzte. Er drückte meine Hand. »Nein, im Ernst, ich könnte mir vorstellen, dass Clara womöglich eher mit dir das Gespräch sucht als mit mir«, gestand ich.

»Weißt du was? Daran habe ich auch schon gedacht«, sagte er.

»Und?«, hakte ich gespannt nach. »Hast du dir da schon was zurechtgelegt? Irgendetwas, was du dann sagen wirst?«

»Überhaupt nichts«, antwortete er gelassen, und ich öffnete schon den Mund, um ihm diverse Tipps zu geben. Denn ich hatte mir selbstverständlich in den letzten Tagen sehr viele Sätze zurechtgelegt, falls Clara noch einmal würde darüber sprechen wollen. Doch bevor ich ein Wort sagen konnte, fuhr er schon fort: »Wenn ich durch die Arbeit mit den Pferden eins gelernt habe, dann ist es, so etwas nie zu tun. Am Ende fordert die Situation doch etwas ganz anderes von uns, als wir vorher dachten.«

Ich schüttelte den Kopf. »Aber ist es nicht gut, auf die verschiedenen Möglichkeiten vorbereitet zu sein?«

Daniel blieb stehen und sah mich an. »Frau Professor Doktor Michaelis«, sagte er. »Ich weiß genau, wieso wir das Schicksal des Lotten-Hofes in Ihre Hände legen, indem Sie das Gespräch mit dem Gremium zur Vergebung der Fördermittel führen werden.«

Ich musste wider Willen lachen. Er schaffte es tatsächlich, meine Unzulänglichkeit als etwas Gutes erscheinen zu lassen. »Ich verstehe«, sagte ich. »Du findest, taktisches Vorausdenken gehört an solche Orte und an die Uni. Aber nicht zwischen meine Tochter und mich. Richtig?«

Daniel neigte den Kopf. Das Grün seiner Augen hatte noch nichts an Anziehungskraft verloren. Im Gegenteil, seitdem ich ohne Verlegenheit hineinsehen konnte, schien es mir umso verlockender.

»Nicht zwischen euch beiden. Und nicht zwischen uns beiden«, murmelte Daniel, als fiele es ihm schwer, seine Gedanken weiterhin auf unser Gespräch zu konzentrieren.

Und dann fasste er meine Hand noch fester und zog mich an sich.

* * *

Der erste Abend war schön wie immer.

Später, als alle im Haus sich zur Nacht zurückzogen, schlüpfte auch ich in meinen Pyjama. Dann stand ich eine ganze Weile vor meinem ordentlich gemachten Bett und war hin- und hergerissen. Schließlich ließ ich es, wie es war, und legte einen Zettel darauf, auf den ich schrieb: »Liebe Clara, ich bin oben bei Daniel. Klopfen nicht vergessen! Kuss Mama«

Ich fand, das klang eindeutig genug, so locker, wie ich gerade konnte, und dennoch nicht, als sei sie ausgeschlossen. Ich schickte allerdings ein kurzes Stoßgebet gen Himmel, es möge nicht so weit kommen, dass meine Tochter – womöglich von einem Albtraum geweckt – plötzlich oben in Daniels Zimmer auftauchte.

In dieser Nacht jedoch geschah nichts dergleichen. Wir sahen uns alle zum Frühstück wieder und planten gemeinsam den Tag.

Hanne wollte unbedingt mit mir unseren »Auftritt«, wie sie es nannte, durchgehen. Der würde am 23. Oktober stattfinden.

»Natürlich, gerne«, sagte ich und warf einen kurzen Blick zu Daniel hinüber. »Es ist wirklich enorm wichtig, dass wir im Vorfeld schon alle Fragen, Antworten und Argumente durchgespielt haben.«

Daniel konnte sich ein Grinsen nicht verkneifen.

Und so verteilten sich die anderen über den Hof, versorgten die Tiere, besserten aus, putzten und arbeiteten mit den Pferden. Am Nachmittag wurde eine Interessentin für die Schimmelstute Maja erwartet. Pflichtschuldig striegelten Clara und Marie das Pferd, bis es glänzte. Doch sie waren sich einig, dass es ihnen lieber wäre, wenn Maja auf dem Lotten-Hof bliebe.

Hanne wirkte nervös, während wir unser Vorgehen bei der Anhörung besprachen. Doch als wir es ein paar Mal durchgegangen waren, wurde sie zunehmend ruhiger und fand schließlich, dass es gar nicht anders ginge, als dass der Lotten-Hof in diesem Jahr die Fördergelder bekommen würde.

»Wenn nur nicht irgendein Kinder-in-der-Natur-Ding dazwischenkommt, muss es doch einfach glattgehen!«, sagte sie. In ihrer Zuversicht gestärkt, machte sie sich auf den Weg, um mit dem neuen Ponywallach zu arbeiten.

Ich ging hinüber in den kleinsten und ältesten der Ställe. Er hatte wohl schon vor zweihundert Jahren bestanden, als der Lotten-Hof errichtet worden war. Über den Boxen gab es eine kleine zusätzliche Etage, in der früher die Stallknechte geschlafen hatten. Dort hatte ich beim Herumstöbern neulich einige alte Stalllaternen entdeckt. Sie waren vollkommen verstaubt und mit Rost überzogen, bei einer war das Glas zerbrochen. Aber wenn man sie wieder aufpolieren und Kaputtes ersetzen würde, könnten sie drüben am Haus sehr hübsch aussehen. Womöglich direkt neben dem Schild mit dem wunderbaren Rilke-Gedicht.

Ich hatte Daniel neulich abends am Telefon von meiner Idee erzählt, und er hatte etliche Sekunden geschwiegen und dann andächtig gesagt: »Du willst mein Zuhause schön machen. Weißt du, was das bedeutet? Bei den Tieren nennt man es den ›Nestbau-Trieb‹.« Wir hatten beide lachen müssen. Aber der wahre Kern, der in seinen Worten steckte, hatte mich berührt. Und so kramte ich nun dort oben in den ehemaligen Behausungen der Stallburschen herum und versuchte, in Panik davonhuschende Spinnen und zwei mumifizierte Mäuseleichen einfach zu ignorieren. Ich fand ein altes, in Papier eingeschlagenes Buch, in dem jemand mit alter Handschrift Notizen zu den Pferden des damaligen Gutes gemacht hatte.

Abstammungslisten standen da neben Beschreibungen von Charakter und Dressurleistungen. Fasziniert blätterte ich darin, sicher, dass noch keiner der anderen es entdeckt hatte.

So saß ich hier ganz still, als ich plötzlich unter mir Schritte hörte.

»… wenn wir da nicht sicher sind, bekommt sie Maja natürlich nicht«, sagte Daniel.

»Aber wenn sie einfach lügt und keine Ahnung wie toll tut und so?«, erwiderte Clara.

Ich erkannte den Tonfall. Sie machte sich Sorgen.

»Ich bin jetzt seit fast fünfundzwanzig Jahren im Pferdegeschäft, Clara«, antwortete Daniel ernst. »Ich erkenne, wenn Menschen mit den Tieren gut umgehen können. Und was Majas Unterkunft angeht, werden wir ihr natürlich in unregelmäßigen Abständen Besuche abstatten. Es gibt eine Klausel im Vertrag, nach der wir berechtigt sind, sie wieder zurückzuholen, sollten die Haltungsbedingungen nicht mit dem übereinstimmen, was wir mit der neuen Besitzerin vereinbart haben.«

Clara schwieg, während Daniel hin und her lief und mit irgendetwas hantierte. Unter mir befand sich ein Teil der Sattelkammer und die Futterkammer. Da gab es immer etwas zu tun und zu räumen.

Ich überlegte, ob ich rufen und mich bemerkbar machen sollte. Doch irgendetwas hielt mich zurück. Dass Clara ohne Marie auf dem Hof unterwegs war, hatte schon Seltenheitswert. Mir kam der Gedanke, dass sie es womöglich absichtlich so eingefädelt hatte, mit Daniel allein zu sein, sodass sie ihn auch das eine oder andere Persönliche fragen könnte. Bisher wirkten die beiden so wie immer, wenn sie miteinander sprachen. Aber …

»Stimmt es, dass Fellow vorgestern schon mal kurz auf dem Hänger gestanden hat?«, fragte Clara.

»Wer kann dir das nur erzählt haben?«, überlegte Daniel amüsiert.

»Marie meint, er hätte kaum noch Angst gehabt«, fuhr Clara unbeirrt fort.

»Das lässt sich schwer ausmachen«, erwiderte Daniel vorsichtig. »Denn sieh mal, Fellow mag uns. Er mag uns wirklich sehr. Uns zuliebe würde er so einiges tun – auch wenn er Angst hat. Und so ist er mit mir reingegangen, als ich ihn geführt habe. Ich möchte aber, dass er ganz entspannt von selbst in den Transporter geht. Erst wenn wir das geschafft haben, bin ich sicher, dass seine Seele nicht wieder Schaden nimmt, wenn wir ihn verladen. Verstehst du?«

Ich ertappte mich dabei, wie ich sachte nickte.

Clara fragte verwundert: »Du meinst, er soll reingehen, ohne dass ihn jemand führt?«

»Das ist nicht so abwegig, wie es zuerst klingt«, antwortete Daniel.

»Nö, bestimmt nicht. Wenn du ihm das beibringst«, erwiderte Clara mit unerschütterlichem Vertrauen in Daniels Horseman-Fähigkeiten.

»Die großen Fortschritte in Sachen Vertrauen hat er dir zu verdanken«, gab Daniel zurück. Ich hätte ihn küssen mögen. »Es hätte auch ganz anders kommen können. Leider gibt es auch andere Fälle – in denen man dem Pferd bei seiner Angst nicht helfen kann. Sie sitzt so tief, dass man auch mit viel Geduld nichts dagegen ausrichten kann. Und dann muss man es lassen, so wie es ist, und das Beste daraus machen.«

Ich hörte, wie Daniel in der Kammer hin und her ging, eine Kiste öffnete, einen der Futtertröge mit Getreide und Kräutern füllte.

Schließlich sagte Clara zögerlich: »Fährst du deswegen nicht mehr Auto?« Das geschäftige Herumgehen hörte schlagartig auf. »Das Mädchen, das gestorben ist. Du hast sie gern gehabt, oder?«, fuhr Clara leise fort.

Daniel räusperte sich. »Ja«, sagte er dann. »Ja, ich hatte sie sehr gern. Sie war ein echtes Naturtalent im Umgang mit den Pferden. Ich kannte sie, seit sie sieben war. War in einem meiner Kinderkurse. Und konnte instinktiv so viel wie ein Erwachsener – ach, mehr ...«

»Mit sieben?«, hauchte Clara. »Bestimmt waren ihre Eltern echt stolz auf sie.«

Diesmal zögerte Daniel. »Na ja, sie waren nicht gerade begeistert davon. Sie hatten beide keinen Draht zu Tieren, und es kam ihnen wohl komisch vor, dass Charlotte so talentiert mit ihnen war. Um ehrlich zu sein, musste ich ganz schön ackern, damit sie ihr das Reiten erlaubten.«

»Cool«, sagte Clara.

»Ich weiß nicht«, erwiderte Daniel. Seine Stimme klang rau. »Dieser Kurs, zu dem wir damals unterwegs waren, den sollte sie eigentlich nicht mitmachen. Ihre Mutter war dagegen. Ein ganzes Wochenende. Aber ich habe auf die Eltern eingeredet. Habe alles aus dem Hut gezaubert, was ich so draufhatte. Und Charlotte hat sich unheimlich darauf gefreut. Sie hat wochenlang vorher von nichts anderem gesprochen.«

»Klar. So ein Kurs mit dir, wow, das muss echt cool sein!«, meinte Clara.

»Wenn ich das nicht gemacht hätte, dann hätte ich allein in meinem Auto gesessen«, sagte Daniel. Und ich konnte seiner Stimme anhören, dass er sich das wahrscheinlich schon unzählige Male selbst gesagt hatte. »Ich hätte mich einfach nicht einmischen sollen.«

»Ist doch total wurscht, wer das mit dem Kurs entschieden hat«, sagte Clara. »Ich meine, sorry – so meinte ich das nicht. Für dich ist es wahrscheinlich nicht wurscht. Was da passiert ist war bestimmt echt ... Ich meine, du warst dabei, als sie ...«

Sie brach ab, und mir zog sich schmerzlich das Herz zusammen.

»Ja«, hörte ich Daniel sehr leise sagen, sodass es kaum zu verstehen war. »Ja, ich war bei ihr.«

»Da hat sie Glück gehabt«, sagte Clara, und ich zuckte zusammen, konnte mir förmlich vorstellen, welcher Sturm an Gefühlen nun in ihm toben musste.

Er antwortete nicht.

»Ich meine, nicht alle Menschen haben das Glück, jemanden so Nettes bei sich zu haben, wenn sie ...«

Sie sprach es nicht aus. Aber ich wusste, woran sie dachte. Sie dachte an Steffen. Sie dachte an ihren Vater, der ganz allein, einsam und so furchtbar brutal gestorben war. Ohne jemanden, der ihn mochte und der einfach bei ihm war.

Und woran dachte Daniel? Kam die Flut der Bilder zurück? Sah er sich wieder am Boden knien und die zarte Hand halten, während Charlotte immer schwächer und schließlich gar nicht mehr atmete? Meine Augen brannten.

»Clara«, hörte ich Daniel schließlich sagen. »Du bist wirklich ein ganz besonderer Mensch.«

»Quatsch!«, erwiderte meine dreizehnjährige Tochter rasch und hörbar verlegen. »Ich sag nur, wie's ist. – Kann ich mit dir kommen und zusehen, wie du Stella die Medizin gibst?«

»Ich hätte dich jetzt genau darum gebeten. Sie stellt sich gerne ein bisschen an, weil sie nicht mehr so gut sieht. Gut, wenn jemand Zweites dabei ist und sie beruhigt«, sagte Daniel.

Ich hörte ihre Schritte und wie Clara im Hinausgehen noch etwas zu der uralten Stute Stella fragte.

Ein paar Minuten saß ich da und versuchte zu ordnen, was ich gerade gehört hatte. In all unseren Telefonaten hatten Daniel und ich Charlotte nicht noch einmal erwähnt.

Er tat es wahrscheinlich aus Gewohnheit nicht. Und ich ...

ja, ich wagte es nicht. Es schien mir ein zu empfindliches Thema, um es einfach so anzusprechen. Dafür brauchte es wahrscheinlich genau die richtige Situation und genau die richtige Stimmung.

Mir war klar, dass er sich vor dem Autofahren fürchtete, wie Fellow sich vor dem Hänger gefürchtet hatte. Denn dabei war das Schlimmste und Entsetzlichste geschehen, was er je erlebt hatte. Was ich jedoch bisher nur geahnt hatte und jetzt bestätigt sah, waren seine Schuldgefühle. Dass die manchmal unlogisch und verquer sein konnten, das hatte ich selbst schon mehr als einmal erfahren. Wenn Daniel der Meinung war, dass er durch sein Insistieren bezüglich Charlottes Teilnahme an diesem Wochenendkurs die Schuld an ihrem Tod trug, dann erklärte das natürlich, wieso er es einfach nicht mehr über sich bringen konnte, in einen Wagen zu steigen.

Doch hatte er bei Fellow nicht gezeigt, dass man sich mit so einer Lage nicht abfinden musste? Vielleicht brauchte er Hilfe und Unterstützung, um dieses große Hindernis, das ihm auf dem Rückweg in ein normales Leben im Weg stand, anzugehen und letztendlich zu überwinden? Womöglich hatten sich die Menschen, die ihn umgaben – Sam, Hanne, seine Familie –, zu endgültig mit dieser Tatsache abgefunden? Hatten ihn zunächst schonen wollen und dann später den erneuten Angang gescheut?

Plötzlich wurde ich ergriffen von kribbelnder Erregung. Mit einem Schlag wurde mir klar, dass ich ihm helfen musste. Ich musste ihm helfen, den Schrecken von damals zu überwinden, um uneingeschränkt leben zu können. Erfüllt von diesem positiven Gefühl drehte ich mich um und stieg die Leiter hinunter.

* * *

Es zum ersten Mal anzusprechen schien mir am schwierigsten. Den ganzen Tag, der mit spätsommerlichen Beschäftigungen angefüllt war, überlegte ich, wie ich es am besten anstellen sollte. Doch letztendlich folgte ich schlicht meinem Bauchgefühl.

Als wir spät abends im Bett lagen, Haut an Haut, fühlte ich mich selbst so weich und berührt, dass nichts unmöglich schien. »Daniel?«, begann ich. »Es gibt da etwas ...«

Er regte sich neben mir und strich über mein Haar. »So etwas Ernstes?«, erwiderte er.

Fast hätte sein heiterer Tonfall mich umschwenken lassen. Doch die Professorin, die sich etwas vorgenommen hatte, gewann die Oberhand und sagte: »Das Autofahren. Dass du in keinen Wagen mehr steigst.« Seine Hand hörte auf, mich zu streicheln, und lag ganz still. »Denkst du nicht, es wäre für dich möglich, es ebenso wieder zu lernen, wie Fellow es gelernt hat?« Bei keinem anderen Mann wäre ich auf die Idee gekommen, den Vergleich zu einem Pferd zu suchen. Doch bei Daniel wusste ich, dass er davon nicht irritiert sein würde, sondern es nachvollziehen könnte.

Dennoch schien er einen Moment überlegen zu müssen, bevor er antwortete: »Mit welchem Zweck?«

»Mit dem Zweck, nicht mehr so eingeschränkt zu sein wie bisher«, erwiderte ich möglichst ruhig.

Jetzt rückte Daniel ein Stück von mir ab, und wir setzten uns beide ein wenig auf, um uns anzusehen.

»Eingeschränkt? Ich hätte nicht gedacht, dass du mich so siehst. Ich bin nicht eingeschränkt, Emilie. Ich lebe hier ein Leben, das ich anders nicht will. Und wenn ich einer höllisch attraktiven Frau, die sich mit ihrer Tochter und ihrem Pferd auf dem Weg zu mir befindet, helfen möchte, dann setze ich mich auf Maja und hole sie ab.« Er sagte das mit einem

Lächeln, und das leicht schiefe Anheben seiner Mundwinkel war derart charmant, dass ich fast nachgegeben hätte.

Später habe ich oft an diesen Moment denken müssen. Ich habe an ihn gedacht und mich gefragt, ob wohl alles anders gekommen wäre, wenn ich es einfach dabei hätte bewenden lassen. Einfach lachen. Mich in seinen Arm kuscheln. Seine Wärme genießen. Annehmen, was er aus freien Stücken zu geben bereit war. All das Wunderbare, Schöne und Einzigartige annehmen. Und ihn einfach in Ruhe lassen.

Doch aus irgendeinem Grund konnte ich das nicht. Aus irgendeinem Grund glaubte ich, besser zu wissen, was gut für ihn war, als er selbst. Manchmal sind wir solche Idioten – gerade dann, wenn wir uns für schlau und einfühlsam halten.

»Aber nimm zum Beispiel diese Anhörung«, versuchte ich es weiter. »Bestimmt wäre es gut, wenn du dabei sein könntest.«

Er runzelte die Stirn. »Ich bin sicher, dass Hanne es wunderbar machen wird. Und dich könnte ich sowieso nicht ersetzen, Frau Professor Doktor.«

»Aber es gibt doch viele andere Situationen, in denen es einfach nicht geht, dass du dich auf eines deiner zwanzig Pferde setzt und einfach losreitest. Willst du denn nie mal … ins Kino gehen, zum Beispiel? Oder jemanden besuchen? Oder was ist, wenn du mal zum Arzt musst? Oder willst du denn nie sehen, wie Clara und ich leben?«

Daniel atmete aus. »Könnte es sein, dass wir der Sache jetzt näherkommen? Geht es hierbei tatsächlich um *mich* und darum, was gut für *mich* wäre?«

»Wie meinst du das?«, fragte ich, musste schlucken und wusste plötzlich genau, wie er das meinte.

»Emilie, denkst du, mir ist nicht klar, wie umständlich das

alles für dich ist? Diese viele Fahrerei über die weite Strecke. Die Zeit, die dabei draufgeht – und das, obwohl du so viel arbeitest. Immer hängt es an dir, weil ich so unbeweglich bin … Ich bin mir vollkommen bewusst, was ich dir damit abverlange, glaub mir.«

Mein nächster Satz, leise, aber mehr als deutlich, war heraus, ehe ich darüber nachdenken konnte: »Und trotzdem bist du nicht bereit, es zu ändern?« Mit Entsetzen hörte ich, wie bitter meine Stimme klang. Ich war fassungslos über mich selbst. Wie hatte mir das Gespräch, das doch so viel Gutes für uns, vor allem aber für Daniel bewirken sollte, schon nach wenigen Sätzen so komplett entgleiten können? Es war mir doch überhaupt nicht darum gegangen, auf meine eigene Bequemlichkeit zu pochen.

»Soll ausgerechnet das unser erster Streit werden?«, fragte Daniel beklommen.

Tief in mir erschrak ich. Doch ich versuchte, es mir nicht anmerken zu lassen. »Ich will nicht streiten, Daniel«, sagte ich betont ruhig.

»Ich auch nicht. Also lass uns damit aufhören«, schlug er vor, versuchte ein Lächeln und stupste meine Nasenspitze mit dem Finger. Sein grüner Blick suchte in meinen Augen. Vielleicht nach etwas, das ich jetzt gerade, in diesem Moment nicht geben konnte. Aber auch ich verzog meinen Mund zu einem einlenkenden Lächeln. »Erzähl mir lieber, ob ich dieser Interessentin unseren Goldschatz Maja anvertrauen soll. Die Frau machte doch einen guten Eindruck, findest du nicht?«

Ich atmete einmal tief ein und aus, ehe ich antworten konnte: »Ich finde, für sie spricht, dass sie schon zwei Ponys aus dem Tierschutz hat. Und sie kam auf dem Reitplatz wirklich gut mit Maja zurecht, oder?«

So bewegten wir uns vorsichtig wieder auf sicherem Boden. Die Erleichterung, die ich darüber empfand und die ich auch bei Daniel spüren konnte, hätte mich warnen sollen. Sie zeigte nur allzu deutlich, wie dünn das Eis gewesen war, auf dem wir uns gerade befunden hatten.

* * *

Natürlich wäre es besser gewesen, das Thema aufzugeben. Doch aus irgendeinem Grund konnte ich nicht davon lassen. Vielleicht wegen seines Widerstands. Vielleicht wegen seiner Vermutung, es ginge mir dabei in erster Linie um meine eigene Bequemlichkeit. Ich registrierte, wie ich beinahe unbewusst nach Argumenten zu suchen begann. Das kannte ich. In meinem Beruf ging es stets um die besseren Argumente.

Gebracht hatte unser kurzes Gespräch leider gar nichts. Die einzige positive Auswirkung, die diese kleine Auseinandersetzung gehabt hatte, war, dass ich am nächsten Tag mehr darüber nachdachte als über Claras mögliche Bedenken bezüglich meiner Liebesbeziehung zu Daniel. Und so kam es, dass Daniel mich zum Abschied sehr innig umarmte und wir uns küssten, obwohl alle auf dem Hof standen. Als ich mich ein wenig verwirrt von ihm löste, streifte mein Blick Clara, die zusammen mit Marie feixte.

Ich folgte Dr. Teichmanns Rat und sprach auf der Heimfahrt über ganz andere Dinge. Doch als wir später zu Hause hinauf in unsere Schlafzimmer gingen, sagte Clara wie nebenbei: »Grüß Daniel, wenn du mit ihm telefonierst. Sag ihm, ich vermisse Fellow jetzt schon ...« Sie seufzte, um die letzte Aussage noch zu unterstützen. Aber im Grunde war mir klar, dass die eigentlich wichtige Botschaft in ihren Worten die war, dass sie wusste, wie oft ich abends nach dem Zubettgehen noch mit Daniel telefonierte.

Ich erzählte Daniel natürlich davon, und gemeinsam freuten wir uns darüber, dass Clara offenbar wirklich keine Eifersucht empfand oder sich sonstwie unbehaglich fühlte bei dem Gedanken an unsere Liebesbeziehung.

Wir sprachen darüber. Beteuerten einander, wie ungeheuer schön das sei. Sagten einander, wie immer, dass wir uns vermissten. Lächelten. Flüsterten. Und doch war es ein wenig anders als sonst.

Etwas war in der letzten Nacht zwischen uns getreten. Und obwohl wir es nicht erwähnten, spürten wir wohl beide, dass sich fast unmerklich etwas verändert hatte.

* * *

Der Termin der Anhörung zur Vergabe der Fördermittel rückte näher. Nur noch eine Woche.

Da Hanne am kommenden Wochenende zu einem auswärtigen Seminar unterwegs sein würde, telefonierten wir und gingen den Ablauf noch einmal durch. Ihre größte Angst war, dass wir gegen »irgendein wirklich tolles Kinderprojekt« antreten müssten – denn dann, war Hanne sicher, hätten wir bestimmt keine Chance »mit unseren alten Kleppern«.

Ihre Aufregung wirkte mittlerweile ein wenig ansteckend. Vielleicht war es aber auch die Tatsache, dass ich in den Gesprächen mit Daniel immer wieder mitbekam, wie schlecht es um den Lotten-Hof stand. Mir wurde jeden Tag bewusster, was von der Entscheidung der Jury abhing. Natürlich war das auch das vorherrschende Thema, als Clara und ich am nächsten Wochenende wieder auf dem Lotten-Hof ankamen. Die Spannung war beinahe mit Händen zu greifen. Zu sehen war sie auch, in den Gesichtern derer, die es in erster Linie anging.

Daniel sah permanent ein wenig nachdenklich aus und war stiller als üblich. Sven, ohnehin eher schweigsam, sagte gar nichts mehr. Und sogar Sam, sonst ein Gute-Laune-Garant, lachte weniger als sonst und starrte immer wieder abwesend vor sich hin.

Als wir gemeinsam in der Futterkammer standen und die Medizin für einige der alten Tiere zusammenstellten, sagte ich: »Sam, vielleicht ist das eine merkwürdige Frage, aber … Was hättet ihr gemacht, wenn sich diese erneute Chance in Sachen Fördermittel nicht ergeben hätte?«

»Du meinst, wenn du uns nicht in den Hintern getreten hättest?« Sie grinste schief. Sie suchte nach einem bestimmten Medikament und zählte ein paar Tropfen in ein Hafergemisch ab. Dann richtete sie sich auf. »Es wäre horrible gewesen, Emilie. Wirklich horrible! Deswegen habe ich …

Oh Gott, ich habe es den anderen noch gar nicht gesagt, das ist top secret!« Sie sah sich um, als könne jemand hinter ihr stehen und mithören, dann sah sie mich an, und ich nickte rasch. »Ich habe schon per Internet Kontakt zu diversen Gnadenhöfen und Tierschutzvereinen hergestellt. Natürlich könnte jeder nur eins oder zwei der Tiere nehmen, und so würden sie alle auseinandergerissen. Aber ich will sicher sein, dass die Alten und Kranken, für die es sonst keine Alternative mehr gäbe …« Sie brach ab.

Und mir wurde plötzlich klar, was sie in ihrer stets lebensbejahenden Art getan hatte. Sie hatte das Ende des Lotten-Hofes kommen sehen und Vorsorge getroffen, indem sie sich im Vorfeld um Plätze für die schwersten Fälle gekümmert hatte.

»Und Lavinia?«, fragte ich.

In Sams Augen trat wilde Entschlossenheit. »Die bleibt

bei mir! Und wenn ich selbst mit in ihrem Stall wohnen müsste!«

Ich legte die Hand auf ihren Arm und drückte ihn sanft. »So weit wird es nicht kommen, Sam. Wir schaffen das!«

»Du bist wonderful, Emilie!«, sagte sie und fuchtelte mit dem Finger vor meinem Gesicht herum, als ich protestieren wollte. »Nein, ganz im Ernst. Die Aktion mit Fellow da auf der Autobahn war grandios! Wer sonst hätte so was gemacht? Einfach so ein Pferd kaufen, damit es nicht erschossen wird. Du bist meine Heldin! Und wie gut du Daniel tust. Ja, jetzt guck nicht so verschämt. Ist doch offensichtlich. Es geht ihm so gut wie seit Jahren nicht. Und dann bist du auch noch so tricky, dass du uns vor diese Jury bringst. Am Ende werden wir das Geld vielleicht wirklich bekommen. Stell dir das vor!«

Ich nickte. »Davon gehe ich aus.«

Sie las in meinem Gesicht und schüttelte dann lächelnd den Kopf. »Das meine ich. Du lässt Zweifel gar nicht zu. Und das ... das tut so gut. Ehrlich gesagt ... ich hatte schon nicht mehr daran geglaubt. Ohne dich hätten wir keine Hoffnung mehr. Und das ist das Schlimmste. Keine Hoffnung mehr zu haben.« Sie schluckte und wandte sich rasch ab. Trotzdem hatte ich gesehen, dass Tränen in ihren Augen glitzerten. »Ich gehe dann mal und verteile die Medikamente. Hab Clara versprochen, dass wir anschließend mit Fellow am Hänger üben. Willst du mitkommen?«, fragte Sam.

»Braucht ihr Hilfe?«

»Nein, eigentlich nicht.«

»Dann geh ich lieber ins Haus und bereite das Abendessen vor. Ich dachte, ich koche heute mal was Leckeres. Magst du gebackenen Kürbis?«

»Pumpkin? Wow! Sehr gerne!« Sam strahlte.

Und ich ging mit dem positiven Gefühl ins Haus, zumindest ihre Anspannung ein wenig gelindert zu haben.

In der Küche traf ich auf Daniel, der am Tisch saß, vor sich die aufgeschlagene Tageszeitung. Doch er las nicht, sondern sah aus dem Fenster.

»Was tust du?«, fragte ich und küsste ihn. Es war wunderbar, das einfach so zu tun. Ohne mich vorher nach allen Seiten umschauen zu müssen, ob auch bloß niemand in der Nähe war.

»Ach, ich denke so vor mich hin.«

»Das scheint heute in der Luft zu liegen. Ich habe gerade mit Sam das Spezialfutter vorbereitet. Sie war auch sehr nachdenklich.«

Daniel grinste. »Ah, sehr gut. Dann hat sie die Phase für dieses Jahr schon mal hinter sich.«

Ich musste schmunzeln. »Sie hat behauptet, ich täte dir gut«, konnte ich mir nicht verkneifen.

»Das tust du!«, erwiderte Daniel prompt.

»Auch wenn ich womöglich die eine oder andere deiner Entscheidungen nicht einfach so stehen lassen kann – nicht so, wie die anderen es tun«, setzte ich hinzu.

Daniels Lächeln verschwand, und ich selbst war ein wenig erschrocken. Ich hatte nicht geplant, so etwas zu sagen.

»Entschuldige«, sagte ich schnell. »Ich wollte nicht ... es ist mir einfach so rausgerutscht.«

Er sah mich seltsam an. Ich überlegte, einfach das Thema zu wechseln. Aber irgendetwas trieb mich in die andere Richtung, und so fragte ich: »Hast du noch mal darüber nachgedacht?«

»Du meinst, ob ich darüber nachgedacht habe, mich selbst zu therapieren, so wie ich es mit Fellow getan habe?« Etwas in seinem Tonfall löste in meinem Kopf einen Alarm aus.

»Bitte missverstehe mich nicht, Daniel«, sagte ich daher ganz ruhig. »Es geht mir wirklich nicht darum, dass ich die Fahrt hierher zu anstrengend finde. Der Lotten-Hof ist so wunderbar, dass ich mit Freuden auch dann jedes Wochenende herfahren würde, wenn du problemlos zu uns kommen könntest. Das ist es also nicht, worüber ich mir Gedanken mache. Es geht mir bei dieser Frage nur um dich. Wenn ich mir Sorgen mache, dann nur um dich.« Ich dachte, meine Fürsorge würde ihn sanfter stimmen, ihn womöglich einlenken lassen. Doch das Gegenteil schien der Fall zu sein. Überrascht stellte ich fest, dass sich auf Daniels Stirn eine steile Falte bildete.

»Hör zu, ich bin nicht einer deiner Pflegefälle, um die du dich kümmern musst«, sagte er und klang zum ersten Mal mir gegenüber kühl.

»Ein Pflegefall?«, stammelte ich.

»Ein Ehemann mit Depressionen, eine traumatisierte Tochter, ein gerettetes Pferd ...«, zählte er auf.

Mir blieb der Mund offen stehen.

Auf dem Flur waren plötzlich laute Schritte zu hören. Dazu Claras helle Stimme: »Mama? Daniel? Wo seid ihr?«

Ich starrte auf die Küchentür und konnte einen Moment lang nicht antworten.

»Hier! In der Küche!«, rief Daniel mit rauer Stimme.

Die Tür flog auf, und Clara stand vor uns. Ihre Wangen glühten, und ihre Augen schienen zu sprühen. »Kommt schnell! Das müsst ihr euch ansehen! Fellow steht auf dem Hänger! Er ist von ganz allein reingegangen. Jetzt füttert Marie ihn mit Leckerchen, und Sam steht neben ihm und streichelt ihn. Und er hat gar keine Angst! Wir haben es geschafft! Fellow hat es endlich geschafft!«

* * *

Nachdem Daniel und ich mit Clara hinausgerannt und dann vorsichtig über den Hof zum Hänger gegangen waren, nachdem wir es mit eigenen Augen gesehen hatten und Daniel voll des Lobes für Clara, Marie und Sam gewesen war, nachdem Clara Fellow langsam wieder hinausgeführt und ihn dann freudestrahlend zur Koppel gebracht, und nachdem Sam: »Na, dann könnt ihr ihn ja wieder mit nach Hause nehmen«, gesagt hatte, herrschte in meinem Kopf eine seltsame Stille.

Während um mich herum alle strahlten, laut lachten, sich gegenseitig zu diesem sensationellen Erfolg gratulierten, immer wieder von Fellows Fortschritten bis hin zu diesem guten Ende erzählten, wurde es in mir so still wie an einem zugefrorenen See in einer Winternacht.

Es war, als könne ich nicht mehr klar denken. Und ein Teil von mir wusste, dass ich das auch gar nicht wollte.

Ich hatte keine Ahnung, ob ich an einem anderen Tag, in einer anderen Situation mich ebenso mit ihnen hätte freuen können. Doch heute, jetzt, nach dem Wortwechsel mit Daniel, schien mir Fellows Fortschritt wie eine falsche Weichenstellung. Bisher war dieser Weg versperrt gewesen. Doch nun, da er offen schien, wurde mir klar, was mit ihm womöglich verbunden sein würde.

Als wir später beim Abendbrot saßen, meldete sich plötzlich Marie mit nervöser Stimme zu Wort: »Was macht ihr denn jetzt?«, wollte sie wissen.

»Was meinst du, Honey?«, fragte Sam.

»Na, wenn Fellow jetzt wieder ohne Angst in einen Hänger geht … Wollt ihr ihn denn wirklich wieder mit nach Hause nehmen?« Sie sah zu Clara, doch die starrte wie hypnotisiert auf ihren Teller.

»Das war ursprünglich so verabredet«, antwortete ich vorsichtig und schielte zu Daniel hinüber.

Der hob den Blick und sah Marie an. »Stell dir vor, du könntest Ben immer nur an den Wochenenden sehen und müsstest dann zwei Stunden fahren, um bei ihm anzukommen.«

Marie senkte den Blick, schob aber trotzig die Unterlippe vor.

Als niemand sonst etwas sagte, räusperte ich mich: »Na ja, das Pendeln ist momentan eigentlich nicht das Problem. Aber wenn mein Forschungssemester rum ist und ich wieder voll an der Universität bin, dann werden auch wieder viele Wochenenden mit Arbeit belegt sein. Dann werden wir so wie bisher nicht weitermachen können.« Ich wagte es nicht, zu Daniel hinüberzusehen.

Und ich konnte spüren, dass auch er mich nicht ansah, als er hinzusetzte: »Marie, du weißt, wie gern wir Clara und Emilie hier haben. Die beiden werden immer willkommen sein. Aber auf Dauer ist es nicht gut, sich im eigenen Zuhause weniger lebendig zu fühlen als woanders. Und du würdest doch nicht wollen, dass Fellow hierbliebe, wenn das einen Abschied zwischen Clara und ihm bedeuten würde, oder?«

Marie schüttelte entsetzt den Kopf. Dann sah sie zaghaft zu Clara hinüber, und als die beiden Blicke tauschten, wurde ihr Gesicht plötzlich weich. »Dann kannst du ihn jeden Tag sehen, oder?«, fragte sie.

Clara nickte langsam. Und wandte sich betont munter an mich: »Und Marie kann uns doch besuchen, oder?«

»Selbstverständlich!«, versprach ich, während mein Mund sich anfühlte, als befände sich ein Löffel voller Sand darin.

»Super!«, sagte Marie. »Dann können wir uns trotzdem sehen. Uns gegenseitig besuchen und so.«

Die beiden lächelten sich an, auf eine Art und Weise, die von ihrem unerschütterlichen Glauben sprach, dass nichts auf der Welt (und schon keine lächerlichen zweihundert Kilometer) sie wieder trennen konnte.

Ich musste mich rasch abwenden. Ich wusste schließlich, dass nur wenig im Leben so lief, wie wir es uns mit dreizehn Jahren ausmalen.

* * *

Daniel bot sich an, die Küche aufzuräumen, was Sam und Sven dankbar annahmen. Sie verdrückten sich mit den Mädchen nach nebenan, um eine Partie Karten zu spielen. Ich stand einen Moment unentschlossen in der Tür herum, doch dann griff ich nach zwei Tellern und trug sie zur Spüle.

»Du musst mir nicht helfen«, sagte Daniel.

»Ich möchte gern bei dir sein«, erwiderte ich.

Er sah mich an, und wieder fiel ich in seinen tiefen, grünen Blick, so, wie ich es schon so oft erlebt hatte.

Wir räumten gemeinsam den Tisch ab und füllten die Spülmaschine, während Daniel Töpfe und Schüsseln neben der Spüle stapelte. Dabei sprachen wir nicht, und ich war sicher, dass er ebenso wie ich an unseren Wortwechsel vor ein paar Stunden dachte.

»Daniel, darf ich dich etwas fragen?«, begann ich schließlich.

»Ist es was Dummes?«, erwiderte er mit einem kleinen Lächeln. Seine Anspielung auf den Nachmittag, an dem ich ihn zu meinem Verhältnis zu Fellow gefragt hatte und er mich das erste Mal mit ihm hatte üben lassen, bohrte sich wie eine Spitze in die Stelle unterhalb meines Brustbeins.

Viel zu frisch waren noch die Eindrücke des Streitgesprächs am Nachmittag.

»Es geht nicht wieder um besagtes Thema, keine Angst«,

erwiderte ich daher rasch. »Es geht um Fellow. Er hat hier mit euch, mit dir, so wunderbare Fortschritte gemacht. Weil er jeden Tag von Menschen versorgt wird, die richtig mit ihm umgehen, auf eine Weise, die gut für ihn ist. Wenn er nun wieder in dem Reitstall in unserer Nähe steht ... weißt du, wir können uns ja nicht von morgens bis abends um ihn kümmern. Es gibt dort Hilfen im Stall. Und Tina. Und die Schellingers. Aber ich mache mir Gedanken, was passiert, wenn er vielleicht irgendwie falsch behandelt wird. Ich meine, wenn sie nicht erkennen, wie sensibel er ist, und ihn womöglich zu etwas zwingen, wovor er Angst hat ... könnte er einen Rückfall erleiden?«

Daniel antwortete nicht gleich. Was mir zeigte, dass er meine Frage ernst nahm. Was wiederum zeigte, dass meine Bedenken nicht ganz unbegründet sein konnten. Schließlich ging ein Ruck durch ihn hindurch, und er sagte: »Ihr habt so viel gelernt. Ich glaube nicht, dass ihr euch noch einmal von einem ... wie hieß er? Herr Wetter? ... erzählen lasst, dass Fellow einfach nur stundenlang im Kreis laufen muss, um sich wieder besser zu fühlen.«

»Du weichst mir aus!«, stellte ich verwundert fest und sah ihn direkt an. »Kann Fellow bei falscher Behandlung einen Rückfall erleiden? Kann es sein, dass es ihm wieder schlechter geht, wenn er in den alten Stall zurückkommt?«

Daniels Blick flackerte kurz. Dann atmete er laut aus und nickte langsam. »Ja«, sagte er. »Ja, das kann passieren. Aber es ist unwahrscheinlich, dass du und Clara ...«

»Ich habe einen anstrengenden Job, Daniel. Den ich im Übrigen in den letzten Wochen massiv vernachlässigt habe. Ich habe einfach nicht die Zeit, mich täglich um ein Pferd zu kümmern. Und Clara ist Montag bis Freitag bis zum Nachmittag in der Schule. Sie hat in der Woche nur zwei Tage, an denen sie sich um ihn kümmern könnte. Also, wenn Fellow einen Rückfall erleidet, könnte es dann sein, dass er sich wieder so in sich zurückzieht, wie er es anfangs getan hat? Dass er nicht frisst, apathisch wird?«

»Emilie«, begann Daniel und streckte die Hand in meine Richtung aus. »Die Möglichkeit, dass das passiert, besteht zwar, aber …«

»Und besteht damit auch die Möglichkeit, dass er wieder nicht dazu bewegen sein wird, in einen Hänger zu gehen?«, fuhr ich unbeirrt fort.

Daniel sah mich nur an.

Ich schüttelte den Kopf. »Daniel, ich könnte nicht noch einmal diese Wanderung zum Lotten-Hof machen. Clara muss in die Schule. Und ich allein mit zwei Pferden … Weißt du, was das bedeuten würde, falls es so weit kommen sollte?«

»Aber es muss ja nicht so weit kommen!«, widersprach Daniel.

Der Anblick, wie er händeringend dastand, in seinen verbeulten Jeans und dem alten T-Shirt, schnitt mir ins Herz.

Denn plötzlich wurde mir etwas klar.

»Du willst gar nicht, dass Fellow hierbleibt, oder?«, fragte ich, und alles in mir zog sich ängstlich zusammen.

»Wieso sagst du das?«, erwiderte Daniel auf seine übliche Art.

Doch ich senkte nur den Kopf. »Daniel, es tut mir leid, ich habe es wohl vermasselt. Ich habe dich zu sehr gedrängt, an etwas zu rühren, was du lieber ruhen lassen willst. Und jetzt kannst du mir wohl nicht mehr vertrauen? Auch nicht, wenn ich dich von Herzen darum bitten würde?«

Es dauerte eine Weile, bis er antwortete. Dann klang er bedrückt. »Heißt das, du würdest versuchen, mich einfach so sein zu lassen, wie ich bin?« Ich sah ihn an. »Du würdest mich nie wieder bedrängen?«, fuhr er fort. »Würdest keine kleinen Bemerkungen darüber machen, wie viel einfacher mein, vielleicht unser Leben wäre, wenn ich wie ein ganz normaler Mann in Autos steigen und sonst wohin fahren könnte?« Seine leise Stimme war ganz ohne Vorwurf. Traurig, aber voller Einsicht und liebevollem Verständnis.

Mir stiegen Tränen in die Augen. »Warum musst du mich so gut kennen?«, flüsterte ich.

Er stand so nah vor mir, dass es nur ein winziger Schritt gewesen wäre, einander zu umarmen. Doch mit einem Schlag wurde mir bewusst, dass nicht nur er verletzt war von meinem Drängen. Auch ich fühlte mich wund und aufgerieben von der Gewissheit, wieder jemanden zu lieben, der nicht bereit war, für mich über seinen dunkelsten Schatten zu springen. So blieb ich, wo ich war.

Und Daniel sagte: »Emilie, es führt kein Weg daran vorbei, dass ihr Fellow wieder mit nach Hause nehmt. Das haben wir doch alles besprochen. Denk nur daran, wie wichtig es für Clara ist, dass sie sich endlich auch zu Hause wieder gut fühlen kann. Und du ... du darfst doch nicht permanent wieder aus deiner Arbeit gerissen werden. Fellow hierzubehalten würde letztendlich für euch den Abschied von ihm bedeuten.«

Ich schluckte. »Und wenn wir Fellow wieder mitnehmen? Wird das den Abschied zwischen dir und mir bedeuten?«

Sein Blick tat mir weh. In seinen Augen hatte ich so oft diese sprühende Lebensfreude gesehen, sein verschmitztes Lächeln. Der Kummer, der nun in ihnen stand, tat mir in der Seele weh.

Als er langsam nickte, wurden meine Knie weich. Die Tragweite dessen, was wir hier gerade zwischen Esstisch und

Spülmaschine besprachen, sickerte langsam in mein Bewusstsein.

Eine Bodendiele knarzte, und wir sahen beide erschrocken auf. Clara stand in der Tür. Sie sagte nichts, sondern ging zum Kühlschrank und mixte sich eine Apfelschorle. Doch sie sah blass aus, und ihre Augen huschten hierhin und dorthin. Nur mich sah sie nicht an. Unwillkürlich fragte ich mich, wie viel von unserem Gespräch sie wohl mitangehört hatte.

* * *

Später am Abend, als wir alle zu Bett gingen, hockte ich lange in meinem Zimmer auf dem Bett und wusste nicht, was ich tun sollte. Daniels Worte waren eindeutig gewesen. Doch ich wusste, dass sie nichts mit seinen Gefühlen für mich zu tun hatten. Nur mit den Umständen, in denen wir nun einmal lebten.

Als ich schließlich doch über den Flur und die Treppe hinauf in sein Zimmer huschte, saß auch er auf dem Bett, mit kummervoller Miene und einem traurigen Lächeln. Er zog mich in seine Arme und murmelte in mein Haar, wie schrecklich die letzte halbe Stunde gewesen sei. Er habe gedacht, er würde vergeblich auf mich warten.

Wir küssten und liebten uns, umarmten uns so fest und leidenschaftlich, dass daraus unsere ganze gemeinsame Angst vor der Zukunft sprach. Und natürlich dachte ich am nächsten Vormittag die ganze Zeit nur daran.

Daher fiel mir erst auf der Rückfahrt so richtig auf, dass Clara sich mir gegenüber anders verhielt. Sie schwieg zwar nicht verstockt, wie sie es früher getan hatte, aber ihre Sätze waren kurz und sachlich, ihre Stimme klang distanziert, beinahe wütend. Ich versuchte es mit dem einen und dem anderen Gesprächsthema. Aber nicht einmal Fellows Heimkehr konnte ihr ein Lächeln entlocken. Im Gegenteil schien gerade dies sie noch mehr anzustacheln.

»Clara? Alles okay mit dir?«, erkundigte ich mich schließlich, als ich den Wagen in unsere Einfahrt steuerte.

»Keine Ahnung«, brummte sie, griff nach ihrer Tasche und knallte die Autotür hinter sich zu.

Ich folgte ihr rasch zum Haus, schloss auf und griff nach ihrem Arm, als sie an mir vorbei zur Treppe wollte. »Stopp!«, sagte ich.

Sie sah mich genervt an.

»Was ist los?«, fragte ich.

»Nichts«, antwortete sie schnippisch.

»Hab ich irgendetwas getan oder gesagt, das dich verletzt hat? Bist du wegen irgendwas sauer auf mich?«, forschte ich. Teenager konnten manchmal wirklich der leibhaftige Horror sein – vor allem, wenn die eigenen Nerven derart blank lagen.

»Nein, zu *mir* hast du nichts gesagt«, erwiderte meine Tochter betont langsam.

»Zu dir nicht. Zu wem dann?«

Sie schwieg und richtete ihren Blick nach unten auf die Fußleisten der Diele. Eine Ahnung stieg in mir auf.

»Hast du gestern Abend mitbekommen, worüber Daniel und ich gesprochen haben?«

Ihre Lippen pressten sich fest aufeinander.

»Das ist es, oder?« Ich stemmte die Hände in die Hüften. »Du hast gelauscht.«

Clara fuhr auf: »Ich hab nicht gelauscht. Ihr habt einfach so laut geredet.«

»Trotzdem ist es nicht gerade fein, anderen Menschen bei ihren Gesprächen zuzuhören.«

»Immer noch besser, als ständig alle unter Druck zu setzen und dadurch zu vergraulen.«

Ich blinzelte. »Vergraulen?«

Sie nutzte meine Sprachlosigkeit und legte jetzt erst richtig los. »Ja, nur weil du wieder mal der Meinung bist, dass alle um dich rum perfekt sein müssen, schrottest du eure Beziehung! Das ist doch total bescheuert!«

»Clara!«

»Ist doch wahr! Nur weil du ihn nicht in Ruhe lassen kannst, geht alles kaputt. Du kapierst einfach nicht, dass die Menschen ihre Ruhe vor dir haben wollen, oder? Du popelst so lange an ihnen rum, bis sie nicht mehr können. Und dann tust du so, als hättest du es doch nur gut gemeint!«

Ich war so schockiert, dass ich nichts anderes tun konnte, als sie anzustarren. Noch nie hatte sie so deutlich darauf angespielt, dass sie zwischen Steffens Tod und meinem Verhalten ihm gegenüber eine Verbindung herstellte. Damit traf sie mich ins Mark. Weil ich selbst oft genug diesen Gedanken hatte bekämpfen müssen.

Claras Gesicht war mittlerweile wutverzerrt. »Aber eins sag ich dir: Ich werde immer und immer mit Daniel befreundet sein. Mit ihm und Sam und Hanne und Sven und Marie sowieso. Auch dann, wenn wir wieder ständig hier zu Hause hocken!«

Damit stürmte sie die Treppe hinauf und verschwand türenknallend in ihrem Zimmer.

Ich stand in der Diele und versuchte, meinen eigenen Herzschlag zu beruhigen. Meine Hände zitterten, als ich meinen Laptop, den ich rein alibimäßig an den Wochenenden immer noch mitnahm, neben dem Telefontisch abstellte.

Manchmal war es nicht einfach, in einer schwierigen Beziehung die Mutter zu sein. Klar und verständig und dennoch nicht gefühlskalt zu sein, genau wie die Situation es erforderte. Das kannte ich schon. Am schlimmsten an dieser Situation war jedoch, dass ich plötzlich nicht mehr sicher war, ob ich tatsächlich im Recht war.

So stand ich etliche Minuten dort und atmete bewusst lange aus. Dann ging ich langsam die Treppe hinauf und klopfte an Claras Zimmertür. Ein Knurren war die Antwort. Ich beschloss, es als »Herein« zu werten, und trat ein.

Clara saß auf ihrem Bett, und weil ich ihr nicht zu nahe treten wollte, setzte ich mich auf ihren Schreibtischstuhl.

Ich hoffte, dass meine Stimme ruhig und sicher klang und nichts von dem angstvollen Zweifel zeigte, den ihre Worte in mir ausgelöst hatten. »Clara«, sagte ich. »Daniel und ich sind erwachsene Menschen. Meinst du nicht, dass wir es auch ohne deine Parteinahme geregelt bekommen?«

Sie schnalzte ärgerlich mit der Zunge. »Klang nicht so. Eher nach 'ner totalen Pleite, wenn du mich fragst. Warum lässt du ihn nicht einfach in Ruhe? Er ist doch super, so wie er ist.«

Sie hatte recht. Hatte sie recht? Ich überlegte fieberhaft. Da fiel mir etwas ein: »Manchmal müssen wir die, die uns am Herzen liegen, zu etwas bringen, was sie erst nicht wollen. Weil wir wissen, dass es das Beste für sie ist. Weißt du noch, wie ich dir damals von Dr. Teichmann erzählt habe und wie du reagiert hast?«

Clara schwieg verstockt. Aber bestimmt erinnerte sie sich noch daran, wie sie mich angeschrien hatte, dass sie auf keinen Fall zu einer Irrenärztin gehen würde und ob ich sie nicht gleich in die Klapse abschieben wolle. Erst als sie wieder einmal in einem der von mir so gefürchteten stillen Tiefs steckte, ließ sie es geradezu willenlos mit sich geschehen, dass ich sie ins Auto packte und zu der Therapeutin fuhr.

Die ersten Stunden mussten für Dr. Teichmann hart gewesen sein. Clara sagte nicht viel. Und über Steffen wollte sie überhaupt nicht sprechen. Doch nach und nach, ich erfuhr nicht, wie, gewann die Psychologin ihr Vertrauen. Clara begann, sich auf die Sitzungen zu freuen, und vermisste sie, wenn mal eine ausfallen musste.

Der Gedanke an ihre eigene Geschichte schien Clara ein wenig zu besänftigen. Doch ihre Miene war nach wie vor bekümmert, als sie sagte: »Daniel ist ein Mann. Und ich war doch noch ein Kind.« Plötzlich schien sie gar nicht mehr zornig, sondern eher nachdenklich. Ihre Stirn legte sich in tiefe Grübelfalten. »Meinst du echt, man kann das vergleichen?«

* * *

Am Mittwoch fuhr ich bereits wieder die vertraute Strecke auf der A 44. Doch diesmal nicht, um mit Daniel ein heimliches Stelldichein im Wald zu genießen. Ich holte Hanne am Lotten-Hof ab, wo Daniel, Sam und sogar Sven uns noch mit letzten guten Ratschlägen für die Anhörung vor dem Fördermittel-Gremium überhäuften. Dann machten wir uns auf den Weg.

Hanne sah gut aus in ihrem grauen Hosenanzug, der sie energisch und vertrauenswürdig zugleich wirken ließ. Ich selbst hatte mich nach langem Überlegen für mein rotes Kostüm entschieden. Das hatte ich schon auf zwei, drei Sitzungen getragen, die sehr positiv verlaufen waren, und ich wertete das als gutes Omen. Außerdem betonte es meine Sommerbräune und ließ mich größer erscheinen.

Das Werksgelände war bestens bewacht. Wir mussten uns an der Schranke ausweisen und bekamen einen Parkplatz zugewiesen. Dann betraten wir das imposante Verwaltungsgebäude, meldeten uns an der Empfangstheke und wurden in den dritten Stock gebracht. Vor dem kleinen Versammlungssaal gab es eine Sitzgruppe, in der fünf Männer und eine Frau saßen. Einer der Männer trug einen Anzug, die anderen hatten sich für legere Kleidung entschieden. Man begrüßte sich freundlich, tauschte sich aber nicht weiter aus. Es herrschte eine ähnliche Atmosphäre wie im Wartezimmer eines Facharztes. Der Anzugmann schien allein da zu sein. Doch die Frau und ein Mann sowie die drei restlichen Männer unterhielten sich leise miteinander. Hanne und ich blieben in der Nähe eines der Flurfenster stehen.

»Für welche Projekte die anderen wohl hier sind?«, überlegte Hanne im Flüsterton.

»Denk nicht daran!«, erwiderte ich. »Das lenkt dich nur ab. Der Lotten-Hof hat die Fördermittel in voller Höhe verdient. Ende!«

Sie sah mich halb amüsiert, halb beeindruckt an.

Dann wurde die Saaltür geöffnet, und eine junge Frau kam heraus. Sie starrte auf ein Klemmbrett und sagte ohne, aufzusehen: »Für ›Abenteuerspielplatz Piratenland‹?«

Ich konnte Hanne neben mir scharf Luft holen hören und wusste, was sie dachte. Kinder! Mussten dahinter nicht alle anderen Projekte automatisch zurückstehen?

»Victorio«, flüsterte ich ihr rasch zu. So hieß der Kaltblutwallach, den Hanne auf dem Hof besonders ins Herz geschlossen hatte. »Indi. Maja. Ben. Nick. Sam. Tuk. Zorro. Steffi. Lavinia.«

Hanne lächelte nervös. »Harley und Vincerai«, fuhr sie leise fort. »Sandman, Anastasia, Chief, Pamela, Bella, Saphira, Diana, Goliath und Cilli. Und Fellow.«

Wir lächelten uns an.

Etwa zehn Minuten später wurde die Tür wieder geöffnet. Die Frau und ihr Begleiter kamen heraus und gingen den Gang hinunter. Die junge Frau sah auf ihr Klemmbrett und sagte: »Für den ›Lotten-Hof e.V.‹?«

Wir gingen hinein.

Vor einer Front aus zwei Chromtischen standen ein paar Stühle, die uns angeboten wurden. Hinter den Tischen saßen drei Frauen in Kostümen und vier Männer in Anzügen, die alle einen Stapel Papiere vor sich liegen hatten und sehr ernst und geldgebermäßig dreinschauten.

»Darf ich fragen, wo Herr Daniel Richter weilt, während wir hier über den Zuschlag einer nicht geringen Förderung für sein Tierschutzprojekt beraten?«, fragte eine der Frauen spitz.

Hanne warf mir einen raschen, hilflosen Blick zu, doch ich lächelte sie beruhigend an. »Der ›Lotten-Hof e.V.‹ ist ein Verein mit anerkannter Gemeinnützigkeit. Frau Kaiser«, ich nickte zu Hanne hinüber, »und ich sind dort Mitglieder, ebenso wie Daniel Richter. Es besteht keinerlei Notwendigkeit für die Anwesenheit von Herrn Richter, der just in diesem Augenblick seiner wichtigen Aufgabe auf dem Hof nachgeht und ein schwer traumatisiertes Pferd therapiert. Wir haben in einer Vereinssitzung entschieden, dass Frau Kaiser und ich den Verein in der heutigen Anhörung vertreten werden. Bestehen vonseiten des Gremienvorstands Bedenken gegen unseren Beschluss?«

Die Damen und Herren hinter dem langen Konferenztisch wechselten miteinander Blicke.

Schließlich wandte sich der älteste Mann in der Reihe an mich und schüttelte den Kopf mit dem stahlgrauen Stoppelhaar. »Natürlich liegt es in Ihrem eigenen Ermessen, wer Ihren Verein heute hier vertritt. Fahren Sie bitte fort, Frau …« Er sah auf das Papier vor ihm, seine Brauen hoben sich, und er blickte wieder auf. »Frau Prof. Dr. Michaelis?«

Ich lächelte ihn an. Gerade so höflich, wie es seiner Position als Gremienvorstand zustand, jedoch keineswegs so unterwürfig, wie es manche Bittsteller an meiner Stelle versucht hätten. Meine Erfahrung hatte gezeigt, dass selbstbewusstes Auftreten immer die bessere Wahl war.

Mein Lächeln sagte dem Gremium, dass der »Lotten-Hof e.V.« ein eingetragener Verein war, der sehr viel Gutes bewirkte. Und dass wir unseren Weg machen würden. Selbst wenn wir den Zuschlag des Fördertopfes nicht bekämen. Allerdings wäre es eine Dummheit, uns die Fördermittel nicht zu bewilligen. Denn nichts war so werbewirksam und bot so viele Möglichkeiten zu einer effizienten Investition wie ein Tierschutzhof, der quasi in der Nachbarschaft der Werke lag.

Nachdem ich ihnen dies alles entgegengelächelt hatte, war alles andere ein Kinderspiel. Ich ergänzte die dem Gremium vorliegenden Unterlagen mit ein paar weiteren wichtigen Details. Hanne beantwortete die wenigen Fachfragen, die von einer offenbar pferdeversierten Dame mit strengem Kurzhaarschnitt gestellt wurden, offenbar zu derer größter Zufriedenheit, denn sie lächelte uns herzlich an. Es gab noch ein kleines Wortgeplänkel zum Abschluss. Dann wurden wir verabschiedet.

Wir wurden von der jungen Frau mit dem Klemmbrett hinausbegleitet, die nächsten Anwärter wurden hineingebeten, man brachte uns zum Ausgang. Auf dem Weg zur Treppe bemerkte ich, dass Hanne mich unauffällig von der Seite musterte.

»Was denn?«, fragte ich.

»Du warst da drinnen eine echt coole Sau«, sagte Hanne.

»Ich wollte nur sichergehen, dass du die auch da drin gelassen hast.«

Dann mussten wir beide lachen.

* * *

Ich nutzte die Gelegenheit und Claras Interesse an allen Belangen des Lotten-Hofes und erzählte in aller Ausführlichkeit von der Anhörung.

Seit Sonntagabend waren Clara und ich sehr vorsichtig miteinander umgegangen. Ich hatte den Eindruck, dass sie längst nicht mehr so wütend war wie in dem Moment, in dem sie mir indirekt vorgeworfen hatte, an Steffens Verzweiflungstat eine Mitschuld zu tragen. Doch sie war in sich gekehrt und nachdenklich. Daher war ich froh, als ich etwas zu berichten hatte, was sie brennend interessierte.

Am Freitagnachmittag stieg sie zum ersten Mal sehr gesittet ins Auto und sah die ganze Fahrt über aus dem Fenster, als gäbe es dort etwas Spannendes zu beobachten. Dabei schien das Wetter sich entschieden zu haben, ihre Stimmung wiederzugeben. Es war düster bewölkt, kaltwindig, und ab und zu regnete es.

Wir fuhren auf den Hof, der irgendwie leer wirkte, obwohl Sams klappriger Wagen an seinem Platz stand. Es kam niemand aus einem der Ställe gelaufen, um uns zu begrüßen.

»Hä?«, machte Clara und sah mich fragend an.

Ich zuckte mit den Schultern.

»Hallo?«, rief Clara mit ihrer Jungmädchenstimme. Doch nichts rührte sich. Niemand erschien.

»Vielleicht sind sie alle auf einer der Koppeln hinterm Wald?«, mutmaßte ich.

»Aber nicht mal Toffy liegt vor der Tür«, stellte Clara

beunruhigt fest. Vor lauter ängstlicher Verwirrung vergaß sie ganz, mit mir böse zu sein.

Wir nahmen unsere Taschen aus dem Wagen und gingen zum Haus hinüber. Blitzartig schossen mir etliche furchtbare Ideen durch den Kopf. Was konnte geschehen sein, dass nicht mal Marie parat stand, um ihre Freundin zu begrüßen?

Die Tür war offen. Wir gingen hinein. Als ich die Tür hinter uns schloss, glaubte ich aus dem Wohnzimmer das Trappeln von Hundepfoten und ein Flüstern zu hören. Langsam ging ich vor Clara her hinüber und stieß die Tür auf.

In diesem Augenblick geschah vieles gleichzeitig. Irgendjemand schrie: »Willkommen, Heldinnen des Lotten-Hofs!« Alle klatschten und riefen durcheinander. Pepper und Toffy bellten, als gälte es, eine ganze Horde Eindringlinge zu vertreiben, und aus irgendeiner Ecke des Zimmers flog mir Sam um den Hals, während Marie sich auf Clara stürzte.

»Wir haben den Zuschlag!«, kreischte Sam mir ins Ohr, dass mein Trommelfell vibrierte.

»Hurra! Der Lotten-Hof ist gerettet!«, rief Marie. Hanne und Sven lachten wie irre und schwenkten selbst gemalte Plakate, auf denen *Lotten-Hof forever!* und *Wir danken unseren Heldinnen!* stand. Auch Frances und Tobias standen breit lächelnd da und gratulierten.

»Was? Wie? Aber … so schnell?«, war alles, was ich sagen konnte.

Clara klammerte sich an Marie und verdrückte vor Schreck und freudiger Überraschung ein paar Tränchen.

»Wir haben gestern schon den Anruf bekommen. Sie haben sich am Mittwoch noch entschieden. Und wir bekommen den gesamten Topf! Womit wir doch gar nicht gerechnet hatten!«, erklärte mir Hanne aufgeregt. »Du hast sie so beeindruckt, dass sie gar nicht anders konnten!«

»Wir haben es geschafft!«, beteuerte Sam. »Du hast es geschafft!«

Inmitten all dieses Aufruhrs stand Daniel, bohrte lächelnd die Hände in seine Jeanstaschen und sah mich an.

Nachdem sich das größte Getöse gelegt hatte, erfuhren Clara und ich, dass tatsächlich schon gestern früh ein Anruf eingegangen war. Der Gremiumsvorsitzende übernahm gerne die Aufgabe, dem »Lotten-Hof e.V.« die frohe Botschaft mitzuteilen, und richtete das rege Interesse der pferdeverständigen Dame aus der Jury aus, die sich den Hof in Bälde persönlich ansehen wolle.

Die Höhe der Zuwendung übertraf alle Erwartungen. Die Schulden konnten gedeckt, neue Außenboxen gebaut, Futter für den Winter gekauft werden. Alle befanden sich in einer Art Freudentaumel und verglichen es mit einem Sechser im Lotto. Immer wieder mussten Hanne und ich von der Anhörung erzählen. Dann wurden die Pläne des Architekten – ein Freund von Tobias – auf dem Tisch ausgebreitet und diskutiert. Mit einem Mal schien alles möglich.

Alles? Hin und wieder tauschten Daniel und ich einen Blick, der nichts mit all dieser Aufregung zu tun hatte. Und dann wurde mir klamm und kalt.

Als wir schließlich alle um den Abendbrottisch saßen, war ich so oft durch emotionale Höhen und Tiefen gegangen, dass mir ganz schwindelig war.

»Wir brauchen einen Toast!«, rief Sam. »Daniel, sag doch was!« Auch die anderen forderten ihn auf.

Also stand Daniel auf, erhob sein Glas und sah mich an. »Frau Professor Doktor Emilie Michaelis«, begann er sehr förmlich. »Das war ein wirklicher Glückstag, als du auf den Lotten-Hof gekommen bist, um mich zu bitten, Fellow zu therapieren.«

»Auch wenn du es zuerst abgelehnt hast?«, konnte ich mir nicht verkneifen.

Alle lachten.

»Das war dann natürlich der geniale Schachzug meinerseits! Schließlich kam es nur deshalb so weit, dass ihr zu eurer sensationellen Wanderung aufgebrochen seid. Und so konntest du den Lotten-Hof auf diese Weise kennenlernen. Und ihn so lieb gewinnen, dass du bereit warst, dich derart für seinen Erhalt zu engagieren.«

»Und zwar erfolgreich!«, fiel Sam ihm ins Wort.

»Selbstverständlich erfolgreich«, wiederholte Daniel und zwinkerte mir zu. »Wie alles, was du anfasst! Und deswegen erheben wir jetzt alle unser Glas auf dich!« Alle hoben ihre Gläser mit Sekt oder Orangensaft. »Auf Emilie!«

Alle riefen: »Auf Emilie!«, und ich rief: »Auf den Lotten-Hof!«, und auch das wiederholten die anderen im Chor. Alle nahmen einen Schluck, und Daniel setzte sich. Clara und Marie tuschelten miteinander und riefen dann: »Auf Fellow!«

»Wenn er nicht gewesen wäre, hätten wir uns nie getroffen«, erklärte Clara.

Wir alle tranken auf Fellow.

»Ich habe gehört, er hat enorme Fortschritte gemacht«, erkundigte sich Frances bei mir.

»Ja, er scheint jetzt im Hänger keine Angst mehr zu haben.«

»Wow!«, machte sie.

Daniel, der unseren Worten gelauscht hatte, beugte sich ein wenig vor und sagte, für alle vernehmbar: »Ja, eigentlich haben wir auch das zu feiern. Denn nach den Erfolgen, die ihr letzte Woche mit Fellow erzielt habt und die wir diese Woche noch gefestigt haben, würde ich sagen: Jetzt ist die Zeit für ihn gekommen, um nach Hause zurückzukehren.«

Ich erstarrte innerlich.

»Müssen wir da heute Abend dran denken?«, fragte ich und bemühte mich um ein Lächeln.

»Nein«, beeilte Daniel sich zu sagen. »Nein, natürlich nicht.«

Aber wie es oft so ist mit Dingen, an die wir lieber nicht denken wollen – von dieser Sekunde an ging es mir nicht mehr aus dem Kopf. Der Gedanke an den nahenden Abschied von unseren lieb gewonnenen Wochenendausflügen zum Lotten-Hof, den regelmäßigen Besuchen, dem selbstverständlichen Umgang mit den Menschen und Tieren hier ließ mich nicht los. Und als ich später am Abend in meinem Pyjama die Treppe hinauf in Daniels Zimmer stieg, war von der anfänglichen Euphorie des Abends in mir nicht mehr viel übrig.

Daniel küsste mich so liebevoll und ausgehungert, wie er es immer tat. Doch als wir bereits auf sein Bett gesunken waren, hielt er plötzlich inne und sah mich forschend an. »Kann es sein, dass du nicht ganz bei der Sache bist?« Er grinste. Aber seine Augen blickten ernst.

»Vermutlich weißt du, woran ich denke«, erwiderte ich. »Ich kann Abschiede nicht gut ertragen. Nicht nachdem ...«

Er streichelte zärtlich meine Wange. »Hey, wir sind doch nicht aus der Welt – nur weil Fellow wieder bei euch in der Nähe stehen wird.«

Ich seufzte. »Natürlich nicht. Aber ... was ist mit dir?«

»Mit mir?«

»Mit deinem ... Problem?«

Seine Meine verhärtete sich. »Ich dachte, dieses Thema hätten wir genügend besprochen.«

Ich rückte ein Stück von ihm weg. »Und ich dachte, wir hätten damit noch gar nicht richtig angefangen.«

Er schnaubte, öffnete den Mund, schloss ihn dann wieder und sah auf die Dielenbretter.

»Wie lange willst du denn so weitermachen?«, fragte ich leise und liebevoll. Ich hoffte, in meiner Stimme wäre zu hören, dass ich dieses leidige Thema allein seinetwegen wieder anschnitt. Weil ich einfach das Beste für ihn wollte. »Wenn du nur mit Menschen umgeben bist, die es einfach so akzeptieren, wirst du es wahrscheinlich nie angehen.«

Daniels Schultern spannten sich deutlich an. »Emilie, du solltest mein Glück über unser Kennenlernen nicht mit Abhängigkeit verwechseln. Ich kam ohne dich hervorragend klar, und daran hat sich nichts geändert.«

»Ich möchte doch nur, dass du tun und lassen kannst, was du willst«, beharrte ich.

»Das konnte ich, Emilie«, sagte Daniel und sah mich scharf an. »Das konnte ich, bevor du kamst.«

Plötzlich sah ich Steffen in ihm. Der anfangs noch hilflose Blick, der sich mehr und mehr verschloss, während ich wieder und wieder versucht hatte, ihn davon zu überzeugen, dass er mit viel Willenskraft einen Ausweg aus der scheinbaren Sackgasse seiner Krankheit finden würde.

Hatte Clara am Ende doch recht? War es mein Los, dass ich den Menschen, den ich liebte, mit meinen immensen Ansprüchen in die Verzweiflung trieb?

Ich sah Daniel an und suchte in seinen Augen den liebevollen Ausdruck, den ich darin zu finden gewohnt war. Ich suchte nach Trost und Zuversicht, die er immer für mich bedeutet hatte. Doch es schien so, als sei mit seinen letzten Worten alle Hoffnung darin erloschen.

Wortlos stand ich auf und verließ sein Zimmer.

* * *

In der kommenden Woche fühlte ich mich wie ein Roboter. Ich tat alles, was von mir verlangt wurde. Ich arbeitete, erledigte meine Aufgaben an der Universität, kaufte ein, kochte und bereitete alles für Fellows Heimkehr vor. Dazu fuhr ich bei Frau Schellinger vorbei, teilte ihr mit, dass Cilli am kommenden Samstag wieder im Stall stehen würde, und mietete erneut die Box und Verpflegung für Fellow.

Mit Clara sprach ich nur einsilbig über Fellows anstehenden Umzug. Sie schien sich nicht mit vollem Herzen darauf zu freuen, ihn wieder hierzuhaben. Und obwohl sie immer wiederholte, dass sie ihn dann jeden Tag würde sehen können, wirkte sie darüber nicht so glücklich, wie ich es erwartet hatte.

Mit klopfendem Herzen rief ich einmal auf dem Lotten-Hof an, um mitzuteilen, dass auf unserer Seite alles geklärt sei. Ich hatte Sam am Apparat, und als sie mich fragte, ob sie Daniel aus dem Stall holen solle, wo er mit dem Hufschmied war, lehnte ich ab. Sie kommentierte es nicht. Und ich ging davon aus, dass sie Bescheid wusste.

Als wir am Freitagabend mit unserem Hänger am Lotten-Hof ankamen, verpasste Daniel das Abendessen, weil eines der Ponys ausgebüxt war, sich irgendwo den Bauch zu voll gefressen und nun Koliken hatte. Er führte es unentwegt auf dem Reitplatz und rund um den Hof herum und wollte sich von niemandem ablösen lassen. So kam es, dass wir uns erst am nächsten Morgen richtig sahen.

Mir fielen sofort die dunklen Schatten unter seinen Augen auf. Wahrscheinlich, weil sie meinen so ähnlich waren, denn ich hatte die Nacht kaum ein Auge zugetan.

»Am besten, ihr ladet schon all eure Sachen in den Wagen«, sagte Daniel und klang dabei sehr sachlich. »Dann könnt ihr gleich losfahren, wenn die Pferde auf dem Hänger sind. So haben wir es beim Üben ja auch immer gemacht.«

Ich nickte stumm, und Clara blickte beharrlich auf die Brötchenhälfte, die unangetastet vor ihr lag. Auch sie sah blass aus; ihre Augen wirkten riesig in dem schmalen Gesicht.

Nach dem Frühstück gingen wir gemeinsam hinauf in unsere Zimmer und packten unsere Taschen. Wir traten gleichzeitig wieder auf den Flur.

»Mama?«, sagte sie leise und mit zitternder Stimme.

»Keine Angst, mein Schatz«, sagte ich und strich ihr übers Haar. »Es wird schon alles glattgehen.«

Sie schüttelte den Kopf, sah mich einen Moment lang an, als wollte sie etwas sagen. Doch dann nickte sie langsam, und wir gingen hinunter.

Sam hatte meinen Wagen mit dem Hänger gewendet und so geparkt, dass wir die Pferde bequem verladen konnten. Zuerst führte Hanne Cilli in den Hänger. Die beiden hatten sich in den Wochen, in denen sie sich kannten, sehr angefreundet. Nicht nur Cilli mochte Hanne besonders gern, das konnte ich deutlich spüren. Hanne blieb zwei, drei Minuten bei Cilli stehen, streichelte sie, und als sie danach wieder aus dem Hänger kam, wischte sie sich kurz und verstohlen über die Augen.

Sam wollte sie umarmen, doch Hanne wehrte ab. Offenbar fürchtete sie ein Tränenbad. Auch Clara und Marie sahen furchtbar mitgenommen aus. Maries Lippen zitterten, als Daniel Fellow behutsam in den Hänger schickte und anschließend vorsichtig hinter ihm die Stange schloss. Clara dagegen wirkte wie versteinert. Sie starrte, ohne zu blinzeln, auf die Szene, und ich konnte sehen, dass sie die Kiefermuskeln anspannte, als bisse sie heftig die Zähne aufeinander.

»Tja«, machte Sam und räusperte sich ein wenig. »Nun ist sie also gekommen, die gefürchtete Stunde des Abschieds ...«

Sie trat auf mich zu, um mich ein letztes Mal zu umarmen.

Doch da hörten wir alle eine helle Stimme: »Nein!«

Ich sah verwundert auf. Clara stand immer noch am selben Fleck neben dem Hänger. Ihr Gesicht war leichenblass unter der Sommerbräune. Aber ihr Blick drückte ernsthafte Entschlossenheit aus.

»Was meinst du, Honey?«, fragte Sam, immer noch die Hände an meinen Schultern.

Ich wusste, was meine Tochter meinte. Noch bevor sie es aussprach, wusste ich es, und es brach mir fast das Herz.

»Nein«, wiederholte Clara, nun fester. »Er soll nicht weg von hier. Fellow soll auf dem Lotten-Hof bleiben. Hier geht's ihm gut. Ihr versteht ihn. Zu Hause kann ich mich nicht genug um ihn kümmern. Und wenn es ihm dann deshalb wieder schlechter geht und er wieder nicht frisst und ...« Sie schluckte. »Ich hab schon die ganze Zeit darüber nachgedacht. Schon seit ...« Sie sah zu mir hinüber. Ich wusste, dass sie das Gespräch zwischen Daniel und mir meinte, das sie mitangehört hatte.

»Clara«, begann Daniel. Doch dann sprach er nicht weiter.

Ich sah, dass er mit sich rang. Vielleicht dachte er daran, ihr zu beteuern, dass es Fellow auch auf dem Reiterhof der Schellingers gut gehen werde, dass sie sich keine Sorgen machen solle. Aber er zögerte zu lange. Ich wusste, er wollte meine Tochter nicht belügen. Ich hätte ihn für seine Aufrichtigkeit umarmen und küssen wollen, doch zugleich zog sich in mir alles vor Schmerz zusammen.

Ich ging zu Clara hinüber. Sie stand immer noch wie versteinert. Doch als ich sie in die Arme nahm, löste sich ihre Starre plötzlich, und sie presste sich an mich.

»Hast du dir das wirklich gut überlegt, mein Schatz?«, fragte ich sie leise.

Sie zögerte nicht, sondern nickte an meinem Hals.

»Aber das ist doch Unsinn!«, mischte sich Hanne mit bebender Stimme ein. »Das geht unmöglich. Ich meine, nicht, dass wir ihn nicht gern hierbehalten möchten. Aber er ist noch jung und hat sein ganzes Leben mit dir noch vor sich, Clara. Bist du dir denn im Klaren darüber, was es für euch beide bedeutet, wenn er hierbliebe? Ich meine, die Entfernung …«

Ich konnte spüren, wie meine Tochter in meinen Armen erstarrte.

»Ich glaube, Clara weiß, was es bedeutet, wenn sie sich jetzt so entscheidet«, antwortete ich an ihrer Stelle. »Und wenn ich ehrlich bin, glaube ich auch, dass sie recht hat. Clara hat mehr als einmal bewiesen, dass sie ein Gespür für das hat, was richtig für Fellow ist.«

Clara löste sich von mir und sagte zu niemand Bestimmtem, aber so laut, dass alle es hören konnten: »Es soll ihm ganz sicher gut gehen. Ich weiß, das ist die richtige Entscheidung.«

Sam, Hanne und Daniel wechselten Blicke miteinander.

Sven trat näher zu Marie, die mit schreckgeweiteten Augen dort stand und kaum zu atmen schien.

Schließlich nickte Daniel.

So, als sei es nur eine übliche Übungseinheit gewesen, löste er erneut die Eisenstange hinter den Pferden, schlüpfte durch die vordere Klappe in den Hänger und führte Fellow vorsichtig heraus. Dabei sprach er ruhig mit ihm.

Als die beiden bei Clara und mir ankamen, hielt Daniel an, und Fellow blieb brav hinter ihm stehen.

Clara streckte die Hand aus. Ich sah, dass ihre Finger zitterten. Sie berührte zärtlich die weißen Nüstern, von denen ich wusste, wie unendlich weich sie waren.

Fellow schnaubte in Claras Handteller.

»Mach's gut, Free Fellow«, flüsterte meine Tochter.

Meine Kehle war so zugeschnürt, dass ich keinen Ton hätte herausbringen können.

Daniel ging weiter, und Fellow folgte ihm bereitwillig.

Hanne schloss erneut die Stange hinter Cilli und klappte dann mit Sam zusammen die Rückwand des Hängers hoch.

»Einsteigen und los?«, fragte ich, und sie nickte.

Marie schluchzte auf und rannte ins Haus.

Sven bohrte seine Fäuste in die Hosentaschen, kickte einen kleinen Stein weg und folgte ihr langsam.

Clara ging mit steifen Schritten zum Auto hinüber und bemühte sich ganz offensichtlich, nicht Fellow hinterherzuschauen, der soeben mit Daniel um die Hausecke verschwand.

Sam und Hanne traten an den Wagen und überhäuften uns mit den üblichen guten, aber nichtssagenden Ratschlägen für die Heimfahrt.

»Call us! Ruft an, wenn ihr angekommen seid«, bat Sam.

»Und schaut euch an, ob Cilli dort im Reitstall sofort wieder gut klarkommt«, setzte Hanne hinzu. »Manchmal haben sie Schwierigkeiten, wieder den Anschluss zu finden. Sie war ja eine ganze Weile weg ...«

Ich startete den Motor und ließ das Fenster herunter. Clara starrte nach vorn über die Kühlerhaube und schien die Verabschiedungsrituale kaum ertragen zu können.

Es war an der Zeit, tatsächlich aufzubrechen.

Wir holperten den staubigen Weg zur Straße entlang und kamen an der Koppel vorbei, auf die Daniel Fellow geführt hatte. Clara sah die beiden dort stehen und begann nun doch zu weinen.

Ich widerstand dem heftigen Drang, anzuhalten, die Tür

aufzureißen, zu Daniel hinüberzurennen, mich in seine Arme zu werfen und zu schwören, dass alles so würde bleiben können, wie es in den letzten Wochen gewesen war. Meine Hände umklammerten das Lenkrad so fest, dass die Fingerknöchel weiß hervortraten. Ich wusste, dass es nicht mehr so sein konnte wie in den letzten Wochen. Etwas hatte sich unwiederbringlich verändert. Es war müßig, darüber nachzudenken, ob ich durch mein Drängen diese Veränderung hervorgerufen hatte, ob Daniel einfach anders auf meine Vorschläge hätte reagieren sollen oder ob alles einfach so hatte kommen müssen. Im Grunde hatte ich von Anfang an gewusst, dass es irgendwann so kommen würde. Mir war nur nicht klar gewesen, wie schrecklich weh es tun würde.

Als wüsste er, dass wir uns samt seiner lieben, alten Freundin Cilli in diesem Gespann befanden, hob Fellow den Kopf, als wir vorbeifuhren, und wieherte einmal schrill.

Cilli hinter uns antwortete ihm. Nur ein einziges Mal. Dann waren nur noch das Rumpeln des Wagens auf dem Schotter und Claras Schluchzen zu hören.

Sie drehte den Kopf so weit nach hinten, wie es ging, um auch noch den allerletzten Blick auf ihr Pferd zu erhaschen.

Ihr Pferd, von dem sie Abschied nahm, damit es ihm gut gehen konnte. Weil sie nichts mehr wollte, als es glücklich zu machen.

* * *

Zuhause.

Mein Leben lang waren mir Worte sehr wichtig. Doch jetzt schien dieses eine Wort alle Bedeutung verloren zu haben.

Die ersten Tage vergingen in einem sonderbaren Zustand, der sich anfühlte, als hätte mich jemand in Watte gepackt. Ich fühlte mich unempfindlich gegen alle alltäglichen Probleme, Sorgen und auch Freuden. Ich fuhr zur Uni, berichtete Beatrice von Claras weitreichender Entscheidung und machte mich bald wieder auf den Weg nach Hause, vorgeblich, um dort in Ruhe arbeiten zu können. Doch in Wahrheit waren mir Beatrices Blicke plötzlich unangenehm. Die mitfühlende Traurigkeit, die daraus sprach, zeigte mir viel zu sehr, wie es in mir aussah. Lieber war ich allein zu Hause, vergrub mich in meinen Unterlagen und sah in keinen Spiegel.

Clara fuhr jeden Tag mit dem Rad zum Reiterhof, um Cilli zu besuchen. Wir hatten mit Tina ausgemacht, dass sie weiterhin zweimal die Woche auf der alten Ponystute Reitunterricht bekommen sollte. Die Stunden dort schienen Clara gutzutun. Sie erzählte von ihren Fortschritten und lachte sogar, wenn Cilli sich auf irgendeine Weise lustig benommen hatte.

Doch nach zwei Wochen, die zäh und klamm ins Land gingen, samt einem Wochenende, an dem wir wie zwei verstörte Tiere im Haus herumgeirrt und schließlich zum Schellinger-Stall hinübergefahren waren, kam sie eines Tages von dort zurück und wirkte bedrückt.

»Was hast du denn? War deine Reitstunde nicht gut?«, erkundigte ich mich.

»Ich bin nicht geritten«, sagte sie abweisend.

Es war der Tonfall, den ich von früher so gut kannte. Der mir verbat, weiter nachzuhaken. Doch die vergangenen Monate hatten unser Verhältnis verändert. Ich ließ es nicht so stehen und tat, als hörte ich ihre unausgesprochene Drohung, bloß nicht weiter nachzufragen, nicht heraus.

»Warum nicht?«, forschte ich nach.

Sie schwieg verstockt.

»Clara, antworte mir!«, sagte ich. »Warum bist du nicht geritten? Ist irgendetwas vorgefallen?«

»Cilli war morgens schon vier Stunden gegangen«, sagte Clara tonlos. »Sie hatte heiße Fesseln. Da hab ich Tina gesagt, sie soll zwei Stunden auf meiner Zehnerkarte abstreichen und Cilli für die Zeit auf die Wiese stellen.«

Ich sah sie einen Augenblick an. Ihr düsterer Blick war auf einen Fleck irgendwo hinter mir gerichtet.

»Das ...«, begann ich und wusste kaum, was ich sagen sollte. »Das war sehr anständig von dir. Ich wette, dann wird es Cilli bald wieder besser gehen. Vielleicht achten sie jetzt mehr darauf, dass sie sie nicht überfordern, was?«

Clara nickte vorsichtig. Doch aus ihrem Blick sprach Skepsis.

* * *

»Emilie, darf ich dich mal etwas fragen?« Beatrice erschien in meiner Bürotür und knetete ein wenig nervös ihre Hände.

»Natürlich«, antwortete ich zerstreut und löste meinen Blick von den Papieren.

Sie schloss die Tür hinter sich. »Wie lange, denkst du, kannst du so weitermachen?«, fragte sie unverblümt.

Ich war über ihre Direktheit so verblüfft, dass ich mit einer Gegenfrage reagierte: »Was meinst du?«

»Ich habe dich immer bewundert. Du warst für mich immer das Musterbeispiel einer erfolgreichen Karrierefrau, die es außerdem auch noch schafft, eine tolle Mutter zu sein. Ich kenne deine Arbeit. Du bist grandios darin. Aber ... ehrlich gesagt, habe ich manchmal gedacht, dass du wie eine Maschine lebst. Du brauchst Liebe und Zuwendung genau wie wir alle. Und nun dachte ich, du hättest sie gefunden. Du hast so gestrahlt und warst plötzlich so ... so wunderbar menschlich. Ich glaube, du hast zum ersten Mal, seit wir uns kennen, einen Termin abgesagt, und ja, du hast neulich sogar eine Sitzung vergessen! Wahnsinn! Aber jetzt ... Was ist passiert, Emilie?«

Damit hatte ich wirklich nicht gerechnet. Ihre simple Nachfrage und das Mitgefühl, das daraus sprach, knackten mühelos in wenigen Sekunden den Schutzpanzer, den ich mir umgelegt hatte und unter dem ich mich für unverwundbar hielt.

Ich sackte in mich zusammen. Und als Beatrice noch näher herankam, sich einen Stuhl hinter meinen Schreibtisch zog und meine Hand nahm, öffnete sich mein Mund und ich erzählte ihr alles. Obwohl ich anfangs noch stockte, obwohl ich mehr als einmal dachte: »Was tue ich hier? Sie ist meine Sekretärin! Und ich belade sie mit meinem kompletten verhunzten Privatleben, verdammt!«, konnte ich nicht aufhören. Und so redete und redete ich, während sie mir zuhörte und mich mitfühlend ansah.

»Dieser Sommer und die Wochen mit ihm haben so viel verändert«, schloss ich schließlich. »Und nun fällt mir alles so unsagbar schwer. Das ist es wahrscheinlich, was dir aufgefallen ist, oder?«

Beatrice nickte. »Aber ich finde es nur verständlich, wie du dich fühlst. Du kannst nicht einfach da weitermachen, wo du aufgehört hast. Ich denke, du musst irgendeine Lösung finden, die dir eine Veränderung erlaubt. Und hey, egal, wo du landest, ich wäre froh, wenn du dann auch eine Sekretärin brauchen würdest.«

Ich musste lachen, so gelöst und erleichtert war ich plötzlich darüber, mich endlich einmal jemandem anvertraut zu haben. Doch dann wurde ich wieder ernst. »Glaubst du, er hat recht?«, fragte ich. »Glaubst du, ich habe in ihm wieder jemanden gesucht, um den ich mich kümmern kann?

Den ich irgendwie zu knacken versuchen wollte? War es das?«

»Was denkst du darüber?«, erwiderte Beatrice, und die Vorsicht in ihrer Stimme, zusammen mit der Tatsache, dass sie meine Frage mit einer Frage beantwortete, trieb mir die Tränen in die Augen.

Ich versuchte, sachlich und distanziert nachzudenken, doch es gelang mir nicht. »Ich wollte ihm helfen ...«, begann ich. »Und ich hatte gehofft, er würde sich helfen lassen – mir zuliebe.«

»Siehst du«, sagte Beatrice und lächelte traurig. »Im Grunde hast du dir die Antwort jetzt doch selbst gegeben. Du hast dir gewünscht, dass er es anders macht als Steffen. Dass er dir zuliebe über seinen dunklen Schatten springt.«

Nachdem Beatrice gegangen war, saß ich ein paar Minuten reglos an meinem Schreibtisch und starrte auf die Papiere, die sich dort türmten, ohne sie tatsächlich zu sehen.

Dann öffnete ich mein E-Mail-Postfach, scrollte hinunter.

Ich fand das Schreiben, das ich gesucht hatte, öffnete es und tippte ein paar Zeilen. Bedankte mich für die eingeräumte Bedenkzeit. Fragte nach, ob das Angebot nach wie vor bestand.

Dann schickte ich die Mail ab. Weit über Land. Über das tiefe Meer. Nach Boston.

* * *

Die Gewohnheit des gemeinsamen Abendessens hatten Clara und ich vom Lotten-Hof mitgebracht und hielten daran auch in unserem Alltag fest. Ich hatte den Eindruck, dass auch Clara an diesem kleinen Ritual hing, denn ich musste sie nie rufen oder zur Pünktlichkeit ermahnen. Sie erschien von selbst, deckte mit mir zusammen den Tisch, wusch Salat oder schnitt Brot.

»Bist du heute geritten?«, fragte ich sie und versuchte, ihre sichtbar düstere Stimmung etwas aufzuheitern.

Sie schüttelte stumm den Kopf.

Ich schielte kurz zur Küchentheke hinüber, auf der ich vorhin ihre Zehnerkarte hatte liegen sehen, auf der das heutige Datum eingetragen war. Doch ich sagte nichts dazu. Vielleicht war die Stute wieder zu viel gelaufen?

Im Herbst, hatte Tina gesagt, starteten häufig viele neue Reitanfänger. Dann wurde Cilli als verlässliches Anfängerpferd viel eingesetzt. Es war Claras Taschengeld, das sie dort investierte, um Cilli ein oder zwei Stunden wohlverdiente Ruhe zu gönnen.

»Hast du was von Marie gehört?«, versuchte ich es auf einem anderen Weg.

»Ja, sie hat mir eine E-Mail geschickt. Mit vielen Fotos von Fellow.« Plötzlich lächelte sie. »Er hat sich mit dem alten Friesen angefreundet. Hat ihn anfangs wohl ziemlich genervt, den alten Herrn. Aber jetzt spielen sie miteinander.«

Ich betrachtete ihr zartes Gesicht und gab mir schließlich einen Ruck. »Clara, wie fändest du es, wenn wir für eine Weile weggingen?«, wollte ich wissen.

»Weg?«, wiederholte sie misstrauisch.

»In die USA. Ich habe aus Boston ein Angebot zu einer Gastprofessur erhalten.«

Sie starrte mich mit ihren dunklen Augen düster an. »Du willst so richtig umziehen? Für länger? Und ich soll da zur Schule gehen und so?«

Ich lächelte sie an. »Klingt ziemlich bombastisch, oder? Finde ich auch. Deswegen wollte ich auch mit dir darüber reden. Wissen, was du davon hältst. Ich bin zu einem Vorgespräch eingeladen. Aber wenn du dich dagegen aussprichst, würde ich erst gar nicht hinfliegen.«

Ihr Gesichtsausdruck veränderte sich. Die kleine, steile Falte, die sich auf ihrer Stirn zu bilden drohte, verschwand, und in ihren Augen glomm etwas auf. »Du meinst, du fragst mich wirklich?«

»Sicher.«

»Du willst mir jetzt nicht einfach sagen, dass wir da hingehen und ich schon irgendwie klarkommen werde und so weiter? Du willst wirklich wissen, was ich darüber denke?«

Ich sah sie ernst an. »Ja«, sagte ich schlicht. »Ja, das will ich wirklich wissen. So etwas Großes hätte ich nie beschlossen, ohne mit dir darüber zu sprechen, Clara. Es ist noch nichts entschieden. Mein erster Impuls war abzusagen. Besonders deinetwegen. Weil ich mir vorstellen kann, dass das schwierig für dich sein könnte, all das Neue. Aber dann dachte ich, eine Absage ohne dein Wissen wäre genauso unfair wie eine Zusage. Schließlich geht es dabei um uns beide. Deswegen wollte ich heute mit dir darüber reden.«

»Groovy«, murmelte meine Tochter und griff nach ihrer Teetasse.

»Ich weiß, das wäre eine ganz schöne Herausforderung«, fuhr ich fort. Ihre Reaktion stimmte mich zuversichtlich. Plötzlich wurde ich von einer leisen Aufgeregtheit erfasst. »All die neuen Mitschülerinnen. Und die andere Schulform, die du nicht gewöhnt bist. Aber dein Englisch ist super, und ich dachte ... ich dachte einfach ...«

Ich brach ab.

Was hatte ich gedacht?

»Wir wären komplett weg von hier. Vom Reitstall und Cilli und so. Und echt weit weg von Fellow«, sagte Clara schließlich. Ihre Stimme verklang im Raum, als hätte sie noch mehr sagen wollen. Echt weit weg von Fellow. Und Daniel.

»Ja, wir wären sehr weit weg von vielem …«, antwortete ich leise.

Gleichzeitig hoben wir die Köpfe und sahen hinaus. Durch die geschlossene Terrassentür, über den gemähten Rasen, vorbei an den langsam verblühenden Rosen bis hin zu dem kleinen Holzhäuschen am äußersten Ende des Gartens.

»Ich denke darüber nach, okay?«, sagte Clara.

»Ja, denk in Ruhe darüber nach. Es hat keine Eile.«

Wir blickten einander in die Augen. So vertraut. So nah. Und zum ersten Mal konnte ich erahnen, wie es sein würde, eine erwachsene Tochter zu haben. Einen Menschen, für den ich so alt wie die Welt war. Eine Frau, die die schwersten Zeiten ihres Lebens mit mir geteilt hatte und letztendlich als eine wunderbare, starke Frau daraus hervorgegangen war.

* * *

Bei unserem Gespräch hatte ich den Eindruck gehabt, dass Clara es gut fand, in die Meinungsbildung einbezogen zu sein. Doch in den nächsten Tagen war sie wieder sehr still. Bei den gemeinsamen Mahlzeiten sagte sie nicht viel und starrte manchmal abwesend vor sich hin. Sie schloss auch wieder öfter ihre Zimmertür hinter sich. Wenn ich sie drinnen telefonieren hörte, erzählte sie später kaum etwas davon. Selbst ihre Berichte zu Fellow nach den Telefongesprächen mit Marie fielen einsilbig aus. Ich fragte mich schon, ob ich sie mit meiner Frage zu unserer gemeinsamen Zukunft womöglich überfordert hatte, als sie nach ein paar Tagen plötzlich sagte: »Weißt du was, Mama, ich finde, du solltest nach Boston fliegen und dir da alles mal anschauen.«

»So?« Ich war verblüfft.

»Ja«, bekräftigte sie mit einem Nicken. »Wann wäre das denn?«

»Tja, so bald wie möglich, nehme ich an. Die dortige Dekanin hat mir angeboten, mich auch an einem Samstag zu treffen. Dann könnte ich freitags hinfliegen, mir alles anschauen, mit ihr und Professor Pflieger sprechen und wäre Sonntagabend zurück. Du warst schon lange nicht mehr bei Oma und Opa«, sagte ich.

Clara verzog das Gesicht. »Ich wusste doch, dass die Sache einen Haken hat.«

»Du kannst nicht allein hierbleiben, Clara. Das geht nicht«, sagte ich.

Meine Tochter sah mich listig an. »Und was, wenn ich das Wochenende auf dem Lotten-Hof verbringe?«

Ich seufzte. »Bist du sicher?«

»Ja, natürlich!«, unterbrach sie mich. »Mensch, Mama! Als wir gefahren sind, da dachte ich nicht, dass es für immer sein könnte. Ich dachte, es wäre für eine längere ... na ja, lange Zeit. Schon wegen dir und ...« Sie brach ab. »Aber wenn wir wirklich nach Boston gehen ... also, dann möchte ich mich auch richtig verabschieden.«

Ich musterte sie einen Augenblick, sah in ihren Augen die Ernsthaftigkeit, die von viel mehr Lebenserfahrung sprach, als es bei einer fast Vierzehnjährigen normalerweise der Fall war, und nickte dann.

»Super!« Sie strahlte und setzte dann hinzu: »Schon dieses Wochenende?«

Es war Dienstag.

»Ich weiß nicht«, gab ich überrumpelt zurück. »Da muss ich erst in Boston nachfragen.«

»Mach das doch sofort. Zeitverschiebungstechnisch sind

die hinter uns, oder? Na, dann kann die Dekanin gleich noch antworten, und morgen früh wissen wir schon Bescheid. Ich ruf mal auf dem Lotten-Hof an und frage, ob es okay wäre, wenn ich komme.«

Manchmal können einem die eigenen Kinder irgendwie Angst machen.

* * *

Tatsächlich hatte ich am nächsten Morgen schon eine Nachricht der Bostoner Dekanin, die schrieb, sie würde sich freuen, mich am Samstag zu treffen, und auch Professor Pflieger stehe für ein gemeinsames Treffen zur Verfügung.

Ich rief auf dem Lotten-Hof an, und nach etlichen Freizeichen hob Daniel ab. Wie oft hatten wir miteinander telefoniert, während ich in meinem Bett lag oder auf dem Sofa herumlümmelte. Doch hier, an meinem Schreibtisch sitzend, kam es mir plötzlich ganz fremd vor. Wir fragten uns gegenseitig, wie es uns ginge, und behaupteten beide, es ginge uns gut.

»Gestern hat ja schon deine reizende Tochter angerufen und um Asyl für das kommende Wochenende gebeten«, sagte Daniel dann.

»Ja. Deswegen melde ich mich jetzt. Mein auswärtiger Termin ist bestätigt worden. Und da wollte ich fragen, ob es euch wirklich recht ist, wenn sie zu euch kommt?«

»Natürlich! Wir freuen uns sehr auf sie!«

»Und es macht Sam wirklich nichts aus, sie vom Bahnhof abzuholen?«, hakte ich nach.

»Bist du verrückt? Sam überschlägt sich vor Begeisterung. Wir haben begonnen, für die neuen Boxen auszuschachten. Da ist jede helfende Hand willkommen.«

Wir lachten beide kurz und bemüht auf. Dann schwiegen wir.

Es gab so viel zu erzählen. Vom Fakultätsfest, bei dem im Vorfeld natürlich alles schieflief, was schief laufen konnte. Von Beatrice und dem Journalisten Chris, die sich neulich zu einem »absolut unverbindlichen Abendessen« im Diner getroffen hatten. Von Cillis heißen Fesseln und Claras bestürzend rasch verbrauchten Zehnerkarten. Doch ich sagte nichts davon. Es schien mir so sinnlos. Weil all das andere nicht ausgesprochen werden durfte. Wie sehr ich ihn vermisste. Dass ich jede Nacht von ihm träumte. Dass ich das Telefon immer mit in mein Zimmer nahm, obwohl mir klar war, dass er nicht anrufen würde.

So legten wir schließlich auf. Ich hielt den Hörer noch lange in der Hand.

* * *

»Du brauchst mich nicht reinzubringen«, sagte Clara und griff nach ihrer Tasche auf dem Rücksitz. »Das Gleis finde ich schon allein.« Sie gab mir einen Kuss auf die Wange und sprang aus dem Auto.

»Okay. Dann hab ein schönes Wochenende! Und grüß alle!«, sagte ich zum x-ten Mal.

Clara grinste breit und warf die Tür hinter sich zu. Sie winkte mir und sprintete zum Bahnhofseingang hinüber.

Ich sah ihr nach und wünschte mir fast, ich könnte sie begleiten. Wünschte ich mir das wirklich?

Ich stieß einen Seufzer aus und wollte den Wagen zurücksetzen, um aus der Parklücke zu fahren, als mein Blick auf den Rücksitz fiel. Da lagen Claras MP3-Player und ihre Kopfhörer. Verflixt, die würde sie auf der Fahrt sicher vermissen.

Ich schnappte mir die Dinger, stieg rasch aus dem Wagen und lief ihr nach in die Bahnhofshalle. Auf der großen Anzeigetafel war der Zug nach Kassel bereits angeschlagen. Gleis 6. Als ich mich wieder in Bewegung setzte, nahm ich aus dem Augenwinkel das neongrüne T-Shirt wahr, das Clara heute trug. Tatsächlich, sie stand vor dem Zeitschriftenladen.

Gerade wollte ich schon rufen und zu ihr hinüberlaufen, als ich stutzte. Es war etwas in ihrer Art, dort zu stehen und in die Menge zu sehen, das mich innehalten ließ. Sie sah nicht aus, als hätte sie sich noch rasch ein Pferdemagazin als Unterhaltung für die Fahrt gekauft und sei nun auf dem Weg zu ihrem Zug. Nein, so wie sie den Menschen entgegenblickte, die vom hinteren Ausgang herankamen, sah es aus, als warte sie auf jemanden.

Verwirrt ließ ich die Hand, die ich schon zum Winken erhoben hatte, wieder sinken. Da Clara in die andere Richtung sah, hatte sie mich noch nicht bemerkt, und nun trat ich hinter eine Säule, die mit Plakaten zugepflastert war. Clara stand ein paar Minuten dort. Beunruhigt sah ich auf die Uhr. Wenn sie den Zug nach Kassel erwischen wollte, sollte sie sich endlich die Fahrkarte kaufen und sich auf den Weg zum Gleis machen. Aber meine Tochter stand dort ganz entspannt und schien es gar nicht eilig zu haben. Verwundert spähte ich immer wieder um die Säule herum. Was um Himmels willen tat sie denn? Was hatte sie vor?

Mir schossen alle möglichen Ideen durch den Kopf, die mir alle gleich abwegig erschienen: Hatte sie heimlich einen Freund und wollte sich hier mit ihm treffen? Nein, auf keinen Fall! Hatte sie Marie überredet, das Wochenende statt auf dem Lotten-Hof lieber in unserem »sturmfreien« Haus zu verbringen? Schon eher möglich. Aber ich hatte doch selbst mit Daniel telefoniert, der genau wie ich davon ausging, dass

Clara am frühen Abend auf dem Lotten-Hof ankommen würde. Und sicher würde meine Tochter sich die Gelegenheit nicht entgehen lassen, Fellow wiederzusehen. Egal, welche Gedanken mir kamen, kaum einer hätte mich mehr verblüffen können als das, was dann tatsächlich geschah: Plötzlich kam nämlich Leben in Clara. Sie hob lachend die Hand, winkte und ging dann der Person entgegen, auf die sie offenbar gewartet hatte.

Es war Dr. Teichmann.

Ich konnte spüren, wie mir tatsächlich die Kinnlade herunterfiel.

Die beiden begrüßten sich mit Handschlag. Dann wandten sie sich um und gingen zwischen all den anderen Reisenden zum hinteren Ausgang.

Ich sah auf die große Uhr der Anzeigetafel. Viel Zeit hatte ich nicht mehr, wenn ich meinen Flug nicht verpassen wollte. Aber ich konnte doch jetzt unmöglich einfach ins Auto steigen und zum Flughafen fahren, wenn ich nicht wusste, was die beiden vorhatten. Also lief ich von meiner Säule aus zur nächsten Ecke, von wo aus ich beobachtete, wie Dr. Teichmann und Clara Seite an Seite durch die gesamte Unterführung gingen. Offenbar wollten sie keinen Zug nehmen, sondern den Bahnhof durch den anderen Ausgang verlassen. Ich spurtete im Zickzack hinter ihnen her. Manchmal konnte ich nur Deckung zwischen den anderen Reisenden suchen und fürchtete, meine Tochter oder ihre Therapeutin könnten mich bemerken. Doch die beiden drehten sich nicht einmal um, sondern schienen ganz in ihr Gespräch vertieft.

Was sollte ich tun, wenn sie in die Stadt gingen? Sollte ich ihnen weiter folgen? Selten war ich so verwundert gewesen.

Doch ich brauchte mir keine Gedanken mehr zu machen.

Draußen vor dem Bahnhof parkte in der Kurzparkerzone der braune Mini Cooper, der Dr. Teichmann gehörte. Clara und sie stiegen ein, Dr. Teichmann startete den Wagen, setzte den Blinker und fuhr los.

Ich konnte den beiden nur sprachlos hinterherblicken.

* * *

Am Flughafen stellte ich den Wagen im Parkhaus ab und ging schnurstracks durch die Passkontrolle und den Sicherheitscheck. Als ich im Wartebereich meines Gates angekommen war, stellte ich mich an die riesige Scheibe zum Rollfeld und holte mein Smartphone aus der Tasche. Clara ging nach drei Freizeichen ran.

»Mama, es ist wirklich alles okay«, sagte sie lachend. Sie klang ausgesprochen vergnügt. Als ich nicht sofort antwortete, wiederholte sie zögernd: »Mama?«

»Ja«, sagte ich schnell. »Ich bin jetzt am Flughafen und warte auf meinen Flug. Wollte nur schauen, ob bei dir alles in Ordnung ist. Du musst ja schon fast da sein, oder?«

»Ja«, antwortete sie leichthin. »Dauert nicht mehr lange.«

Nie im Leben wäre ich auf die Idee gekommen, dass sie nicht im ICE nach Kassel sitzen könnte, wenn ich nicht mit eigenen Augen gesehen hätte, dass sie in den Wagen ihrer Therapeutin gestiegen war.

Ich holte Luft, um sie zu fragen, wohin sie unterwegs war. Warum sie mir nicht gesagt hatte, dass sie gar nicht zum Lotten-Hof fahren wollte. Warum sie mich angelogen hatte. Ich fand, eine Dreizehnjährige hatte noch nicht das Recht, ihr Wochenende ohne mein Wissen umzugestalten.

Als ich gerade den Mund öffnete, sagte Clara: »Ich freu mich so auf Fellow!« Und in ihrer Stimme schwang so viel

Vorfreude und Fröhlichkeit mit. Das konnte sie mir doch unmöglich vorspielen!

Ich atmete tief ein und wieder aus. Es gab nicht viele Menschen auf der Welt, denen ich meine Tochter für ein Wochenende anvertraut hätte. Aber Dr. Teichmann war einer von ihnen. Konnte es nicht sein, dass sie sich für Clara irgendetwas ausgedacht hatte, was die Therapie enorm unterstützen und sie noch weiter nach vorn bringen würde? Irgendetwas, von dem ich – aus welchem Grund auch immer – zum momentanen Zeitpunkt noch nichts wissen durfte? Irgendetwas, das Clara helfen würde? Die Idee kam mir absurd vor, doch auch wenn Clara sich in der schweren Zeit nach Steffens Tod sehr zurückgezogen und eingeigelt hatte, war unser Vertrauensverhältnis nie durch Lügen oder Täuschungen getrübt worden. Ich hatte ihr immer vertrauen können.

»Mama?«, fragte Clara wieder.

»Ja«, sagte ich. »Bin noch da. Die Verbindung ist nicht so gut.«

»Ich kann dich gut hören«, antwortete sie.

»Ich wünsch dir viel Spaß, mein Schatz«, sagte ich. »Ich hab dich lieb!«

Zwei, drei Sekunden war es still in der Leitung.

»Ich hab dich auch ganz doll lieb, Mama.«

Und dann legten wir auf.

* * *

Es war fantastisch, Professor Pflieger wieder zu treffen. Fast war es, als wären wir nie getrennt gewesen. Er hielt sich nicht mit Small Talk oder persönlichen Nachfragen auf, sondern begann sofort, mir das geplante Vorgehen im Forschungsprojekt zu erläutern.

Die Dekanin, Professorin Raja Anderson, war von unserem Tempo anfangs ein bisschen schockiert, doch dann zunehmend begeistert, denn sie sah darin das Engagement, das sie von uns offenbar erwarten durfte. Und so betonte sie mehr als einmal, dass sie ganz gewiss die richtigen Fachleute für dieses Projekt eingeladen hatte.

Nachdem mir die Dekanin das Institut gezeigt, eine Führung durch die gewaltige, wunderschöne Bibliothek geboten und Professor Pflieger und mich zu einem vorzüglichen Lunch eingeladen hatte, machte sie sich noch die Mühe, mit uns einen Spaziergang durch das campusnahe Stadtviertel zu machen. Ab und an deutete sie auf eines der grandiosen alten Häuser mit der Bemerkung, dass auch dies eine Unterkunft für Gastdozenten an ihrer Fakultät sei. Besonders ein hübsches kleines Backsteinhaus mit weißen Holzfenstern und verspielten Erkern hatte es mir sofort angetan. Die Dekanin, die über feine Antennen auch in dieser Hinsicht verfügte, versprach, den Vermieter zu bitten, es vorerst zu reservieren, bis ich mich endgültig entschieden hätte.

Schließlich entschuldigte sie sich, beteuerte nochmals, wie sehr es sie freuen würde, wenn ich mich zu ihren Gunsten entscheiden sollte, und ließ mich mit Pflieger allein.

Trotz der Zeitverschiebung und des Schlafmangels war es ein Tag, wie ich ihn eigentlich gar nicht erwartet hatte. Voller Anregungen, Lachen und fesselnder Gespräche. Ich spürte, wie ich regelrecht aufatmete.

Wir spazierten ein wenig durch einen Park, suchten uns ein gemütliches Restaurant fürs Dinner und gönnten uns noch einen Drink in der Bar meines Hotels. Die ganze Zeit über sprachen wir über das Projekt. Als wir uns schließlich verabschiedeten, gab Professor Pflieger mir die Hand und sah mich dabei mit seinen stahlgrauen Augen streng an.

»Emilie«, sagte er. »Wir kennen uns jetzt schon so lange. Ich hoffe, ich darf Ihnen meine ehrliche Meinung sagen?«

»Ich bitte darum«, antwortete ich und war gespannt, was nun kommen würde.

»Bleiben Sie nicht, wo Sie sind«, sagte er. »Es tut Ihnen nicht gut, sich um Organisation und Finanzkonzepte den Kopf zu zerbrechen. Ihr Platz ist in der Forschung. Sie müssen empirisch arbeiten, um blühen zu können. Und es wäre eine wahre Verschwendung, wenn Sie das nicht einsehen und nach neuen Aufgaben suchen würden.«

Ich musste schlucken. »Das waren deutliche Worte«, sagte ich.

»Die Sie bitte nicht missverstehen! Ich möchte mit niemandem so gern zusammenarbeiten wie mit Ihnen, das wissen Sie. Aber wenn Sie sich gegen Boston entscheiden ... nun, es gibt auch andernorts Möglichkeiten, die Ihren Fähigkeiten entsprechen.«

Erst jetzt ließ er meine Hand los.

Ich brachte nichts weiter heraus als: »Danke!«

Dann nickte er mir zu, drehte sich um und verließ die Bar.

* * *

In der Nacht konnte ich kein Auge zutun. Gott sei Dank hatte Beatrice mir den frühesten Flug gebucht. Ich konnte es kaum erwarten, die Enge der Maschine hinter mir zu lassen und mich zu Hause in mein eigenes Bett zu werfen. Allein der Gedanke daran machte mich schläfrig. So angefüllt war ich mit neuen Eindrücken, der Erregung über diese sensationellen Möglichkeiten, die sich mir an diesem Tag gezeigt hatten, dass ich sicher war, unentwegt nur davon zu träumen, sollte ich tatsächlich schlafen können. Aber dann träumte ich weder von den adretten Straßen Bostons noch von der gewaltigen Bibliothek.

Als ich nach einer Weile wieder sanft erwachte, versuchte ich, die Traumbilder festzuhalten. Doch sie entglitten mir.

Ich wusste nur noch, dass es etwas mit Clara zu tun gehabt hatte. Auch mit Dr. Teichmann. Am deutlichsten jedoch hatte ich ein Bild vor Augen: Fellow, wie er mich ansah. Sein sanfter Blick hinter der schwarzen Mähne. Die breite Blesse, die ebenmäßig über den gesamten Nasenrücken verlief und bis über die Nüstern hinunterfloss, sodass diese rosa schimmerten.

Benommen setzte ich mich auf und sah aus dem Fenster auf ein Meer aus Wolken. Beinahe ohne dass ich es wollte, wurde ich überschwemmt mit Erinnerungen. Fellow in so vielen Bildern. Der Anblick seiner Muskeln, die sich an seinem Hals bewegten, wenn er den Kopf hob. Die Kraft in seinen Hinterbeinen, wenn er trabte. Der große weiße Fleck unter seinem Bauch, der immer so aussah, als habe er kurz in Milch gebadet. Seine flüssigen Bewegungen, wenn er aus dem Schritt in den Galopp sprang. Wie er den Schweif hielt, wenn Maja und er am Koppelzaun entlangtrabten. Sein fröhliches Wiehern neulich, als Clara nach ihm rief.

Sein Bild war so lebendig und einzigartig auf meine Netzhaut gebrannt, als sei er eine Person, mit der ich jeden Tag zu tun hatte. Eine Person, die ich liebte.

»Madam?«, sprach mich die Stewardess an. »Kann ich Ihnen noch etwas bringen?«

* * *

Clara war noch auf, als ich spät am Abend ins Haus kam. Sie wirkte fröhlich und aufgekratzt, ganz im Gegensatz zu mir – ich fühlte mich furchtbar zerschlagen.

Ich konnte ihr anmerken, dass sie sich mit aller Kraft zurückhielt, um mich erst einmal in Ruhe ankommen und Luft holen zu lassen. Doch als wir uns schließlich mit einem Tee aufs Sofa setzten, ging es nicht mehr.

»Ich soll von allen grüßen!«, platzte sie heraus. Und dann sprudelte sie die Erlebnisse des Wochenendes heraus. Erzählte von Fellow und seinem neuen Freund, dem Friesen Harley, von Ben, Nick, natürlich von Marie, von Sam und Hanne, Sven und Daniel. Ja, auch von Daniel.

Ich hörte ihr lächelnd zu, versuchte, an allem Anteil zu nehmen. Und fragte mich die ganze Zeit, wieso in all diesen Erzählungen ihre Begegnung mit Dr. Teichmann nicht vorkam.

Vielleicht, kam mir plötzlich der Gedanke, vielleicht hatte sie eine höchst außergewöhnliche Therapiestunde außer der Reihe erhalten – und war dann später nach Kassel gefahren.

Aber wieso sagte sie nichts davon?

Ich wunderte mich. Doch schon auf dem Rückflug hatte ich entschieden, erst einmal nicht nachzuhaken, wenn Clara nicht von sich aus mit der Sprache herausrücken sollte.

»Und?«, sagte sie schließlich gespannt. »Wie war es bei dir?«

»Toll«, sagte ich und bemühte mich um ein entsprechendes Lächeln. »Die Stadt würde dir gefallen. Es ist alles sehr hübsch. Alte Häuser und so, ganz anders als hier.«

»Und der Job?«

»Die Universität hat eine fantastische Bibliothek und ...«

»Ich meine, weißt du jetzt schon eher, was du willst?«,

unterbrach Clara mich. Ihre Stimme zitterte ein wenig vor Aufregung.

Ich dachte an Professor Pflieger. Seine letzten Worte. Und ohne dass ich es wollte, kam mir der Traum von Fellow wieder in den Sinn.

»Es war wirklich schön, Professor Pflieger wiederzusehen. Und es ist mit Sicherheit die letzte Gelegenheit, mit ihm zusammenzuarbeiten.«

Clara sah mich skeptisch an. »So waaahnsinnig begeistert klingst du nicht«, meinte sie.

»Dir kann ich ja sowieso nichts vormachen«, lächelte ich. »Ehrlich gesagt, möchte ich hier und jetzt noch nichts entscheiden. Wir sollten uns noch ein paar Tage Zeit nehmen, glaube ich.«

Clara nickte. Doch dann war sie wohl zu neugierig, denn sie fragte: »Aber dein Gefühl? Sagt das gerade eher Ja oder eher Nein?«

Ich legte die Hand auf ihre Schulter und drückte sie. »Es sagt: ›Frag zuerst Clara, und wenn sie Ja sagt, dann ... ja, dann sollten wir es vielleicht einfach versuchen.‹«

Meine Tochter betrachtete eine Weile ihre eigenen Hände. Dann hob sie den Blick und sah mich direkt an. »Auf einen Versuch kommt es immer an, oder?«

* * *

Aus den »paar Tagen«, die wir als Bedenkzeit vereinbart hatten, wurden zwei Wochen. Es schien, als wären wir nie in die gleiche Richtung entschlossen. War ich geneigt, in Boston zuzusagen, wollte Clara plötzlich nicht mehr fort. Entschied ich dann abzusagen, war sie sich plötzlich doch nicht mehr so sicher und sprach von der Chance eines Neuanfangs.

Es war mir sehr wichtig, dass Clara sich sicher war, was unsere endgültige Entscheidung anging. Doch nach vierzehn Tagen und zwei Wochenenden, an denen wir wieder einmal wie Falschgeld im Haus, in der Stadt und am Schellinger-Stall herumgeirrt waren, brachte ich eines Abends – es war der Sonntag nach Nikolaus, ganz kurz vor Claras vierzehntem Geburtstag – wieder die Sprache darauf.

»Clara, du weißt, ich will dich nicht drängen. Aber ich glaube, wir müssen uns allmählich entscheiden. Ich kann die Dekanin nicht noch länger hinhalten. Wenn wir nicht kommen, muss sie sich um jemand anderen fürs Team bemühen.«

Clara sah mich angestrengt an, biss sich auf die Lippen und starrte eine Weile vor sich hin. Schließlich nickte sie. »Okay«, sagte sie. Und nickte wieder, diesmal kräftiger. »Okay. Wir versuchen es!«

Ich sah in ihrem Gesicht die gleiche Entschlossenheit, die ich in mir spürte. Gut. Nun war es also endgültig entschieden. Wir lächelten uns an, und Clara sah auf die Uhr.

»Oh, ich wollte noch Marie anrufen.« Damit stand sie auf und ging zur Treppe. »Schreibst du gleich eine Mail, um zuzusagen?«, erkundigte sie sich.

Die betonte Beiläufigkeit, mit der sie das sagte, ließ mich aufhorchen. »Nein, ich habe vor anzurufen. Es sind noch ein paar Dinge offen, die sich besser am Telefon klären lassen.«

Sie nickte und biss sich dabei wieder auf die Unterlippe. »Wann rufst du sie denn an? Morgen schon?«, wollte sie schließlich wissen.

»Wahrscheinlich erst am Mittwoch. Da muss ich sowieso sehr früh zur Uni und erwische die Dekanin auf diese Weise noch in ihrem Büro.«

»Hm, hm.«

»Clara?«

»Was?«

»Bist du wirklich sicher?«

»Klar!«, sagte sie und setzte eine fröhliche Miene auf. »Wenn man etwas wirklich will, sollte man auf jeden Fall alles versuchen, was einem einfällt. Findest du nicht?«

»Natürlich«, antwortete ich verwundert.

»Gut«, sagte sie. »Dann sind wir uns ja einig.«

Der zufriedene Ausdruck auf ihrem Gesicht kam mir irgendwie merkwürdig vor.

* * *

Auch am nächsten Tag hatte Clara ihre Meinung nicht geändert. Sie wirkte aufgeregt, doch das war ja wohl selbstverständlich, wenn ein Teenager einen so großen Schritt wie den Umzug in die USA vor sich hatte. Abends telefonierte sie fast drei Stunden lang mit Marie hinter verschlossener Zimmertür. Ich sagte dazu nichts. Im Grunde war ich froh, dass sie sich ihrer Freundin mitteilen konnte. Und je inniger die Verbindung zwischen ihnen wurde, desto wahrscheinlicher war es, dass ihre Freundschaft auch eine jahrelange Trennung aushalten und sich darin bewähren würde.

Am Montag nach dem Gespräch mit Clara hatte ich Beatrice bereits über die anstehende Veränderung informiert. Sie hatte zunächst bestürzt reagiert – nach Boston würde sie mir leider nicht folgen können. Doch dann hatte sie sich für mich gefreut, und heute, nur einen Tag später, war sie bereits dabei, Listen zu erstellen, was zur Vorbereitung getan werden musste – allen voran ein Termin beim Dekan, Gott sei Dank erst in der nächsten Woche. Ich konnte mir vorstellen, was er zu meinem Weggang sagen würde.

Ich hoffte, dass ich gegen Ende der Woche wieder zu Hause an meiner Arbeit sitzen konnte. Doch heute würde ich sicher den gesamten Tag an der Uni verbringen müssen, so viel gab es zu bedenken und zu planen.

Es war kurz nach drei, als ich eine kleine Pause einlegte und hinüber in den geräumigeren Waschraum ging. Er lag am anderen Ende des Gebäudes in der Nähe der Fahrstühle. Während ich mir die Hände wusch, betrachtete ich mein Gesicht im Spiegel. Wieder ein neuer Lebensabschnitt, dachte ich und fragte mich, wann sich wohl die zu erwartende Freude darüber einstellen würde. Dann trat ich hinaus, schloss die Tür hinter mir und hob den Kopf.

Und da sah ich ihn.

Am Ende des langen, vertrauten Korridors mit den grellbunten Kunststofftüren und den Drucken moderner Kunst an den Wänden ging ein Mann.

Er hatte mir den Rücken zugewandt und ging von mir fort den Flur hinunter. Er trug Jeans und darüber ein locker fallendes Jackett. Ich konnte sein Gesicht nicht sehen. Und trotzdem. Diese Schritte. Diese flüssigen, geschmeidigen Bewegungen.

Ich öffnete den Mund, um ihm nachzurufen. Doch dann brachte ich keinen Ton heraus. Weil ich plötzlich nicht sicher war, ob ich tatsächlich hier war oder ob ich nicht doch zu Hause im Bett lag und träumte. Erneut diesen Traum träumte, der mich auf unserer Pferdewanderung heimgesucht und so verstört hatte.

Der Mann bog um die Ecke am Ende des Flures, und ich starrte einen Moment lang in die Leere, die er dort hinterließ.

Das konnte nicht sein. Ich litt unter Halluzinationen.

Ja, wahrscheinlich wurde ich verrückt. Ich sah in Wildfremden plötzlich Menschen, die ... Ich sah einen Menschen, der ...

Mit stoßweise gehendem Atem eilte ich den Gang hinunter, bog an der gleichen Ecke ab und sah gerade noch, wie der Mann in meiner Bürotür verschwand.

Nein, das konnte wirklich nicht sein. Wie konnte es eine solche Ähnlichkeit geben? Und wie konnte derjenige dann ausgerechnet in meinem Büro etwas zu erledigen haben? Mit klopfendem Herzen ging ich hin und legte meine Hand auf die Klinke. Von drinnen drangen gedämpfte Stimmen.

Ich öffnete die Tür.

Hinter dem Schreibtisch, in ihrer gewohnt aufgeräumten Art, saß Beatrice, gerade im Gespräch mit dem Besucher.

Und vor dem Schreibtisch stand ... Daniel.

Als ich eintrat, drehte er sich um. Und nun standen wir da und sahen uns an.

»Okay«, sagte er schließlich. »Du bist offenbar überrascht. Das hätte ich erwarten können.«

»Du bist es wirklich«, brachte ich heraus. Meine Stimme kiekste.

Beatrice, die mit geweiteten Augen ein paar Mal zwischen uns hin und her gesehen hatte, schlug sich plötzlich mit der flachen Hand vor die Stirn.

»Ach, wie dumm von mir! Mir fällt gerade ein, dass ich ja noch unbedingt etwas erledigen muss«, sagte sie und sprang von ihrem Drehstuhl auf. Ihr Gesicht zu einem entschuldigenden Lächeln verzogen, griff sie nach ihrer Handtasche und war bereits hinaus.

Die Tür fiel hinter ihr ins Schloss. Wir waren allein.

Daniel lächelte mich vorsichtig an. »Jetzt verstehe ich, wieso du der Meinung bist, dass sie die beste Sekretärin von allen ist.«

»Was tust du hier?«, konnte ich nur fragen.

Daniel sah mich entschuldigend an, suchte mit den Händen nach den Taschen seines Jacketts, steckte sie schließlich in die Hosentaschen. Sein Anblick an diesem vertrauten, so alltäglichen Ort ließ in mir etwas explodieren. Mit einem Schlag spürte ich auf meinem Gesicht das Lächeln, das ich gerade im Spiegel vergeblich gesucht hatte.

Daniel räusperte sich. »Na ja, eigentlich ist das eine längere Geschichte. Vor ein paar Wochen rief Clara an und hat erzählt, dass ihr womöglich nach Amerika gehen werdet. Natürlich wegen der Stelle, die sie dir dort anbieten. Aber auch, um ... um alles hinter euch zu lassen. Und weil deine Tochter nichts unversucht lassen wollte, um doch noch zu erreichen, was sie im Grunde ihres Herzens will, rief sie mich an. Sie hatte da einen verrückten Plan und ...«

»Spielt in diesem Plan womöglich Dr. Teichmann eine Rolle?«, unterbrach ich ihn.

Er grinste verlegen. »Sie ist wirklich gut, musst du wissen«, sagte er. »Wahrscheinlich noch besser, als ich es als Horseman bin.«

»Und das will etwas heißen!«, sagte ich.

»Ja, das will was heißen«, wiederholte er.

Wir sahen uns an.

»Das Wochenende vor vierzehn Tagen, als ich in Boston war«, sagte ich schließlich.

»Ja, da hat Clara Dr. Teichmann zu uns mitgebracht, und wir hatten ... meine Güte, sage ich das wirklich? ... na, es war wohl so was wie eine ziemlich lange, ziemlich intensive Therapiesitzung. Ich habe die letzten zwei Wochen täglich mit ihr telefoniert. Sie ist wirklich großartig, muss ich sagen. Clara hatte nicht übertrieben.«

Mein Herz, das schon die ganze Zeit über doppelt so

schnell schlug wie im Normalzustand, beschleunigte plötzlich noch einmal.

»Wie bist du hierhergekommen, Daniel?«, wollte ich wissen.

Ich konnte sehen, wie er schluckte.

»Mit dem Auto«, antwortete er.

»Du hast … du bist … ganz allein?«, stammelte ich.

»Oh nein! So weit bin ich noch nicht. Ich … Sam ist gefahren. Sie wartet unten.«

»Sam«, wiederholte ich dümmlich. Ich wusste einfach nicht, was ich sonst hätte sagen sollen.

»Ja«, lächelte er. »Sam. Clara. Dr. Teichmann. Offenbar sind alle um uns herum wild entschlossen, das zu erreichen, was wir beinahe einfach hätten gehen lassen.«

»Und das wäre?« Meine Stimme war nur noch ein Flüstern.

»Komm zurück, Emilie«, sagte Daniel ebenso leise. »Komm zurück und bleib. Wir alle vermissen euch schrecklich. Ich vermisse dich schrecklich.«

Er streckte die Hand aus und berührte mich zart an der Schulter. Mein Körper reagierte sofort. Ich wollte ihm entgegenfallen, wollte meine Arme um seinen Hals schlingen und ihn küssen, küssen und gehalten werden, als könne uns nie wieder irgendetwas auseinanderreißen.

Doch ich blieb, wo ich war. »Aber wie stellst du dir das vor?«, fragte ich. »Meine Arbeit. Die Uni.«

»Es gibt auch in Kassel eine Universität, weißt du. Und wenn da keine Stelle frei ist, die dich reizt, dann gibt es auch die Möglichkeit zu pendeln. Ach, Emilie, haben die letzten furchtbaren Wochen dir nicht gezeigt, dass es Probleme im Leben gibt, für die man auf jeden Fall eine Lösung finden kann?«

Ich starrte ihn an. »Du meinst, du bietest mir an, dass

wir zu euch auf den Lotten-Hof ziehen sollen? Clara und ich?«

Er betrachtete mich so vorsichtig, wie man eine Bombe anschauen würde, bevor man es wagt, sich ihr zum Entschärfen ein wenig zu nähern. »Sie könnte in Maries Klasse gehen. Die beiden finden die Idee natürlich toll. Aber wenn du das nicht möchtest, dann könnten wir eine andere Lösung finden. Ich … kann jetzt auch pendeln, weißt du?«

Gespannt wartete er auf meine Antwort.

»Tut mir leid, Daniel, ich … ich bin völlig aus dem Konzept«, stotterte ich.

»Und das habe ich geschafft? Wahnsinn!«, scherzte er.

»Darf ich darüber nachdenken?«, fragte ich.

»Sicher«, sagte er rasch. Setzte dann aber hinzu: »Aber nicht zu lange, bitte.«

Ich hob meine Brauen.

»Na, Claras Geburtstagsfeier am Samstag!«, sagte er, als sei zwischen unserem ersten Gespräch dazu und heute keine Zeit vergangen. »Sven und Marie haben eine Schnitzeljagd mit vielen Pferderätseln vorbereitet. Sam hat auf dem alten Klavier geübt, damit wir uns beim Ständchen nicht blamieren. Und Hanne backt einen riesigen Schokokuchen.«

* * *

Obwohl ich ihn und Sam zu uns nach Hause einlud, bestand Daniel darauf, wieder zurückzufahren und mich in Ruhe nachdenken zu lassen. Er meinte, er habe mich mit seinem Überraschungsbesuch ausreichend geschockt und wolle mich nicht noch mehr strapazieren.

»Und außerdem willst du doch bestimmt gern allein mit

Clara sprechen, wenn sie aus der Schule kommt?«, mutmaßte er und lag damit natürlich richtig.

Er kannte mich nach dieser kurzen Zeit wirklich überraschend gut.

Also brachte ich ihn hinunter auf den Parkplatz, Sam und ich umarmten uns fest, und dann stiegen die beiden in Sams klappriges Möhrchen und fuhren hupend davon.

Wie betäubt ging ich wieder ins Gebäude, grüßte um ein Haar Prof. Huber nicht, was er mir übel genommen hätte, und fand mich schließlich in meinem Büro wieder. Beatrice saß inzwischen wieder an ihrem Schreibtisch und sah mich an, als wäre ich vor ihren Augen gerade aus einer Torte gesprungen.

»Wow!«, sagte sie nur und verdrehte die Augen.

Ich konnte sie nur groß anschauen.

»Geh nach Hause, Emilie!«, sagte sie. »Morgen kannst du mir alles in Ruhe erzählen. Aber jetzt siehst du gerade aus, als könntest du ein Wannenbad und ein Glas Rotwein gebrauchen.«

Wie fast immer hatte sie recht. Also nahm ich meinen Laptop und fuhr heim.

Clara war bereits dort und erwartete mich mit vor Aufregung riesigen Augen. Ich musste ihr alles haarklein erzählen. Wie ich Daniel vor mir auf dem Gang gesehen und meinen Augen nicht getraut hatte. Wie wir uns in meinem Büro gegenübergestanden hatten. Wie ich es zuerst gar nicht glauben konnte. Und was er uns angeboten hatte.

Letzteres wusste sie natürlich schon, denn sie nickte dazu und sah mich gespannt an.

»Was möchtest du wirklich?«, fragte ich sie.

»Hand aufs Herz?«, erwiderte sie zögerlich.

»Hand aufs Herz!«

»Es wäre obercool, auf dem Lotten-Hof zu wohnen. Dann

könnte ich Fellow immer sehen. Und Marie meint, die Mädchen in ihrer Klasse, die seien alle voll okay. Also, vielleicht würd' ich da besser klarkommen und so. Und dann ist da ja auch noch Daniel ... ich meine, du und er ... ihr mögt euch doch immer noch?«

Langsam nickte ich. »Ja, schon.«

»Aber?«

Wie sollte ich einer Dreizehn-, fast Vierzehnjährigen erklären, wie es sich anfühlt, wenn eine Liebe derart auf die Probe gestellt worden war? Wenn man sich gegenseitig verletzt hatte und innerlich bereits den bitteren Geschmack des Abschieds ausprobiert hatte?

»Was ist mit Boston?«, fragte ich. »War deine Begeisterung dafür nur gespielt?«

Clara schüttelte den Kopf. »Nein. Ich find's schon irgendwie cool. Ich mein', so was macht nicht jeder, oder? Ein paar Jahre in Amerika und so. Heißt das, du willst immer noch hin?« Jetzt klang ihre Stimme ein wenig ängstlich.

»Ach, Clara«, seufzte ich. »Im Moment weiß ich gar nicht, was ich will. Ich muss drüber schlafen.«

Sie sah mich einen Augenblick nachdenklich an. Und nickte.

* * *

Zum ersten Mal nach unserem Abschied vom Lotten-Hof schlief ich in dieser Nacht tief und fest.

Clara bedachte mich beim Frühstück mit fragenden Blicken, doch sie sagte nichts.

Ich wartete, bis sie aus dem Haus war; dann zog ich mich mit dem Telefon in mein Zimmer zurück.

Es wurde ein langes Telefonat. Eines, in dem geweint und

gelacht wurde. Eines, das viele Kilometer mühelos überbrücken konnte. Danach führte ich noch ein weiteres Gespräch. Nicht weniger traurig und glücklich zugleich. Und als ich auflegte, fühlte ich mich zum ersten Mal seit langer Zeit endlich wieder ruhig.

Ich wusste, was zu tun war.

Ich fuhr zur Uni, beriet mich lange mit Beatrice, schrieb ein paar E-Mails, und als ich einmal aus dem Waschraum kam, stand ich lange dort und starrte den Gang hinunter.

Auf dem Heimweg fuhr ich am Schellinger-Reiterhof vorbei. Es war schon zu spät, als dass ich Clara dort noch hätte antreffen können. Und das war gut so. Schließlich sollte mein Vorhaben eine Überraschung werden.

* * *

Natürlich war Clara hellauf begeistert, als ich ihr am Donnerstag sagte, dass wir am kommenden Nachmittag zum Lotten-Hof fahren und dort am Samstag ihren Geburtstag feiern würden. Und so kam sie am Freitagnachmittag hereingestürmt, als müsse sie heute noch dringend die Welt retten.

Als ich am Ende unserer Straße abbog, sah sie mich überrascht an. »Wohin fahren wir?«

»Wir machen einen kleinen Umweg«, erklärte ich ihr mit unbewegtem Gesicht.

Sie zog einen Schmollmund, sagte aber nichts. Als wir uns jedoch dem Stadtrand näherten und ich den Weg zum Schellinger-Reitstall einschlug, begann sie nervös auf ihrem Sitz herumzurutschen.

»Was willst du denn da, Mama?«, wollte sie zaghaft wissen.

»Warte es ab«, antwortete ich und musste mich schrecklich zusammenreißen, um nicht zu grinsen.

Ich parkte den Wagen nicht auf dem üblichen Besucherparkplatz, sondern fuhr zu der Stelle, wo auch unser alter Transporter stand. Als wir ausstiegen, kam gerade Tina aus dem Stallgebäude und winkte.

»Und? Was sagst du dazu?«, wollte sie strahlend von Clara wissen.

»Sie weiß noch nichts«, erwiderte ich an Claras Stelle. »Sie hat doch erst morgen Geburtstag.«

Clara schaute irritiert zwischen uns hin und her.

Tina antwortete trocken: »Ich sag das ja nicht gerne, aber das Geschenk wird nicht so einfach zu verheimlichen sein.«

»Geschenk?« Clara riss die Augen auf und sah mich fassungslos an. »Mama, ich …« Ihr ganzes Gesicht leuchtete plötzlich. Ich sah wie ihr Blick unseren Hänger streifte und wie sie um Worte rang. »Ich hätte nie gefragt, weil … weil du mir doch schon Fellow geschenkt hast und … also …«

»Ja«, sagte ich und drehte mich zur Seite.

Dort lag geschützt an der Stallwand auf einem niedrigen Bock ein wunderschöner brauner Reitsattel in spanischem Stil. Er war mit diversen Verzierungen versehen und trotz seines gebrauchten Zustands auf Hochglanz poliert.

»Wie findest du ihn?«

Clara stockte. Betrachtete den Sattel wie etwas, das sie noch nie in ihrem Leben gesehen hatte. Ich konnte ihr ansehen, dass sie sich krampfhaft bemühte, weiterhin Freude auszustrahlen. Doch ihre ganze schmale Gestalt sank regelrecht in sich zusammen.

Von der Stallgasse her näherte sich Hufgeklapper. Trotzdem lag plötzlich eine Stille über dieser Szene, die ich an einem so betriebsamen Ort nicht für möglich gehalten hätte.

»Tina hat ihn ausgesucht«, erklärte ich schließlich. »Ich kenne mich mit so was ja nicht aus. Aber Daniel meint doch, dass es bald so weit ist, um mit Fellow den Sattel zu probieren. Und da dachte ich, du würdest dich freuen, wenn schon ein geeigneter da ist.«

»Er ist ... echt cool, Mama«, brachte meine Tochter schließlich heraus. Wir gingen näher heran, und versuchsweise streckte sie die Hand aus, um das Leder zu berühren.

»Die Sattelfrage ist immer heikel«, meldete sich Tina zu Wort. »Sattel ist nicht gleich Sattel. Kann also sein, dass dieser hier gar nicht der richtige für Fellow sein wird. Aber dann schaue ich mich gerne für euch um und helfe, den passenden zu finden.«

»Danke«, murmelte Clara.

»Gefällt er dir nicht?«, erkundigte ich mich.

»Doch sehr. Er ist wirklich toll. Danke!«, sagte sie erneut und nahm die Hand wieder vom Sattel.

»Da bin ich ja beruhigt. Denn dann kannst du dich ja jetzt so richtig über das eigentliche Geschenk freuen«, setzte ich hinzu.

Das Hufgeklapper war nun sehr nah gekommen. Ich nickte zum Hänger hinüber, und um die Ecke kam einer der Stallburschen mit Cilli am Halfter. Clara packte meinen Arm so fest, dass es fast ein bisschen wehtat.

»Und?«, wiederholte Tina nun, breit grinsend. »Was sagst du dazu?«

Clara sagte gar nichts. Sie stand da, und die Tränen liefen ihr übers Gesicht.

* * *

Es war ein Triumphzug.

Die gewohnte, mittlerweile so geliebte Strecke auf der Autobahn. Längst nicht so schnell wie üblich, denn schließlich hatten wir den Hänger mit Cilli hinter uns, und am Morgen hatte es ein wenig geschneit. Meine aufgewühlte, überglückliche Tochter neben mir. In meinem Herzen eine Freude, die mich unentwegt hätte jubeln lassen können.

Und als wir schließlich im Dunkeln auf dem Lotten-Hof ankamen, waren sie alle da. Sven, Sam und Hanne standen auf dem Hof und wiesen uns so ein, dass der Hänger gut zum Stehen kommen konnte. Aus dem Haus kam Marie gestürzt. Und Daniel erschien zusammen mit Frances und Tobias in der Tür zum neuen Stall.

Clara fiel regelrecht hinaus, kaum dass der Wagen stand. Marie und sie umhalsten sich, als wären sie jahrelang getrennt gewesen, quietschten wie zwei ausgelassene Fohlen, und ich glaube, es wurden auch ein paar Tränen weggewischt.

Sam ließ die Heckklappe des Hängers herab, und Hanne stieg über die Luke vorn ein, löste den Strick und führte Cilli langsam rückwärts auf den Hof.

Die kleine hellbraune Stute stand dort sehr gelassen, sah sich um und schien überaus zufrieden. Dann hob sie den Kopf und wieherte. Aus dem neuen großen Offenstall erhielt sie Antwort.

Hanne überreichte Clara den Strick, und in einer feierlichen Prozession wurde Cilli zur Herde geführt. Fellow stand bereits am Gatter und wieherte immer wieder.

Cilli schnaubte ein paar Mal und nickte mit dem Kopf, als halte sie sein jugendliches Temperament für etwas übertrieben. Aber ihr war deutlich anzusehen, wie sehr sie sich freute, die anderen Pferde und vor allem Fellow wieder um sich zu haben.

»Und? Habt ihr Hunger? Es gibt ein leckeres Vorgeburtstags-Abendessen!«, verkündete Sam.

»Ein Vorgeburtstags-Abendessen. Was soll das denn sein?« Clara kicherte, und Arm in Arm mit Marie hüpfte sie den anderen voran zum Haus.

Daniel und ich sahen zu, wie sie alle hinter den Mädchen im Haus verschwanden.

Dann blickten wir einander an.

»Ich nehme an, ich sollte dich jetzt küssen und über die Schwelle tragen oder irgend so etwas?«, fragte er.

Ehrlich gesagt, hätte ich es bevorzugt, wenn er mich einfach nur geküsst hätte. Aber ich wollte seine Euphorie nicht bremsen, daher lächelte ich und antwortete: »Ich wusste gar nicht, dass du so altmodisch sein kannst.«

»Du weißt schon wirklich viel über mich. Aber noch längst nicht alles.« Er grinste.

Natürlich wollte ich gern noch vieles über ihn erfahren. Aber jetzt gerade wäre es am schönsten, wenn er mich einfach küssen würde.

»Na, dann zeig mal, welche Kräfte du hast, Popeye« Ich lächelte und zog ihn über den Hof, die wenigen Stufen hinauf vor die Haustür und sah ihn herausfordernd an.

Doch Daniel machte keine Anstalten, mich hochzuheben.

»Zuerst will ich dir noch was zeigen«, sagte er, streckte die Hand aus und schob das noch herbstlich rot verfärbte Weinlaub zur Seite. Darunter kam das grüne Schild zum Vorschein, auf dem das Rilke-Gedichte zu lesen war. Jenes Gedicht, das ihn damals dazu veranlasst hatte, den Lotten-Hof aufzubauen, und das mir bei meinem ersten Besuch hier vorgekommen war wie eine Brücke zwischen dem Hausbesitzer und mir.

Während ich daraufblickte, breitete sich in mir eine Wärme aus, die nichts mit dem milden Dezember zu tun hatte. Es war das pure, schlichte Glück.

Als ich aufsah, wurde mir bewusst, dass Daniel nicht das Schild angeschaut hatte, sondern die ganze Zeit nur mich.

»Hier ist es«, sagte er leise. »Das Wunder, auf das diese Stufen gewartet haben. Willkommen zu Hause!«

Und dann küsste er mich.

* * *

An diesem Abend gab es mehr als einmal Augenblicke, in denen ich mich selbst ein bisschen kneifen musste.

Fast ununterbrochen spürte ich ein Lächeln auf meinem Gesicht. Aber es war weit mehr als dummselige Verliebtheit, die mich so fühlen ließ. Es fühlte sich auch sehr an wie Dankbarkeit.

Hatte ich mir nicht gewünscht, der Sommer solle für meine Tochter, für uns beide, eine gute Veränderung bringen?

Manchmal treffen wir im Leben Entscheidungen, die allen anderen unsinnig erscheinen. Doch uns führen sie genau dorthin, wo wir hingehören.

In dem Augenblick, in dem ich auf dieser verregneten spanischen Autobahn entschieden hatte, Fellow vor dem Tod zu retten und ihn zu kaufen, war mir nicht klar gewesen, was daraus entstehen würde.

Es war, als hätte eine unsichtbare Hand mich geleitet. So verrückt es auch klang, aber schon mehr als einmal war mir der Gedanke gekommen, ob Steffen dabei irgendwie mitgewirkt hatte. Vielleicht konnte er nun, da er selbst Frieden gefunden hatte, die Augen öffnen für das Schicksal derer, die er zurückgelassen hatte.

Mittlerweile war es schon stockdunkel. Ich wollte unbedingt noch zu Fellow gehen und erhob mich irgendwann vom Sofa, auf das wir nach dem Essen umgezogen waren.

Daniel sah mich fragend an. Doch ich schüttelte den Kopf. Diesen Gang wollte ich allein tun.

Die Pferde drängten sich im Offenstall friedlich aneinander. Einige hatten sich zum Schlafen hingelegt. Ich schlüpfte durch das Gatter, hielt mich aber ein paar Meter von ihnen entfernt. Es herrschte schummriges Licht, und ich musste lächeln, als ich mich nach seiner Quelle umsah: Hier also hatte Daniel die alten Stalllaternen angebracht. Fellow stand mit Cilli am Rand der Gruppe. Ich betrachtete seine vertraute, geliebte Gestalt. Da hob er den Kopf, drehte den Hals und sah über die Schulter zu mir herüber.

Wie gern ich ihm gesagt hätte, was er nicht nur Clara, sondern auch mir inzwischen bedeutete! Ich dachte an das eine, kurze Gespräch, das ich einmal mit ihm geführt hatte – es schien unendlich lange her zu sein.

»Weißt du noch, Fellow?«, sagte ich leise und sah, dass seine Ohren spielten, als er seinen Namen hörte. »Ich hab dir etwas versprochen, wenn du Clara von ihrem Kummer befreien würdest. Das hast du getan. Und ich glaube, auch ich habe mein Versprechen eingelöst, nicht wahr?«

Er rührte sich nicht, sah mich nur weiter ernst an.

»Ich kenne mich wirklich aus mit Worten, weißt du«, fuhr ich fort. »Es gibt unter ihnen ein paar besonders große. Tod. Liebe. Und Erlösung. Ich habe sie Hunderte Male gehört und trotzdem nie begriffen. Bis ich sie selbst erlebt habe. Du und ich, Fellow, wir haben uns auf dem Weg durch ein wirklich dunkles Tal getroffen, aus dem es kein Entrinnen zu geben schien. Aber wir haben den Ausweg gefunden, nicht wahr? Weil es diese großen Worte gibt, und das, was sie bedeuten.«

Fellow hatte mich die ganze Zeit über seine Schulter hinweg angeschaut. Jetzt schnaubte er. Und als hätte er gespürt, dass ich allein ihn meinte, wandte er sich um und kam auf mich zu.

ENDE

Danke!

An Heike Uebelgünn, die es so gut versteht, in Pferdeseelen zu lesen und mir davon zu erzählen. Auf viele weitere, wunderschöne gemeinsame Ausritte!

Und lieben Dank an Sabine Wiechmann für die Infos und Tipps zum Universitäts-Dschungel.

Wer Pferden wie Fellow helfen will, kann das beispielsweise beim **www.tierschutzhof-ruhrtal.de** – denn leider sind die Magholy-Werke und deren großzügige Zuwendungen reine Fiktion.